W0339431

LE FILS DU SEIGNEUR DE LA GUERRE

Journaliste au *Baltimore Sun*, correspondant de ce journal en Yougoslavie au moment de la guerre civile et en Afghanistan après le 11 Septembre, Dan Fesperman a obtenu le prix John Creasey pour son premier roman et le prix Ian Fleming pour le second. *Le Fils du Seigneur de la guerre* est son troisième roman.

DAN FESPERMAN

Le Fils du Seigneur de la guerre

TRADUIT DE L'ANGLAIS (ÉTATS-UNIS) PAR ISABELLE CARON

ÉDITIONS DE FALLOIS

Titre original :

THE WARLORD'S SON
Bantam Press, a division of Transworld Publishers, 2004

© Dan Fesperman, 2004.
© Éditions de Fallois, 2006, pour la traduction française.
ISBN : 978-2-253-11628-8 – 1re publication LGF

À la mémoire de mes confrères disparus

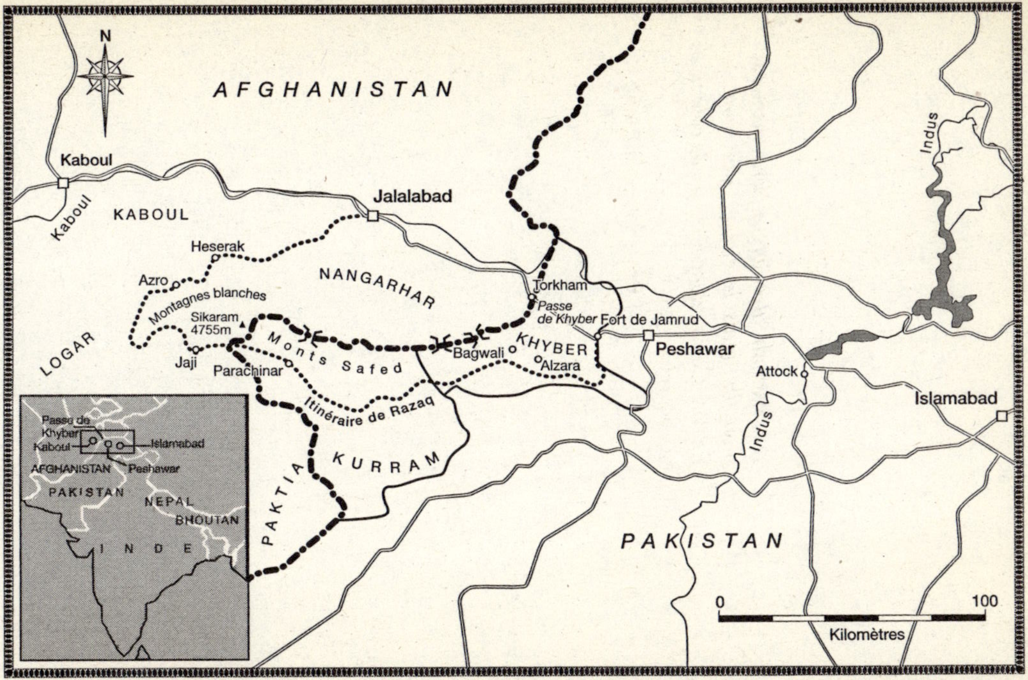

L'Afghanistan, le Pakistan et les Zones tribales

« L'œil de la colombe est charmant, mon fils, mais le ciel est fait pour le faucon. Couvre donc tes yeux de colombe et sors tes serres. »

Proverbe pachtoune

1

À Peshawar le soleil ne se lève pas. Il suinte.

Une trace de blanc d'œuf éclaire l'horizon à l'est derrière une brume de fumée, de gaz d'échappement et de poussière. De la fumée s'élève des feux de bois, de bouses de vache et de vieux pneus, maigres flammes du commerce : marchands de kebabs et boulangers, chaudronniers et briquetiers. Les pires gaz d'échappement sont crachotés par des essaims bleus vrombissants de rickshaws à moteur, terreurs sur trois roues qui foncent entre les charrettes et les bus bondés.

Mais ce que Nadjib Azam connaissait le mieux, c'était la poussière. Comme lui elle était descendue des terres arides du Khyber et ne s'était jamais posée, hantant les rues et les bazars comme si elle attendait qu'une brise fraîche l'emporte plus loin vers une destination meilleure.

Le matin, elle recouvrait son oreiller, poudre légère mêlée de suie. Le soir, il l'enlevait de son visage et la crachait dans un mouchoir, mais n'arrivait jamais à la chasser entièrement de ses pores ou de ses poumons. Partout où il allait, elle l'accompagnait tel un parasite, un petit présent de sa ville d'adoption. Il respectait son mystérieux pouvoir masquant, car les choses avaient tendance à disparaître à Peshawar : les gens, les idées, des mouvements politiques entiers. Un jour, on n'entendait et on ne voyait qu'eux et le lendemain, plus rien. Chaque jour, quelqu'un ou quelque chose de nouveau semblait manquer à l'appel.

L'aube à Peshawar avait cependant ses charmes et Nadjib aimait se lever tôt pour les savourer. Une demi-heure avant le lever du soleil, par une chaude matinée de la mi-octobre, il préparait du thé dans l'obscurité de sa petite cuisine tout en écoutant la charrette de Mansour partir pour le bazar. Inutile de regarder pour savoir que le vieil homme se tenait tel un aurige sur une étroite plate-forme de bois, tandis que derrière lui s'empilaient grenades et tomates et que les larges plis de son *shalwar kamiz* flottaient dans la lumière pâle. Bien que rassérénant, le bruit solitaire des sabots résonnait comme un avertissement, le tic-tac d'une bombe. Il faisait partie du compte à rebours quotidien de Peshawar avant le chaos. Les rues étroites n'allaient pas tarder à exploser : véhicules, bêtes et gens, mendiants et marchands réclamant des roupies au coude à coude.

Le haut-parleur d'une mosquée voisine grésilla. Nadjib alla sans se presser au salon, s'agenouilla, inclina son front vers le tapis pour prier. C'était aussi un rituel de sérénité, mais ici il ne semblait jamais suffire à l'apaiser complètement.

Dans les zones tribales de son enfance, le cri du muezzin était un appel solitaire, obsédant, magnifique. Nadjib feignait de croire qu'il ne s'adressait qu'à lui et, à ses oreilles, il n'y avait pas de plus noble expression du pouvoir que la formule *Allah Akbar*, Dieu est grand, lorsqu'elle était apportée par une brise matinale soufflant sur un paysage vide. Mais à Peshawar, les muezzins étaient légion, et leurs appels à la prière une cacophonie – c'était à celui qui crierait le plus fort dans une guerre qui se menait au-dessus des toits. Miaulements déchirants de chats se battant pour leur territoire. Nadjib était peut-être en train de devenir un infidèle, un matérialiste. Un *kafir,* auraient dit les hommes de la tribu pachtoune de son père. La vie était loin de paraître aussi sacrée qu'autrefois, et dans un pays où non seulement la profession d'un homme mais son mariage étaient généralement gravés dans la pierre avant l'âge de dix-huit ans, Nadjib, à vingt-sept ans, était encore un être en devenir.

Enfant, il avait vagabondé dans un pays des merveilles et des extrêmes, petit prince rural jouant parmi des hommes barbus, enturbannés, fusil en travers des épaules, qui tous devaient allégeance à son père. Après le petit déjeuner, il courait pieds nus dans la rosée des pavots qui lui arrivaient à la taille, évitant les gamins du village en maraude avec leur lance-pierres passé autour du cou. À mesure que le soleil grimpait dans le ciel, Nadjib cherchait refuge au pied des hautes falaises pour regarder passer les chameaux et les chevaux des contrebandiers, caravanes qui tanguaient et bringuebalaient à l'heure du thé. Puis il se couchait sur la véranda de la *hujera* paternelle, la maison d'hôte, où il contemplait les étoiles dont l'éclat était si vif qu'il avait l'impression qu'elles allaient lui vriller le crâne. En proie à une agréable lassitude, il s'étirait sur son lit de corde, écoutait en cachette les hôtes et suppliants de son père – rassemblements enfumés de conspirateurs dans la grande salle de la *hujera,* avec ses *houkas*[1] rudimentaires et ses cartouchières gros calibre, et s'endormait bercé par le murmure aquatique des grommellements et des gargouillis, et par le grésillement de la radio qui diffusait des nouvelles de l'au-delà. De temps à autre, un éclat de rire ou un cri de colère s'insinuait dans ses rêves, mais au matin il n'y avait plus que lui et le muezzin sous un ciel neuf et clair.

Cet univers avait aussi ses faux-semblants. On prenait vite l'habitude de dissimuler ses pensées et ses rêves et, dès son plus jeune âge, Nadjib avait appris de ses aînés à retenir ses émotions, à les rengainer comme une arme.

À dix-huit ans, on l'avait brusquement arraché à cet univers et expédié au-delà des mers dans une université américaine. C'était une idée de son père, une vaine tentative destinée à impressionner une poignée de ministres pleins de morgue dans les couloirs du gouvernement à Islamabad. Nadjib s'y rendit à reculons et pendant des mois ne sortit pas de sa coquille : studieux et maussade, il passa l'hiver en Caroline du Nord à étouffer et à rêver du Khyber.

Puis ce fut le printemps et Nadjib fit timidement surface. Il goûta à l'abondance et au brillant d'endroits nouveaux, en comparaison desquels sa maison ne tarda pas à lui paraître petite, ordinaire, sommaire. Il y avait des supermarchés grands comme son village, des bibliothèques de la taille de canyons, des arbres luxuriants couverts de fleurs et retentissant de chants d'oiseau. Et puis il y avait les femmes, pratiquement nues comparées à celles parmi lesquelles il avait grandi. Elles représentaient une tentation, il le savait, et pourtant elles avaient aussi quelque chose de sacré – comme si le paradis et l'enfer

1. Pipe à eau. (*NdT*)

s'étaient unis pour produire ces créatures de rêve qui montraient leurs bras et leurs jambes, leur crinière magnifique, leur visage animé, ouvert au monde et à tous ses possibles. Elles ne tardèrent pas à initier Nadjib à quelque chose de tout à fait inédit pour lui. Dis-nous ce que tu ressens, exigeaient-elles. À quoi tu penses. Ayant découvert Shakespeare lors du même printemps capiteux, Nadjib se trouva écartelé d'une façon tout à fait imprévue. Ressentir ou ne pas ressentir, telle était la question.

Aujourd'hui, des années après son retour, il était non seulement agité mais prisonnier – banni des territoires tribaux par son père, interdit de séjour en Amérique par les autorités consulaires.

La mesure de son père avait fait suite à une trahison que Nadjib avait choisi d'oublier. L'interdiction consulaire était plus récente. Les États-Unis avaient décidé, le mois précédent, qu'ils ne voulaient plus de lui, après que ses deux mondes furent entrés en collision d'une façon auparavant inimaginable dans les cieux embrasés de la pointe sud de Manhattan.

Il s'accrochait donc à Peshawar, avec le sentiment d'avoir laissé un peu de lui-même dans chacun des endroits qu'il avait quittés. Et lorsque la paix matinale était brisée, il ruminait souvent sur ce qui lui manquait, croyait parfois que lui aussi se dissolvait dans le brouillard de Peshawar, devenait aussi invisible que l'horizon. Dans un pays où la plupart des gens se définissent par leur famille ou leur foi, il avait une approche plus américaine : il cherchait son identité dans ses diverses occupations. Pour le moment donc, il était traducteur et guide, peintre d'oiseaux, informaticien au chômage, et tout récemment, pigiste pour le *Frontier Report,* un quotidien anglophone brouillon.

Les rares personnes qui connaissaient bien Nadjib à Peshawar auraient pu ajouter quelques étiquettes – fils renié, fornicateur enthousiaste, buveur occasionnel de breuvages interdits, frayant habituellement avec des étrangers – autrement dit inlassablement en quête d'un chemin qui le fasse sortir du Pakistan. À ce moment périlleux dans l'histoire de la ville, où choisir son camp était à l'ordre du jour, Nadjib demeurait d'une dangereuse neutralité.

S'il y avait bien une chose qu'on ne pouvait pas lui reprocher, c'était d'être paresseux et son emploi du temps, aujourd'hui, était particulièrement chargé. D'abord se rendre en scooter au bureau du *Frontier Report* où, comme toujours, il aurait du pain sur la planche. Sa tâche journalière consistait à résumer les dépêches en provenance des territoires tribaux situés dans la Province frontière du Nord-Ouest. La lecture en était des plus étranges : vendettas rurales, vols bizarres, villages bouleversés pour des détails infimes. Un jour, peut-être, il les réunirait en volume pour ses amis américains, un recueil de curiosités pakistanaises qui leur ferait enfin comprendre le fonctionnement du pays.

L'affaire la plus importante de la journée était prévue en fin d'après-midi : Nadjib avait rendez-vous avec un journaliste étranger, un de plus, qui voulait l'engager comme guide-interprète. « Fixeur », disait-on dans la profession, et son client était américain.

Avec la plupart des journalistes jusqu'à présent, les choses s'étaient toujours plus ou moins déroulées de la même façon. Les premiers jours se passaient à interviewer les gens dans la rue : les reporters aimaient le son du mot « bazar » dans leur papier et appréciaient d'être invités à prendre le thé par les marchands. Nadjib traduisait tout en repoussant les hordes de curieux, gamins pieds nus et mendiants culs-de-jatte.

S'il y avait une manifestation, ils la couvraient en prenant soin de rester en amont des gaz lacrymogènes. Puis venait la visite obligatoire d'une *madrasa,* ces écoles religieuses qui fournissaient aux talibans le gros de leurs troupes. Des garçons aux cheveux noirs agenouillés en rang d'oignons sur des sols de marbre récurés, balançant la tête en récitant le Coran. Une ou deux imprécations « Mort à l'Amérique ! » et on recueillait les propos du saint homme qui officiait.

Nadjib et ses clients partageaient après coup un rire gêné dans le taxi, les reporters jamais tout à fait certains de la position de Nadjib dans ce domaine, et Nadjib se gardant bien de les éclairer quand le moindre chauffeur de taxi était un informateur en puissance.

Puis, à moins qu'il n'y eût une nouvelle vague de réfugiés à bombarder de questions, Nadjib escortait son client – trois heures de nationale défoncée – jusqu'à la calme et verte stérilité d'Islamabad, pour mettre la main sur les bureaucrates et les diplomates susceptibles de délivrer les papiers nécessaires pour gagner la frontière afghane. L'Afghanistan était le but ultime de tous les clients, même si la frontière était fermée depuis des semaines et risquait de le rester pendant un bon moment encore.

Si elle rouvrait un jour, Nadjib la franchirait probablement aussi. Non qu'il prît plaisir aux coups de feu, mais au tarif de cent cinquante dollars par jour, il ne pouvait pas se permettre de refuser, car s'il y avait bien quelque chose qui pouvait le tirer de cet endroit, c'était l'argent liquide.

Ses économies se montaient à plus de trois mille dollars, mais l'ambassade américaine était plus inaccessible que jamais. Le périmètre de sécurité, installé à la hâte après le 11 Septembre, s'était étendu insensiblement aux boulevards environnants. Et aujourd'hui, cinq semaines seulement après les attentats, tout le quartier de l'ambassade était bouclé et un visa hors de question pour l'instant. Non seulement la majorité du personnel avait quitté le pays, mais il y avait une liste d'attente, lui avait expliqué un employé au téléphone. Il faudrait des semaines, voire des mois. Entre-temps, on avait petit à petit appris que de jeunes Pakistanais étaient jetés en prison par centaines aux États-Unis, sans un mot d'explication. Nadjib rongeait donc son frein : il entassait ses billets neufs de cinquante et cent dollars, faisait provision de munitions pour une bataille qui n'aurait peut-être jamais lieu.

Tel était le cours des pensées de Nadjib ce matin, lorsqu'un bruit du côté de la porte le fit sursauter alors qu'il était encore agenouillé. Avait-il fini ses prières ? Il n'en était pas certain. Les haut-parleurs des mosquées s'étaient tus. Un rickshaw avait pétaradé sous sa fenêtre en quête de son premier client. Il consulta sa montre – il avait encore le temps de se boire une tasse de thé – mais son regard fut attiré par quelque chose sur le carrelage. Une enveloppe. On venait de la glisser sous sa porte. Il guetta le bruit de pas qui s'éloignaient, mais n'entendit que le clip-clop d'un cheval. Il se leva donc, traversa la pièce et ouvrit brusquement dans l'espoir de prendre le messager en flagrant délit.

Personne. Rien. L'escalier était silencieux. Comme si l'enveloppe était tombée du ciel avec le premier rayon de soleil. Il referma sa porte et se baissa. De couleur crème, cachetée, l'enveloppe était impeccable.

Nadjib la déchira et en sortit une feuille du même aspect crémeux pliée en deux. Pas d'en-tête ni de signe officiel, uniquement un message manuscrit à l'encre noire, d'une écriture appliquée et serrée, donnant l'impression de quelqu'un qui n'avait pas l'habitude d'écrire. En haut figuraient les chiffres XXIV-30 et l'inscription en dessous était en arabe. Un passage du Coran. Étant à l'abri des regards, Nadjib s'autorisa un sourire irrespectueux. Il allait à tous les coups avoir droit aux réprimandes d'un voisin, à la leçon de morale d'un importun bien intentionné.

« Dis aux croyants de détourner les yeux de la tentation et de retenir leurs désirs charnels, disait la première ligne. Leur vie en sera plus pure. »

Son sourire s'élargit. Quelqu'un avait dû voir sortir Daliya quelques soirs plus tôt, et ce n'était probablement pas la première fois. Ce souvenir le mit de meilleure humeur. S'il se considérait comme faible et dénué de substance, elle était forte et compliquée, une âme qui méritait qu'on s'y accroche. Il poursuivit sa lecture.

« Dis aux croyantes de détourner les yeux de la tentation et de préserver leur chasteté ; de ne montrer que le dehors de leur parure. »

Oh, mais quelle parure ! Si seulement l'auteur du message savait. Venaient d'autres chiffres, XXIV-39, ce qui signifiait que l'auteur avait sauté des versets. Le passage suivant lui fit perdre le sourire.

« Mais les actions des incroyants sont pareilles à un mirage dans le désert. Le voyageur altéré croit voir de l'eau et quand il s'approche il ne trouve rien. Il trouve Dieu qui lui donne son compte. Car le jugement de Dieu n'attend pas. »

Furieux, Nadjib se demanda quel genre de « jugement » l'auteur avait en tête. Le sermonneur autoproclamé de Dieu avait-il aussi l'intention d'être Son bras vengeur ? Il froissa la feuille, se ravisa, la défroissa et prit un stylo. Une réponse s'imposait. Il prit son exemplaire du Coran, coincé entre un Philip Roth et un Paul Auster en version originale, et se mit à le feuilleter. Où se trouvait ce verset qui avait récemment attiré son attention ? Voilà. Exactement ce dont il avait le souvenir. Il allait le citer hors contexte, bien sûr. En fait, il se méprenait sans doute complètement sur sa signification. L'idée le fit de nouveau sourire avec une pointe d'espièglerie.

« II-79 », inscrivit-il. Puis il écrivit dans un arabe rouillé : « Malheur à ceux qui écrivent eux-mêmes le livre et disent : "Il vient de Dieu" pour atteindre quelque but dérisoire. »

Il remit la feuille dans l'enveloppe crème du messager et la ferma avec du scotch, puis ajouta en ourdou : « Réponse au visiteur matinal de l'appartement 12. » Sa seconde tasse de thé avalée, il attrapa sa sacoche et ses clés de scooter, prit soin de verrouiller sa porte avant de se précipiter dans l'escalier. Il mit la lettre sur les boîtes aux lettres dans l'entrée et se demanda combien de temps il faudrait avant que quelqu'un morde à l'hameçon. L'espace d'un instant, il eut des doutes – pourquoi jeter de l'huile sur le feu ? – et il fut pris de nausée comme s'il venait de manger trop de *chapal kebab.* Il allait devoir rappeler à Daliya de faire plus attention dans ses allées et venues. La ville devenait de jour en jour plus dangereuse et irrationnelle.

Ces fanatiques se mêlent de tout, songea Nadjib en se frayant un chemin dans les rues. Ils sont vraiment tuants.

2

Lorsque le deuxième cocktail Molotov explosa à six mètres de lui, Skelly se dit qu'il payait le prix de sa négligence : une vieille mais importante règle disait qu'une erreur dans le choix de son « fixeur » pouvait s'avérer fatale.

Elle n'aurait pourtant pas dû poser de problèmes, cette manif – cinq cents têtes brûlées et un mégaphone crachotant vitupérant une heure durant contre l'Amérique et Musharraf, le dernier en date des présidents à vie, puis le passage à tabac d'une effigie empaillée. L'effigie – une sorte d'horrible Américain passe-partout peinturluré en rouge, blanc et bleu – aurait dû brûler devant les caméras. Puis chacun serait parti déjeuner et on n'en aurait plus parlé.

Mais les flics avaient débarqué au beau milieu des festivités et quand la foule les avait repoussés, ils s'étaient mis à cogner comme des sourds sur les manifestants à l'aide de longues baguettes en bois, comme des maîtres d'école devenus fous furieux. La situation n'avait pas tardé à dégénérer. Si Skelly s'était trouvé cent mètres plus loin, tout aurait été impeccable. Il aurait eu une bonne place avec vue imprenable, une issue de secours et même une maison de thé confortable à portée de main pour se détendre après la bataille et mettre de l'ordre dans ses notes pendant que la fumée se dissipait. Quelques interviews avec les commerçants, un marchand d'épices peut-être, ils étaient toujours bons pour le détail sensoriel et l'article était bouclé. Pourtant, Dieu sait si on n'avait aucune envie de communiquer les odeurs du coin avec ses remugles de latrines en plein air et de crottin d'âne.

Ç'aurait été un premier article facile, le premier jour de Skelly au Pakistan, et il aurait eu son après-midi libre pour se doucher, régler ses problèmes intestinaux, mettre la clim et se glisser entre les draps de l'hôtel pour une vraie nuit de sommeil. Il aurait été fin prêt pour le travail sérieux du lendemain, décalage horaire et microbes tenus en échec.

Au lieu de ça, il se trouvait à l'épicentre d'une foule en colère, acculé à un mur en pierre immonde pendant que les bombes incendiaires explosaient autour de lui. Et tout ça par la faute de ce connard de « fixeur », Babar, même nom que l'éléphant. Suffisait de le regarder, d'ailleurs. Les yeux écarquillés du bonhomme et son air de panique à peine dissimulée trahissaient son manque de compétence beaucoup plus éloquemment encore que son mauvais anglais.

Skelly ne connaissait Babar que depuis trente-sept minutes : il l'avait choisi à la va-vite au milieu de la foule qui encombrait le hall de l'hôtel. Sélectionner un interprète de cette façon, c'était briser une règle fondamentale, mais Skelly était pressé. Il avait eu le choix entre plus d'une douzaine de candidats qui traînaient près des canapés de la réception. Tous arboraient le *shalwar kamiz* : la longue chemise tombant sur un ample pantalon retenu par un cordon. Skelly était déjà habitué à voir ce costume traditionnel dans les rues, mais il paraissait incongru dans le hall du Pearl Continental avec ses élégants réceptionnistes, ses beaux lambris, ses télévisions qui diffusaient CNN à plein tube, son généreux buffet au petit déjeuner et son cuisinier, coiffé d'une toque de chef, qui faisait les omelettes à la demande. C'était peut-être dû au manque de sommeil, mais ils avaient tous l'air de spectres – tous ces visages sombres planant au-dessus de vêtements pastel bouffants donnaient l'impression d'un chœur de gospel attendant de chanter à un enterrement. L'image était assez appropriée, songea Skelly, car ces hommes espéraient bien donner une représentation, et la mort était leur fonds de commerce. Les journalistes étaient pris d'assaut par ces personnages qui opéraient en marge de chaque guerre et de chaque insurrection, et leur racolage ne variait guère d'un pays à l'autre : « Comment allez-*vous*, sir ? Besoin d'un traducteur ? » C'étaient les parasites de la profession, et en règle générale, un sur dix seulement savait ce qu'il faisait, si bien que vous engagiez quelqu'un qui travaillait pour un journal du coin ou que des confrères vous avaient recommandé.

Mais les trois années passées dans une banlieue du Midwest avaient fait oublier à Skelly les leçons du passé. Il avait pris l'habitude qu'on lui mâche le travail : de se voir ravitailler en citations par des responsables de relations publiques et des porte-parole, à regagner la salle de rédaction avec un communiqué de presse, quelques déclarations et un gobelet de café bouilli.

Au Pakistan, il avait l'impression de repartir à zéro et il avait maladroitement essayé de trouver un numéro gagnant parmi les outsiders du hall. Babar avait paru le plus fringant du paddock, agressif tout en étant organisé, parlant comme une mitraillette, ce qui fait que son anglais avait paru passable. À l'en croire, il connaissait aussi le pachtou ainsi que l'ourdou, la langue officielle du Pakistan. En fait, Babar avait prétendu parler toutes les langues de la communauté afghane en exil, population qui à Peshawar comptait des centaines de milliers de personnes. Maîtrise parfaite du dari, moyenne du balti. Il avait même un vernis de baloutchi au cas où Skelly irait faire un tour au sud, dans le désert. Et il avait un chauffeur. Son cousin, bien entendu. *Tout ce qu'il faut, sir.* Grand geste du bras. *La voiture vous attend.*

Mais Babar connaissait-il les zones tribales de la frontière et savait-il comment se procurer les permis et autorisations pour les visiter ? Skelly avait senti qu'il devait demander quelque chose et cette question lui avait paru d'une difficulté raisonnable.

Oh, oui, Mr Skelly. Signe dédaigneux. *C'est pas un problème.*

No problem. Pas de problème. *Nema problema.* De l'Afrique de l'Ouest jusqu'aux Balkans, c'était le refrain des « fixeurs » dans le monde entier et, d'une certaine façon, les paroles de Babar l'avaient rassuré.

Mais tout était bidon, bien sûr, le boniment préparé d'avance, les promesses creuses. Skelly en avait eu le pressentiment en voyant la voiture du cousin, une Toyota de 83 rouillée aux vitres fendues et au plancher à travers lequel on voyait défiler la chaussée.

Ses craintes se confirmèrent lors de la prestation de Babar durant la première interview, juste avant le début de la manif. Ils avaient hélé un vieillard buriné et enturbanné qui, en réponse à la première question de Skelly, s'était lancé dans une longue tirade en pachtou, accompagnée de moult gesticulations et hochements du chef.

« Il dit qu'il est en colère, offrit Babar en guise de traduction. En colère contre l'Amérique.

— Oui, mais encore ? dit Skelly qui attendait la suite.

— À cause des avions qui bombardent l'Afghanistan. Il est en colère. En colère contre…

— L'Amérique, je suis au courant. Mais qu'est-ce qu'il a dit d'autre ? Il a parlé pendant cinq minutes.

— Vous voulez avec lui cinq minutes de plus ? » Front plissé. Incompréhension totale.

« Non, je veux seulement… » C'était sans espoir. À quoi bon ? « Ça ne fait rien.

— Il fait rien ?

— Non.

— Vous voulez qu'on doive… ?

— *Non.* N'en parlons plus.

— OK, Mr Skelly. On lui parle plus. C'est pas un problème. »

Babar l'avait ensuite emmené directement jusqu'à leur position périlleuse actuelle, le seul endroit du bazar où le niveau de risque excédait de beaucoup le devoir journalistique. Skelly avait subodoré l'erreur de calcul dès qu'il s'était aperçu que le seul autre Occidental en vue était un jeune photographe français, un casse-cou maigrichon, T-shirt, écharpe afghane, veste multipoches et queue-de-cheval. Ce genre de type était un indice qui ne trompait jamais dans ce type de situation : il signifiait « aux abris ». Vingt-cinq ans plus tôt – ça faisait vraiment si longtemps ? – un vieux correspondant étranger avait conseillé à Skelly d'« éviter les endroits où ça chauffe et où on risque de se faire descendre. C'est bon pour les jeunes photographes français ».

Et voici que Skelly se retrouvait au coude à coude avec l'homme de l'Agence France Presse, caméra défouraillée, sac en bandoulière comme une cartouchière, accroupi pour prendre un flic mort en contre-plongée, ne bronchant même pas lorsqu'une moitié de parpaing atterrit à côté de lui avec un schlack alarmant.

Skelly était fatigué rien que de le regarder, ne serait-ce que parce qu'il lui rappelait toutes les capitales de la misère humaine qu'il avait visitées – Managua, Bagdad, et les déserts du Koweït. Sarajevo et Pristina. Mogadiscio et Goma. Port-au-Prince et Panama, Hébron et Gaza. Khartoum et, en tout dernier, Monrovia, au cœur anarchique du Libéria : le royaume de la mort aveugle. Des visages émaciés aux yeux profondément enfoncés lui avaient adressé des sourires malveillants et rusés, le moindre canon de fusil l'avait suivi comme un regard. Mais le pire de tout avait été la tyrannie armée exercée par des gamins de douze ans, des gosses aux yeux vides qui avaient perdu toute notion de peur, d'ordre, de limites. Il ne savait pas trop ce qui l'effrayait le plus chez eux, l'air d'ennui avec lequel ils mitraillaient les gens ou leur ressemblance inquiétante avec ses fils. On aurait dit les personnages d'un de leurs jeux vidéo, équipés de kalachnikovs et sous l'empire de leurs hormones, le cauchemar de tous les parents. Ces horreurs plus des problèmes gastro-intestinaux qui l'avaient fait se tordre de douleur sur un lit de camp sale pendant quinze jours, coupé du monde extérieur et sans argent, avaient convaincu Skelly qu'il ne rentrerait jamais chez lui. C'est pourquoi le fait qu'il avait fini par en réchapper lui avait paru une délivrance finale, un sursis, une grâce accordée à la toute dernière minute par le Créateur. Skelly y avait vu le signe qu'il était temps de se retirer du jeu, même si ça signifiait que son journal risquait de le mettre au vert.

Et, naturellement, c'était exactement ce qui s'était produit. Car quoi de plus inutile pour un jeune rédacteur en chef ambitieux qu'un correspondant épuisé par trop de guerres et encombré d'une troisième épouse, d'un cinquième enfant et de l'inévitable collection de tapis d'Orient et d'art folklorique international. Le premier imbécile venu aurait vu que Skelly était usé et meurtri d'être resté trop longtemps en selle avec les quatre cavaliers de l'Apocalypse.

Il était donc tombé sous la coupe du rédacteur des nouvelles régionales, jeune produit sémillant des meilleures écoles, issu d'un milieu privilégié, formé à l'art des relations humaines et très au fait de toutes les sensibilités ethniques ou féministes. Le type savait tout, excepté comment couvrir les infos en temps réel, et il n'était pas fichu de faire la différence entre les Appalaches et l'Asie mineure. Il ne manifesta aucun désir de rencontrer Skelly, ni même de vérifier s'il donnait encore signe de vie. Il choisit la solution de facilité en l'exilant dans l'équivalent local de la Sibérie, à une soixantaine de kilomètres sur la nationale 19, dans le comté de Warren, avec ses hypermarchés Wal-Mart, ses périphériques et ses Assemblées de Dieu. Skelly se retrouva à couvrir les inaugurations de magasins, d'écoles et de parcs, la météo, ou à remplacer au pied levé n'importe quel jeunot de vingt-trois ans promu aux infos génés, cet endroit lointain en ville auquel tous sauf lui aspiraient.

Après toutes ces années passées à l'étranger, Skelly eut du mal à comprendre sa patrie. L'Amérique était, semblait-il, devenue le paradis des grandes surfaces et du câble avec un choix de cent chaînes. Sur la moitié d'entre elles, des types en costard se chamaillaient. Sur l'autre moitié, des blondes canon débitaient les derniers chiffres de Wall Street. Les lourds véhicules inconfortables qu'il avait autrefois loués pour traverser déserts et champs de mines étaient devenus le moyen de transport favori des banlieusards et des mères de famille et presque tous ceux qui avaient dépassé la trentaine semblaient avoir touché le paquet à la Bourse ou animer un nouveau talk-show. Skelly n'avait jamais vu pareille prospérité et pourtant tous ses voisins sans exception se plaignaient de problèmes d'argent et des bureaucrates sans visage qui essayaient de leur « tondre la laine sur le dos ».

Puis, par une matinée ensoleillée de septembre, le monde moins aseptisé et moins bien nourri que Skelly connaissait mieux refit parler de lui. Skelly était dans un centre commercial en train de faire un micro-trottoir sur la phobie des requins lorsque le premier avion s'écrasa, suivi d'un second. Abasourdi, il vit sur un écran de télé les tours jumelles du World Trade Center s'écrouler, tandis que de jeunes employés d'un rayon alimentation sanglotaient à ses côtés et qu'il se sentait de minute en minute plus déboussolé. Une heure plus tard, de retour au journal, il découvrit que ses talents étaient brusquement requis.

« Aide-nous à les comprendre, suppliaient ses rédacteurs. Pourquoi ils nous détestent ? »

Il s'était donc procuré un visa, fait faire quelques vaccins et avait sauté dans un avion. Un mois plus tard à peine, il était à pied d'œuvre – Stanford J. Kelly, pour ceux qui se demandent de quel nom il signe ses articles, dit Stan Kelly, surnommé Skelly par presque toute la profession à l'exception du nouveau rédacteur en chef qui tenait à l'appeler Stan. Il était de retour dans le Grand Jeu [1], parachuté dans un nouvel endroit de la planète après avoir eu à peine plus le temps de se préparer que pour un week-end au bord de la mer.

Aveuglé par la lumière éblouissante, il se sentait rouillé et indécis. Il était mortifié d'avoir fait la connerie monumentale de se tromper dans le choix de son « fixeur ». Car si le travail d'un correspondant de guerre à l'étranger n'est que du vulgaire tourisme – des vacances sportives conjuguées à du voyeurisme géopolitique – le « fixeur », lui, est à la fois agent de voyage et rabatteur, un roi de la débrouille doublé d'un sage. Les « fixeurs » constituent la première ligne de défense contre les tricheurs et les bons à rien et l'arme de choix (en dehors des Marlboro et des dollars américains) contre les officiels qui vous mettent des bâtons dans les roues et les abrutis des check-points. Les meilleurs savent où et à qui s'adresser, ils s'entendent à décrypter les arcanes de la politique locale et en connaissent toutes les rancœurs mesquines. Mais le premier boulot d'un « fixeur », c'est de vous maintenir en vie et en bon état

---

1. Nom donné par Kipling dans son roman *Kim* à la lutte d'influence entre l'empire britannique et l'empire russe au XIXe siècle. (*NdT*)

de marche, et ça peut aller jusqu'à vous indiquer où on trouve des adaptateurs pour brancher votre téléphone, les tapis les moins chers et la bouffe la plus saine.

Skelly avait déjà pris la décision de rectifier son erreur au plus vite. Il allait payer Babar, regagner son hôtel et, à quatre heures, il rencontrerait un « fixeur » qui lui avait été vivement recommandé par un confrère. Nadjib je ne sais plus quoi. Son anglais était soi-disant parfait et son pachtou aussi bon que son ourdou. Il avait même, paraît-il, un rien de sophistication occidentale. Il était cher – Babar avait au moins l'avantage d'être bon marché, soixante dollars par jour – mais un bon « fixeur » n'avait pas de prix. Au diable l'avarice. Ce n'était pas l'endroit pour faire des économies de bouts de chandelles.

Pour l'instant, son souci le plus immédiat était de sortir vivant de cette manif. Il agrippa Babar qui, Dieu lui vienne en aide, s'enfonçait de plus en plus dans le maelström à la suite du photographe.

« Pas par là ! cria Skelly. Par ici. »

Babar fit demi-tour et le suivit sans broncher, comme un bovin estourbi au bout d'une longe, et Skelly le poussa dans une ruelle qui paraissait raisonnablement sûre. Le bruit de la foule résonnait à ses oreilles, bourdonnements de colère et de panique qui semblaient électriser la poussière. Des corps chauds et moites le bousculaient. Les gens sentaient toujours autrement dans les autres pays, et leur odeur était désormais proche et reconnaissable entre toutes. Pas désagréable, simplement différente, un mélange de sueur, d'épices et de santal, qui dorénavant lui rappellerait à jamais cet instant et cette rue. La crosse du flingue d'un flic lui rentra dans la hanche. Il aperçut Babar devant lui, nuage monté sur des babouches. On aurait dit un personnage des *Mille et Une Nuits.*

« Par ici, cria-t-il, alors que Babar une fois de plus tendait à s'éloigner du droit chemin.

— Mais la voiture de mon cousin, elle est par là. » Le regard fou, désormais. Il fallait frapper un grand coup.

« Qu'il aille se faire foutre votre cousin ! » hurla Skelly.

C'était le genre d'anglais que même Babar était capable de comprendre, et il suivit sans plus opposer de résistance. Un troisième cocktail Molotov libéra un génie orange de chaleur et de flammes, mais ça se passait loin derrière eux, du côté du photographe. Parfait. Skelly avait eu raison de se fier à son instinct. C'était comme nager à contre-courant, on avançait à peine. Il fallait continuer à barboter jusqu'à ce que le courant lâche prise.

« Allez, Babar. Grouille ! »

La police maîtrisait désormais la situation et Skelly parvint à se glisser derrière le cordon tandis que la phalange en uniforme continuait sa progression. Plusieurs flics à l'arrière avaient dégainé leur pistolet. D'autres épaulaient leur carabine pour mettre la foule en joue. Mais pas de coups de feu jusqu'à présent. Ça ne manquerait pas de faire sauter le barrage.

Skelly chercha son portable dans sa poche. Sauf si la police se mettait à tirer, Babar et lui étaient en sécurité : ils étaient parvenus dans une ruelle vide où tous les magasins avaient rabattu leurs volets. Il ferait bien d'appeler ce Nadjib pour confirmer le rendez-vous. Mais que se passerait-il si quelqu'un d'autre l'avait déjà engagé ? Skelly réprima un mouvement de panique. Il y avait suffisamment de nouveaux arrivants pour que ce soit possible.

En fait, Skelly faisait partie de la deuxième vague de journalistes. Les troupes de choc de la mi-septembre venaient essentiellement d'Europe et d'Extrême-Orient, plus les agences de presse et les grands réseaux de télévision habituels. Un mois plus tard, nombre des premiers arrivés maugréaient déjà, convaincus d'être en panne d'inspiration ou que l'histoire était éventée. Mais tous sans exception se consolaient de ne pas faire partie des malheureux coincés dans les étendues du nord de l'Afghanistan avec l'Alliance du Nord. Tout le monde avait désormais entendu les récits apocalyptiques : correspondants dormant à douze dans une seule pièce, à même le sol de maisons de thé crapoteuses pour cinquante dollars la nuitée, se lavant dehors dans des seaux d'eau froide infestée de microbes. Travaillant à l'aide de générateurs portatifs et tapant à la lumière d'une lampe frontale tandis que leur souffle gelait leur clavier d'ordinateur. Riz et pain au petit déjeuner, riz et pain au dîner. Rien de tel qu'un petit pilonnage d'artillerie pour vous déclencher une diarrhée dès potron-minet.

Jusqu'à présent sur le front pakistanais, le seul danger en vue, hormis la nourriture et de temps à autre la populace, c'était l'ignorance. La majeure partie de la presse internationale avait été prise en flagrant délit d'ignorance crasse et, par les lents après-midi à Islamabad, on voyait les derniers débarqués de Washington, Londres, Paris, Francfort, Rome et Tokyo allongés au bord de la piscine du Marriott, plongés dans des livres flambant neufs sur les talibans et Ben Laden ou piochant dans un guide Lonely Planet : le nec plus ultra après l'interview de votre chauffeur.

Skelly avait vu bien des plaies purulentes de la planète, mais ses voyages ne l'avaient jamais amené jusqu'ici ni en Afghanistan, une lacune qu'il avait toujours regrettée, même s'il avait passé l'âge où l'expérience l'aurait le plus passionné. Par ses lectures, il connaissait depuis longtemps les intrigues de la région, son histoire disparate et violente de terre d'aventuriers et de seigneurs de la guerre : marchands sur la Route de la soie ou pions du Grand Jeu de Kipling. Il savait aussi que c'était un pays qui punissait les peureux et les naïfs, et, plus spécialement, ceux qui faisaient un faux pas. Mais c'étaient d'ordinaire des soldats et des espions qui figuraient sur les listes de morts et de blessés, et il n'était qu'un pisse-copie. Tout irait bien.

Ça faisait seulement huit heures que Skelly était au Pakistan. Sur le coup de trois heures du matin, il avait senti l'air moite au sortir d'un Boeing 757 en provenance de Dubaï, au terme d'un voyage de vingt-six heures qui avait commencé par un frais après-midi d'automne au cœur de l'Amérique. Les jambes raides, il avait descendu la passerelle, foulé le tarmac chaud dans l'obscurité avant de passer devant une colonne silencieuse de policiers militaires coiffés de bérets bleus. La foule des nouveaux arrivés s'était engouffrée par les portes vitrées pour se diriger vers la lumière fluorescente des contrôles de passeports. Un groupe muet de bagagistes en combinaison attendait juste derrière. Il n'eut aucune peine à repérer les journalistes de la presse écrite dans la foule. C'étaient les radins qui tenaient à tout prix à mettre leur chariot défoncé en position près du tapis roulant couinant. Personne ne parlait, tout le monde était trop assommé par l'heure matinale et les milliers de kilomètres parcourus. Bagages récupérés, Skelly passa devant des agents des douanes renfrognés, franchit une porte battante et se retrouva au milieu de centaines de gens qui attendaient derrière une corde – visages au teint bistré qui le fixaient, mer de robes et de voiles. Personne ne mouftait. Puis les chauffeurs de taxi clandestins passèrent à l'attaque, s'emparèrent de ses bagages et lui demandèrent où il voulait aller tandis qu'il se tuait à répéter « Non ! non ! » et cherchait du regard la vraie station de taxi. Il avait oublié qu'il lui faudrait marchander jusqu'à plus soif, chicaner avec les chauffeurs et les commerçants qui essaieraient de lui faire payer deux ou trois fois le tarif en vigueur. Tout ça faisait partie du jeu, même si les centaines de roupies en question ne représentaient qu'un dollar et demi et même si le chauffeur avait peut-être onze bouches à nourrir.

À Islamabad, il n'avait eu que quelques heures de sommeil agité, suivies par un petit déjeuner à haut risque : une omelette baveuse. Puis il avait hélé un taxi pour se rendre à Peshawar. Il était parti juste avant l'aube, car sa feuille de route n'aurait pu être plus claire : allez à la passe de Khyber et voyez s'il est possible de vous approcher de la frontière afghane. Si vous pouvez la franchir, allez-y. Sinon, voyez ce que vous pouvez récolter.

Assez fastoche, supposait Skelly, sauf qu'un millier d'autres avaient eu la même idée.

Mais en cours de route l'horizon qui blanchissait le

tira de sa stupeur. Il baissa sa vitre pour respirer le dernier souffle d'air frais de la journée, regarda la magnifique projection de diapos que lui offrait le paysage. Des scènes d'un exotisme stupéfiant sous les branches pendantes et odorantes d'eucalyptus poussiéreux. Il sortit un carnet de sa poche arrière de pantalon, soudain résolu à tout noter pendant qu'il avait encore l'esprit frais et le regard neuf.

La première chose qui attira son attention fut un vieil homme déjà au travail dans la demi-obscurité : il balayait les trottoirs de la route à quatre voies menant à Islamabad avec un balai de jonc rudimentaire, récoltant une moisson de poussière inépuisable. Puis Skelly en aperçut deux autres occupés à la même tâche. On les payait vraiment pour faire ça ? Autant ramasser le sable d'une plage avec une pelle.

Les vues se multipliaient à mesure qu'ils gagnaient la campagne. La main droite de Skelly courait sur la page étroite en émettant un petit grattement : *lits de bois rudimentaires sur toits maisons basses et dans champs de canne à sucre avec gens encore endormis. Fines couvertures & draps, même gris que les vêtements. Passage de l'Indus à Attock traversé jadis par Alexandre le Grand, fort sur promontoire. Petit cours d'eau dans ravin boueux avec tente près troupeau de chèvres. 3 buffles d'eau enfoncés jusqu'aux genoux dans fossé irrigation & un broutant herbe haute. Bouses (de vaches ?) mises à sécher sur murs de maisons, pour servir de combustible. Chameau assis dans champ de canne. Vélos transportant de tout – fagots, sacs de toile, seaux de lait, télés dans leur emballage. Haute cheminée de terre crachant épaisse fumée noire, odeur abominable…*

« D'où vient la fumée ? s'enquit-il auprès du chauffeur, crayon en suspens.

— Des briqueteries.

— Bien sûr. » Partout des tas de briques.

« Ils brûlent des vieux pneus pour les cuire, ajouta le chauffeur. » Skelly nota tout.

Bruyant et bringuebalant, un camion les doubla sur la gauche. Comme tous les autres, il était entièrement bariolé de couleurs et de motifs différents, la cabine éclairée par un lumignon rouge qui lui donnait des airs de bordel. L'avant de la remorque surplombait la cabine, telle l'étrave d'un galion en haute mer. Magnifique. Un autre, précédemment, était si surchargé – le foin qu'il transportait était retenu par un drap blanc – que de derrière on eût dit qu'il arborait un immense turban, ce qui avait fait rire Skelly.

Puis sur la gauche, un escarpement rocheux dénudé qui s'ouvrait sur une carrière profonde. Il y avait des habitations là-haut, des petites cavités taillées dans la paroi du promontoire de calcaire. Chaises et lits face aux ouvertures. Éclairé par le soleil levant, un bambin qui ne devait pas avoir plus de trois ans se tenait au bord du précipice. Skelly lui fit signe. Le gosse ne lui répondit pas.

À intervalles réguliers et assez rapprochés, diverses installations militaires. Une caserne, puis une unité du génie, puis l'École de guerre des troupes blindées et motorisées, parking rempli de chars d'assaut. Si incongrus avec leur air moderne : on avait l'impression que le gouvernement avait décidé de mettre le paquet ici et d'ignorer les autres points de la carte.

Il y avait aussi des mosquées, certaines vastes et majestueuses, mais la plupart minuscules et aussi humbles et crasseuses que leurs alentours.

Le chauffeur mit la radio pour écouter les infos, trouva une station émettant en anglais : des avions américains avaient bombardé un hôpital par erreur. Les talibans prétendaient qu'il y avait une centaine de morts et de blessés. L'offensive de l'Alliance du Nord était au point mort. À la rubrique sportive américaine, les Yankees étaient de retour en finale.

Tout ça n'apprenait rien de neuf à Skelly. Il n'aurait probablement pas grand-chose à ajouter au bout d'une journée de reportage. Pourquoi ne pas raconter ça à la place ? songea-t-il, en regardant défiler le paysage. Un compte rendu complet du trajet avec ses panoramas, ses bruits et même ses odeurs. Inutile de faire la moindre interview pour voir avec quelle facilité la colère pouvait naître, croître et bouillonner dans des endroits pareils, trouver à la fois un réconfort et un exutoire dans ces petites mosquées, les imams donnant leurs ordres dans leurs homélies, les versets en arabe électrisant l'atmosphère comme la foudre.

Mais Skelly savait qu'il n'aurait droit au mieux qu'à un paragraphe descriptif ou deux et que ça devrait sans aucun doute attendre le week-end. En supposant même qu'il puisse rendre compte de tout, qu'il arrive à distiller son voyage sur deux longues colonnes de prose impérissable, qui lirait son article ? Une ménagère du Midwest attaquant sa deuxième tasse de café après avoir transporté les mouflets du voisinage à l'école dans son véhicule de combat ? Ou un comptable bâillant d'ennui pendant sa pause-déjeuner. Presque tous les autres sauteraient son article, satisfaits de leur ration journalière de télé ou pour ceux qui voulaient en savoir plus, de la lecture d'un journal national du type *Times* ou encore d'Internet.

Ce qui signifiait en clair qu'en sa qualité de correspondant d'un quotidien de taille moyenne, Skelly était aussi obsolète qu'une machine à écrire dans une salle pleine d'ordinateurs portables, qu'il fournissait des infos qui seraient dépassées bien avant d'être imprimées. Il savait aussi que son premier élan d'enthousiasme et de perspicacité disparaîtrait, l'habitude aidant et en raison de ses propres limites. Il aurait beau faire, sa prose ne serait jamais assez incisive pour entrer dans le vif du sujet.

Il devrait donc se contenter de l'ordinaire. Qui avait ses bons côtés. Dans les semaines à venir, Skelly savait qu'il allait pénétrer dans un royaume de codes anciens et de tabous. Ses hôtes seraient des hommes qui se demanderaient une minute comment l'égorger et qui, à la suivante, lui offriraient du thé et des rafraîchissements, rompraient du pain sorti d'un four creusé dans le sol, exactement comme ils l'auraient fait cinq siècles auparavant.

Oui, il était de retour dans le Tiers Monde : il en avait le goût sur le bout de la langue et la puanteur dans les narines. Et à l'instant précis, dans une ruelle pavée du bazar de Peshawar, il faisait ce qu'un tas de gens du Tiers Monde font, du moins au Pakistan : il pianotait un numéro sur son portable. Il voulait parler à Nadjib, mais ça ne passait pas et il continua à avancer avec Babar qui n'en finissait pas de jacasser nerveusement au sujet de son cousin.

Lorsqu'ils furent parvenus sur une hauteur, Skelly fit une nouvelle tentative. Se retournant pour jeter un coup d'œil à la manif, il vit que la populace reculait, vague géante refluant vers la mer. Qu'ils aient pu frôler le pire était ridicule. Mais ça lui ferait quelque chose à raconter à Janine ce soir au téléphone. Janine était sa dernière épouse en date. *La troisième.* Il n'en revenait toujours pas, comme s'il était un play-boy hollywoodien. Parfois, il rêvait que s'il vivait dans un des Etats du Golfe, il les aurait encore toutes à ses côtés, chacune vivant à un étage différent dans une maison qui se serait agrandie à chaque mariage. Pas plus mal vu le prix que lui coûtaient les deux premières. Janine avait fait la grimace pour ce voyage. À la pensée de Brian, le fils qu'ils avaient eu sur le tard, Skelly éprouva un remords lancinant, non que le gosse lui manquât (ayant déjà quatre autres enfants, il avait soupé des joies de la petite enfance), mais parce qu'en Brian il voyait quelqu'un de plus qui se rebellerait contre lui, qu'il barberait, que ses étranges expériences n'intéresseraient pas davantage que le code des impôts. Brian, comme ses prédécesseurs, grandirait scotché à MTV et à Internet, dirait « trop top » et « grave », ferait des kickflips sur sa planche à roulettes avant d'avoir l'âge de porter un casque. La Nation des Rejetons demeurait le seul pays dans lequel Skelly renâclait à pénétrer et il craignait d'avoir trop attendu pour faire une demande de visa.

Foin de ces pensées domestiques. Ça devait être l'effet du décalage horaire. Il allait filer à Babar un beau billet de cinquante dollars, plus un pourliche pour le tout aussi incompétent cousin. Héler un taxi pour rentrer à l'hôtel et, avec un peu de chance, ses problèmes de

« fixeur » ne tarderaient pas à être résolus. Mais d'abord il allait essayer de rappeler ce numéro.

Il pianota. Attendit. Enfin, ça sonna.

Ce Nadjib ferait bien d'être à la hauteur.

3

Dépêches régionales
de Nadjib Azam

DOUBLE MEURTRE : Deux femmes ont péri hier lors d'une échauffourée entre des factions rivales de la tribu hafizi dans un village situé près de Khairpur. Les belligérants se sont affrontés à coups de massues et de haches. Les deux victimes ont été identifiées comme étant Ms Akhtar et Ms Jatoi. Cinq autres personnes ont été hospitalisées. D'après certains rapports, une vieille inimitié existait entre ces groupes suite au vol d'une vache l'an passé, litige qui a déjà coûté la vie à plusieurs autres personnes. Mercredi dernier, plusieurs hommes armés d'une faction ont attaqué un village rival avec des lance-grenades. La police accourue en hâte sur les lieux a maîtrisé la situation, mais les deux groupes auraient pris position dans la région.

NOCES SANGLANTES : Un homme a abattu sa fille, juste avant son mariage qui devait avoir lieu hier dans le village de Karwanzai situé dans la zone tribale de Mohamand. Selon la police,

Shahid Khan dont la fille s'apprêtait à épouser le frère de sa bru n'était pas satisfait du *wata-sata,* arrangement selon lequel le frère et la sœur d'une famille convolent avec la sœur et le frère d'une autre. Shahid Khan a rendu visite à sa fille Sakeena, le matin du mariage, puis lui a tiré une balle dans la poitrine avant de s'enfuir. Transportée d'urgence à l'hôpital, la jeune femme a succombé à ses blessures.

Il y avait quelque chose d'inquiétant chez ce Skelly. Mais quoi au juste, se demanda Nadjib, une fois qu'ils eurent tous deux plus que copieusement garni leur assiette au buffet du Pearl Continental. À neuf dollars, c'était de l'extorsion pure et simple. Une famille de mendiants aurait pu vivre des semaines avec cette somme. Mais pourquoi se plaindre quand c'était quelqu'un d'autre qui réglait l'addition ? Nadjib s'était donc attaqué aux bacs fumants avec délectation et s'était servi de pleines louchées de curry de poulet et d'agneau. Il était ensuite passé aux salades de tomates et de concombres, s'était pris des monceaux de légumes cuits à la vapeur et de grosses boules de riz jaune. Pour finir, il avait fait sa sélection dans une corbeille qui paraissait offrir toutes les sortes de pain inventées par l'Occident et l'Orient réunis, et s'était promis de se garder une petite place pour le dessert. Le comptoir où pâtisseries au miel et gâteaux glacés trônaient sur des plats en argent était à peine dégarni, même à cette heure tardive de l'après-midi. Il se demanda si le personnel emportait ce qui restait à la maison.

« Faites ça depuis longtemps ? » s'enquit Skelly la bouche pleine et le sourcil levé.

Il voulait probablement parler de son travail d'interprète, pas du fait qu'il resquillait, bien que son expression fût assez désinvolte pour suggérer les deux.

« Depuis un mois, répondit Nadjib. Uniquement des Européens et des Américains jusqu'à présent. » Nadjib s'exprimait avec la plus grande précision quand il avait affaire à des clients potentiels. Les journalistes, c'est bien connu, ont le plus grand mal à modifier leurs premières impressions. Il essayait aussi de se faire une idée claire de Skelly et ce qu'il avait détecté jusqu'alors le laissait circonspect, encore qu'il n'eût pas pu dire pourquoi.

D'après son allure, il venait juste de passer le cap de la cinquantaine. Belle chevelure ondulée et grisonnante. Ses vêtements étaient défraîchis, froissés et poussiéreux comme s'il n'en avait pas changé depuis une semaine alors qu'il venait juste d'arriver. Forme correcte. Un peu de ventre, mais il bougeait d'une façon qui laissait supposer qu'il pourrait se montrer agile si nécessaire. Ce qui frappait le plus chez lui, c'étaient ses yeux gris-bleu, animés tout en donnant une impression de calme et de résolution qui semblait en contradiction avec les circonstances. Skelly n'avait pas les yeux en boules de loto comme la plupart des nouveaux venus au Pakistan. Pourtant, comme tout le monde, il se plaignait déjà de la purée de pois qui sévissait à Peshawar.

« Comment vous faites pour la supporter ? demanda Skelly en trempant un morceau de galette dans une flaque de sauce orange. Je croyais que d'ici on pourrait au moins apercevoir les montagnes.

— Quand j'étais petit, on voyait jusqu'en Afghanistan. Certains jours, le smog atteint même la passe de Khyber, bien que l'air là-haut soit en général transparent.

— Raison de plus pour gagner la frontière. »

Lui aussi voulait donc aller en Afghanistan. Ça n'avait rien de surprenant.

« À propos, dit Skelly, s'il m'arrivait de suggérer quoi que ce soit d'imprudent, j'espère que vous aurez le bon sens de me le faire savoir. Au diable la timidité. »

Nadjib acquiesça d'un signe de tête en se demandant si l'homme l'avait récemment échappé belle.

« D'un autre côté, si vous repérez la moindre possibilité de s'éloigner des sentiers battus, de quitter les hordes – il engloba du geste le café où ses confrères de toutes les nations remplissaient l'air de leurs bavardages multilingues –, dites-le-moi tout de suite, même s'il y avait un chouïa de danger et d'épreuves à la clé. Je me fais bien comprendre ?

— Vous n'avez pas envie de vous faire tuer, mais vous êtes prêt à prendre quelques risques pour un scoop.

— Exactement. » Il eut un large sourire, bien que Nadjib fût trop avisé pour se laisser amadouer par de simples sourires. Ils étaient monnaie courante en Amérique où vendeuses et caissiers de fast-food les distribuaient à gogo. « Mais j'imagine que tout le monde vous demande la même chose. »

Oui, supposa Nadjib, bien qu'aucun de ses clients jusqu'à présent ne se soit montré aussi franc sur son ignorance de la situation locale. Le précédent était aussi américain et nouveau venu au Pakistan, mais il était soigné de sa personne et organisé, pantalon et col de chemise repassés. Dès leur premier rendez-vous, il avait remis à Nadjib une liste dactylographiée d'idées de reportage et de personnes qu'il souhaitait rencontrer, et il n'avait jamais laissé passer une occasion d'étaler sa science, et du coup Nadjib avait été gêné chaque fois qu'il avait dû corriger ses nombreuses erreurs. Le type avait dû lire quelque part que la première chose à demander à un Pakistanais était combien d'enfants il avait et il posait la question à tout bout de champ. Il fut déconfit de découvrir que non seulement Nadjib n'avait pas d'enfants mais qu'il était célibataire, comme si cette catégorie ne figurait pas dans ses statistiques démographiques de Peshawar.

Skelly, lui, était quasiment allègre dans son ignorance.

« Qu'est-ce que je devrais donc vous demander sur le coin ? Je suis allé à une manif, ce matin, mais elle avait rien de spécial. J'ai pas eu l'impression que toute la ville était en armes. Juste quelques centaines d'imbéciles qui se sont laissé marcher sur les pieds par la police. Qu'est-ce que les gens pensent de la guerre ?

— Ils espèrent qu'elle ne durera pas longtemps. Plus elle s'éternise, plus il y a de chances pour que des têtes brûlées s'emparent du pouvoir. Personne n'a envie qu'ils mettent la main sur les bombes.

— Nucléaires ?

— Oui.

— Ça peut se comprendre. Vous êtes pachtoune, hein ? Je crois avoir entendu dire que vous aviez grandi dans les zones tribales.

— Oui. » Inutile de le laisser s'aventurer sur ce terrain.

« Vous êtes afridi ? Je veux dire votre tribu. Est-ce que ce n'est pas une des plus importantes, avec toutes sortes de clans et de sous-clans ?

— Oui. » Visage impassible, qu'il était capable d'afficher mieux que personne. « Ça vous pose un problème ?

— Euh, non. C'est juste que… Non. Aucun. »

Skelly paraissait agité, comme s'il s'inquiétait d'avoir commis une gaffe culturelle. Parfait. Inutile de le détromper, ça l'empêcherait peut-être de s'occuper de ce qui ne le regardait pas. Leurs relations resteraient purement professionnelles, des rapports marchands, et c'est dans ces termes que Nadjib peaufinerait le rôle que Skelly souhaitait lui voir jouer. Quelques semaines plus tôt, une équipe de la télévision suisse s'était mis dans la tête qu'il était un noceur pakistanais. Il s'était donc plié à leurs désirs et avait accepté de boire quelques bières dans leur suite d'hôtel. Il avait parlé d'une voix pâteuse, été dûment pris de vertige, avait joué les crétins exotiques tandis qu'ils hochaient la tête d'un air entendu. Le précédent Américain avait, quant à lui, décidé de voir en lui un sage impassible, et ce serait peut-être le rôle sur lequel Skelly jetterait son dévolu : Nadjib l'Insondable.

Cela aurait au moins l'avantage de correspondre à la façon dont il avait été élevé : garder un visage sérieux dans la colère comme dans l'allégresse était considéré comme un atout. Son père lui avait toujours dit : « Il n'y a pas de mal à bouillir de rage. Mais ne laisse jamais voir les bulles ni la vapeur. » Il se souvenait d'une cérémonie de mariage où les hommes du village avaient eu vite fait de repérer un Pendjabi au simple fait que l'homme avait osé taper du pied pour accompagner la musique. Aujourd'hui, après quatre ans passés en Amérique, Nadjib se trouvait quelque part entre les deux extrêmes et c'est sans doute son côté occidentalisé qui eut soudain pitié de la mine déconfite de Skelly. Pour se racheter, il demanda : « Vous avez combien d'enfants ?

— Cinq.

— Garçons ?

— Deux. »

À partir de là, la plupart des clients se seraient déboutonnés et auraient parlé de leur famille jusqu'à plus soif. En Amérique, de parfaits inconnus s'étaient épanchés dans le bus, le train, au bar ou au restaurant, lui avaient tout confié depuis le montant de leur salaire annuel jusqu'aux détails de leur divorce. Skelly, lui, était différent. Il remua sur sa chaise et fit un grand sourire, à moins que ce ne fût une grimace.

« Mon aînée, Carol, a vingt ans passés. Le plus jeune n'a pas encore deux ans. Mais ils sont éparpillés un peu partout dans la nature. Trois épouses, vous comprenez.

— Oui, évidemment. »

Pas de photos. Skelly ne saisit pas non plus l'occasion pour dire combien les siens lui manquaient. Il était peut-être plus à l'aise à l'extérieur que chez lui.

« Vous voyagez beaucoup ? demanda Nadjib piqué par la curiosité.

— Avant, oui. Je me suis rouillé ces deux, trois dernières années. Je suis resté coincé pour l'essentiel dans le Midwest, à quasiment rien foutre. Ça fait donc du bien de voir à nouveau du pays. »

Coincé. Le mot était intéressant. Mais Nadjib avait le même sentiment à Peshawar, et c'était peut-être ce qui le perturbait chez Skelly. Il avait presque l'impression de se voir dans vingt-cinq ans, un peu plus épais et grisonnant, mais toujours en train de tirer sur son licou, avide de nouveaux pâturages.

Un brouhaha du côté de l'entrée de l'hôtel leur fit soudain tourner la tête. Un jeune homme qui venait de s'engouffrer dans la porte tambour était accueilli chaleureusement avec force embrassades, salaams et cris de joie. Même le portier, qui dans son accoutrement ridicule avait l'air d'un larbin de l'impératrice Victoria, souriait avec reconnaissance, chose qu'il ne faisait quasiment jamais pour les autochtones.

« Qu'est-ce qui se passe ? demanda Skelly. Vous reconnaissez quelqu'un ? »

C'était en partie un test. Montre-moi ce que tu sais, disait Skelly, et Nadjib se rendit compte avec soulagement qu'il connaissait le jeune homme en question, encore que pas très bien.

« C'est Hadji din Razaq, le plus jeune fils de Mahmoud Razaq.

— Le seigneur de la guerre afghan ?

— Oui. Mahmoud Razaq était un commandant moudjahid. Il a combattu les Russes pendant des années, mais quand les talibans ont pris le pouvoir, ils l'ont fichu dehors. Aujourd'hui, il est riche. Il a fait fortune à Dubaï et en Arabie Saoudite. Mais il est revenu, et il attend comme tous les autres de rentrer par la porte, si tant est qu'elle se rouvre.

— Oui, j'ai lu quelque part qu'il songeait à la forcer. Qu'il voulait mener une insurrection. Du moins, c'était son intention avant le début des raids aériens.

— La rumeur dit qu'il n'a pas changé d'avis. Il est censé emmener une centaine d'hommes en Afghanistan.

— Quand ? » Une réaction aussi rapide que tranchante. Nadjib aurait dû rester vague. Le départ de Razaq était imminent mais s'il le disait, Skelly se lèverait de sa chaise et se dirigerait droit vers Hadji din Razaq.

« Personne n'en est certain. Cette semaine, peut-être.

— Intéressant. » On voyait le remue-méninges, l'homme qui soupesait les risques, se demandait s'il ne pourrait pas franchir la frontière encore plus tôt que prévu.

« Vous pourriez me présenter au fils ? Avant qu'il ne quitte l'hôtel, je veux dire. Vous avez bien dit que vous le connaissiez ?

— Je crois qu'il me reconnaîtra. » Il espérait que ce serait le cas. Hadji din Razaq était d'habitude assez agréable, encore qu'un tantinet impulsif comme son père. Pour des gens qui étaient à la veille d'une mission aussi délicate, la famille ne faisait guère preuve de discrétion. Mais c'était typique des Razaq qui étaient dans l'ensemble vantards et arrogants.

« Vous voulez que je lui demande si on pourrait rencontrer son père ?

— Oui, ce serait génial. »

Nadjib posa sa serviette sur la table, regarda tristement son assiette. Lorsqu'il reviendrait, tout aurait refroidi. D'un autre côté, avec un peu de chance, il pourrait se voir récompensé par une demi-journée de salaire.

« Attendez-moi ici. Je vais voir ce que je peux faire. »

Skelly regarda Nadjib traverser le hall. Un type intéressant à l'anglais parfait. Un peu froid, mais après la faconde de Babar, la circonspection semblait une vertu. De plus, Skelly n'avait jamais cru nécessaire d'être cul et chemise avec son « fixeur », à l'inverse de certains reporters qui poussaient les choses à l'extrême et allaient même jusqu'à faire des cadeaux à leurs enfants.

Ce qui importait, selon lui, c'était d'établir un climat de confiance et que le courant passe. Il n'était pas non plus contre les petites faveurs : glisser un mot à un agent consulaire pour récompenser un boulot bien fait. Les types froids, avait-il noté, se réchauffaient presque toujours. Mais il n'y avait rien de froid ni de distant dans les yeux de Nadjib, qui étaient d'un brun intense et paraissaient tout comprendre. Il avait plutôt fait preuve de circonspection et s'était montré indubitablement chatouilleux sur son héritage tribal. Il était peut-être tout simplement snob. Quand bien même, ça pourrait s'avérer utile. Skelly adorerait jeter un petit coup d'œil en douce à l'aristocratie tribale pakistanaise, surtout s'ils ne trouvaient pas moyen de franchir la frontière.

Peut-être que ce Razaq les mènerait à quelque chose, même si Skelly savait qu'il devait être au minimum le centième reporter sur les rangs. Les magazines *Time* et *Newsweek* avaient déjà évoqué les intentions du vieux seigneur de la guerre.

Nadjib était parvenu jusqu'à Razaq et les deux hommes se serraient la main. Parfait. Un souffle d'air frais après ce balourd de Babar qui rôdait de nouveau près des canapés de la réception et regardait ailleurs d'un air penaud chaque fois que Skelly jetait un coup d'œil dans sa direction. Le manque de sommeil et le repas lourd rendaient déjà Skelly somnolent. Mais pas question de piquer un petit roupillon. Mieux valait se coucher le plus tard possible s'il voulait être sûr de bien dormir. Il se versa donc une autre tasse de café dans l'espoir que son horloge interne se mettrait à la nouvelle heure. Il décida de ne pas ressortir faire des interviews de peur qu'un marchand ne lui offre du thé vert qui lui garantirait une insomnie.

Il jeta de nouveau un coup d'œil à Nadjib, le vit acquiescer de la tête aux propos du jeune Razaq. Un beau visage, mince et séduisant. Des cheveux noirs qui lui retombaient sur le front, une barbe bien taillée. Physiquement, il lui rappelait un « fixeur » qu'il avait beaucoup apprécié, des années auparavant, à Gaza. Ahmed quelque chose. Mais Ahmed était un vrai moulin à paroles – il connaissait tous les cancans, avait les mains toujours en mouvement –, un jouet mécanique impossible à arrêter. Nadjib semblait garder son énergie en réserve, ce qui pourrait avoir son utilité s'ils devaient voyager à la dure.

Combien devrait-il le rémunérer pour ses services d'aujourd'hui ? Jusqu'alors il n'avait eu l'intention que de lui payer le repas. Mais si Nadjib lui arrangeait une interview avec Mahmoud Razaq, il méritait un supplément. Lui filer une demi-journée de salaire signifierait qu'il aurait déjà dépensé cent trente-cinq dollars en interprètes pour une simple brève sur la manif. Mais ce n'était pas son fric, alors pourquoi se faire du mouron ? Le pire qui pouvait lui arriver, c'est que le journal le rappelle plus tôt que prévu et ce ne serait pas la fin du monde. Encore que, il commençait à se prendre au jeu.

Rencontrer Razaq pourrait conduire à autre chose. Et s'il allait examiner de plus près les différentes strates et fractures de la communauté afghane en exil ? Il y avait ceux qui rivalisaient pour régner sur le nouvel Afghanistan, qui auditionnaient déjà pour les Occidentaux alors que les talibans tenaient bon depuis plus de cinq semaines dans leurs tranchées. Ce qui voulait dire qu'aucun journaliste de Peshawar ne pénétrerait à brève échéance en Afghanistan, à moins de sauter sur une occasion comme Mahmoud Razaq.

Mais le fils de Razaq avait l'air trop mou et trop soigné pour pareille aventure. Qui était donc ce type qui rôdait dans les parages, un peu à l'écart de la foule ? Voilà qu'il s'éloignait et se dirigeait vers les ascenseurs comme pour monter dans sa chambre. Mais quand les portes de l'ascenseur s'ouvrirent, le type s'éloigna. Il dégaina son portable et ne pianota que deux chiffres – ce qui signifiait un numéro en mémoire, quelqu'un qu'il appelait souvent. L'homme dit quelques mots, puis remit le téléphone dans sa poche et regagna d'un pas nonchalant les ascenseurs, se mêlant aux quelques personnes qui venaient d'en sortir. Puis il se plaça à portée de voix du célèbre Hadji din Razaq qui s'entretenait toujours avec Nadjib et qui pas plus que lui ne prêtait attention aux oreilles indiscrètes. Un garde du corps, peut-être ? Intéressant, cependant. Skelly se remémora tout ce qu'il avait lu sur l'histoire du pays pendant les longues heures de vol. Peshawar avait été un centre d'intrigues, un poste d'écoute et de guet pour toutes sortes d'empires et d'envahisseurs, ainsi qu'un relais très important pour les contrebandiers et les agitateurs de tous poils. Les sphères d'influence du monde entier s'étaient de tout temps croisées ici. Il pourrait peut-être donc pondre un papier potable même s'il ne mettait jamais les pieds de l'autre côté de la frontière. Suffisait de les regarder, en train de mijoter Dieu sait quoi. Fouineurs, rôdeurs et imposteurs, grouillant et jacassant, mais probablement déchirés par mille et un conflits. C'était de loin préférable à Islamabad avec ses briefings ministériels et son troupeau de diplomates ternes, sans parler des équipes télé qui payaient mille dollars par jour pour des « stand-ups[1] » sur le toit de l'hôtel Marriott.

Oui, décidément, il allait se plaire dans cet endroit.

1. Lorsque le correspondant sur place se contente de faire de la figuration et que le commentaire est en voix-off. (*NdT*)

4

Nadjib fit un signe de tête au planton armé posté devant l'hôtel et s'élança dans la circulation de fin d'après-midi. Il se faufila entre un minibus auquel s'accrochaient trois hommes et un pick-up croulant sous les rondins, sans doute le dernier butin de la mafia du bois, première responsable de la déforestation du pays.

Tout bien considéré, la rencontre avait été payante : il avait empoché soixante-quinze dollars après avoir décroché une interview pour le lendemain matin au domicile de Mahmoud Razaq.

Bien sûr, ça signifiait que Skelly et lui risquaient de se retrouver dans la piétaille d'une expédition terrestre en Afghanistan. La vie à la dure et les coups de feu étaient deux choses que Nadjib préférait éviter, mais les chances pour qu'on les invite à participer à l'expédition étaient quasi nulles. D'autres avaient déjà demandé et on leur avait dit non. Razaq était vain mais ce n'était pas un imbécile : la dernière chose dont une guérilla a envie, c'est d'une avant-garde de cameramen et de reporters illuminant la nuit à coups de projecteurs et s'époumonant dans des téléphones satellite au sommet des montagnes. Razaq serait certain de s'aliéner les autochtones qu'il avait besoin de rallier à sa cause. Son seul espoir de réussite était de montrer assez d'autorité tribale pachtoune pour faire pièce à ce qui subsistait d'allégeance aux talibans. Les vieux barbus qui faisaient la loi là-haut étaient connus pour leur pragmatisme et ce ne serait pas la première fois qu'on les verrait changer de monture au premier signe de ralentissement de l'allure.

Il n'empêche que l'entreprise de Razaq paraissait téméraire. Ses ennemis seraient prévenus et l'attendraient de pied ferme et il ne faudrait peut-être que quelques jours à une bande de sbires locaux pour le repousser sans ménagement au Pakistan. Oh, ils ne lui feraient pas de mal. Razaq était toujours quelqu'un qui comptait parmi les tribus qui chevauchaient la frontière. Tuez-le et vous vous retrouviez avec une vendetta sur les bras. Ils le chasseraient donc comme une mouche, lui et ses prétendus guerriers, une bande de courtiers de change et de garçons de bureau à en croire la rumeur.

Razaq n'était plus non plus de première jeunesse. Une douzaine d'années plus tôt, il avait combattu les Russes avec énergie et ruse, vivant des ressources naturelles et parfois s'échappant à dos de cheval. Il était de notoriété publique qu'il ne se séparait jamais d'un vieux sabre que son arrière-arrière-grand-père avait pris à un soldat britannique mort à Jalalabad, un siècle plus tôt. Aujourd'hui il était gras comme un bouddha, quittait rarement les coussins brodés de son salon, et était plus habitué aux taux d'intérêt et aux quotas d'importation qu'aux coups de main en terrain hostile à la tête d'une troupe de jeunes gens effrayés.

Mais même un échec pourrait faire l'affaire : il montrerait que Razaq était un chef prêt à risquer sa vie pour l'avenir de son pays, juste à temps pour la relève de la garde. À moins qu'il ait la chance de passer la frontière au moment où le régime des talibans s'écroulerait. Alors, de Quetta à Peshawar, ses rivaux en exil écumeraient devant leur tasse de thé en regardant d'un œil jaloux le déroulement des événements à la BBC pendant que Razaq ferait une entrée triomphale à cheval dans Kaboul. Il fallait donc donner trois points au bonhomme pour son cran et lui en enlever deux pour son orgueil.

Un bouchon se forma alors que Nadjib approchait de l'endroit où il devait tourner, mais il repéra une petite ouverture à droite. Plus que deux pâtés de maisons et il serait chez lui. Au moment où il démarrait, une jeep remplie de police militaire lui fît une queue de poisson qui le força à braquer et à freiner. Un cri inarticulé jaillit de la jeep tandis que Nadjib parvenait à se faufiler sur le côté, pied gauche au ras de la chaussée pour garder l'équilibre.

Criez tant que vous voulez, se dit Nadjib. Puis il y eut un autre hurlement reconnaissable entre tous : « Halte ! » Il songeait à accélérer quand même, mais un regard jeté par-dessus son épaule lui révéla quatre flics qui le foudroyaient du regard, la main sur le holster. Il s'arrêta et un officier descendit en gesticulant avec colère. Quel règlement Nadjib avait-il bien pu enfreindre ? Comme s'il y avait des règles dans cette foire d'empoigne.

L'officier s'approcha et, malgré le rugissement des moteurs et les klaxons musicaux des bus, Nadjib finit par distinguer « Veuillez nous suivre.

— Qu'est-ce que j'ai fait ?

— Contentez-vous de nous suivre. »

Un deuxième flic s'approcha, pistolet dégainé. Nadjib leva les mains en l'air et glissa de sa selle. Ils roulèrent son scooter vers la jeep au milieu d'un nuage bleu de gaz d'échappement. Les voitures passaient de part et d'autre et des yeux bruns regardaient la scène avec curiosité.

Nadjib songea fugitivement au mot qu'il avait laissé ce matin, à la réponse contenant un verset du Coran. Allait-on l'accuser de blasphème ? Impossible. Le gouvernement allait justement en sens inverse : il arrêtait les fanatiques les plus tapageurs.

« Qu'est-ce que j'ai fait ? » répéta-t-il en criant pour couvrir les crachotements d'un rickshaw.

Pas de réponse. On attacha son scooter à un cadre métallique à l'arrière de la jeep puis on le poussa à bord. « On vous expliquera, dit l'officier impassible. Assez de questions. »

Ils se dirigèrent vers le centre ancien de la ville. Nadjib remuait mal à l'aise chaque fois qu'un automobiliste le dévisageait en passant. Une jeune femme montée en amazone derrière son père sur un scooter le scruta par la fente de son voile blanc. « Quelle bêtise as-tu commise ? » demandaient ses yeux incrédules.

Elle le prenait probablement pour un terroriste, un franc-tireur venu d'Inde, ou peut-être une tête brûlée qui avait brandi le drapeau noir du Jamaat-e-Islami[1], bien que la barbe de Nadjib fût trop bien taillée pour cette fine équipe. Partout, désormais, on réprimait à tour de bras et il y avait lieu de conclure que Nadjib était une

1. Alliance démocratique islamique (fondamentaliste et sunnite). (*NdT*)

des nombreuses victimes qui prenaient le chemin de la prison. Le cœur battant, il ouvrit la bouche, mais comme tout ce qui lui venait à l'esprit était un énième « Qu'est-ce que j'ai fait ? », il tint sa langue. Dans une heure, il ferait nuit. Nadjib se demanda s'il reverrait les rues de sitôt.

Ils tournèrent à gauche en direction du cantonnement, la partie la plus verte de la ville, occupée autrefois par les casernes impériales et les clubs d'officiers, des bâtiments bas flanqués de longues vérandas blanches construits par les Britanniques. La plupart hébergeaient aujourd'hui l'armée pakistanaise et les forces de sécurité, et ces policiers étaient probablement stationnés là devant une pelouse soignée. Mais ils poursuivirent leur chemin dans le labyrinthe grouillant de la vieille ville dont les ruelles étroites et tortueuses étaient congestionnées par les rickshaws et les minivans. Les étals du marché alimentaient déjà leurs feux pour les foules du soir.

La jeep freina pour laisser passer une charrette tirée par un cheval qui hennit doucement et roula les yeux. Un vendeur de canne à sucre armé d'une machette, qui débitait méthodiquement les longues tiges vertes sur sa table au bord du trottoir pour en faire des friandises, lui jeta un regard soupçonneux. Trop occupés à faire l'article, les autres marchands ne lui prêtèrent aucune attention. Une odeur de graisse chaude flottait comme un nuage annonçant la pluie.

Juste avant l'extrémité du pâté de maisons, la jeep s'arrêta sur la gauche, à l'entrée d'une ruelle. L'officier attrapa Nadjib par le bras et ils descendirent et foulèrent le pavé tandis qu'un second flic fermait la marche.

Avait-il dégainé son arme ? Difficile à dire d'après les réactions de la foule qui s'écartait et semblait le considérer comme perdu. Il avait envie de hurler qu'il ne savait même pas ce qu'on lui reprochait, mais ils connaissaient probablement la chanson.

La ruelle était à l'ombre, plus fraîche, plus calme. Ils descendirent quatre marches et parcoururent une vingtaine de mètres avant de s'arrêter devant une porte d'acier gris située en retrait sur la gauche et que seuls distinguaient des rayures et des graffitis décolorés. L'officier frappa poliment, comme s'il s'agissait d'un club privé où on allait leur demander le mot de passe. Un petit pianotage leur répondit de l'intérieur, vraisemblablement quelqu'un qui tapait un code. Puis la porte s'entrebâilla dans un grincement métallique pour révéler un petit homme grassouillet en *shalwar kamiz* bleu pâle. Il avait un visage terne et sérieux d'employé habitué à recevoir des ordres. Il ne parut pas le moins du monde surpris par l'arrivée de Nadjib et il ouvrit un peu plus grand la porte au policier qui au lieu d'entrer se contenta de lui remettre Nadjib dont il lâcha enfin le bras.

« Merci, dit l'homme que Nadjib avait déjà surnommé le Sous-fifre. Attendez une minute ou deux au cas où il deviendrait remuant. Ensuite, vous pourrez disposer. Il n'aura plus besoin d'escorte. »

Réfléchissant aux sous-entendus de la remarque, Nadjib franchit le seuil et fut giflé par le courant d'air aigre et glacial de la climatisation. Tandis que la porte se refermait derrière lui, il eut l'impression d'avoir pénétré dans une grotte, la première d'un dédale où les nouveaux arrivés perdaient d'ordinaire leur chemin.

La pièce était dépourvue de fenêtres, les bureaux faisaient une tache gris pâle sur une plaine de linoléum noire très encombrée. Trois têtes étaient penchées sur leur travail, l'une était munie d'écouteurs. Personne ne prit la peine de lever le nez. Les murs étaient recouverts de grandes cartes. Dans un angle au fond, se trouvait un impressionnant matériel électronique aux lumières clignotantes, comme si, à cet instant précis, des voix et des appels en provenance des quatre coins de la ville étaient interceptés. Ce matériel plus l'absence totale de logos, d'affiches, d'étiquettes et de plaques firent comprendre à Nadjib qu'il ne pouvait s'agir que d'une antenne de l'ISI. Non que quiconque ici risquât de l'admettre. Nadjib eut la chair de poule. Il espérait que ce n'était qu'une simple réaction au froid.

L'ISI, les services de renseignement militaire, comme tout bureau national de maîtres espions, suscitait des légendes et tout un folklore. Les théoriciens locaux de la conspiration auraient voulu faire croire que l'ISI se trouvait derrière tous les troubles graves et tous les soulèvements du sous-continent indien depuis cinquante ans. Même les estimations les plus modestes prêtaient aux services de mystérieux pouvoirs et citaient le fait établi qu'ils arrivaient à obtenir des milliards de dollars d'aide étrangère alors qu'ils avaient la réputation de jouer sur les deux tableaux. Ils étaient capables de provoquer une flambée populaire et de la réprimer la semaine suivante, puis de choisir d'autres options et de recommencer le cycle.

Quatorze ans plus tôt, l'avion du général Zia qui était devenu gênant pour l'ISI avait fort opportunément explosé, débarrassant les services de renseignement du dictateur et de cinq de ses généraux et, moins opportunément, de l'ambassadeur des États-Unis. L'ISI avait vaguement parlé de panne mécanique et était passée à autre chose.

Mais l'exploit le plus récent et le plus remarquable des services était leur rôle de sage-femme. Un sacré paradoxe, songea Nadjib : une bureaucratie froidement laïque aidant à mettre au monde les talibans – une armée exaltée d'étudiants en religion – fournissant le savoir-faire et la puissance de feu du XXIe siècle aux tenants d'idées du XIVe.

Avec la guerre en Afghanistan et les Marines américains à sa porte, l'ISI était d'une sagesse exemplaire et opérait selon une nouvelle feuille de route. Du moins, c'est ce que tout le monde disait. Les talibans étaient devenus l'ennemi et les services censés couper tout lien avec leur pieuse et prodigue progéniture. Mais si on lisait entre les lignes des déclarations officielles d'Islamabad et des articles de journaux, il était clair que les services de renseignement trouvaient le terrain difficile et ne savaient pas trop sur quel pied danser. On entendait grincer les rouages bureaucratiques à mesure que les hommes clés étaient l'un après l'autre congédiés ou mutés. On redéfinissait les priorités, on récrivait les mandats. Une chose demeurait certaine : l'Inde était toujours l'ennemi public numéro un et le Cachemire l'enjeu suprême, même si pour l'instant le reste du monde avait les yeux fixés sur l'Afghanistan et sur le mirage tremblotant de la sécurité et de l'ordre supposés régner le long des mille quatre cent cinquante kilomètres de frontière qui séparent le Pakistan de l'Afghanistan.

« La frontière est bouclée », annonçait régulièrement

le gouvernement, pendant que ceux qui savaient à quoi s'en tenir étouffaient un rire, persuadés que la noria d'hommes et d'armes continuerait comme par le passé en dépit des bombardements et de la police des frontières. Les tribus qui préféraient l'absence totale de frontières avaient leur propre ordre du jour, et il en serait toujours ainsi.

Mais l'ISI maîtrisait toujours l'art de manipuler le mirage pour l'adapter à ses fins. Si une puissance étrangère voulait fixer la nappe d'eau miroitante et voir un mur de pierre là où il n'y avait qu'une passoire, pourquoi la détromper ?

Quoi qu'il en fût, Nadjib était surpris qu'on confie ce travail à ces hommes voûtés et studieux qui n'avaient rien de magiciens. Des hommes comme le Sous-fifre qui l'emmenait au-delà des bureaux gris jusqu'à une porte en verre opaque, dépourvue de tout signe distinctif, dans le coin opposé à l'entassement de matériel clignotant.

« Entrez », dit une voix bourrue avant même que le Sous-fifre ait eu le temps de frapper.

La porte s'ouvrit sur un homme assis derrière un autre bureau gris, plus grand. Stylo à la main, il était penché sur une liasse de papiers, le front de sa tête ronde et chauve plissé par l'effort, les yeux étrécis comme s'il était en proie à une douleur ou sur le point de résoudre une énigme. Nadjib le reconnut immédiatement et son appréhension se mua en colère. La reconnaissance fut réciproque et l'homme eut un léger sourire avant de secouer la tête comme pour dire : « Pardi ! »

Il s'appelait Tariq. C'est du moins ce qu'il avait déclaré lors de leur première rencontre, sept ans plus tôt, dans les bureaux ensoleillés d'une agence beaucoup moins notoire située sur un des boulevards européanisés d'Islamabad. Nadjib se demandait maintenant si l'homme n'était pas depuis le début employé par l'ISI. Il tenta de se rappeler son nom de famille, puis se souvint qu'il ne le lui avait jamais dit et ce n'était certainement pas maintenant qu'il allait le faire.

Son souvenir le plus vif de ce jour lointain, c'était la patience exaspérante de Tariq attendant calmement, mains croisées sur son bureau, même lorsqu'il avait refusé de répondre à ses questions, tandis que la pendule tictaquait au mur et que des secondes précieuses s'écoulaient. Nadjib était à l'aéroport et s'apprêtait à retourner aux États-Unis pour sa dernière année d'université lorsque les forces de sécurité, ignorant délibérément ses protestations véhémentes, l'avaient fait sortir de la queue de l'enregistrement et ramené en ville. Ils s'étaient garés derrière le ministère fermé à cette heure. Tariq était apparemment seul dans le bâtiment. Il avait accueilli Nadjib qui ne décolérait pas en lui mettant une main sur l'épaule pour le consoler et lui avait murmuré : « Ne vous inquiétez pas. On vous ramènera à temps. Dès que vous aurez répondu à quelques questions. »

Nadjib se rasséréna jusqu'au moment où il entendit les questions, en particulier la dernière, la plus inquiétante de toutes : « Dites-moi ce qui se passe dans la grotte. Celle du promontoire rocheux près de la maison de votre père. Puis expliquez-moi avec un maximum de détails comment y parvenir. Si vous vous montrez coopératif, vous pourrez partir. Sinon, franchement, je pense que nous risquons d'avoir quelques problèmes pour vous laisser sortir du pays. »

Tariq n'avait pas paru ennuyé quand Nadjib n'avait pas répondu. Il avait fixé ses papiers. Le ciel était devenu sombre, le bureau une minuscule flaque de lumière fluorescente dans un immeuble silencieux et vide, et la circulation dans la rue s'était quasiment réduite à néant.

L'heure prévue pour le décollage de l'avion vint et passa. Tariq sortit un sandwich et une bouteille d'eau d'un tiroir, mastiqua lentement. Nadjib fit mine de partir et Tariq se contenta d'appuyer sur un bouton : un planton armé d'une matraque apparut. Nadjib se rassit.

Une heure plus tard, entre deux morceaux de pomme, Tariq laissa tomber négligemment : « On retient toujours l'avion, vous savez. Tous ces passagers en nage et en colère qui vous attendent. Une compagnie aérienne publique a ses avantages. Mais on ne va pas le retenir éternellement. C'est ce vol ou rien. Décidez-vous. »

Comme Nadjib continuait à tenir sa langue, Tariq se mit à l'asticoter. Il ne disait pas grand-chose mais ses piques étaient habiles, comme s'il avait su où viser après des heures d'observation. Le coup de grâce fit suite à cinq bonnes minutes de silence.

« Qu'est-ce que votre père doit penser de vous maintenant ? avait demandé Tariq. Je sais que c'est lui qui a eu l'idée de vous envoyer à l'université, mais regardez-vous un peu. Vous n'êtes guère du genre à vous faire craindre et respecter, du moins pas là d'où vous venez. À moins que ce ne soit la raison pour laquelle il vous envoie à l'étranger ? »

C'était précisément l'idée que Nadjib avait toujours essayé d'éviter, et il revit un des pires moments de sa vie : son père rugissant et fulminant, après avoir découvert que son garçon – son fils unique, qui plus est – dessinait des oiseaux, qu'il les peignait au lieu de les tuer. Non seulement ça, mais qu'il avait gardé ses œuvres, qu'il les avait roulées comme une femme le ferait de ses broderies et les avait cachées sous son lit. Les Pachtounes avaient toujours honoré leurs poètes, leurs chanteurs et, bien sûr, leurs guerriers, mais les peintres, ça n'existait tout simplement pas, du moins pas chez les mâles de l'espèce. Son père écumant et jurant avait donc déchiré les feuilles une à une, attribuant aux aspirations artistiques de son fils des mobiles tous plus vils les uns que les autres, bien que celui sur lequel il finit par se concentrer fût assez prévisible. « Qu'est-ce que j'ai donc pour fils ? avait-il éructé. Un genre de *bedagh,* offrant ses services aux vieux du coin comme la prostituée du village ? C'est ça que tu es devenu derrière mon dos ? »

Alors, aiguillonné par Tariq, Nadjib avait lâché le morceau. Les mots sortirent lentement au début, puis ce fut un torrent, jusqu'à ce que même Tariq commence à se frotter les yeux et à remuer sa main crispée, après avoir entendu une description détaillée des sentiers de montagne et du moindre rocher, les endroits où Nadjib avait autrefois gambadé et rampé et où il avait emporté son papier à dessins et ses pastels, clandestinement, avec l'émotion que procure l'interdit.

Au bout d'une heure ou deux, on l'avait ramené à l'aéroport sans ajouter un mot et on lui avait fait franchir à la hâte les contrôles de sécurité comme s'il était un diplomate ou une célébrité. À son entrée dans l'avion étouffant, il fut foudroyé par une mer de visages, mais heureusement Tariq l'avait transféré en classe affaires. Nadjib essaya de se calmer en se disant que le pire était passé. Mais le temps que le gros avion gagne sa piste d'envol, son soulagement s'était mué en honte et en confusion, et lorsque les roues du train d'atterrissage quittèrent le sol, il fut pris de violents vomissements. Son estomac rétréci rendit les restes du déjeuner d'adieu que sa mère lui avait servi avec amour, huit heures plus tôt. Dès le lendemain matin, à l'aéroport J. F. Kennedy, il essaya d'appeler chez lui pour prévenir ou par pénitence, il ne savait pas trop, et laissa message sur message au minuscule bureau de poste de son village natal. Mais les autorités n'avaient pas dû traîner, car le surlendemain, lorsqu'il rappela, son père avait déjà fait savoir qu'il devait cesser de téléphoner. Une voix qui ne lui était pas familière l'avertit que sa mère serait « dans l'incapacité » de l'appeler dans l'immédiat.

Des mois s'écoulèrent avant qu'il entende parler d'autres retombées de sa trahison : on mentionnait vaguement des arrestations et des raids gouvernementaux, mais son père se tira de cette mauvaise passe comme à son habitude : à coups de pots-de-vin et d'accommodements. Ce n'est qu'en mai suivant, à la fin de l'année universitaire, que Nadjib prit la pleine mesure de ce à quoi il avait renoncé. Le premier indice fut quand personne ne vint le chercher à l'aéroport. Ni chauffeur, ni cousin, ni oncle. Il prit un taxi et fit le trajet vers l'ouest avec un sentiment de solitude croissant, espérant vainement que son diplôme amortirait le choc, que cette conquête à l'étranger lui permettrait de se racheter.

Il n'allait pas en être ainsi.

À la lisière des terres de son père, le taxi tomba sur un camion Toyota rouge garé en travers de la chaussée. Un cousin éloigné en descendit, fusil à la main. Riaz ne dit pas grand-chose en dehors du fait que Nadjib devait rebrousser chemin. Puis il lui remit un petit sac contenant ses affaires accompagné d'une lettre de sa mère et d'une enveloppe cachetée renfermant de l'argent liquide. Le taxi fit demi-tour sans commentaire et Nadjib descendit à Peshawar dans un brouillard qui ne s'était jamais dissipé depuis.

Et voici qu'il se retrouvait face à face avec le responsable de tout ce gâchis.

« Félicitations pour votre promotion, dit dédaigneusement Nadjib. À moins qu'il ne s'agisse que d'un déménagement.

— Ni l'un ni l'autre », fit Tariq qui posa son stylo, croisa les mains et leva les yeux pour jauger son interlocuteur. Satisfait de voir que Nadjib n'avait rien à ajouter, il lui désigna une chaise en bois trop petite et dit : « Asseyez-vous. »

La chaise était dure et inconfortable, probablement à dessein.

« Vos études universitaires ont été couronnées de succès, j'espère ?

— J'ai une licence, si c'est ce que vous voulez dire.

— De l'université de… Caroline du Nord ? Si ma mémoire est bonne ? »

Nadjib fit signe que oui et revit en un éclair de vastes pelouses vertes entre des bâtiments de brique à colonnades. Des jeunes femmes bronzées sous des chênes des marais jaunes, livres à la main, cuisses longilignes cisaillant les taches de soleil. Une cloche sonnant par un samedi d'automne, des feuilles dorées voltigeant dans un ciel bleu venteux.

« Parlez-moi de votre rencontre avec Hadji din Razaq, cet après-midi. »

Nadjib fut estomaqué, puis décida qu'il n'y avait pas de raison. Il était évident que Mahmoud Razaq et tous les membres de sa famille étaient surveillés. Une visite du fils au Pearl Continental, QG des étrangers, était trop alléchante pour la laisser passer. La question, c'était de savoir si l'ISI travaillait pour ou contre Razaq et pourquoi.

Nadjib fut soulagé. Cette fois au moins, les questions ne le concerneraient pas lui ou sa famille. Cela l'enhardit à se montrer plus coriace. « Ça intéresse qui ?

— Moi.

— Parce que vous êtes de l'ISI maintenant ? À moins que vous n'en soyez depuis le début ? »

Froncement de sourcils cabotin. Il allait avoir droit au démenti habituel ou à un laïus comme quoi tout le monde n'accomplissait que son devoir et qu'il ferait mieux d'en faire autant. Mais Tariq le surprit.

« Pensez ce que vous voulez. Il y a mille et une rumeurs qui courent les rues, mais je ne crois pas en avoir entendu une seule qui soit vraie. La seule chose qui importe, c'est que vous me disiez ce que vous savez. Vous n'êtes guère en mesure de vous montrer récalcitrant. Ce n'est pas comme si vous pouviez courir vous réfugier chez vous.

— Grâce à vous.

— Mon boulot, c'est d'obtenir des renseignements, pas de prévoir les répercussions. Mahmoud Razaq est le sujet qui nous occupe. Mais je peux toujours passer à autre chose. À votre journal. À votre petite amie. Daliya, c'est ça ? Ou, si vous préférez, à Razaq.

— Vous en savez probablement plus sur ses plans que moi. Je ne peux rien vous dire de plus que ce que les journaux ont déjà publié. Son fils se trouvait dans le hall de l'hôtel et mon client a demandé à lui être présenté.

— Stanford Kelly. Américain, dit Tariq en jetant un coup d'œil à un papier posé sur son bureau. Arrivé ce matin même.

— Vos supérieurs ne savent visiblement pas à quoi vous occuper.

— On est débordés. Le hasard a voulu que vous rencontriez deux personnes qui nous intéressent.

— Skelly ? Qu'est-ce qu'il a fait ?

— Vous voyez bien ? Une fois de plus, vous ignorez à quoi ou à qui vous avez affaire. Vous savez où il est allé ? » Tariq consulta son papier. « Somalie, Bosnie, Panama, etc. Il se rend sur tous les théâtres d'opérations des forces armées américaines.

— Aux États-Unis, ça s'appelle couvrir l'info.

— Pensez-en ce que vous voulez du moment que vous nous tenez au courant de ses déplacements. Qui il voit. Quel genre de questions il pose. Où il a l'intention de se rendre prochainement.

— Il veut aller en Afghanistan comme tous les autres.

— Oui, mais *où* en Afghanistan ?

— Je ne suis pas sûr qu'il le sache lui-même. Il veut juste envoyer un papier rédigé de l'autre côté de la frontière. Plus vite c'est fait, plus vite il pourra rentrer chez lui.

— Et il espère suivre Mahmoud Razaq ?

— Vous savez qu'ils ne le permettront pas.

— Peut-être que si mais qu'ils ne le savent pas encore. »

C'était une remarque intéressante, mais Nadjib ne mordit pas à l'hameçon. « Dans ce cas, pourquoi vouliez-vous me parler ?

— Aucun détail n'est à négliger. La triangulation, ça vous dit quelque chose ? Calculer sa position exacte en se repérant à au moins trois points différents. Plus les sources sont nombreuses, mieux c'est. Qu'est-ce qu'il vous a raconté, le fils de Mahmoud ? Le grand homme va vous recevoir ? »

Nadjib hésita. Pourquoi ne pas dire la vérité ? Il y avait fort à parier que les hommes de Tariq étaient déjà en train de surveiller la maison de Razaq.

« Demain matin. À dix heures. »

Tariq s'interrompit pour noter quelque chose. Nadjib venait probablement de confirmer que la petite troupe de guerriers ne partait pas ce soir. À moins évidemment que le fils de Razaq lui ait menti.

« Je me demande bien ce que vous pouvez faire de tous ces détails sans importance. »

Tariq ne répondit pas et continua à écrire. Puis il posa son stylo. « Vous pourriez avoir un visiteur dans les jours à venir. Chez vous, pas à votre bureau. Je vous conseille vivement de vous montrer coopératif et de répondre à toutes ses questions.

— C'est donc un de vos hommes qui m'a laissé ce message ? » D'une certaine façon, Nadjib se sentit mieux. Un fouineur officiel valait mieux qu'un fanatique.

Tariq fronça les sourcils. « Quel message ?

— Pour m'avertir de me tenir comme il faut. En citant les paroles du Prophète.

— On a déjà assez de cinglés de ce genre sur les bras pour aller en inventer d'autres. Le nom de votre contact est Abdullah. Il a l'air d'un employé du téléphone, en partie parce que c'en est un. Ce sera très ennuyeux, très sérieux. À moins que vous ne refusiez de coopérer, auquel cas nous prendrons d'autres dispositions. Comme je vous l'ai expliqué, je ne m'intéresse pas aux retombées, seulement aux infos. »

Nadjib se le tint pour dit tout en s'interrogeant à nouveau sur le message glissé sous sa porte. Il décida de récupérer sa réponse si elle se trouvait toujours sur les boîtes aux lettres. Il fit mine de se lever, mais Tariq lui fit signe de se rasseoir.

« Quand j'en aurai terminé, je vous le dirai.

— Encore un gros bras à l'extérieur ?

— C'est inutile ici », dit Tariq avec un certain dégoût, comme si lui aussi souffrait de claustrophobie. « On ne se contente pas toujours d'utiliser le bâton, vous savez ? Il y a aussi une carotte, si ça vous intéresse. Et si vous nous aidez vraiment. J'ai cru comprendre que vous vouliez retourner en Amérique. Vous appelez le consulat jour et nuit.

— Plus maintenant. Ils ne répondent plus et ont renvoyé tout le monde au pays.

— Mais vous partiriez demain si vous aviez un visa ?

— Moi et un million d'autres.

— Mais ce million d'autres n'a pas la chance d'accompagner Mahmoud Razaq.

— Et je ne l'aurai pas non plus.

— Une occasion pourrait se présenter. Et si c'est le cas, vous devriez être prêt à la saisir.

— Pour me faire tuer ?

— Vous savez qu'ils ne toucheront pas à un poil de sa barbe. Ils veulent juste lui montrer qui commande.

— Tout comme vous.

— Nous avons d'autres raisons. Et d'autres clients.

— Et si je préférais ne pas profiter de cette occasion ?

— Alors nous trouverons quelqu'un d'autre et utiliserons de nouveau le bâton. »

Nadjib ne dit rien. Tariq se leva. L'entretien était apparemment terminé.

« Quelqu'un va vous raccompagner. Votre scooter est dans la ruelle. »

Le Sous-fifre l'escorta jusqu'à la porte, pianota quelques chiffres en cachant le code avec sa main et la porte se referma derrière Nadjib avec un grincement d'acier rouillé.

C'était donc ça le légendaire ISI, se dit Nadjib, étrangement rasséréné par l'expérience. Ça lui rappelait un film qu'il avait vu lorsque, étudiant de première année, il était fourré tous les soirs aux séances gratuites de son campus pour s'imprégner de culture américaine. Le film en question était *Le Magicien d'Oz,* et il s'avisa soudain que le charlatan du rôle-titre ressemblait beaucoup à l'ISI. Le pays d'Oz était-il aussi terne et anodin une fois qu'on en atteignait le cœur ? Des hommes silencieux enfermés dans des pièces sans fenêtres, où tout le monde avait l'œil sur la pendule. Puis il se souvint de ce qui s'était passé après sa première entrevue avec Tariq et il se rembrunit. On risquait gros à ignorer ces charlatans. Pour l'instant, carotte ou bâton, il ne semblait y avoir que des ennuis en perspective.

La nuit était tombée. Son scooter était là comme promis et la police militaire était partie. Le marché battait son plein et la fumée des feux de bois lui picotait les yeux. Mais ça faisait du bien d'être sorti de cet antre glacial qui lui avait gelé le bout des doigts. Lançant un dernier regard à la porte, il se demanda jusqu'à quelle heure tout le monde veillerait ce soir. Il n'y avait ni trou de serrure ni digicode et par conséquent, à moins qu'il existât une autre entrée, quelqu'un devait garder tout ce matériel clignotant vingt-quatre heures sur vingt-quatre. Auraient-ils poussé le vice jusqu'à mettre un micro sur son scooter ? Il en doutait. Il se laissait abuser par la légende. Il fallait se contenter d'attendre qu'Abdullah se manifeste et prendre les choses comme elles venaient.

Il démarra et se faufila entre les véhicules. Il était à moins de deux kilomètres de son appartement et, arrivé à destination, il découvrit que l'ampoule dans la cage d'escalier était de nouveau grillée. Mais il y voyait suffisamment pour remarquer que sa réponse au messager de ce matin avait disparu. Parfait. Il s'était fait un ennemi de plus. Il gravit les marches en pensant au lendemain matin, se demanda ce qui avait pu faire croire à Tariq que Razaq pourrait les inviter, Skelly et lui, à l'accompagner. Suspectait-on Skelly d'être autre chose qu'un pisse-copie ?

Fouillant pour trouver ses clés, il fut alarmé de trouver sa porte entrouverte. La main sur la poignée, il se demanda s'il devait entrer. Peut-être qu'Abdullah, l'homme de l'ISI, lui avait déjà rendu une visite de courtoisie, pour lui montrer qui commandait ou pour apporter quelques améliorations à sa ligne téléphonique.

Douce mais effrayée, une voix l'appela faiblement de l'intérieur : « Nadjib ? C'est toi ?

— Daliya ?

— Je me suis fait attaquer dans l'escalier. »

Il ouvrit la porte, mais la pièce était plongée dans l'obscurité et Daliya poussa un cri quand il alluma.

« Non ! Éteins. On vient de me couper au visage. Il est peut-être encore là. ».

Nadjib se retourna, n'aperçut pas âme qui vive et, scrutant l'obscurité pour repérer Daliya, finit par la découvrir sur les coussins contre le mur du fond. Il s'approcha et vit à la lueur du réverbère filtrant par la fenêtre qu'elle pleurait. Elle avait aussi une tache sombre sous l'œil droit et pressait un linge mouillé sur sa joue.

Il se pencha pour la consoler et se mit soudain à vaciller. Ce fut le moment le plus perturbant d'une journée pourtant déjà fertile en surprises car alors qu'il posait les mains sur les épaules tremblantes de Daliya, il aperçut, trônant sur un coussin à côté d'elle, une enveloppe de couleur crème non décachetée.

En tous points semblable à celle reçue le matin même.

5

Le buffet du Pearl Continental devait lui avoir fait le plus grand bien car Skelly commença à revivre en fin d'après-midi. À vingt heures trente, il se sentit d'attaque pour une assiette de poulet du Sichuan au restaurant chinois du Pearl, même si par précaution, il mit de côté les piments forts.

Le dîner demandait une bière mais, bien sûr, c'était une denrée absente de tous les restaurants au Pakistan. On pouvait se faire apporter une boisson alcoolisée dans sa chambre en appelant un numéro spécial, mais où était le plaisir ? Skelly prit donc l'ascenseur pour se rendre au seul et unique bar de Peshawar situé au dernier étage, une pièce dépourvue de fenêtres où régnait une atmosphère de rade clandestin.

Un planton armé se tenait à l'entrée près d'un petit panneau : LE GULBAR. RÉSERVÉ AUX ÉTRANGERS NON MUSULMANS. Skelly salua le planton d'un signe de tête, s'engouffra à l'intérieur et faillit suffoquer à cause de la fumée. L'endroit était minuscule : une dizaine de petites tables rondes à dessus de Formica brun. Le barman, un autochtone en gilet rouge, regardait un match de cricket sur un écran de télé au-dessus du bar et émit un grommellement désapprobateur lorsqu'une minuscule balle rouge fila vers une clôture en mailles jaunes.

Plus de la moitié des tables étaient vides et Skelly balaya les lieux du regard en quête d'une tête connue. Deux Japonaises étaient installées dans un coin, probablement des présentatrices de télé à en juger par leur maquillage. Deux Nordiques efflanqués en vestes multipoches étaient assis près de la porte, fumant cigarette sur cigarette. Puis à une table du fond, il vit l'éclair rosé d'un sourire illuminer une face poupine : « Skelly ! Les rumeurs de ta résurrection étaient donc vraies. Viens ici ! »

Sam Hartley. Il n'était pas surpris le moins du monde.

Hartley était un homme d'affaires, du moins c'est ainsi qu'il se présentait depuis son départ du corps diplomatique, vingt ans plus tôt. Déjà, quand il travaillait pour le gouvernement, il était assez mystérieux, un homme à tout faire sociable, aux fonctions douteuses : agent de liaison économique une année, attaché culturel la suivante. Aujourd'hui, c'était un vulgaire commis voyageur qui se rendait partout où les multinationales voulaient s'implanter mais où elles n'osaient pas encore envoyer leur personnel. Si les journalistes étaient le chœur grec commentant les conflits mondiaux, les gens comme Hartley étaient des dénicheurs de talents et les imprésarios de toutes les intrigues secondaires où il était question d'argent et d'influence occulte. Mais sa connaissance du terrain et ses relations faisaient de lui une mine de commérages et de rumeurs qu'il était toujours prêt à partager avec vous tant que vous ne citiez pas son nom, peut-être parce qu'il récoltait souvent plus de renseignements qu'il n'en communiquait.

« Putain, dit Hartley. Comment ça va vieux dur à cuire ?

— Pas trop mal. Encore sous le coup du décalage horaire. Et toi ?

— Assez bien, tout compte fait. Expédié ici du jour au lendemain, le mois dernier. J'attends comme tout le monde que les méchants foutent le camp. Putain, Skelly, à quand remonte la dernière fois qu'on s'est vus ? À Manille. Au coup manqué ?

— Non, j'ai fait l'impasse sur ce coup-là. À Jérusalem, je pense. On venait de faire sauter je ne sais plus qui.

— Voilà qui restreint le champ des possibles. C'était pas plutôt l'assassinat ? Le cinglé qui a tué Rabin ?

— C'est ça. On s'est vus à l'American Colony. Tu étais ivre et tu racontais des histoires sur la guerre du Golfe.

— Oui. Cet horrible hôtel Hilton que les Iraquiens ont bousillé. Pas d'électricité ni de nourriture. Fallait se taper les quatorze étages à pied. Putain, j'en aurai connu des hôtels pour pisse-copie. »

Mais Sam Hartley n'avait évidemment jamais été journaliste. Tête chercheuse des intérêts privés américains, il se contentait de dormir dans les mêmes lits.

« Laisse-moi t'offrir un verre, Skelly.

— Quelle bière ils ont ?

— De la Murree, exclusivement. Brassée localement, crois-le si tu veux. Par autorisation spéciale des mollahs. Elle vous file des maux de tête si on ne fait pas gaffe. Je m'en tiens au scotch. Sans glaçons, bien qu'ils prétendent les faire avec de l'eau minérale.

— Va pour une Murree. »

Hartley inclina une chope imaginaire dans les airs pour passer commande au barman.

« Quels intérêts vitaux représentes-tu en ce moment ?

demanda Skelly. Un marchand de canons au cœur d'or ? Ou tu t'apprêtes à ouvrir le premier hypermarché du jouet à Kaboul ?

— En fait ce qu'il faudrait, c'est un mélange des deux. Inauguration en fanfare avec un Geoffrey la Girafe[1] enturbanné et missiles Stinger gratuits pour les cent premiers mouflets.

— Limités à un par personne.

— Ce serait une première ! » Hartley partit d'un rire tonitruant. « Non, c'est la bonne vieille routine. J'essaie de m'introduire dans la place, mais je suis coincé dans le vestibule comme tout le monde. Et toi ?

— À la recherche du premier seigneur de la guerre qui voudra bien m'emmener de l'autre côté de la frontière. J'ai entendu dire que Mahmoud Razaq pourrait se lancer dans l'aventure. » Autant soumettre l'idée à Hartley qui connaissait probablement le bonhomme.

« Oui. Regrettable. Nous le lui avons déconseillé.

— *Nous ?*

— Transgas. Mon employeur actuel. Ils veulent construire un pipeline pour acheminer le pétrole et le gaz à travers l'Afghanistan.

— J'ignorais qu'ils avaient du pétrole et du gaz.

— Ils n'en ont pas. Mais ils se trouvent à un endroit stratégique. Il y a un tas de gisements du côté de la mer Caspienne, mais l'itinéraire le plus direct passe par l'Iran, à la merci d'une bande d'ayatollahs qui pourraient à tout moment fermer les robinets. Transgas veut un autre itinéraire. Malheureusement, c'est aussi le cas

1. Mascotte de la chaîne de magasins de jouets Toys R Us. (*NdT*)

de Petrotek qui fait du lobbying ici depuis Alexandre le Grand.

— Et Mahmoud Razaq joue dans votre équipe ?

— Possible. Ces derniers temps, il est resté neutre.

— Dans ce cas, j'espère que vous répartissez les risques.

— Toujours. On avait même trouvé moyen de nous mettre dans les petits papiers des talibans. Du moins, jusqu'à ce que l'opinion publique nous fasse honte et nous oblige à retirer nos billes.

— Les talibans ? s'exclama Skelly incrédule. Quand ça ?

— En 97. On en avait embarqué quatre dans un avion à destination de Houston. T'aurais vu le tableau ! Ces longues barbes sur un costard cravate, on se serait cru en tournée avec ZZ Top[1]. Une bande de pisse-froid qui marmonnaient au Petroleum Club.

— Vous les avez fait boire ?

— De l'Évian à gogo. J'ai vécu comme un moine pendant une semaine. Toutes les secrétaires portaient une jupe longue pour ne pas offenser les invités. Deux jours à nous mordre la langue et à opiner du chef et tu sais ce qui les a le plus impressionnés ? La visite d'un abattoir. Tous ces gros bœufs alignés qui attendaient qu'on les frappe entre les deux yeux, ça les a vraiment émoustillés. »

Skelly rit. « Je suis surpris que le Département d'État les ait laissés entrer.

— Oh, les Affaires étrangères sont de notre côté. Petrotek est une compagnie brésilienne. Transgas, notre

1. Groupe de rock texan. (*NdT*)

équipe nationale. Mais ici on joue tout seul, bien sûr. L'Oncle Sam est trop occupé à traquer les terroristes. »

Skelly en doutait, mais laissa la question de côté. Il fit signe au barman de lui apporter une deuxième bière.

— Fais gaffe. Tu vas le sentir passer demain matin.

— Tout ira bien. Je suis sûr que Razaq m'offrira du thé fort à volonté. Il m'a accordé une audience pour demain matin, s'il est toujours là. Si ça tombe, il part ce soir. »

Skelly observa les réactions de Hartley, mais ce dernier resta de marbre.

« Il fait donc bel et bien partie de votre personnel ? demanda Skelly.

— Je crois m'être contenté de dire qu'il pourrait faire partie de notre équipe. On se cause de temps à autre. Et d'autres gens nous parlent de lui.

— Et qu'est-ce qu'ils vous racontent ?

— Ça restera entre nous ? »

Skelly fit signe que oui. Il connaissait la chanson. Motus et bouche cousue. Griller Sam Hartley reviendrait à se priver d'une mine d'informations inépuisable. Mais si son tuyau était bon, d'autres pourraient le confirmer.

« Je me suis laissé dire que Razaq n'était pas un si bon cheval que ça. Ce n'est pas que nous le payions, bien sûr. » Gros clin d'œil. Du Hartley tout craché. « Forte probabilité de perte à court terme.

— Tu crois qu'il ne va pas réussir ?

— Pas si c'est un coup monté.

— Par qui ? Washington ? »

Hartley fit signe que non. « Je pensais à quelque chose de plus proche.

— Islamabad ? Le, comment ça s'appelle déjà, le SII ?

— L'I-S-I, Skelly. T'as pas assez potassé au bord de la piscine.

— Ils ont donc gardé un faible pour les talibans ?

— Ou pour l'argent de Petrotek. Et si c'est ça le problème, je suis censé pouvoir y remédier. »

Même si l'argent de Petrotek n'était pas le problème, se dit Skelly, Sam Hartley se ficherait pas mal que la presse divulgue une histoire suggérant que la compagnie pétrolière rivale avait saboté l'entreprise de Mahmoud Razaq, guerrier déchu de l'Occident. Mais Skelly ne pourrait jamais décrypter ce type de saga pour ses lecteurs. Trop d'acteurs et trop d'intérêts différents en jeu. Ses rédacteurs voulaient du simple : les bons et les méchants avec mise à jour du dernier score.

« Quelles sont les nouvelles en ce qui te concerne ? demanda Hartley, passant à autre chose après avoir semé sa petite graine. J'avais entendu dire que tu t'étais retiré, mais te revoilà.

— Y avait plus que moi. Plus personne ne veut de poste à l'étranger. Z'ont trop peur de perdre leurs stock-options ou leur place sur les listes d'attente des écoles privées.

— Je ne vois quasiment plus personne de la vieille bande. Pas les journaleux, en tout cas.

— Et les autres ? Qu'est-ce qu'est devenu Thad Beeston ?

— Toujours à la DEA[1]. Il est ici en fait. À parcourir le désert en civil, du moins à ce qu'on m'a dit. Quelque part du côté de Quetta.

---

1. Drug Enforcement Administration (agence américaine de lutte contre la drogue). (*NdT*)

— Et Arlen Pierce ?

— Ah, Arlen. » Hartley observa une pause. « Le Sombre Seigneur. Toujours aussi mystérieux et toujours sans portefeuille officiel. Aux dernières nouvelles, il traînait ses guêtres à l'ambassade du Caire, dans des bureaux auxquels personne d'autre n'a accès. Je suis surpris de ne pas l'avoir vu ici.

— Vous n'étiez pas tous les deux sur un projet ? Du temps où tu étais encore employé par l'Oncle Sam ?

— Dieu du ciel, ça remonte à trop loin pour que je m'en souvienne », répondit Hartley.

Mais Skelly se rappelait très bien ce qu'on disait de Pierce au Caire : qu'il avait travaillé en étroite collaboration avec le gouvernement égyptien pendant la répression contre les militants islamistes et que sa famille aux Etats-Unis n'avait pas lieu d'en être fière. Encore que rien n'ait transpiré dans la presse.

« La dernière fois que j'ai vu Arlen, c'était à l'Intercon à Amman, dit Skelly. Il essayait de draguer Susie Kellman du *Times* au bar de l'hôtel.

— Il en a toujours pincé pour Susie. Qui est partie, soit dit en passant, et vit aujourd'hui dans un paradis rustique en Toscane. Petite villa, oliveraie et gigolo perso.

— Personne ne rentre donc jamais au pays ?

— Si, toi par exemple. Mais je suppose que c'est dû aux charmes rares de Larissa.

— En fait, maintenant, c'est Janine. Et Larissa était belge.

— Désolé. Et Janine est le numéro… ?

— Trois. Quand on aime, on ne compte pas.

— Bon sang, comme le temps passe vite. Quel âge a donc ton aînée ? Carol, c'est bien ça ?

— Oui. » Skelly était surpris que Hartley s'en souvienne. « Elle a… » Pause. Calcule, Skelly. L'aînée de ses cinq enfants était née en… 75 ? Non, en 76, juste après la mort de Mao. Il avait dû couvrir l'info bien que les Chinois ne lui aient jamais accordé de visa. Coincé à New Delhi pendant que Susan rageait, mais il était rentré juste à temps pour la naissance. Susan était sa première épouse. Elle vivait aujourd'hui à Toledo. Dans l'Ohio, pas en Espagne.

« Elle a vingt-cinq ans, dit Skelly.

— Elle a toujours été futée. Qu'est-ce qu'elle fait de beau ? »

Skelly aurait bien aimé le savoir. Carol était enceinte jusqu'aux yeux. Cinq ans auparavant, elle avait abandonné ses études de droit pour se marier. Skelly en avait eu le cœur brisé mais elle finirait peut-être sa licence un jour. À moins qu'il se soit senti mal parce qu'elle avait laissé tomber ses études pour la seule chose qu'elle désirait encore plus : un substitut paternel qui ne l'abandonnerait pas pendant des mois d'affilée. Psychologie à la portée de tous, mais qui marchait pour Skelly.

« Elle s'apprête à devenir mère en fait. L'accouchement est prévu pour janvier. » Il eut tout à coup envie de changer de sujet. « Alors dis-moi, si le projet de Razaq part en couille, dans quelle situation se retrouve Transgas ? Razaq a l'air d'être votre carte maîtresse.

— Oh, c'est pas les seigneurs de la guerre qui manquent là d'où il vient. Ça paraît très… inconvenant, hein ? » Hartley gloussa comme un vieux saligaud qui vient de se rincer l'œil dans un décolleté. « Mais c'est le nouveau Grand Jeu, Skelly, comme dans Kipling, sauf que maintenant au lieu de la reine et du tsar, c'est l'Amérique et les multinationales qui se disputent les miettes.

— Je commence à voir ce qui t'occupe.

— Ce qui m'occupe et me préoccupe. Mais si les Marines mettent la main sur leur homme, les choses ne devraient pas être trop compliquées. S'ils échouent, par contre… » Il haussa les épaules et laissa sa phrase en suspens.

« Tu veux parler de Ben Laden ?

— Qui veux-tu que ce soit d'autre ? Imagine l'embarras de Transgas s'il s'avérait qu'un de nos seigneurs de la guerre le cachait, avait déroulé le tapis rouge de l'hospitalité pachtoune pour l'homme le plus honni de la planète. » Il parut se reprendre et ajouta : « Putain, Skelly, j'avais oublié comment tu opérais. Tu nous lubrifies le gosier et tu nous laisses dégoiser. Tu serais pas en train de m'enregistrer par hasard ?

— Tu plaisantes ! J'ai même pas de carnet sur moi. Quelques chopes de plus – il leva très haut sa Murree – et je ne me souviendrai plus d'un traître mot. Tout ce qui m'intéresse, c'est d'envoyer un papier d'Afghanistan. Un dernier insigne du mérite et retour à l'Amérique profonde. »

On entendit un grand gémissement. Le barman secouait la tête en regardant la balle rouge filer une fois de plus vers la clôture.

« Tu sais quoi, Skelly ? » Hartley baissa la voix et se pencha en avant. « Si tout ce qui t'intéresse, c'est de passer la frontière, je pourrais connaître un moyen. Un autre type à qui tu pourras rendre visite quand Razaq t'aura dit non. Je vais t'écrire son nom sur une carte de visite. Ton fixeur saura où le trouver. »

Skelly attendit, prit le bristol. Il le retourna, prononça lentement le nom.

« Muhammad Fawad. Il part aussi en Afghanistan ?

— Pas comme combattant. Il emporte de l'aide humanitaire. Purement symbolique et très privé, et il entend que ça le reste jusqu'à ce qu'il soit parvenu de l'autre côté. Après, naturellement, il en fera tout un plat. Il veut être considéré comme une force de modération capable de travailler avec tout le monde. Ça devrait marcher comme sur des roulettes pour la passe de Khyber via Torkham. Un ou deux journalistes sont au parfum, mais tu devrais être dans une compagnie très choisie. À propos, qui est ton fixeur ?

— Nadjib Azam. Je viens juste de faire sa connaissance, mais il a l'air excellent.

— Azam… Évidemment.

— Tu le connais ?

— J'en ai entendu parler. Ou de son père, un acteur clé en pays afridi. Territoire injun, complètement hors la loi. Lui trrès grrouand chef avec trrès grrouosse arrtillerrie.

— Comment ça un acteur ?

— L'ordinaire d'un seigneur de la guerre. Contrebande. Dans le transport et le bois de construction. D'autres intérêts peut-être.

— Comme Transgas ?

— Ou comme Petrotek. Nous le découvrirons en temps utile. »

Skelly se demanda si c'était la raison pour laquelle Nadjib s'était hérissé quand il avait soulevé la question de ses origines tribales. Le fils était-il gêné ? Attendait-il l'héritage avec impatience ? Mais si son père était un gros bonnet, pourquoi Nadjib travaillait-il ici ?

« Fawad part quand ?

— Après-demain. Il ne restera sans doute pas plus

d'une semaine de l'autre côté, ce qui est parfait pour toi. N'hésite pas à mentionner mon nom.

— Il est donc aussi de votre côté ?

— Franchement, Fawad est un des rares à être neutre et il semble désireux de le rester. Et dans ces conditions… » Hartley se pencha et baissa de nouveau la voix. « Je voudrais te demander une petite faveur, si ça ne t'embête pas. Mais seulement si tu arrives à passer de l'autre côté, bien sûr. »

On en venait au prix à payer : c'était du donnant, donnant.

« Je t'écoute.

— Une autre petite conversation pourrait s'avérer utile à ton retour. » Skelly se demanda si Hartley voulait en venir là depuis le début. « Une fois que tu auras bouclé ton sujet, bien sûr. Je ne te demanderai rien que tu ne donnerais à ton journal.

— Dans ce cas, tu peux me lire. Mon article sera en ligne, j'en suis sûr. »

Hartley rit, mais pas d'aussi bon cœur, cette fois. « Oh, je n'y manquerai pas. Mais je sais comment ça se passe. Vous récoltez toujours plus d'infos que vous ne pouvez en utiliser. Des impressions. Des intuitions sur les gens ou les lieux. Un petit débriefing au déjeuner ou devant un verre… » Il s'interrompit comme s'il jaugeait Skelly. « Je pourrais même te filer un petit acompte si ça pouvait faciliter les choses.

— Ça les empirerait, en fait.

— Ah, oui. La déontologie journalistique, une contradiction dans les termes, s'il en est. J'espérais que tu avais dépassé ce stade. Je suis toujours perplexe devant la façon dont vous, les gars, êtes toujours pressés d'échanger votre seule denrée précieuse – l'info – mais dont vous dites tout de suite « vade retro Satanas » et faites machine arrière dès que quelqu'un veut vous l'acheter. Tant mieux pour mon budget, je suppose. Ce sera donc un déjeuner et tu pourras régler l'addition. »

Admirant la façon dont Hartley était parvenu à faire croire à l'inévitabilité d'une nouvelle rencontre, Skelly opina en se disant qu'il pourrait toujours annuler. Hartley en était aussi conscient, ce qui expliquait peut-être sa proposition suivante.

« Quand tout sera fini, qu'est-ce que tu as l'intention de faire au journal ? Sérieusement. »

Skelly haussa les épaules. « Si je me tiens à carreau, on me laissera peut-être quitter le service régional. Mais je pense que je vais être un certain temps très occupé à couvrir ce merdier. Les nouvelles internationales sont redevenues une industrie florissante. »

Hartley gloussa. « Tu parles ! Dans un mois, ils en auront soupé de ces histoires de fanatiques barbus. Il leur faudra une nouvelle guerre.

— Putain, Sam, même moi je ne suis pas aussi cynique, pas après le 11 Septembre. Mais si tu as raison, je suppose que je pourrai toujours pondre des éditoriaux.

— La tour d'ivoire ? C'est pas ton style. Crois-moi, les voyages te manqueront.

— Et les endroits merveilleux comme ce bar ?

— Tu sais très bien ce que je veux dire.

— Je suis trop vieux pour un autre poste à l'étranger. Même moi, je le pense.

— À moins que tu ne changes d'employeurs, que tu ne te trouves une activité plus gratifiante, fit Hartley en s'interrompant pour ménager son effet. Transgas, par exemple. Toujours en quête de nouvelles paires d'yeux et d'oreilles. Pour faire ce que je fais.

— Dieu sait quoi. »

Hartley sourit. « Un tas de mondanités, en fait. Comme toi, sauf qu'il n'y a pas de manifs à couvrir et que l'indemnité pour frais professionnels est plus conséquente. Et il arrive parfois que les gens te disent la vérité parce qu'ils savent qu'elle ne sera pas publiée le lendemain sur cinq colonnes à la une.

— Ou dans mon cas, en page 12 de la première section. » Mais l'idée avait son charme, chose que, ne serait-ce qu'un mois plus tôt, Skelly aurait refusé d'admettre. Sauf révélation sensationnelle, le Pakistan serait son dernier tour de piste et dans un an ses rédacteurs le pousseraient à prendre sa retraite. Et après ? Agent de relations publiques pour une société de services peut-être, expliquant hausses des taux et accidents du travail. Ou pire, attaché de presse pour un politicien local. Au moins ici, il fréquenterait des milieux familiers, serait boosté par les voyages.

« Laisse-moi y réfléchir, se surprit-il à dire. J'espère que tu es sérieux.

— On ne peut plus sérieux. Je peux même commencer à glisser un mot en ta faveur. Quand la porte finira par s'ouvrir, il leur faudra un maximum de troupes sur le terrain.

— Garde ça pour toi, pour l'instant. Ce n'est probablement pas de bon ton.

— Oui, je comprends. »

Hartley semblait encore sous le choc de l'intérêt manifesté par Skelly. Naturellement, Skelly serait désormais obligé de débriefer Hartley. Il commençait à se sentir mal à l'aise. Des années d'endoctrinement à surmonter. Quitter le journalisme pourrait s'avérer aussi difficile que quitter une secte. Mais l'offre de Hartley, si on pouvait appeler ça ainsi, avait fait vibrer la corde sensible. Janine serait contre, mais il s'occuperait du problème en temps voulu.

« Je dirais qu'une autre tournée et un toast s'imposent, annonça Hartley. À l'avenir.

— À l'avenir », répéta faiblement Skelly en levant son verre.

Une heure plus tard, Skelly était dans sa chambre, assis sur son lit, toutes lumières éteintes : ses quatre bières commençaient à lui marteler la tête. Un grand nombre de ses confrères détestaient la vie d'hôtel : la similarité déconcertante des chambres, le triste désordre des serviettes de toilette et des plateaux du service en chambre avec leurs couvercles chromés qui faisaient un bruit de cymbales. Mais Skelly y trouvait une libération. Tous les matins, vous quittiez votre chambre en désordre pour la retrouver impeccablement rangée le soir. Votre linge sale partait dans des grands sacs en plastique et revenait repassé, empilé et étiqueté avec ces autocollants qui, de prime abord, paraissaient agaçants – de vraies sangsues – mais qui, par la suite, ressemblaient à des lettres de noblesse. Il en avait accumulé cinq sur un slip, et chaque fois qu'il le portait de retour chez lui, ils lui rappelaient ses voyages, petits signes de reconnaissance pour initiés.

Skelly posa sa tête endolorie sur l'oreiller, là où le dessus-de-lit était retourné et où un petit chocolat trônait sur la taie empesée. Il enleva le papier d'argent, fourra le chocolat dans sa bouche et une fraîcheur mentholée lui envahit le gosier. Il jeta le papier par terre, décrocha le combiné et pianota le code d'accès international, puis les chiffres d'un numéro aux États-Unis. Il dut s'y reprendre à six fois avant de l'obtenir, après avoir eu droit à toutes sortes de déclics et de bruits tous plus bizarres les uns que les autres. Était-il sur écoute ? Il en doutait, mais allez savoir dans des coins pareils, surtout dans un hôtel pour journalistes. Il s'en fichait de toute façon. Il était juste assez paf pour éprouver un véritable accès de nostalgie, un retour en force du mal du pays. Mais pour quel endroit exactement ? Ses épouses et ses enfants étaient dispersés comme les îles d'un archipel qu'il visitait d'ordinaire les unes après les autres, à la manière d'un monarque vieillissant faisant la tournée d'anciennes colonies.

Mais c'était sa fille aînée Carol qui s'était le plus battue pour maintenir le lien. Elle était la seule qui lui faisait sentir que leurs relations comptaient toujours pour elle.

Ça sonnait maintenant, un son bien de là-bas qui ne ressemblait à aucun autre. Pourvu que ce ne soit pas le mari de Carol qui décroche…

« Allô.

— Carol, c'est moi.

— Papa ? La ligne est bizarre. » Puis, d'un ton soupçonneux : « Tu appelles d'où ?

— Du Pakistan. Près de la frontière afghane. Passe de Khyber, la porte des étoiles.

— Tu es saoul.

— Juste quelques bières, rien de sérieux. Maïs comment fais-tu pour toujours deviner ?

— Tu n'appelles jamais sinon. De l'étranger, en tout cas.

— C'est pas très juste. Je voulais juste entendre le son de ta voix.

— Eh bien, tu l'entends. Je croyais que tu avais renoncé aux guerres. Qu'est-il donc advenu de la grande révélation libérienne ?

— Supplantée par la grande révélation suburbaine. Ça plus le fait que les rédacteurs n'ont personne de plus de vingt et un ans qui sache marcher en mâchant du chewing-gum. Du moins, pas dans des endroits comme ici.

— Tiens donc, et où sont donc tous les futurs Skelly ? T'étais pas pareil, toi aussi, autrefois ?

— Sûrement. Surtout quand j'essayais de changer une couche. Ce qui me fait penser, comment ça se présente ?

— Très bien. Je n'ai plus de nausées le matin. Tout baigne. » Il se la représenta en train de tapoter son gros ventre, un nouveau petit Kelly en perspective. Sauf que, bien sûr, ce serait un Lindeman. Un nom épouvantable à donner à un enfant. « Le docteur dit qu'il sera gros.

— Il ?

— Oui. J'espère qu'il n'héritera pas du gène du vagabondage de son grand-père.

— Hum. »

Seule Carol pouvait dire ça en ayant l'air affectueuse. À moins qu'il ne se fasse des illusions. Il se tut une seconde et écouta les bruits de friture.

« Tu me fais toujours le même coup, papa. Tu te trouves à court de choses à dire au milieu de la conversation.

— Je jouis de l'instant. Avec tes frères et sœurs, je me sens toujours obligé de parler, parler. Avec toi, je peux savourer le silence.

— À dix dollars la minute, j'espère que tu y trouves ton compte.

— C'est pas mon fric. T'inquiète.

— Tu me promets d'être prudent hein cette fois ? »

Elle le dit avec une telle inquiétude dans la voix que Skelly sentit s'ouvrir les vannes de son cœur. Un sanglot lui monta à la gorge.

« Tu vois, j'étais sûr que tu allais dire ça. » Il fit un effort pour empêcher que sa voix ne se brise. « Mais c'est plutôt terne par ici, en fait. » Inutile de mentionner les cocktails Molotov ni le convoi en partance pour l'Afghanistan. « Je resterai probablement ici quelques semaines, puis ils en auront assez et me rappelleront.

— Du moment que tu es de retour pour janvier.

— Pour le Nouvel An ? » L'invitait-elle pour le réveillon ?

« La date prévue pour mon accouchement ! Tu te souviens ? Le 12.

— Bien sûr. Je serai là. Je ne manquerai pas ça.

— T'as raté la naissance de combien d'entre nous ? » Elle connaissait la réponse, mais peu importe.

« Trois. J'étais là pour la tienne. J'étais là pour Brian. J'ai même *assisté* à l'accouchement. » Brian. Il revit un nez qui coulait, des yeux flous, un moutard à des années de toute conversation intelligente. Menottes et genoux minuscules gigotant sur un vieux tapis que Skelly avait acheté à Damas. Rien que d'y penser, il se sentait pris de lassitude.

« J'avais presque oublié Brian, fit Carol. J'ai du mal à le considérer comme un demi-frère. Il pourra peut-être jouer avec Sidney.

— Sidney ?

— C'est le prénom qu'on a choisi. L'oncle préféré de Charlie. Je ne te demande pas si tu aimes.

— Parfait. Comme ça je ne te dirai pas que j'aime pas. » Elle éclata de rire. On aurait dit le son d'une flûte taillée dans un bois tropical des plus rares. Pendant quelques années, Skelly avait vécu pour ce rire qu'il savait faire naître des larmes comme personne d'autre. Il se sentait rassasié maintenant, même si elle raccrochait brusquement.

« À propos, comment va Janine ? fit-elle. Elle prend ça bien ?

— Oh, tu la connais.

— En fait, non. Je ne l'ai vue que quelques minutes au mariage.

— Au moins, tu es venue. » Vingt invités sous une tente qui prenait l'eau. Filet de bœuf trop cuit et toasts embarrassants de la part d'un vieux confrère qu'il avait invité mais qu'il ne s'attendait pas du tout à voir. Carol avait été la seule personne saine d'esprit et aussi la seule de ses quatre enfants à accepter l'invitation. Boycotts organisés à tous les coups par leurs mamans.

« Faut que je te quitte maintenant, dit-il, plein de regret. Lever aux aurores demain.

— Il est quelle heure là-bas ?

— Vingt-deux heures et des poussières. Désolé ! Je t'ai réveillée ? Bon sang, j'ai vraiment perdu la main, j'ai oublié de vérifier le décalage horaire avant d'appeler.

— Pas de problème. Il est une heure de l'après-midi, ici. Charlie vient de repartir pour le bureau après être passé déjeuner. Je venais juste de préparer du café et j'étais allongée sur le canapé. Tout est tranquille. Il n'y a que moi et Sidney qui me balance des coups de pied sous la couverture.

— Ça a l'air agréable. »

Skelly aurait voulu pouvoir être là-bas, se joindre à elle pour une deuxième tasse de café. Mais il avait sommeil, et elle se trouvait à une journée d'avion.

« Tu diras bonjour de ma part à Charlie.

— Je n'y manquerai pas. Il t'envie toutes tes aventures.

— Prends bien soin de toi. De toi et de Sidney.

— C'est plutôt à toi que je devrais dire ça. Sois prudent, papa.

— T'inquiète. Repose-toi bien. »

Il raccrocha et se retrouva dans une chambre obscure où l'air moite de la nuit s'infiltrait entre les rideaux de sa fenêtre avec balcon. Il avait eu l'intention de fermer la fenêtre et de mettre la clim, mais l'air s'était rafraîchi en soirée même s'il empestait toujours les gaz d'échappement et la fumée. Un flot ininterrompu de véhicules à moteurs crachotants passait sur le boulevard.

Il pensa au lendemain matin. Prélude d'un voyage, peut-être. D'une aventure. Que penserait Carol quand elle apprendrait qu'il était passé en Afghanistan ? Il aurait dû appeler Janine, mais il était trop fatigué maintenant pour pouvoir faire autre chose que de se glisser entre ses draps rêches. Fermer les écoutilles et rêver de tuniques rouges et de tribus, de vieux empires fragiles se fracassant sur le sol rocailleux d'abîmes vertigineux. De tout, sauf de chez lui et de sa famille.

6

Assise dans l'obscurité, Daliya pressait un linge mouillé sur sa joue tandis que Nadjib s'agitait à ses côtés. Il lui effleura l'épaule comme s'il craignait qu'elle ne vole en éclats, bien qu'elle se fût calmée depuis son arrivée. Qui remontait à cinq minutes ? Dix ? Il était si préoccupé qu'il n'avait même pas refermé la porte.

« Il m'a attaquée dans l'escalier, dit Daliya dont la voix n'était guère qu'un chuchotement. Je n'ai pas vu son visage, mais il avait des cheveux longs. J'ai entendu un cri puis il s'est jeté sur moi. Je ne sais pas s'il m'a suivie ou s'il était déjà là, à me guetter. Peut-être que ce n'était qu'un voleur et que je l'ai surpris. Il sentait le hasch, ça, j'en suis sûre. »

Mais ils savaient, l'un comme l'autre, que les voleurs ne criaient pas « Couvre-toi, infidèle ! » avant de disparaître les mains vides. Pour Nadjib, il y avait aussi la question de l'enveloppe qui trônait toujours non décachetée sur son coussin à côté de Daliya.

Par bonheur, l'entaille n'était pas profonde. Daliya s'était penchée pour esquiver le coup et son agresseur ne s'était pas attardé pour une seconde tentative. Ce qui était presque aussi troublant, c'était l'absence de réaction des voisins. Tout s'était peut-être passé trop vite. À moins qu'ils aient entendu et approuvé, songea Nadjib, soudain prêt à suspecter la terre entière. Il se demandait pourquoi il n'avait pas vu l'agresseur quitter l'immeuble. Et s'il était toujours dans la place ? Cette idée le poussa à aller fermer la porte.

Il s'arrêta sur le seuil et tendit l'oreille. Rien que le bruit d'une télévision à un étage inférieur, beuglant un de ces vidéo-clips musicaux indiens que l'on captait avec une antenne parabolique. On y voyait des lignes ondulantes de danseuses, tête nue, cheveux lustrés, qui adressaient de longs regards langoureux à la caméra sur une musique bruyante et rythmée. Côté piété et patriotisme, on faisait mieux !

« Ça tombait bien que tu aies la clé », dit Nadjib qui se rappelait avoir hésité à lui en donner une.

Daliya secoua la tête. « Je n'en ai pas eu besoin. La porte n'était pas fermée à clé.

— J'avais dû oublier de la fermer ce matin », dit-il d'une voix faible, content qu'il fasse trop sombre pour que Daliya s'aperçoive de sa surprise.

Il examina l'encadrement de la porte. Aucune trace d'effraction. Du travail de pro, même si le coup de couteau faisait bâclé. Il ferma la porte et tira le verrou, quelle qu'en soit l'utilité.

« Où se trouvait cette enveloppe quand tu es entrée ? » demanda-t-il en essayant de garder un ton détaché.

Daliya haussa les épaules et s'allongea d'un air épuisé. « Je ne l'avais pas remarquée.

— Elle était déjà là ? Sur les coussins ? » insista-t-il.

Elle haussa de nouveau les épaules, indifférente. Ce qui signifiait que le messager avait pénétré dans l'appartement. Mais combien de temps y était-il resté ? Était-il l'agresseur ? Nadjib alluma une lampe et cligna de l'œil, ébloui.

« C'est la deuxième de la journée, dit-il en se forçant à adopter un ton plus léger et en ramassant l'enveloppe. J'en ai eu une ce matin qui me menaçait de l'enfer en citant le Coran : “Les femmes devraient couvrir leur parure”, ce genre de trucs. »

Il avait désormais toute l'attention de Daliya qu'il sentit frissonner lorsqu'il s'assit à côté d'elle.

« Tu crois que c'est le même type qui… ?

— Je ne sais pas. Tu l'as peut-être surpris. »

À moins qu'il n'ait guetté Nadjib dans l'intention de lui porter un coup plus décisif.

La feuille était couverte de la même écriture appliquée et dense et le message rédigé une fois de plus dans la langue du prophète. Les chiffres XLI, 26 figuraient en haut. Daliya ne connaissait de l'arabe que quelques prières apprises par cœur et Nadjib lui traduisit donc : « Les incroyants disent “N'écoutez pas ce Coran, contestez-le avec vos sifflets et vos rires, peut-être triompherez-vous”. Mais nous punirons sévèrement les incroyants et leur donnerons un salaire pire que leurs méfaits. Telle sera la récompense des ennemis de Dieu. Le feu sera leur demeure d'éternité, le salaire de leurs négations. »

« Très sympa, dit-elle d'un air pince-sans-rire. Très Peshawar.

— Ça aussi », fit Nadjib en enlevant doucement le linge mouillé. Les saignements avaient cessé. « On devrait encore nettoyer. Mettre un pansement.

— On devrait appeler la police.

— Pour qu'elle te trouve ici ? Une femme seule ? » Il secoua la tête. « Certains flics t'arrêteraient pour prostitution. On n'est pas à Islamabad.

— Ça, c'est sûr.

— Pour autant qu'on sache, il s'agit bel et bien d'un flic ou de quelqu'un qui travaille pour la police. À moins que je sois devenu parano à cause de l'endroit d'où je sors. »

Et Nadjib lui raconta comment il s'était fait embarquer par l'ISI, Tariq et son offre de visa en échange d'infos s'il réussissait à se joindre à l'expédition de Razaq en Afghanistan, mission non seulement quasi impossible mais dangereuse. Mais Daliya savait aussi que par les temps qui couraient un visa valait bien quelques risques. Elle cherchait à s'échapper avec presque autant d'acharnement que lui, et elle était aussi une orpheline volontaire, même si la rupture avec sa famille n'était que temporaire, son exil devant expirer dans huit mois. C'était d'une certaine façon leur isolement mutuel qui les avait rapprochés. Ils étaient comme deux naufragés partageant un frêle esquif qui soudain prenait l'eau.

Daliya avait détesté Peshawar dès le premier jour : elle méprisait sa rigueur de petite ville et sa mentalité de frontière, la saleté et le chaos créés par les réfugiés. « L'océan des barbes », disait-elle. Elle avait l'impression d'être revenue au quinzième siècle, d'avoir été jetée dans une mer médiévale de burqas, de turbans et de saints hommes renfrognés, une dure colonie de Pachtounes que les années de guerre avaient poussés vers l'ouest. Pendjabi, elle croyait aux vertus du raffinement et, l'espace d'une semaine, avait choisi la provocation en s'habillant comme bon lui semblait. Mais les regards concupiscents et les insultes des hommes n'avaient pas tardé à la miner et elle gardait désormais, près de ses clés de voiture, un *tchador* dont elle se couvrait la tête, chaque fois qu'elle sortait.

Fille du vice-ministre du Commerce, elle avait grandi à Islamabad. Avait reçu une éducation privilégiée qui l'avait rarement obligée à s'aventurer au-delà des ceintures d'asphalte qui ceignaient la ville. Islamabad se caractérisait par son insularité, un trait voulu par les architectes grecs qui l'avaient conçue quarante ans auparavant. Chaque secteur de la grille quadrillée possédait son marché, son parc, ses magasins. Il n'y avait ni charrettes tirées par des mules ni rickshaws, car le gouvernement les avait interdits, ce qui n'était pas plus mal puisque seuls les pauvres s'en servaient. Dans la majeure partie d'Islamabad, en fait, on devinait à peine qu'on était au Pakistan. C'était un appendice saugrenu dans la tradition factice de Brasilia et d'Ankara, autres capitales instantanées qui essayaient de nier leur nationalité. D'où la vieille plaisanterie sur l'emplacement idéal d'Islamabad : « À une quinzaine de kilomètres seulement du Pakistan. »

Dans les meilleurs centres commerciaux de la ville, on pouvait se choisir une robe, s'acheter une part de pizza et presque se croire à Londres ou New York, du moins c'était l'impression qu'avait eue la jeune fille à l'abri du besoin qu'elle était. Le peu qu'elle avait vu du chaos de Rawalpindi lui avait fait comprendre qu'elle méritait une existence meilleure et plus calme. Quand elle avait commencé ses études supérieures à l'université du Qaid-i-Azam, à l'autre bout de la ville, elle avait côtoyé des jeunes gens et des jeunes femmes animés des mêmes sentiments, elle avait dit franchement ce qu'elle pensait quand bon lui semblait, parfois poussée par des professeurs femmes. Quand Daliya y repensait aujourd'hui, ces moments semblaient les meilleurs de son existence, les derniers rais de lumière avant les ténèbres.

Puis était venu le moment d'arranger son mariage. Elle sut que le processus était enclenché lorsqu'elle entendit ses parents répondre à des appels téléphoniques et poser des questions quand ils croyaient qu'elle n'écoutait pas, échanger des statistiques vitales comme s'ils préparaient une fusion d'entreprises ou une vente de bétail, analogies qu'elle n'aurait guère jugées appropriées à l'époque. En fait, elle avait été émoustillée, impatiente même. Elle avait toujours su qu'il en irait ainsi et supposé que ce ne serait pas si terrible, ne serait-ce que parce que tout le monde faisait un mariage arrangé, semblait y survivre et même s'y épanouir. Ses parents s'étaient mariés de cette façon ainsi que ses amies plus âgées. Certaines avaient pris mari aux États-Unis ou en Grande-Bretagne, déménagé et ça marchait. Ce n'était peut-être pas le grand amour, mais les veinardes s'adaptaient et les enfants ne tardaient pas à arriver. Le destin en avait décidé ainsi. *Inch'Allah.* Sans compter qu'elle avait vingt ans. Il était temps d'affronter les sacrifices et les responsabilités de l'âge adulte. Par conséquent, quand un beau matin, avant ses cours, ses parents lui annoncèrent qu'ils avaient organisé une rencontre avec le premier candidat sélectionné, elle avait acquiescé et promis de se conduire de son mieux.

C'est d'abord la mère du garçon qui se présenta en éclaireur pour s'assurer que la réputation de

Daliya correspondait à la propagande parentale. Elle s'appelait Sultana et vint frapper à leur porte par un dimanche après-midi de mai caniculaire, royalement drapée dans un voile doré, et parvenant, Dieu sait comment, à paraître fraîche et posée malgré la touffeur. Daliya trônait devant un goûter plantureux et ses parents s'éclipsèrent sur la pointe des pieds. Puis la conversation commença – si tant est qu'on puisse appeler ainsi l'interrogatoire qui suivit.

Sultana avait la langue acérée et fronçait les sourcils d'un air impatient, ce qui laissait entendre que son temps était compté et la concurrence acharnée. Elle débita à toute allure un questionnaire : *Quel genre de cuisinière êtes-vous ? Vous savez coudre ? Vous ferez vos vêtements vous-même ? Vous dépensez beaucoup ? Combien ? Combien d'enfants souhaitez-vous avoir ? Comment devraient-ils être élevés ? Êtes-vous prête à laisser tomber l'université ?* Pas une seule question sur ce que Daliya étudiait, avait appris, ou pensait sur des sujets d'intérêt plus général.

Le prétendant arriva peu après. Sa mère fit les présentations avant de se retirer dans un coin après avoir lancé un dernier regard qui laissait entendre que Daliya n'avait pas jusqu'à présent répondu aux attentes. Incapable de se souvenir d'un seul mot de ce qu'elle avait dit, Daliya avait le sentiment d'avoir répété comme un perroquet des expressions programmées dans un tout autre esprit que le sien. C'était ça ce qu'on appelait le pouvoir de la tradition ? se demanda-t-elle.

Mais le jeune homme était rafraîchissant. Il se prénommait Pervez. Il était un peu grassouillet, mais avait un visage agréable et des manières douces, surtout comparé à sa mère qui les foudroyait du regard du haut de son perchoir comme une chouette en cage qui se lissait les plumes régulièrement pour se rappeler à leur bon souvenir.

Au début, il était aussi intimidé que Daliya. Puis à mesure qu'ils se prenaient au jeu, ses yeux enfoncés n'eurent plus peur de soutenir le regard de Daliya, ses questions gagnèrent en assurance sans devenir indiscrètes ni présomptueuses. Il ne fut plus question de couture, de cuisine, d'enfants, de laisser tomber les études et, lorsqu'il partit, Daliya s'était convaincue qu'elle pourrait vivre avec lui. Elle éprouva même une certaine ivresse, se demanda où tout cela allait la mener, et quand on apprit quelques jours plus tard que l'arrangement avait été accepté par les deux familles, elle eut vraiment une impression de triomphe.

On fixa une date : ils se marieraient à l'automne et dans peu de temps les fiancés auraient l'autorisation de se revoir, chaperonnés évidemment, bien que Daliya sût qu'il y avait moyen de contourner cette restriction avec l'aide d'amis et de complices. Il était possible d'arranger des rendez-vous secrets où ils pourraient se tenir la main, échanger une caresse ou deux, jeter les bases des plaisirs que leur réservait le mariage. Ils pourraient peut-être même s'embrasser. L'idée lui donna la chair de poule. Elle espérait que Pervez était aussi doux qu'il en avait l'air.

Pourtant, les premiers jours d'euphorie passés, elle ne parvint pas à se faire à l'idée du mariage. Il y avait d'abord le problème de l'université qu'elle allait devoir quitter alors qu'il ne lui restait qu'une année à faire pour obtenir sa licence. Elle se mit à repenser à ses cours avec nostalgie, surtout aux moments où elle avait dit ce qu'elle avait à dire avec vigueur, imposé son point de vue à ses camarades, garçons compris.

Il y avait aussi le problème de la mère de Pervez. La tradition voulait bien sûr que les jeunes mariés emménagent chez les parents du jeune homme. La maison avait beau être très spacieuse, Daliya savait qu'elle serait dominée par cette vieille chouette qui serait éternellement perchée au-dessus d'elle.

Par conséquent, un matin au petit déjeuner, une semaine seulement après les fiançailles, Daliya, certaine d'être comprise, annonça calmement à ses parents que le mariage devait être repoussé au moins jusqu'à la fin de l'année universitaire. Ce délai supplémentaire serait bénéfique au mariage, expliqua-t-elle, sans remarquer le regard horrifié de ses parents. Ça n'avait pas de sens de gâcher ses trois premières années d'université. Si le garçon et sa mère n'acceptaient pas, c'est que ce n'était pas un bon parti, et il y aurait sûrement d'autres prétendants qui se montreraient plus souples. Elle était désolée évidemment, pour le désagrément et l'embarras causés, mais elle était persuadée d'agir au mieux et ne reviendrait pas sur sa décision.

C'était avec ce genre de discours raisonné qu'elle emportait toujours le morceau à l'université.

Et c'est ainsi qu'elle s'était retrouvée à Peshawar, après avoir été retirée en catastrophe de l'université par ses parents mortifiés. Ils l'avaient parquée chez un oncle qui avait une affaire d'informatique et où on espérait qu'une année de travaux durs et subalternes lui apprendrait non seulement l'humilité, mais ce qui l'attendait si elle continuait à bafouer les souhaits et décisions de ses parents. C'était une punition, une peine d'un an purgée en compagnie de cousins sournois et de garçons de livraison lubriques dans un sous-sol bas de plafond et à l'éclairage blafard, au beau milieu du tohu-bohu du bazar de Saddar. Ses conditions de vie ne valaient guère mieux. Elle avait une petite chambre chez sa tante mais était constamment surveillée par sa famille.

Pourtant, l'exil avait eu l'effet inverse de celui qui était escompté. Daliya était plus déterminée que jamais à finir ses études et à choisir son mari, même si ça voulait dire déposer une demande de bourse pour l'étranger et obtenir un visa.

Dès son troisième jour de travail, elle avait fait le premier pas vers la liberté en se liant avec une jeune femme animée des mêmes sentiments et de la même témérité qu'elle. Prénommée Rukhsana, elle travaillait comme comptable pour son père dans le bureau voisin. Rukhsana était mariée depuis six mois, et la nouvelle alliance nouée avec Daliya donnait aux deux jeunes femmes un prétexte pour quitter la maison toutes seules, même si la tante de Daliya fronçait les sourcils et faisait observer en claquant la langue qu'elle-même n'aurait jamais pris de telles libertés au même âge.

Mais même avec cette bouffée d'air frais, Daliya ne tarda pas à se demander si elle n'allait pas devenir folle à Peshawar. La famille de son oncle était froide et sans humour, n'avait que le mot règles à la bouche, et les repas autour desquels sa propre famille se retrouvait tous les jours pour deviser aimablement des événements de la journée lui manquaient cruellement. Elle regrettait encore plus ses balades quotidiennes avec ses amis, avec leurs commérages et leurs échanges d'idées. Son père lui téléphonait une fois par semaine, mais c'était surtout pour vérifier où elle en était dans ses « progrès », sa façon à lui de l'encourager à se réformer.

C'est dans cet état de solitude qu'elle fit la connaissance de Nadjib. En quête d'un logiciel, il était arrivé au moment où l'oncle de Daliya et ses cousins venaient de partir déjeuner. Ils lui avaient ordonné de tenir la boutique, comme ils le faisaient chaque jour, sachant que c'était l'heure creuse. La plupart de leurs clients étaient des petites entreprises qui commandaient par fax ou e-mail, et l'absence de vitrine signifiait qu'il y avait très peu de clientèle de passage. Mais Nadjib avait remarqué la petite enseigne au bout de la ruelle en sortant de chez un barbier. Quand la porte sonna, Daliya leva soudain les yeux de son ordinateur au fond du magasin.

Si Nadjib n'avait pas passé quatre ans en Amérique, il n'aurait jamais entrevu les possibilités de cette première et brève rencontre. Il n'aurait jamais su interpréter le regard de Daliya qui trahissait une terrible solitude. Ce type de signal n'apparaissait jamais sur les écrans radar hommes-femmes des zones tribales où était imposé un black-out quasi total des communications entre les sexes : dès l'âge de dix ans, les filles vivaient en recluses. Les jeunes gens du clan de Nadjib ne parlaient qu'à leurs mères, leurs sœurs, leurs tantes, mais même ces échanges prenaient place pour la plupart entre les hauts murs de l'enceinte familiale, un royaume claustrophobique où les règles de l'affrontement étaient élémentaires et brutales. On lui avait appris que la langue des femmes était une arme qu'elles maniaient sans pitié, et que les hommes qui avaient le malheur d'encourir leurs foudres étaient ou mis en pièces ou ripostaient avec les poings. Ceux qui, comme Nadjib, n'avaient pas le goût du combat pouvaient se retirer à l'extérieur où ils savaient que les femmes ne pourraient pas les suivre et, ce faisant, transformer leur défaite en une sorte de victoire automatique.

En Amérique, il n'avait eu recours à cette stratégie qu'une seule fois, lors de sa première année d'université : il était parti au beau milieu d'une dispute avec sa petite amie, pensant que ça mettrait fin à l'incident. Mais elle l'avait suivi jusqu'à l'autre bout du campus tant elle était déterminée à avoir le dernier mot. Leur querelle prolongée sur le trottoir devant des centaines d'étudiants avait suffisamment mortifié Nadjib pour qu'il réévalue tout ce qu'il avait appris sur la façon de s'y prendre avec les femmes. Mais cette rééducation avait évidemment un bon côté et il était rentré au Pakistan très au fait des indices, des signaux et des exquises possibilités du flirt.

Par conséquent, quand les sourires timides et la conversation commencèrent sous le plafond bas du morne sous-sol de Peshawar, Nadjib sut tout de suite ce qui travaillait Daliya avant qu'elle le sache elle-même. L'oncle et les cousins revenus, Nadjib, qui avait habilement ramené la discussion à des problèmes de factures et des disquettes, réussit à glisser à Daliya sa carte de visite sur laquelle figuraient son numéro de portable et son adresse électronique. Elle la prit sans éveiller le moindre soupçon chez ses cousins grognons et somnolents après un lourd déjeuner.

Mais le vrai héros des débuts de leur épopée amoureuse fut le téléphone portable, instrument subversif qui avait brisé la chape de plomb que les anciens faisaient peser sur tout le pays. Daliya fit vrombir le sien au lieu de le faire sonner et découvrit qu'elle pouvait même parler avec Nadjib chez sa tante, à condition de se glisser au préalable dans un placard ou les toilettes. C'est donc ainsi qu'ils avaient commencé à échanger des petits riens dans un jeu de séduction pudique mais très occidental où l'un était aussi avide que l'autre de partager enfin ses espoirs et ses griefs avec quelqu'un qui le comprenait.

Pendant quinze jours, ils ne firent que parler. Puis Daliya proposa audacieusement d'utiliser son amie Rukhsana comme intermédiaire pour organiser un premier rendez-vous. Défi à tous les us et coutumes du pays, ils se rencontrèrent dans un parc en se faisant passer pour frère et sœur.

Ce que Daliya savait des hommes pachtounes se limitait à la poignée de jeunes gens qu'elle avait rencontrés à l'université, des garçons austères et sombres qui étaient prompts à la colère même s'ils répugnaient à l'exprimer. Ils restaient entre eux, formaient des petits noyaux qui étaient des foyers de désapprobation et d'exclusion. Ils avaient leur dortoir, leur association estudiantine, leur table au réfectoire, et les tensions avec les Pendjabis, les Sindhis et le reste étaient palpables.

Il était clair que Nadjib était différent, enrichi par ses voyages, plus ouvert aux possibilités. Dès leurs premières rencontres maladroites, il avait affiché un humour discret et un rire charmant quoique contenu. Mais Daliya avait cru détecter par instants dans ses yeux une certaine froideur, un avertissement implicite : il risquait si nécessaire de se retirer à tout moment dans un endroit si glacial et si éloigné qu'il pourrait ne jamais en revenir.

À la troisième rencontre, ayant surmonté la plupart de leurs inhibitions, ils convinrent que de nouveaux rendez-vous en valaient la chandelle. Au quatrième, sentant de plus en plus que, tant qu'à faire d'enfreindre les règles, autant les briser toutes, ils décidèrent de se voir dans le seul endroit qui leur offrait une vraie intimité. Arrivée à la tombée de la nuit et de plus en plus consciente du scandale à mesure qu'elle montait l'escalier d'un pas rapide et silencieux, Daliya se rendit à l'appartement de Nadjib et ne respira qu'une fois à l'intérieur.

Les risques pris par Daliya en allant à ce rendez-vous étaient énormes. Là où la majorité des Occidentaux se seraient dit qu'il n'y avait pas de quoi fouetter un chat, à peu près tout le monde à Peshawar aurait considéré cette visite comme de la prostitution pure et simple, un rendez-vous secret de damnés.

Ils le savaient l'un comme l'autre et pourtant ils avaient convenu implicitement d'agir selon leurs propres règles et d'emprunter cette voie nouvelle et courageuse à deux. À l'inverse de ce qui se serait immanquablement passé en Amérique, il ne fut jamais question d'« engagement ». Pourtant Nadjib savait comme Daliya que chaque pas les rapprochait de quelque chose qui avait tous les dehors de la destinée. Ce qui expliquait la nervosité de Daliya quand elle pénétra pour la première fois dans l'appartement de Nadjib.

Ils se dirent un bonsoir craintif, puis elle enleva son *tchador* – geste symbolique et accompli avec panache qui coupa le souffle de Nadjib. Au début, leurs propos furent aussi hésitants que sur le banc du parc. Nadjib prépara du thé et la conversation se fit plus aisée. Au bout d'un moment, il en alla de même pour les petits attouchements car, malgré l'expérience acquise à l'étranger, Nadjib connaissait les vertus de la lenteur, savait laisser la nouveauté du plaisir faire frissonner sans submerger. Leurs progrès lents, graduels ne faisaient qu'accentuer le processus de séduction. Frôlements de doigts sur des bras. La main de Daliya s'attardant sur le genou de Nadjib. Puis leurs mains se rencontrèrent, s'étreignirent. Une caresse sur la joue et un lent rapprochement, un bruit de vêtements froissés dans le silence, l'odeur des cheveux de Daliya. Et pour finir, un baiser, des lèvres plus douces qu'elle ne l'avait imaginé.

Les choses progressèrent au cours des trois rendez-vous suivants jusqu'à ce que l'inévitable se produise : tous deux furent surpris par la facilité et le naturel avec lesquels ils se déshabillèrent quand le moment de vérité arriva. Ni l'un ni l'autre ne se sentit honteux ni gêné après, ce qui était aussi une victoire, même s'il fallut à Daliya une semaine entière pour mesurer l'énormité de son acte. Elle avait atteint un point de non-retour.

Trois mois plus tard, Daliya était de nouveau assise sur les coussins du salon de Nadjib. Mais ce n'était plus leur havre habituel : tout avait changé et pour l'instant il n'y avait rien d'autre à faire que de se blottir l'un contre l'autre et d'attendre que le pire soit passé. Ils savaient tacitement qu'il était temps d'aller plus loin. Cette fois-ci, Daliya resterait jusqu'au matin, quel que soit le nombre de mensonges et d'alibis qu'il faudrait inventer.

Dernièrement, ils avaient eu tendance à expédier leurs rencontres amoureuses, en partie parce que Daliya ne pouvait rester que quelques heures. Mais après une agression à l'arme blanche et une détention par l'ISI, que pouvait-il bien y avoir de dangereux à faire l'amour, à dormir ensemble ? Ils prirent leur temps, comme la première fois, les yeux grands ouverts et en s'attardant. Nadjib fit glisser le bout de ses doigts sur les longues jambes fuselées de Daliya, comme sur du velours – l'expression lui resta dans la tête tandis que le plaisir montait en lui. Plus tard, essayant de ne plus penser aux événements survenus plus tôt, il plongea son regard dans les yeux de Daliya qui le fixèrent sans flancher, comme d'habitude.

« Un autre coup porté aux extrémistes, dit-elle en souriant. Notre contribution à des lendemains plus laïques. »

Nadjib sourit et un rire naquit dans sa poitrine. « Parce que tu considères qu'il s'agit d'un acte politique ?

— C'est ce que je pense depuis le début, fit-elle, prenant l'idée à cœur. À un certain niveau, en tout cas. Nous crachons sur notre éducation. Tu sais ce que ma mère a fait quand j'ai commencé à avoir de la poitrine ? »

Il n'était pas certain de vouloir l'apprendre. Il ne savait pas trop sur quel pied danser sur ce nouveau terrain. Nouveau à Peshawar, en tout cas. Mais il fit signe que non et attendit la suite.

« Elle m'a obligée à voûter le dos. Après avoir eu droit à tous ces "tiens-toi droite", je devais marcher le dos rond pour qu'on ne voie pas mes seins. Puis elle s'est mise à m'habiller avec les vêtements les plus amples qu'elle pouvait trouver. Et elle m'a bandé la poitrine. Si serré que j'en avais mal. J'ai essayé de l'aider, bien sûr, jusqu'au moment où j'ai compris à quel point c'était stupide. Alors, oui, une partie de tout ça est par la force des choses politique. »

Nadjib ne savait pas s'il devait se sentir insulté ou exalté. Il aurait voulu croire que c'était son charme rare qui avait poussé Daliya à briser le tabou. Mais pourquoi ne pas participer de quelque chose de plus grand, tant que ça lui procurait un plaisir si intense ? Il sentit la sueur sécher sur son dos et le sel le piquer. Les yeux de Daliya brillaient comme ceux d'un petit animal nocturne grisé par une expédition au clair de lune et il fut submergé par une vague de tendresse exempte cette fois de tout désir. Il l'attira à lui, prit son visage contre sa poitrine et, l'espace de quelques instants, ni l'un ni l'autre ne dit rien : ils écoutèrent les bruits de la circulation nocturne, leur respiration.

Puis il sortit du lit et alla pieds nus à la fenêtre, contempla les quelques étoiles visibles à travers le brouillard.

Daliya le rejoignit silencieusement, glissa sa main dans la sienne. « Tu crois qu'ils sont là quelque part en ce moment ? demanda-t-elle calmement.

— L'ISI ? Ou notre ami au couteau ?

— Les deux ?

— Si c'est le cas, ils doivent se rincer l'œil. » Il se rappela le texte du premier message au sujet des femmes et de leur parure. Il savait que l'ISI disposait d'un équipement spécial pour la surveillance de nuit et de toutes sortes de gadgets.

« Tu devrais peut-être aller te mettre quelque chose sur le dos », dit-il, sachant à l'instant même où il prononçait ces paroles qu'il avait gâché la magie de l'instant.

Daliya pencha la tête de côté et scruta son visage comme si elle en remarquait certains signes pour la première fois. « Tu es resté comme eux, hein ? Du moins, à certains égards.

— Eux ?

— Les Afridi. Ta tribu et ton clan. Tous ces gens là-haut dans le Khyber. » Elle avait parlé d'une voix égale, sans trace de colère, mais n'avait pas bougé de la fenêtre. « Et dans quelques mois, quand tu en auras marre de moi et que tous les Américains et ces messieurs de la presse seront rentrés chez eux, tu rompras avec moi. Tu retourneras la queue basse supplier ton père de te pardonner et réclamer la place qui te revient de droit. Puis il te dégottera une gentille Pachtoune dans une famille afridi à laquelle il veut s'allier et le tour sera joué. Toi et je ne sais quelle dynastie immémoriale et moi rayée de la carte.

— Tu ne sais vraiment pas de quoi tu parles. Est-ce que tu sais seulement comment je te traiterais si j'étais encore "comme eux" ? »

Elle secoua la tête. « Oh, je peux deviner. Et je suis sûre que ce ne serait pas joli à voir.

— Sans compter que retourner la queue basse ne suffirait pas pour mon père. J'ai fait certaines choses qu'il ne me pardonnera jamais. Pas même si je le suppliais. J'ai essayé. »

Elle attendit la suite car, sur ce point, elle était toujours restée sur sa faim, mais Nadjib fit comme d'habitude : il changea de sujet.

« Si seulement on pouvait obtenir des visas, ces problèmes n'auraient aucune importance.

— C'est ta solution pour tout. Aller en Amérique. Mais ça n'arrivera pas. Plus maintenant.

— Peut-être. »

Puis il lui en dit plus sur son passage dans les bureaux de l'ISI et ils reparlèrent de l'offre de Tariq. Daliya le mit en garde contre un homme dont le gagne-pain était le double jeu et elle n'avait peut-être pas tort. Et si Tariq les laissait tomber ? Alors il ne resterait plus qu'une seule option réaliste, même si jusqu'alors ni l'un ni l'autre n'avait osé l'évoquer. Mais comme c'était la soirée des grandes premières, Daliya alla droit au but.

« On pourrait se marier si tu voulais vraiment aller en Amérique. C'est toujours plus facile pour une femme d'obtenir un visa. Puis une fois que j'aurais décroché un permis de travail, je pourrais te faire venir. Ce serait toujours un mariage arrangé, bien sûr, mais selon nos termes à nous. »

Nadjib se contenta d'opiner du chef. S'il souhaitait élever une objection ou reculer, c'était le moment ou jamais. Mais il laissa passer l'occasion et, ce faisant, s'aperçut qu'il avait fait une concession, cédé du terrain. Était-ce si terrible ? Presque tous les hommes qu'il connaissait l'auraient pensé, mais il ne savait plus quelles règles importaient. Il supposa que Daliya et lui étaient des pionniers, même s'ils n'allaient plus pouvoir continuer comme avant, vu l'atmosphère fiévreuse qui régnait à Peshawar. Entre les manifestations en ville et les raids aériens à une soixantaine de kilomètres, c'était comme si la ville se trouvait dans la zone de combat. Les messages anonymes et la balafre à la joue venaient le confirmer. Lorsque Nadjib parla, ce fut donc sur un ton plus doux, plus accommodant, minuscule drapeau blanc acceptant les conditions de Daliya.

« Tu sais, si j'étais vraiment "comme eux", je te réciterais probablement de la poésie. Des vers de Sher Azim Khan pour qui toutes les femmes ne sont que des traîtresses qui attirent les hommes dans leurs pièges.

— Chiche. » Désireuse de se laisser amadouer, elle sourit, sachant que s'il ne s'était pas exactement rallié à son point de vue, il ne l'avait pas non plus écarté.

Nadjib fouilla dans sa mémoire pour retrouver la bonne strophe. Toutes ces nuits passées dans la *hujera* enfumée de son père à écouter les anciens réciter pendant des heures interminables.

« *Tes boucles sont une balançoire,*

commença-t-il,

Ta mèche est un collet,
Ton visage, une lampe
Attirant les phalènes.

— Très romantique, dit laconiquement Daliya. Et très habile la façon dont tu as évité de répondre à ma proposition. »

Nadjib sourit et ne dit rien.

« Qu'est-ce que je vais faire demain ? demanda-t-elle. Il vaudrait mieux qu'on ne me voie pas sortir en plein jour. Pas après ce qui s'est passé.

— Tu devrais attendre qu'il fasse nuit. Reste ici toute la journée avec la porte fermée au verrou, répondit-il tout en se demandant si ça servirait à grand-chose vu les précédents événements. Si je ne rentre pas à temps, tu ferais mieux d'appeler Rukhsana. Elle devra se porter garante pour toi, de toute façon. Il va falloir que tu trouves un alibi qui tienne la route pour ton oncle et ta tante.

— Pas question de rester enfermée ici toute la journée. Rukhsana pourra peut-être venir me chercher. Je devrais l'appeler maintenant pour mettre au point mon alibi. Mon oncle et ma tante doivent être aux quatre cents coups, en train de se demander pourquoi je ne suis pas rentrée. »

Tous ces subterfuges pour simplement passer la nuit avec son « amant », songea Nadjib, surpris que le mot lui vienne à l'esprit. Il avait un côté terriblement occidental et désinvolte. Sauf dans son sens ancien, le fameux « engagement » que les Américaines avaient toujours en tête. Il songea à dire le mot tout haut, à le proclamer. Mais une fois de plus, il laissa passer le bon moment et, levant les yeux, vit Daliya qui l'observait attentivement, comme si elle savait qu'il avait laissé échapper l'occasion.

« Tu seras sans doute en sécurité si tu veux rester ici, dit-il, avec moins de conviction cette fois. Mais je serai absent pour la plus grande partie de la journée. Et si par extraordinaire nous obtenons la permission d'accompagner Razaq, nous serons occupés aux préparatifs.

— Tu devras aussi mettre au courant ton petit copain de l'ISI, Tariq.

— Oh, ce n'est pas mon copain. Si tu savais.

— Je le saurais peut-être si tu me le disais. Je ne t'ai rien caché de ma prise de bec avec ma famille. De mon exil et du garçon que j'ai failli épouser. Mais tu gardes ton plus grand secret comme un trésor. Le fils banni qui ne veut pas dire pourquoi. Une trop grande partie de ton passé ressemble à un espace vide sur une carte et voilà que tu retournes là-bas. Si ça tombe, tu vas disparaître pour toujours et je ne saurai jamais pourquoi. »

Elle avait raison, bien sûr. S'il y avait bien quelqu'un à qui il accepterait de confier ses secrets, c'était Daliya. Et s'il disparaissait dans le Khyber ? Ou en Afghanistan ? Elle serait la seule à le regretter et elle ne saurait ni où s'adresser, ni quoi dire aux autorités. Alors il lui avoua enfin sa trahison, avec des hésitations au début, puis sans problème. Il fut surpris de voir les mots se bousculer une fois qu'il se fut décidé à ouvrir la porte verrouillée pendant tant d'années.

Quand il eut fini, elle resta silencieuse. Elle lui caressa la joue, puis l'attira dans ses bras. Il fut soulagé de voir qu'il n'avait pas perdu son estime. En fait, elle avait l'air reconnaissante, ne serait-ce que parce qu'il lui avait fait confiance, et il reprit la parole avant qu'elle ait pu répondre.

« Si jamais je "disparaissais", dit-il en cherchant ses mots et en soutenant son regard. Là-bas, je veux dire. Dans le Khyber ou de l'autre côté de la frontière. » Sachant qu'il ne s'agissait pas d'une plaisanterie, elle hocha gravement la tête. « Ce ne sera pas de mon plein gré. Souviens-t'en, car tu pourrais bien être la seule qui veuille me retrouver.

— Et je devrais te chercher où ?

— À Bagwali. Mon village natal. C'est vraiment l'endroit par où commencer. Si on me capturait dans le Khyber, ma famille me réclamerait.

— Et si tu disparaissais en Afghanistan ?

— Toujours à Bagwali. Sauf si j'étais mort. Ma famille est la seule à avoir assez d'influence pour obtenir qu'on me rende à elle.

— Et elle userait de cette influence… – Daliya parut tressaillir – même après ce que tu as fait ?

— Ce serait une question d'orgueil. De sang. Mais après m'avoir récupéré, je ne crois pas qu'ils me relâcheraient.

— Alors comme ça, je prends un bus et je viens te chercher ? »

Elle se moquait gentiment de lui car tout le monde savait combien il était difficile pour les étrangers de voyager dans les zones tribales, surtout seul. Même pour les hommes. Pour les femmes, c'était impossible. Le personnel de l'aide internationale était obligé de s'y rendre sous escorte armée. Alors Nadjib alla jusqu'à son bureau dans le séjour, puis revint à la fenêtre de la chambre à coucher avec un morceau de papier. Il avait griffonné un nom et un numéro de téléphone.

Daliya prit le papier comme s'il s'agissait d'une carte au trésor.

« C'est un numéro où joindre ma mère, Shereen. Tu ne pourras pas l'avoir directement. Mon père ne le permettrait jamais. Et les portables ne marchent pas là-bas. Mais tu obtiendras le bureau des PTT de Bagwali où tu pourras laisser un message. Le standardiste est un ami de mon oncle et il garde le secret sur les messages de ma mère. »

Cela soulevait d'autres questions que Daliya s'empressa de poser. « Je croyais que tu n'avais plus de contacts avec ta mère. Et c'est qui cet oncle ? »

Nadjib secoua la tête d'un air las. « Pas ce soir. Il y a trop à raconter et on n'a pas le temps. Il faut dormir maintenant. »

Daliya secoua la tête, puis commença à se rhabiller. Comme elle s'apprêtait à quitter la chambre, il fit mine de la suivre mais elle le renvoya du geste. « Retourne te coucher. Une longue journée t'attend. J'ai besoin de réfléchir. Sans compter qu'au train où vont les choses, j'aurai tout mon temps demain pour dormir. »

Nadjib fut réveillé par des haut-parleurs lançant dans l'obscurité le premier appel à la prière de la journée. Daliya était revenue se coucher à ses côtés. Il devait se lever, se laver et prier. Mais il eut l'impression que ces gestes les exposeraient tous deux au monde extérieur, alors, pour tout sacrement, ce matin, il choisit de se blottir contre Daliya. Il se leva quelques minutes plus tard pour préparer le thé et apporta les tasses sur la table de chevet. Puis il se tint devant la fenêtre pour voir l'horizon s'éclairer et, lorsque Daliya vint le rejoindre, il se souvint de cette époque révolue en Amérique, où par un beau matin d'hiver à Chapel Hill, il s'était pour la première fois réveillé aux côtés d'une femme : un lever de soleil givré et le plaisir d'aller prendre le petit déjeuner ensemble, de se réchauffer les mains sur une tasse de café pendant qu'elle lisait le journal en face de lui, les conversations allant bon train aux tables voisines, comme si c'était la chose la plus naturelle du monde. À l'époque, il s'était demandé comment un sentiment de calme et de bien-être aussi profond pouvait résulter d'un péché, d'un acte contre Dieu. Aujourd'hui, il méditait à nouveau la question, ici, où les enjeux étaient beaucoup plus élevés.

La charrette de Mansour s'ébranla avec quelques minutes de retard. La ville s'éveillait et parmi ses habitants figurait peut-être le messager sans visage avec son couteau taché du sang de Daliya. Il y avait aussi Tariq qui, pour ce qu'il en savait, était toujours dans son bureau sans fenêtre, en train de remettre de nouveaux ordres au Sous-fifre. Et, bien sûr, il y avait Skelly, l'écrivaillon aux semelles de vent, qui mourait d'envie de faire un voyage d'études en Afghanistan avec Nadjib pour guide.

Mais ce n'était pas le passage de la frontière qui tourmentait Nadjib. C'était la traversée du Khyber, car, sur une dizaine de kilomètres, la route passait sur un territoire où son père faisait la loi. Tant qu'ils s'en tenaient à l'axe principal, le voyage se déroulerait presque certainement sans accroc. Personne, à part la police des frontières, ne saurait même que Nadjib était là, ou alors la nouvelle se répandrait plus tard après avoir filtré d'une source quelconque : son père avait des yeux et des oreilles jusque dans le moindre bureau de l'administration provinciale.

Cela faisait plus de sept ans que Nadjib n'avait pas remis les pieds sur ces terres et il se demanda s'il se sentirait toujours chez lui. Que se passerait-il si c'était le cas ? Et dans le cas contraire, ne serait-ce pas encore pire ?

Il but son thé à petites gorgées. Il avait hâte d'être à la fin de la journée.

7

Skelly avait rendez-vous avec Nadjib au bureau du *Frontier Report.* Le chauffeur de taxi mit vingt minutes à trouver l'adresse et, bien sûr, il n'avait pas de compteur. Quand Skelly protesta, l'homme répondit en ourdou, comme s'il ne comprenait plus l'anglais. Un chapelet cliquetait sur le rétroviseur chaque fois que le taxi faisait une embardée ou passait sur un nid-de-poule. Il finit par s'arrêter dans une ruelle non goudronnée, près d'un immeuble délabré de trois étages.

« Nous y sommes, sir, annonça le chauffeur dans un anglais parfait. Le *Frontier Report.* Ça fera cinq cents roupies.

— *Cent,* fit Skelly en jetant un billet plié sur le siège avant et en claquant la portière. Je n'avais pas demandé le tour de ville. » Des protestations le poursuivirent jusqu'à l'entrée de l'immeuble où un flic qui s'ennuyait inspecta sa sacoche avant de lui faire signe d'entrer.

Le journal était au dernier étage, en haut d'un escalier miteux situé dans une courette, et faisait suite à un bureau de courtiers d'assurances, une agence de voyages et un bureau de change dont aucun ne semblait avoir de clients. Il avait cinq minutes de retard, mais Nadjib n'était pas arrivé. Ce n'était pas bon signe mais pas vraiment un désastre. Si la ponctualité était une vertu chez un « fixeur », dans certains endroits, c'était une impossibilité culturelle. C'était peut-être le cas au Pakistan.

La salle de rédaction du *Frontier Report* ressemblait à toutes les autres : un désordre prolétarien de bureaux éraflés, trop petits, envahis de paperasserie et de terminaux d'ordinateur obsolètes. Les murs étaient couverts de cartes déchirées et Skelly guigna aussitôt celle de la Province frontière du Nord-Ouest qui indiquait toutes sortes de pistes et de défilés obscurs. Apparaissant en jaune le long de la frontière, les sept zones tribales placées sous administration fédérale offraient une bonne douzaine d'entrées non goudronnées en Afghanistan. Mais, bien sûr, il fallait un permis pour y pénétrer.

Scotchées çà et là aux bureaux et aux murs, se trouvaient les caricatures et les plaisanteries habituelles. Quelqu'un avait affiché la liste des batteurs de cricket qui avaient le plus de chances de gagner dans les matchs à venir et Skelly se demanda si le personnel se groupait pour parier comme il le faisait avec ses copains de fac pour l'équipe de basket universitaire. Il eut un pincement de nostalgie, non pas pour les États-Unis, mais pour son ancienne carrière de baroudeur. Pendant vingt-deux ans, qu'il ait été en train de couvrir une guerre ou une insurrection, Skelly avait découpé dans l'*International Tribune* ses pronostics pour le tournoi de la NCAA et les avait envoyés au bureau de son journal aux États-Unis. Ces deux dernières années, ç'avait été beaucoup moins drôle de les remettre en personne. Mais d'ici mars, il supposait qu'il serait rentré au pays. À moins qu'il ne travaille pour Transgas. À sa grande surprise, l'idée continuait à l'attirer.

« Sir ? » fit une voix polie dans son dos. C'était le type qui l'avait fait entrer et qui n'avait cessé depuis de répondre au téléphone. « Une tasse de thé ?

— Oui, volontiers. Merci. » Il prit la tasse fumante, bien qu'il sût qu'il allait devoir en boire des litres chez Razaq. Mais où était donc Nadjib ? Plus de dix minutes de retard. Heureusement, son mal de tête se dissipait. C'était la faute de la bière et de la nappe de smog qui était entrée par sa fenêtre ouverte. Quand il était sorti de sa douche, ce matin, sa chambre empestait. On se serait cru dans un dépôt de bus.

Skelly sirota son thé en continuant son examen des lieux. Le manque de ressources était criant. Un reporter pendu au téléphone prenait des notes sur une feuille déchirée. Ni stylos ni crayons. Une des premières choses que les gosses du Tiers-Monde vous réclamaient toujours, c'étaient des stylos. La pénurie dans ce domaine était probablement une de ces bizarreries dont les répercussions étaient plus grandes qu'aucun dictateur ne l'avait jamais imaginé.

Il vérifia le panneau d'affichage. Une note de service attira son regard et le fit sourire : « Écrivez “Oussama Ben Laden”, la première fois, et “Oussama” ensuite. Jamais “Ben Laden”. »

La note suivante était moins drôle. « Les récents amendements au décret antiterroriste exilant le Lashakar-e-Jhangvi et le Sipah-e-Muhammad interdisent la publication de tout communiqué de presse et de toute déclaration publique émanant d'une personne s'exprimant au nom de ces deux organisations. Toute infraction sera passible d'une peine d'emprisonnement pouvant aller jusqu'à six mois. »

Fichtre. Ça ne faisait jamais de mal de se voir rappeler dans quel contexte on travaillait. Un pas de travers ici et vous vous retrouviez au trou, même si Skelly doutait qu'ils arrêtent un Occidental.

« Un truc intéressant ? s'enquit Nadjib qui avait l'air tourmenté et un quart d'heure de retard.

— Prêt ? Allons-y, dit Skelly en jetant sa sacoche sur son épaule et en essayant de manifester son impatience sans faire de sermon. Nous examinerons les questions que je veux poser à Razaq en cours de route. Combien de temps dure le trajet ? »

Nadjib avait l'air d'un homme qui aurait préféré se prendre d'abord un thé mais tant pis.

« À cette heure de la journée, une demi-heure peut-être. Je suis désolé, la soirée a été longue et la matinée aussi. Des problèmes personnels. J'appelle un taxi. »

Ils ne dirent pas grand-chose en chemin car Skelly était trop occupé à s'arc-bouter en prévision des collisions : le chauffeur roulait à tombeaux ouverts entre les rickshaws et les bus. Une femme l'échappa belle lorsque l'aile du taxi accrocha un pan de sa burqa bleue. Skelly avait eu un choc en voyant tant de femmes voilées de pied en cap parce que, comme la plupart des Américains, il avait cru que les burqas étaient une obsession strictement taliban. Mais ça semblait être un truc pachtoune comme les barbes broussailleuses. Il se demanda si Nadjib taillait la sienne en signe de rébellion.

Au feu rouge, ils se trouvèrent à côté d'une moto occupée par une jeune fille montée en amazone derrière un homme plus âgé, sans doute son père. Sa bouche et ses cheveux étaient dissimulés sous un *tchador* blanc, mais on voyait ses yeux. Elle tenait trois manuels scolaires et avait un port de reine au milieu du chaos de la circulation. Elle regarda dans sa direction pour examiner l'Occidental assis dans le taxi. Ses yeux étaient d'un brun profond et mouillé, des lacs dans lesquels on aurait pu nager. Skelly esquissa un sourire – amical et dénué de concupiscence, espérait-il – et un plissement des yeux de la jeune fille lui fit comprendre qu'elle répondait à son sourire. Étonnant. Un bon présage, peut-être. À moins qu'on ne fût en train de l'attirer dans un immense et troublant labyrinthe que seuls les autochtones comprenaient. Le feu passa au vert et la moto s'éloigna.

« La petite Kaboul », dit Nadjib en indiquant des échoppes aux toits bas alignées de part et d'autre de la route à quatre voies. « Dans ce quartier, presque tout le monde est afghan. »

Comme en ville, les échoppes étaient regroupées par spécialité. D'abord les pièces détachées – des rangées brillantes de pots d'échappement accrochés aux toits de tôle ondulée et des soudeurs travaillant au milieu de gerbes d'étincelles. Puis venaient les volaillers avec leurs volatiles sales emprisonnés dans des cages tordues entassées sur cinq rangées de profondeur. Puis les bouchers – carcasses de moutons pendues à des crochets et attirant les mouches et la suie. Puis un groupe de hangars abritant des grands tas de matériaux de construction, suivi de magasins de vêtements, qui cédaient la place à des palais du mariage pourvus d'un étage et d'une marquise.

« Qu'est-ce qui se passerait si tous ces gens rentraient chez eux ? demanda Skelly.

— Il suffit de voir la vraie Kaboul. Leur nation n'est pas vraiment l'Afghanistan de toute façon. C'est la nation pachtoune et voici leur nouvelle capitale. »

La tienne aussi ? s'interrogea Skelly. Quelques kilomètres plus loin, sur leur droite, apparut un océan de maisons en terre. Les toits étaient faits de contreplaqué, de rondins, de plaques de métal. Des trous carrés en guise de fenêtres et des cheminées de fortune crachant de la fumée. Jetant un coup d'œil dans les ruelles en terre battue, Skelly aperçut une noria de gens et de moutons. Ils traversèrent un cours d'eau étroit où des enfants pataugeaient dans l'eau verte, des femmes lavaient leur linge ou puisaient de l'eau dans des carafes en plastique ou des pots de céramique à côté de bétail noyé à mi-corps. La puanteur des égouts et des animaux était quasiment intolérable et l'endroit n'en finissait pas : les toits s'étendaient à perte de vue. Une scène apocalyptique, pire que tout ce que Skelly avait pu voir, y compris en Cisjordanie ou dans les zones de combat des Balkans, encore que plusieurs endroits d'Afrique de l'Ouest auraient pu rivaliser avec celui-ci.

« Bordel de Dieu, grommela-t-il. Qu'est-ce que c'est que ça ?

— Le camp de Katchagarhi, dit Nadjib. Plus de cent mille réfugiés. C'est eux qui rentreront. Qu'ils le veuillent ou non. Sitôt la guerre finie, le gouvernement se débarrassera d'eux.

— Ils sont là depuis quand ?

— Pour beaucoup, depuis l'invasion soviétique. Le début des années 80. »

Le taxi ralentit, tourna à gauche dans une large rue pavée qui s'éloignait du camp. Cent mètres plus haut, se dressait une maison de gardien. Sur un vaste terrain défoncé, à droite, plusieurs gamins efflanqués dans leur *shalwar kamiz* flottant jouaient au cricket sous un soleil de plomb et couraient pieds nus en soulevant des tourbillons de poussière. Ils avaient dressé une pierre étroite en guise de guichet. Une clôture en barbelés délimitait un champ derrière eux et au-delà – plus à l'écart de la route principale – s'étendait un quartier vert de maisons à deux étages en briques et en marbre, toutes flambant neuves. Après Katchagarhi on se serait cru au paradis.

« Hayatabad, dit Nadjib. Qui héberge l'aristocratie des réfugiés. C'est là que vit Razaq.

— Ça semble incroyable que les gens de Katchagarhi ne traversent pas la nationale pour occire tout ce beau monde dans son sommeil.

— C'est pourquoi il y a un gardien. Au cas où l'idée leur traverserait le cerveau. Mais ce serait la même chose en Afghanistan. Ou encore là d'où je viens. C'est ce que les Pachtounes aiment appeler la classe dirigeante. » Puis Nadjib se tut comme s'il en avait déjà trop dit. Skelly sortit sa carte de presse et son passeport pour les présenter au garde armé qui leur fit signe de passer. Deux pâtés de maisons plus loin, ils prirent à droite pour se diriger vers le domicile de Razaq, à quelques centaines de mètres de là. Chaque maison était ceinte de hauts murs en ciment et comme le fils aîné de Razaq avait été tué par les talibans deux années auparavant, ce n'était sans doute pas une mauvaise idée. L'endroit était calme, les seuls bruits provenaient des ouvriers qui posaient de nouvelles tuiles sur le toit de la maison voisine. Vu le point de vue exceptionnel dont ils jouissaient, Skelly se demanda si ce n'étaient que des couvreurs.

Un homme de haute taille portant une arme automatique les accueillit à la grille de fer forgé et tendit leurs papiers d'identité à un autre qui leur fit signe d'entrer.

Il y avait foule. Sur la pelouse tondue, cinq vieillards barbus étaient agenouillés sur des tapis de prière orientés vers La Mecque. L'un d'eux avait défait son turban et le pliait soigneusement sur l'herbe. On entendait beugler un transistor. À l'intérieur de la maison régnait la même animation. Un nuage de vapeur odorante leur parvint de la cuisine. Deux autres vieillards leur jetèrent un coup d'œil soupçonneux dans le hall d'entrée, propre et clair, avec ses tapis épais et ses peintures qui avaient l'air de valeur. Un homme plus jeune entra, tête nue, et leur serra la main avant de mettre une main sur son cœur, le geste traditionnel de bienvenue.

« Salim, le plus jeune frère de Razaq, dit Nadjib qui fit les présentations.

— Voulez-vous du thé ? »

Skelly se garda bien de refuser.

Salim leur fit emprunter un couloir encore plus animé. Des hommes plus jeunes, cette fois, parlant fort en pachtou. Skelly entrevit la cuisine où il y avait foule autour du fourneau et d'où parvenaient des bruits de vaisselle entrechoquée. Il n'avait pas encore aperçu la moindre femme. Elles devaient avoir leur quartier. Il régnait une atmosphère de gare villageoise, de caravansérail sur la Route de la soie. Mais qui étaient donc tous ces types ? Un dernier rassemblement avant la grande expédition ? À moins que les lieux ne soient toujours aussi peuplés ?

Salim les fit entrer dans une salle plus petite où ils prirent place sur des coussins brodés de couleurs vives adossés à un mur chaulé et, l'instant d'après, un jeune garçon entra, un plateau de cuivre à la main. Il apportait trois tasses de porcelaine et une théière fumante. Il versa le thé laiteux et Nadjib l'avala comme si sa vie en dépendait. La matinée avait dû être dure, se dit Skelly.

« Vous êtes toujours d'accord pour venir s'il nous accepte, n'est-ce pas ? demanda Skelly à Nadjib.

— Oui, mais nos chances sont minimes.

— C'est ce qu'on m'a dit. Je suis tombé sur un vieux copain, hier soir, à l'hôtel. Il bosse pour une compagnie pétrolière.

— Petrotek ?

— Transgas. » Hartley aurait été consterné que Nadjib ait d'abord pensé à la concurrence. « Il dit qu'il y a un autre type qui part là-bas demain si ce plan ne marche pas. Muhammad Fawad. »

Nadjib fronça les sourcils. De toute évidence, c'était du nouveau pour lui, et ça convenait parfaitement à Skelly. Moins il y avait de gens au courant, mieux c'était.

« Il emporte de la nourriture et des médicaments, juste pour se faire connaître. On devrait passer par Torkham, mais gardez ça pour vous. J'ai pas envie qu'une centaine d'autres journalistes rapplique.

— Il vous faudra quand même un permis pour atteindre la frontière.

— On pourrait peut-être s'en procurer un cet après-midi. Ça vaut le coup d'essayer de toute façon. »

Razaq fit une entrée majestueuse. Avec son crâne luisant et ses vêtements blancs bouffants, on aurait dit un gros nuage moutonné dans un ciel d'été. Il était suivi du jeune garçon qui apportait d'autres rafraîchissements.

« Salaam alaikum », dit Razaq, en donnant à Skelly une poignée de main ferme, puis en plaçant sa main droite sur son cœur. Skelly lui rendit gauchement la

politesse : il avait l'impression de s'apprêter à réciter le serment d'allégeance au drapeau américain.

« Asseyez-vous, je vous prie. Nous parlerons en anglais, si votre interprète n'y voit pas d'inconvénient. »

L'anglais de Razaq était élégant, presque ampoulé, sans doute parce qu'il avait étudié en Europe. Il avait récemment fait fortune dans l'import-export dans les États du Golfe et Skelly supposait qu'il avait aussi tiré profit du trafic d'armes pendant la guerre contre les Soviétiques. Entre les Saoudiens et la CIA, Peshawar avait été inondée d'armes et d'argent. Il y avait de quoi armer des millions d'hommes. Razaq avait bien sûr dû payer le prix fort : un fils assassiné et son épouse morte dans un mystérieux accident de voiture à Dubaï.

« Qui sont tous ces visiteurs ? demanda Skelly.

— Mes invités ? Ils viennent pour la plupart d'Afghanistan. Des anciens et des chefs tribaux. Des chefs de village. Comme tous s'inquiètent de la situation, nous nous rencontrons. Nous échangeons les dernières nouvelles, discutons de l'avenir. Nous parlons de ce que nous pourrions faire pour améliorer les choses.

— Pourquoi ne pas attendre que les bombardements fassent leur effet ? »

Razaq secoua la tête. « Les bombardements n'ont fait que me compliquer la tâche. J'aurais pu donner à l'Amérique ce qu'elle voulait sans un seul échange de coups de feu. Les gens sont avides de nouveaux leaders et sont las des hôtes arabes qui n'ont fait que créer des problèmes. » Skelly prit note de l'allusion à Oussama Ben Laden et à son armée privée, que même ses rédacteurs auraient comprise. « Mais les bombardements les ont mis en colère. Maintenant ils suspectent tout le monde.

— Ils vous soupçonnent ? »

Razaq sourit. « Je suis un des leurs. Pourquoi iraient-ils me soupçonner ?

— Et ces gens qui vivent de l'autre côté de la grand-route ? À…

— Katchagarhi ?

— Pourquoi vous soutiendraient-ils alors qu'ils sont obligés de passer devant un garde armé pour vous voir ? Ils ont l'air plus avides de nourriture que de nouveaux leaders. »

Razaq ne perdit pas du tout contenance. Il semblait habitué à ce type d'insolence, comme s'il n'en attendait pas moins de chiens ou de journalistes.

« "Ces gens", comme vous dites, ont avec moi un point commun très important. Nous voulons tous rentrer chez nous. L'attente est peut-être plus confortable pour moi, mais aucun de nous ne souhaite rester ici. Ils savent que je suis un des rares à pouvoir les ramener au pays.

— Mais pourquoi risquer l'aventure maintenant ? Vous avez dit vous-même que les bombardements rendaient la tâche plus difficile.

— Mr Kelly, avez-vous jamais senti la main du destin sur votre front ? »

Skelly se demanda un instant si Razaq plaisantait, mais il n'en avait pas l'air. « Pas vraiment, non. Quel effet ça fait ? »

Razaq ne fut pas désarmé par sa désinvolture. « C'est comme se réveiller après un rêve. La réponse que vous cherchiez est soudain claire dans votre esprit, purifiée par la pluie de votre rêve. C'est un moment bien réel pendant lequel la voie à suivre paraît limpide et inévitable. Si vous laissez passer cet instant sans rien faire, la fortune pourrait ne plus jamais vous sourire. »

Skelly était trop occupé à griffonner pour réagir. Super, exactement le genre de conneries mystiques que ses lecteurs attendaient. Il lui suffirait de faire le lien avec les petits vieux prosternés sur leur tapis de prière à l'extérieur et il aurait la parfaite intro.

« Vous êtes donc certain de réussir ?

— Tout dépend de ce que vous entendez par réussir.

— Vous êtes sûr que les gens se rallieront à vous ? Que vous triompherez ? Que vous arriverez à Kaboul après avoir tout écrasé sur votre passage ? »

Razaq prit une poignée de pistaches et en décortiqua une. « Il ne s'agit pas d'écraser qui que ce soit. Mes aspirations ne sont pas d'ordre militaire. Mais je suis persuadé que certains éléments feront cause commune. Les gens sont las de ces cinq dernières années et encore plus de la guerre. Autrement, il ne reste plus qu'à attendre le débarquement des Marines américains. Et un tas de gens préféreraient encore les talibans à cette alternative.

— Vous partez quand, alors ?

— Dans un futur proche.

— Et vous serez accompagné par… une centaine d'hommes ?

— Je suis certain que vous comprendrez que je ne souhaite pas entrer dans les détails. Disons seulement que nombre des rumeurs qui circulent en ville sont des exagérations grossières. Avec une centaine d'hommes, nous passerions pour une expédition militaire et nous irions droit au désastre. Toutes les personnes nécessaires savent à quoi s'attendre, mais il ne s'agira pas d'une invasion.

Il y a simplement des gens avec qui je souhaite m'entretenir dans certaines provinces. Logar, Nangarhar, Paktia. Pour voir si je puis être de quelque utilité durant la transition vers un ordre nouveau. En admettant qu'un ordre nouveau soit inévitable, bien entendu.

— Personne ne touchera à un seul cheveu de votre tête ? » Cette fois, Razaq esquissa un sourire, comme s'il avait affaire à un imbécile. « Connaissez-vous le concept de vendetta, Mr Kelly ?

— Tuez un des nôtres et on tue un des vôtres ?

— Sauf que ce n'est jamais aussi net, ou limité, surtout quand il y a trahison. S'il m'arrive malheur, tout le monde sait qu'il faudra venger le sang versé. Tous ceux qui auront aidé mes ennemis devront répondre du crime.

— Vous dites qu'ils ne vous toucheront pas, même si vous échouez.

— L'échec n'est pas une option, Mr Kelly.

— C'est ce que les Américains vous ont dit ? On vous a promis de l'aide ? » Sam Hartley n'avait pas paru partager ce point de vue. À moins que lui aussi ait eu quelque chose à cacher. Razaq baissa les yeux. Skelly doutait d'avoir une réponse, mais Razaq le surprit.

« "Aide" serait un bien grand mot et n'aurait que des connotations négatives pour mon peuple. Mais nous sommes en relations. Nous avons conscience de nos besoins mutuels. » De toute évidence, il pensait avoir arraché une sorte de promesse à l'Oncle Sam. Skelly espérait pour Razaq que l'Oncle Sam tiendrait parole. Puis Razaq fit mine de se lever pour partir, ce qui inquiéta Skelly qui posa la première question qui lui vint à l'esprit.

« Vous irez à cheval, ai-je lu, comme lorsque vous luttiez contre les Soviétiques. » Il ne put s'empêcher de penser au bidet énorme qu'il faudrait pour transporter ce gros poussah de l'autre côté des montagnes. Un cheval de trait pourrait faire l'affaire.

« Peut-être à un moment donné. Mais pendant un certain temps au moins, nous voyagerons en voiture et en camion comme tout le monde.

— Et cette épée dont j'ai entendu parler. Une sorte d'héritage familial ?

— De mon grand-père.

— Vous l'emporterez avec vous ?

— Pourquoi pas ? »

Pourquoi pas en effet. « Je peux la voir ? »

Une fois de plus, Razaq parut amusé par le culot de Skelly. Il dit quelques mots rapides au garçon qui disparut et, l'instant d'après, le frère de Razaq, Salim, apporta un long objet emballé dans un linge blanc. Razaq se leva avec une grâce inattendue. « Ce n'est qu'un symbole, évidemment, dit-il en prenant le ballot. Rien à voir avec la chance ou la superstition. Juste une question de tradition.

— Oui, bien sûr. »

Il dégaina la lame avec un grand geste et mit adroitement le linge sur son bras gauche. Si Skelly s'était attendu à un objet brillant et spectaculaire, du type sabre de cavalerie ou épée de duel, il s'était trompé. Et si on l'avait bel et bien pris à une tunique rouge morte au champ d'honneur, il ne ressemblait pas du tout aux représentations d'armes britanniques que Skelly avait vues. L'objet ressemblait plutôt à un couperet surdimensionné : une lame d'une soixantaine de centimètres, parfaitement droite d'un côté et dont le tranchant, large de huit centimètres environ à la garde – qui était d'une délicatesse et d'une élégance surprenantes – s'effilait et se recourbait brusquement pour se terminer par une pointe fine. Bizarrement, il était très terni comme si Razaq n'avait pas voulu effacer la preuve de son ancienneté. Mais le tranchant brillait. De toute évidence, il l'affûtait.

« Comme vous voyez, purement symbolique. On ne peut pas s'en servir contre des kalachnikovs. »

Super, la citation. Skelly s'empressa de la noter. « Votre grand-père s'en est servi contre les Britanniques ? » demanda-t-il.

Razaq haussa les épaules et resta évasif. C'est ainsi que les légendes s'amplifiaient.

« Ce qu'on voit près de la garde, c'est une inscription ? Qu'est-ce qu'elle dit ?

— Quelques mots ajoutés par la suite par un membre de ma famille, fit Razaq. Rien de bien important. » Il remit la lame dans son linge.

Skelly espérait que Nadjib avait réussi à la lire. Salim repartit avec l'épée.

« Je suppose que ce sera tout », fit Razaq, sur un ton qui sonnait plus comme un ordre que comme une question.

Skelly referma son carnet en signe d'acquiescement, mais il restait un détail. « Une dernière question. C'est plus une requête, en fait.

— Je vous écoute.

— Nous aimerions vous accompagner. Mon interprète et moi. Nous fournirions bien entendu notre nourriture et notre équipement. Et si à un moment quelconque on vous gênait, vous pourriez bien évidemment nous renvoyer. Mais quand tout sera fini, vous voudrez sans aucun doute que le monde soit au courant.

— Et le monde en sera le mieux informé par… comment s'appelle votre organe de presse ? »

Skelly accepta la rebuffade avec un sourire désabusé. Il essaya d'imiter l'expression sardonique de Razaq, mais ne réussit à émettre qu'un rictus, une grimace sarcastique qui semblait dire « Vous pouvez pas m'en vouloir d'avoir essayé ».

« Je crois que vous pouvez comprendre pourquoi nous préférons garder un profil bas pour l'instant. Je n'ai, bien sûr, pas fait mystère de mes intentions. C'est pourquoi je consacre une partie de mon temps à des journalistes comme vous. Je n'ai refusé ni les visiteurs ni les questions, de peur qu'on me croie au service des Américains. »

Ou d'une compagnie pétrolière, se dit Skelly. Ou d'intérêts financiers concurrents.

« Mais quand l'heure viendra de passer aux choses sérieuses, comme vous dites, vous autres Américains, j'entends être seul. J'espère donc que vous comprendrez. Après ? Qui sait ? Je suis certain que dans quelques semaines nous aurons amplement le temps d'avoir de petites conversations comme celle-ci, et vous serez naturellement le bienvenu dans ma nouvelle demeure.

— À Kaboul ? »

Razaq haussa les épaules. « Kaboul, Jalalabad. Peut-être un village dans la vallée du Logar. Mais quelque part de l'autre côté de la montagne, *inch'Allah.*

— *Inch'Allah.* » Skelly espérait sincèrement qu'il n'arriverait rien de fâcheux à Razaq. C'était toujours troublant d'apprendre la mort de quelqu'un qu'on venait d'interviewer. On ne pouvait jamais s'empêcher de penser qu'on était pour quelque chose dans sa disparition, un minuscule rouage dans la grande machinerie du destin.

Salim revint pour les raccompagner.

Dehors les vieillards avaient disparu, mais au moment où Skelly et Nadjib arrivaient à la grille, un homme plus jeune s'approcha. Filiforme, il avait une barbe en broussaille et des ongles sales. Il dit quelque chose à Nadjib qui essaya de le repousser. Mais l'homme l'attrapa par la manche et lui parla à l'oreille à voix basse.

« Qu'est-ce qu'il veut ?

— Il dit qu'il peut nous emmener. Qu'il peut nous faire passer.

— En Afghanistan ?

— Oui, mais c'est un menteur. Un chacal. » Skelly espérait que l'homme ne comprenait pas l'anglais. « Tout ce qui l'intéresse, c'est votre fric.

— Probablement. Mais comment se propose-t-il de nous faire inviter ? »

Remarquant l'intérêt manifesté par Skelly, l'homme avait lâché la manche de Nadjib. Son haleine sentait l'oignon.

« Il prétend connaître l'homme qui conduit l'arrière-garde de Razaq. Mais cet homme est à Katchagarhi, et c'est là-bas qu'il faudrait aller pour le rencontrer.

— Ah, c'est donc là qu'est le piège.

— Oui. Ce type nous égorgerait à la minute où nous quitterions la nationale. Je doute qu'il soit même censé être ici. Ce n'est probablement qu'un mendiant. »

Skelly était entièrement d'accord. L'homme avait les yeux rouges comme s'il s'était fumé un joint au petit déjeuner.

« Dites-lui “non merci, sans façon” et que nous sommes pressés. »

Ayant entendu la traduction de Nadjib, l’homme secoua vigoureusement la tête, fit un geste mystérieux avec la main et haussa le ton.

« Putain. C’est pire qu’un commerçant du Caire. Qu’est-ce qu’il raconte ?

— Que je suis un imbécile de ne pas le croire. Que je ne suis pas à la hauteur et que je vous fais perdre votre argent.

— En tout cas, on peut dire qu’il est tenace », fit Skelly en accélérant le pas. Ils franchirent la grille d’entrée et semèrent l’importun. « Ça fait plaisir de voir que notre taxi est toujours là. On ferait bien de sortir nos permis pour la frontière. Oh, à propos, vous avez jeté un coup d’œil à l’inscription, celle qui se trouvait sur l’épée de Razaq ?

— Oui, dit Nadjib. Et je ne suis pas surpris qu’il ne vous ait rien dit. Il n’y avait que deux mots dont on peut seulement présumer qu’ils font allusion au sort de l’ennemi.

— Deux mots ?

— “Sans retour”.

— Bon Dieu, fit Skelly en dégainant son carnet. Vous en êtes certain ?

— Sûr et certain.

— Parfait. » Il les nota fébrilement. Il avait déjà en tête le plan de son article. « Super pour la conclusion. Espérons simplement que ce ne sera pas son épitaphe. »

8

Il faisait nuit lorsque Nadjib put regagner son appartement. Il avait hâte de voir si Daliya était saine et sauve. Il était fourbu. Skelly et lui avaient passé le reste de la journée à rassembler les papiers nécessaires au voyage après qu'un coup de fil passé à Muhammad Fawad eut établi que l'acteur secondaire des plaines de Jalalabad serait ravi qu'ils se joignent à son convoi.

Dans le smog et la chaleur, ils avaient donc erré de bureau en bureau pour mettre la main sur les documents requis. Skelly réussit à obtenir les permis en une seule journée en graissant la patte d'un fonctionnaire du ministère de l'Intérieur et des Zones tribales : deux beaux billets de cinquante dollars firent merveille au grand scandale d'une équipe de la télévision néerlandaise qui attendait depuis des heures.

Normalement, ils auraient dû aussi se trouver un policier militaire pour les accompagner, ce qui signifiait une fois de plus paperasserie et pot-de-vin. Mais Fawad veillant aux problèmes de sécurité, ils avaient mis à profit le gain de temps pour s'acheter des provisions pour une semaine. Ils n'eurent aucune difficulté à trouver un groupe électrogène et un jerrican de mazout.

Skelly avait apporté d'Amérique un sac de couchage et Nadjib se débrouillerait avec deux grosses couvertures. Dormir dans le froid ne lui avait jamais posé de problème. Mais leurs efforts pour trouver un téléphone satellite furent infructueux. Le journal de Skelly en possédait deux : le premier se trouvait dans les solitudes enneigées du nord de l'Afghanistan et le deuxième en rade à Jérusalem. Heureusement, Fawad leur promit qu'ils pourraient utiliser le sien, bien qu'on pût s'interroger sur la personne qui le lui fournissait. Sam Hartley écouterait peut-être leurs conversations.

À deux reprises dans la journée, Nadjib avait essayé en vain de joindre Daliya sur son portable. Elle l'avait peut-être éteint pour se reposer. Elle l'attendait peut-être encore.

Skelly et lui s'étaient quittés bien après la tombée de la nuit au siège du *Frontier Report,* où ils s'étaient donné rendez-vous pour le lendemain matin – à huit heures *pétantes,* avait insisté Skelly. Nadjib avait empoché sa paye et enfourché son scooter, impatient de rentrer chez lui. La nuit précédente avait changé la donne pour Daliya et lui – en mieux, espérait-il –, même s'il ne savait pas trop ce qui les attendait. Or voici qu'il s'apprêtait à partir pour l'Afghanistan, où, mission humanitaire ou pas, la guerre faisait rage. Les bombardements n'étaient pas ciblés et pratiquement tout le monde était armé et prêt à tirer. Raison de plus pour parler au plus vite à Daliya.

Ayant tourné le coin de sa rue, il aperçut à la lueur d'un réverbère un petit attroupement devant son immeuble. Ça ne pouvait être que mauvais signe. Il s'arrêta, mit son scooter sur sa béquille sans se préoccuper de l'antivol.

Une douzaine d'hommes rejoints par d'autres faisaient cercle, les yeux fixés sur quelque chose à terre.

« J'ai appelé la police, dit l'un d'eux alors que Nadjib s'approchait. Si c'est comme d'habitude, elle ne sera pas là avant au moins vingt minutes. » Les autres opinèrent du chef. Nadjib se glissa devant un de ses voisins et aperçut un corps recroquevillé – un homme, Dieu merci. Il se pencha mais ne vit pas grand-chose de plus en raison de l'ombre que faisait l'attroupement. Où était Daliya ? Il jeta un coup d'œil à ses fenêtres : pas de lumières, rideaux tirés. Elle aurait certainement téléphoné s'il s'était produit quelque chose ou si elle avait eu peur. À moins que les choses ne soient allées trop vite. Cerné par les hommes qui, de plus en plus nombreux, venaient voir ce qui se passait, il sortit son portable.

« On lui a tiré dessus ? » demanda quelqu'un. Un liquide sombre suintait sous le corps. Une sacoche en cuir, encore passée à son épaule, gisait à ses côtés.

« Est-ce qu'on sait seulement s'il est mort ? » fit un autre. Quelqu'un s'accroupit pour prendre le pouls de l'inconnu, bien que le geste parût futile à Nadjib. Il pianota le numéro de Daliya et quand la sonnerie retentit, il s'attendait presque à entendre la mélodie filtrer par sa fenêtre. Mais il n'y eut rien et personne ne répondit. Il laissa sonner cinq fois avant de renoncer. Puis quelqu'un alluma un briquet, ce qui permit à tout le monde de mieux voir.

La première chose que Nadjib remarqua, ce fut la longue tignasse emmêlée. Le visage de l'homme était incrusté d'une crasse qui était l'apanage des plus démunis ou des campagnes reculées. Il était vêtu de haillons, un patchwork disparate que Nadjib n'avait vu qu'une seule fois, dans les collines désertes de sa région natale sur le dos d'un *malang* itinérant. La révélation lui glaça le sang. Les *malangs* étaient légendaires, mythiques, ou l'avaient été dans son enfance. Mendiants et mystiques, ils prétendaient entretenir des relations personnelles avec Dieu et passaient leur temps à essayer de recruter des disciples, ce qui aboutissait parfois à une secte et plus rarement à des soulèvements armés. Redoutant leur pouvoir déstabilisateur, les chefs tribaux répandaient sur eux des histoires à faire dresser les cheveux sur la tête et disaient à leurs enfants de se tenir à bonne distance. Nadjib avait grandi en croyant que le premier *malang* venu essaierait de le manger tout cru et la vue de ce *malang* mort, si près de chez lui, suffisait à lui donner la chair de poule.

La pression de la foule qui grossissait était désormais à la limite du supportable et Nadjib décida de rentrer chez lui. Mais comme il s'apprêtait à partir, quelqu'un alluma une torche au moment précis où un homme donnait accidentellement un coup de pied dans la sacoche du mort. Le coin supérieur d'une enveloppe crème apparut. De la même couleur que celles trouvées dans son appartement. S'agissait-il donc de son messager ? Et peut-être aussi de l'agresseur de Daliya ?

Une jeep de la police arriva, illuminant la scène de son gyrophare bleu. Des portières claquèrent. Un officier hurla pour réclamer de l'ordre. La torche s'éteignit et, l'espace d'un instant, l'attention de la foule fut distraite par un porte-voix demandant à tous les badauds de se disperser. Tout le monde se retourna pour voir ce que la police allait faire et Nadjib profita de l'occasion pour se faufiler entre deux hommes et s'accroupir rapidement près du cadavre. Quelqu'un lui donna un coup de genou dans le dos. Tâtonnant dans l'obscurité, il sortit l'enveloppe de la sacoche, eut du mal à garder son équilibre car les curieux poussaient pour maintenir leur position. Penché sur le corps de l'homme, il détecta une odeur de haschich émanant des haillons, puis il se releva et se fraya un chemin dans la foule à l'arrivée des premiers policiers. Il se dirigea vers son immeuble d'un pas vif, s'attendant à ce que quelqu'un pousse un cri ou lui mette la main sur l'épaule, persuadé que son larcin allait être démasqué. Mais personne n'avait apparemment rien vu et il fourra l'enveloppe dans sa poche. Le papier était identique au toucher et Nadjib eut un bref instant la conviction que les chemins de Daliya et de son messager s'étaient croisés. La sensation fut si forte qu'il se retourna brusquement et scruta le sol en quête d'autres traces de sang ou de lutte. Daliya l'observait-elle en marge de la cohue ? Elle n'aurait pas osé. Il n'y avait que des hommes et les esprits commençaient à s'échauffer.

Une seconde jeep arriva avec du renfort. Matraque levée, des officiers en béret firent reculer la foule car quelques esprits téméraires revenaient à la charge. Nadjib jeta de nouveau un coup d'œil à ses fenêtres noires et fut soudain pris de peur à l'idée de ce qu'il allait peut-être découvrir là-haut. Quelqu'un alluma un projecteur et Nadjib lança un dernier regard par-dessus son épaule pour s'assurer qu'il n'était pas suivi. Il entraperçut un visage familier qui l'observait à l'écart de la cohue. L'homme se détourna rapidement, mais ne put s'empêcher de vérifier si on l'avait reconnu. Puis il fit un léger signe de tête, un bonjour penaud.

C'était Karim, une vision presque aussi ahurissante que celle du *malang* mort. Nadjib cria son nom malgré le vacarme et Karim agita la main, un grand geste qui semblait supplier Nadjib de ne pas attirer l'attention. Ils se dirigèrent l'un vers l'autre en contournant la foule pendant que les renforts de police se frayaient sans ménagement un chemin vers la scène du crime.

Karim serra la main de Nadjib. Puis ils se donnèrent l'accolade, geste de salutation traditionnelle chez les villageois de Bagwali, quels que soient leur classe ou leur statut. Karim inclina ensuite légèrement la tête en signe de respect. Il n'était pas du tout dans son élément et ça se voyait : visage buriné de la campagne, dents jaunies de travers et yeux chassieux. Âgé d'environ quarante-cinq ans, il avait l'air de friser la soixantaine, autre caractéristique de l'arrière-pays pachtoune.

C'était la troisième fois seulement que Nadjib le voyait en sept ans d'exil et, lors des deux occasions précédentes, Karim apportait des messages de sa mère Shereen et aussi de son oncle, Azizullah Akbar Khan, que Nadjib avait toujours connu sous le diminutif affectueux d'Aziz. C'est l'oncle Aziz qui avait à chaque fois envoyé Karim et ce, à l'insu de son frère aîné, ce qui voulait dire que tout le monde risquait sa peau, y compris Shereen, sa mère.

Un second envoyé l'avait aussi contacté au fil des ans, un garçon prénommé Jamil. Mais Jamil n'apportait que les messages de Shereen, ce qui signifiait que Karim était d'abord et avant tout fidèle à l'oncle Aziz.

Aziz était le benjamin de quatre frères. Le père de

Nadjib était l'aîné et, partant, l'héritier. Les frères cadets étaient morts adolescents et une forte rivalité avait opposé les deux survivants, rivalité qui aurait encore crû en intensité si Aziz avait engendré des fils. C'est le plus souvent à travers leurs fils que les frères se livraient bataille arrivés à l'âge adulte. Mais les trois épouses d'Aziz ne lui avaient donné que des filles. Privé de lignée, Aziz avait donc signifié son apparente reddition dans les guerres fraternelles en se liant d'amitié avec Nadjib, en devenant le guide de sa prime jeunesse sur les sentiers de chasse et les routes des caravanes, en le gâtant comme un père n'aurait jamais osé le faire. Lors de la grande rupture entre Nadjib et son père, Aziz était de nouveau entré en rébellion, silencieusement, en ouvrant des voies de communication avec le fils banni. Quelle meilleure façon de saper l'autorité du père que de circonvenir le fils, fût-il en disgrâce ? Et si la mère du garçon participait à ce commerce interdit, qu'est-ce que cela révélait sur les relations qu'elle entretenait avec Aziz ?

À moins que tout ait été innocent : deux adultes qui croyaient simplement que le châtiment de Nadjib était trop dur. C'était ce que Nadjib préférait penser, ne serait-ce que parce qu'il savait que revirements et intrigues étaient depuis longtemps la norme dans son peuple. Il suffisait d'écouter les vieilles chansons et la poésie traditionnelle pour s'en convaincre : le thème de la duplicité y abondait.

« Vous allez bien ? demanda Karim.

— Très bien. Comment va ma mère ? Et Aziz ?

— Bien également. Tous les deux. »

Nadjib attendit la suite mais Karim semblait hésiter. « Tu apportes un message ?

— Non, fit Karim en fixant le sol. On m'a seulement envoyé pour voir si vous alliez bien. Vous n'étiez pas censé savoir que j'étais ici.

— Tu fais ça souvent ? »

Karim parut réfléchir un instant à la question, puis secoua la tête. « Non, pas souvent. Seulement quand votre oncle s'inquiète pour vous.

— Qu'est-ce que tu sais du *malang* ? demanda Nadjib qui choisit d'ignorer la mise en garde implicite. Tu le connaissais ?

— Non, s'empressa de répondre Karim en détournant le regard. Je suis arrivé en même temps que vous. Voyant que vous alliez bien, j'ai décidé de repasser plus tard. Puis vous m'avez aperçu. » Il haussa les épaules comme s'il n'y avait rien de plus à ajouter.

« Viens chez moi. Je vais faire du thé. » Nadjib avait une bonne dizaine d'autres questions à poser, car il n'était pas du tout convaincu par la version des événements de Karim.

Mais même l'obligation d'accepter l'hospitalité qui lui était offerte ne suffit pas à retenir Karim qui était à cran. « Je suis désolé, mais je ne peux pas rester. J'ai à faire et je n'ai pas de message pour vous. Il faut que je parte. » Karim serra rapidement la main de Karim avant de mettre sa main droite sur son cœur.

« Attends. » Nadjib le rattrapa juste à temps par le bras. « Une dernière question. À ton arrivée, tu n'aurais pas vu une femme ? Près du *malang* ou sortir en courant de l'immeuble ? »

Le visage de Karim resta neutre, impassible. « Non. Pas de femme. À la prochaine, alors, *inch'Allah.* »

Nadjib lâcha le bras de Karim qui se fondit dans la foule.

Une ambulance cabossée s'était garée le long du trottoir et les ambulanciers en sortaient une civière. Karim aurait-il pu tuer le *malang* ? Sinon, qu'est-ce qu'il fichait ici et qu'est-ce qui avait suscité les inquiétudes de son oncle ? Bien qu'il eût juré du contraire, Karim le surveillait peut-être depuis des années. L'idée d'un ange gardien envoyé par Aziz était réconfortante et rappela à Nadjib un de ses passages favoris du Coran, la sourate courte sur « le visiteur nocturne… l'étoile d'une clarté perçante. Chaque âme a son gardien ».

À moins que Karim n'ait dit la vérité : c'était une de ses rares visites, il avait simplement mal choisi son moment et il ignorait tout du messager et du meurtre. Ce qui soulevait une autre possibilité – qu'Abdullah, le contact de Nadjib à l'ISI, ait croisé le chemin de la victime et ait décidé de faire d'une pierre deux coups : se débarrasser d'une menace pour la sécurité de l'État tout en en surveillant une seconde. Pas d'ange gardien dans ce cas, juste une barbouze. Les possibilités semblaient infinies.

Il se dirigea vers son immeuble et monta l'escalier quatre à quatre, content que quelqu'un ait remplacé l'ampoule grillée. Arrivé à son étage, il tressaillit en voyant sa porte une fois de plus entrebâillée. Il marqua un temps d'arrêt sur le seuil. « Daliya ? » Pas de réponse. Il entra donc et alluma.

L'appartement était sens dessus dessous. Les livres retirés des étagères gisaient en un fatras de couvertures étalées. Tous les tiroirs de son bureau étaient ouverts et ses coussins éventrés. Sur le seuil de sa chambre, il vit que son matelas avait été jeté par terre. Lui aussi avait été éventré et vomissait son rembourrage blanc. Dieu merci, aucune trace de Daliya ni de sang. De deux choses l'une : ou elle avait quitté les lieux bien avant l'effraction ou l'intrus l'avait emmenée avec lui. Il se demanda si Daliya aurait pu tuer le *malang*. Si c'était le cas, elle aurait pu fuir n'importe où.

Puis il se souvint de son argent, la pile de dollars qui représentait son unique espoir de quitter le Pakistan. Le cambriolage lui parut soudain un mobile plausible pour le saccage de son appartement. Il se précipita dans la salle de bains où il gardait ses liasses de billets dans une boîte à pansements rangée dans l'armoire à pharmacie au-dessus du lavabo et vit que le couvercle était ouvert.

Le cœur lui manqua et il prit la boîte, prêt au pire. Mais les liasses étaient toujours là, retenues par un élastique rouge comme avant. Soulagé, il s'appuya au lavabo. Le seul bruit venait de la douche qui fuyait légèrement. Puis il compta son argent. Tout était là, alors que celui qui avait mis son appartement à sac avait dû à tous les coups voir son magot. Le plus diligent des serviteurs de la sécurité de l'État n'aurait pu résister à pareille tentation, songea Nadjib plus perplexe que jamais. Seul, un fanatique aurait peut-être pu ne pas y céder. Mais si le *malang* était l'auteur de l'effraction, pourquoi avait-il gardé l'enveloppe dans sa sacoche ?

Nadjib décrocha le combiné et fut presque surpris d'entendre la tonalité. Il essaya d'appeler Daliya puis attendit tandis que les sonneries demeuraient sans réponse. Pour se calmer, il les compta et raccrocha à la vingtième.

De retour dans le séjour, il fouilla dans le fatras de papiers qui gisaient sous son bureau et mit la main sur le numéro de Rukhsana griffonné sur la facture d'électricité du mois précédent. Il le composa et Rukhsana répondit presque immédiatement. Ils s'étaient déjà parlé, mais dans des circonstances plus joyeuses, pour conspirer et comploter un autre rendez-vous avec Daliya.

« Je suis sans nouvelles depuis ce matin, *très* tôt, dit Rukhsana qui paraissait en colère. J'ai compris pourquoi une fois qu'elle m'a dit où elle était. Félicitations ! ajouta-t-elle sur le ton de la réprimande. C'était de la folie de rester toute la nuit, mais son oncle et sa tante n'ont pas appelé, ce qui veut dire qu'ils ont cru à notre alibi.

— J'ai essayé toute la journée de la joindre sur son portable. Impossible, dit Nadjib. Je viens de rentrer chez moi et j'ai trouvé ma porte ouverte et mon appartement sens dessus dessous. Il y a un mort devant mon immeuble et la police vient de débarquer, mais aucune trace de Daliya. J'espérais que vous appelleriez chez son oncle et sa tante pour voir si elle était chez eux. Moi je ne peux absolument pas le faire.

— Mais elle n'éteint jamais son portable ! s'exclama Rukhsana soudain alarmée. Je vais essayer de leur téléphoner tout de suite et je vous rappelle immédiatement. »

Il n'attendit que trois minutes et remit des livres en place pour tuer le temps.

« Elle n'est pas chez eux. Ils se font un sang d'encre et se demandent s'ils ne devraient pas prévenir la police. »

Toute l'histoire de leurs relations allait être révélée au grand jour et il serait encore plus surveillé. Mais où était donc passée Daliya ?

« Je ne sais pas quoi faire, mais ils devraient peut-être appeler la police, signaler sa disparition, dit Nadjib qui s'interrompit pour rassembler ses idées. Ne mentionnez pas mon nom pour l'instant. Pas avant demain si vous pouvez attendre jusque-là.

— Mais ils vont demander où elle était la nuit dernière !

— Utilisez l'alibi. Si vous devez parler de moi par la suite, la police comprendra pourquoi vous l'avez couverte.

— Pourquoi je *vous* ai couvert, vous voulez dire, dit froidement Rukhsana.

— Oui, fit Nadjib. Mais si elle réapparaît ce soir, ça ne rime à rien de la compromettre encore plus.

— Et si ce n'est pas le cas ? Si elle n'était pas de retour d'ici demain matin ?

— Je ne sais pas. Je serai peut-être déjà parti pour l'Afghanistan.

— L'Afghanistan ? » Il détecta une pointe de méfiance.

« Un boulot de traduction pour un journaliste américain.

— Et vous ne pouvez pas renoncer à vos cent dollars par jour même pour Daliya ?

— Cent cinquante. Non, car elle est une des raisons pour lesquelles je les gagne. » Pensait-il vraiment ce qu'il venait de dire ? Il le croyait. Il l'espérait.

Mais Rukhsana ne fut pas convaincue. « Oui, c'est ce que vous n'arrêtez pas de vous répéter. »

Et elle lui raccrocha au nez avant qu'il ait pu répliquer.

Assis sur un coussin éventré, Nadjib sentit l'angoisse l'envahir. Il essaya d'imaginer une seule raison pour laquelle Daliya aurait pu choisir de disparaître et n'en trouva aucune. Puis il se souvint de l'enveloppe et la sortit de sa poche.

Désormais, elle paraissait maléfique. Comment un message apporté par un *malang* mort pouvait-il ne pas être une malédiction, se dit-il, bien qu'il sût que c'étaient les voix de son enfance qui parlaient, une superstition villageoise qui voletait autour de son cerveau comme une chouette.

Il déchira l'enveloppe et en sortit une feuille du même beau papier crème, noircie de la même écriture serrée. Cette fois, il y avait deux messages.

« CIV, 1, commençait le premier. *Malheur au calomniateur qui amasse une fortune et la compte. Il croit être éternel par sa fortune. Certainement pas. Il sera jeté dans les flammes destructrices. Comment saurais-tu ce qu'est la flamme destructrice ?*

C'est l'ardent feu de Dieu qui dévore jusqu'au cœur des hommes. Il se refermera sur eux en immenses colonnes. »

Le passage suivant était précédé d'une courte note en pachtou : « À l'attention de votre ami américain. » Suivait une autre citation du prophète en arabe : IV, 78. « *Où que vous soyez, la mort vous trouvera, même dans les hautes tours.* »

Nadjib froissa la feuille et la jeta par terre.

9

Juste après l'aube, un roulement de tonnerre réveilla Skelly ravi d'entendre de grosses gouttes d'eau s'écraser sur le balcon. Enfin une averse pour récurer le ciel et rendre l'air respirable. Il se retourna dans son lit encore plongé dans l'obscurité et écouta les arbres grincer sous les rafales.

Quand, une heure plus tard, il ouvrit les rideaux, le ciel s'était éclairci, mais il était évident que l'orage n'avait pas été à la hauteur. Les feuilles et l'herbe étaient rincées de leur poussière et leur vert vif choquait presque, mais il flottait dans l'air une odeur de feu de camp noyé et le ciel était déjà recouvert d'un film blanc visqueux. On aurait dit de la vaseline sur un objectif.

Ce serait peut-être mieux dans les collines, se dit Skelly qui reprit courage à l'idée de la journée de voyage qui l'attendait. Ce soir, il se pourrait qu'il dorme en Afghanistan, sans électricité ni eau courante. Une vraie nuit à la belle étoile. Son matériel était entassé près de la porte et il décida de rendre sa chambre bien qu'il y eût désormais une liste d'attente. Voir Jalalabad ou mourir.

Nadjib était de nouveau en retard au rendez-vous du *Frontier Report,* le salaud, mais il ne fallait pas longtemps en voiture pour se rendre chez Fawad au cœur du cantonnement, près du siège local de l'ONU. Lorsqu'ils arrivèrent, il était clair que personne ne partirait de sitôt. La rumeur de l'expédition s'était répandue au cours de la nuit et une cinquantaine de journalistes au moins campaient sur la pelouse. Des montagnes de bagages et de matériel s'entassaient sous d'immenses hévéas. Une foule de correspondants et de photographes bruyants s'agitaient, fumaient et lisaient la presse locale tandis qu'à leurs côtés des vieillards en robe se prosternaient silencieusement sur des tapis de prière.

Une liste d'inscription circulait – en cas de pénurie de transport, dit quelqu'un – et lorsqu'elle parvint à Skelly et Nadjib, ils étaient respectivement les numéros 53 et 54. C'était bien la peine d'avoir été les premiers sur le coup !

Quelques minutes plus tard, dans un tourbillon de voiles bleus impeccables, Fawad fit une apparition majestueuse sur le pas de sa porte. Il était grand, mince, avec un visage osseux et irrégulier qui vous convainquait qu'il avait mené une vie d'épreuves et de privations. De dix ans plus jeune que Razaq au moins, la barbe taillée, cheveux noirs, tempes et pattes argentées, il parut décontenancé par le spectacle qui s'offrait à lui et secoua la tête d'un air soucieux.

« Nous sommes en train d'organiser des moyens de transport supplémentaires », annonça-t-il en écartant les mains comme pour en appeler à la patience de chacun. La foule se tut et s'approcha pour avoir les dernières nouvelles. « Les cars vont arriver très bientôt. Dès qu'ils seront là, nous partirons. »

Le premier autocar mit une heure et demie pour arriver et c'était un modèle rouge grinçant qui ne disposait que de trente places. *Titanic volant* disait une inscription peinte en couleurs vives sur son flanc.

« Qui a envie de monter sur ce rafiot ? » demanda un Australien qui déclencha les rires. Plus petit encore, la *Bonne croisière* arriva quelques instants plus tard, suivi par un bus orange de la Nawaz Model School. Skelly se demanda combien de lycéens protesteraient à l'idée de devoir rentrer chez eux à pied cet après-midi. Une cinquantaine de journalistes étaient désormais venus s'ajouter au groupe précédent, fourmis s'agitant sous un soleil de plomb et convergeant vers le seul pique-nique de la ville. Certains entamaient déjà les rations prévues pour l'expédition car l'heure du déjeuner était passée. Assis sur un parpaing, un grand Suédois faisait bouillir de l'eau pour ses nouilles japonaises sur un petit camping gaz.

La horde de journalistes avec leur ceinture portefeuille et leurs grosses liasses de devises attirait un flot régulier de mendiants et de galopins industrieux. Un gamin d'une dizaine d'années, pieds nus, le visage maculé de poussière, offrit de cracher sur les souliers de Skelly pour les faire briller tandis que son copain, plus petit d'une tête, jouait un air sur deux notes en tapant sur une bouteille de Coca vide avec un bâton.

Skelly les chassa, regrettant que Nadjib ne soit pas là pour le faire. Il était probablement dans un coin, vissé à son portable. Il n'avait fait que ça toute la matinée, pire qu'un agent de change surveillant les cours de la Bourse. Skelly se demandait ce qui pouvait bien le rendre aussi maussade et préoccupé, à moins qu'il ait toujours la gueule de travers. Un autre gamin poussiéreux apparut et salua Skelly en faisant une courbette saccadée : « Comment allez-*vous*, sir ? », probablement tout ce qu'il savait dire en anglais. Il alluma de l'encens dans une boîte de conserve et en dispersa la fumée en direction de Skelly, une odeur de cendres douceâtre, censée porter bonheur, mais qui était bien la dernière chose qu'on avait envie de respirer dans cette purée de pois brûlante.

« Fiche-moi le camp d'ici avec ton truc », fit Skelly en chassant la fumée et en se détournant. Une Italienne glissa au gamin un billet de cent roupies qui ne ferait que l'encourager.

Dehors, dans la ruelle, un béret bleu apparut entre les autocars et déclara qu'ils bloquaient l'accès au siège de l'ONU. Les sous-fifres de Fawad se précipitèrent pour lui donner satisfaction et les journalistes grognèrent à la perspective d'un retard supplémentaire. Sentant qu'il était sur le point de perdre l'auditoire de sa vie, Fawad annonça impulsivement qu'il était temps d'embarquer. Les protestations du béret bleu se noyèrent dans la ruée et les vociférations qui suivirent : tous d'empoigner caméra, sac de marin, sac de couchage, téléphone satellite en criant dans une bonne demi-douzaine de langues. Skelly retrouva Nadjib, mais le temps de regagner la ruelle, les trois soutes étaient pleines à craquer et chaque fenêtre occupée par un visage en sueur.

« Essayons celui-là », cria Skelly en indiquant le *Titanic volant* qui, ça n'avait rien de surprenant, avait le plus de places libres. Ils eurent le plus grand mal à monter à bord, Nadjib s'installa vers l'avant et Skelly au fond. Il fourra son matériel sur l'étagère au-dessus de sa tête et garda son sac de couchage sur ses genoux, se demandant s'il arriverait même à sortir son carnet de sa poche arrière de pantalon. Un crayon lui rentrait dans la cuisse droite et il essaya de remédier à cet inconfort jusqu'au moment où il découvrit qu'il appartenait en fait à son voisin japonais. L'étroit couloir central était maintenant obstrué par ceux qui réclamaient, qui un confrère, qui son matériel. Skelly s'épongea le front. Il devait faire dans les 38 degrés. Il se demanda s'il serait possible d'attraper une bouteille d'eau au-dessus de sa tête, puis se souvint que c'était Nadjib qui avait toute leur eau, à dix rangées de là, autant dire à des années-lumière.

« Putain, c'est pas croyable ! » s'exclama une voix familière. Il se contorsionna pour apercevoir sur sa gauche, de l'autre côté du couloir, Lucy Chatterton, la reporter radio canadienne qui pointait le bout du nez derrière la croupe d'un Autrichien bien enveloppé.

Manquait plus que ça. Lucy-la-Pie qu'il allait devoir supporter pendant Dieu sait combien de temps. À petites doses de dix minutes, elle pouvait être d'une extrême drôlerie avec son esprit tranchant comme un rasoir et sa chaleur bon enfant. Au-delà, sa conversation tournait vite au monologue, au ronronnement où le manque d'assurance le disputait à l'exagération et vous rendait littéralement cinglé. Il fallait se farcir des conférences effrénées où s'étalaient sa connaissance du pays et son extraordinaire propension à faire des fiches, le tout assaisonné d'anecdotes destinées à prouver qu'elle était une dure à cuire, une aventurière encore plus macho que ses confrères les plus endurcis dans leur gilet pare-balles.

La réaction de Skelly avait peut-être plus à voir avec la gêne qu'il éprouvait d'une manière générale vis-à-vis des correspondantes de guerre. Il aurait pourtant dû y être habitué. Les femmes se multipliaient dans les zones de combat depuis la première guerre du Golfe en 91, où elles avaient prospéré en dépit des restrictions saoudiennes. La plupart des reporters s'étaient adaptés tout naturellement à la nouvelle donne. Skelly n'avait pas vraiment réussi à faire le grand bond en avant.

Non qu'il fût de la vieille école ou votât républicain. Il ne leur enviait pas non plus la chance d'être ici. Peut-être qu'à cinquante-trois balais, il était né quelques années trop tôt. C'est du moins ce qu'il se disait, tout en sachant que des confrères plus âgés s'étaient parfaitement adaptés. C'était peut-être dû à la façon dont certaines essayaient de transformer chaque voyage en soirée entre copines au cours de laquelle on partageait ses secrets de famille jusqu'au petit matin. Ou à la manie qu'avaient d'autres de faire preuve de compassion sur le terrain, voire de chagrin, sans que ça nuise en rien à leur papier.

Lucy ne faisait pas mystère de ses opinions politiques. Elle pérorait sur la noble intégrité de la culture indigène puis, sans transition, fulminait contre le sort que cette dernière réservait aux femmes, comme s'il était possible de régler le problème sans porter gravement atteinte à la noble intégrité de la culture en question ! Pourtant, sa prose avait la froide impartialité de l'acier inoxydable et entrait dans le vif des malheurs des nations.

Il l'avait vue une fois, près d'une tente affaissée, prendre une famille de réfugiés sous son aile, lui rendre des services et lui apporter des cadeaux. Plus tard, elle avait aidé cette famille à demander l'asile en Amérique du Nord, l'avait guidée dans le cauchemar administratif.

Skelly ne s'était autorisé cette faiblesse qu'une seule fois, lors d'un voyage de deux mois au Kosovo. Il avait donné du chocolat aux enfants, du café aux parents et avait rassemblé les formulaires d'inscription dans une université étrangère pour le fils aîné. Le papa avait fabriqué un jouet en bois pour une des filles de Skelly et la maman envoyée une gentille carte écrite dans un mauvais anglais à sa deuxième épouse. Deux mois plus tard, Skelly était revenu pour découvrir qu'un tir de mortier avait littéralement fait voler la famille en éclats : les trois enfants étaient morts et les parents estropiés et inconsolables. Il avait à tout jamais renoncé à la fraternisation et avait envie de détourner le regard chaque fois qu'un confrère ou une consœur se lançait dans l'aventure.

« J'ai comme l'impression qu'on ne partira jamais, fit Lucy.

— D'après toi, on atteindra la frontière avant la nuit ? demanda Skelly.

— Vaudrait mieux. Ils vous virent des zones tribales avant le coucher du soleil. On n'a pas envie de se retrouver sur la route de Jalalabad à la nuit tombée.

— C'est l'anarchie, j'imagine. J'ai entendu dire qu'on se battait.

— On ferait une jolie signature thermique sur un écran radar de F-16. Ce serait dommage d'avoir fait tout ce chemin pour finir atomisé par l'Oncle Sam.

— Tu crois pas que Fawad y aura pensé ?

— Bien vu. Passage garanti en échange d'un débriefing pour la CIA, peut-être ? »

Ou pour Transgas, songea Skelly qui se demandait si Hartley avait exagéré en parlant de conflit de loyautés et d'appartenances. Il ne savait pas trop quoi penser des théories du complot dans des endroits pareils. S'il était tout à fait plausible que certains acteurs de premier plan jouent plusieurs cartes en même temps, Skelly croyait cependant que les conflits d'intérêts finissaient par s'annuler. La clé, c'était de trouver quel programme, quelle idéologie, quel mobile secret touchait la corde la plus sensible. C'était ce qui l'emporterait à tous les coups, longtemps après que les financiers et les trafiquants d'armes seraient rentrés chez eux. C'étaient les zélotes qui avaient des chances de durer, autre raison pour laquelle il aurait préféré suivre Razaq autour duquel flottait l'indubitable aura du vrai croyant. Il n'émanait de Fawad que le halo pâlot du politicien au petit pied, de l'opportuniste. Même si cette expédition franchissait la frontière, elle ne donnerait lieu qu'à un ou deux articles exotiques. Il n'y aurait pas de grande aventure.

« Merde, fit Lucy. On dirait qu'on redescend. »

C'était vrai. Ronchonnant et gémissant à chaque pas, les journalistes trempés de sueur se répandaient dans la ruelle. Le ton montait entre Fawad et un groupe de bérets bleus.

« Il va y avoir une déclaration officielle ? s'enquit le voisin japonais de Skelly. Une conférence de presse ? »

Skelly fit signe que non tout en se demandant s'il arrivait que Tokyo reçoive des infos qui ne sortaient pas d'une conférence de presse.

« Qui est ton fixeur ? » C'était de nouveau Lucy qui descendait du bus derrière lui.

« J'étais justement en train de le chercher. Nadjib Azam. Traductions nickel. On le dit de bonne famille. Un peu difficile à décrypter. Du moins, jusqu'à présent.

— Le mien est génial. » (Évidemment, se dit Skelly. C'est celui de Lucy-la-Pie.) « Et il parle le dari, ce qui, à mon avis, nous sera utile à mesure qu'on s'enfoncera dans le pays.

— Ah, voici Nadjib », dit Skelly. Il avait le même air de chien battu que ce matin.

Lucy se présenta, puis poussa en avant son « fixeur » prénommé Javed. Skelly ne saisit pas son nom de famille, mais remarqua que Nadjib se raidissait en le voyant. Il était déjà distant avant, mais maintenant il était carrément glacial.

Javed travaillait à l'*International Daily,* lui expliqua Lucy, il s'agissait donc peut-être d'une rivalité entre journalistes. Sinon, l'homme n'avait guère de quoi inspirer l'animosité. Il semblait plutôt terne. Début de calvitie, grassouillet, paupières tombantes, il avait plus la dégaine d'un bureaucrate que d'un reporter.

« Javed dit qu'il doute qu'on nous laisse franchir la frontière, déclara joyeusement Lucy pour jauger la réaction de Nadjib. Alors que Fawad semble persuadé que tout devrait marcher comme sur des roulettes.

— Peut-être que Javed a de meilleurs contacts, répondit Nadjib sans la moindre chaleur.

— D'excellents contacts », fît Lucy, sourde à la raillerie. Javed ne dit rien. Il fixait Nadjib de ses yeux endormis qui ne cillaient pas, comme s'il le mettait au défi de faire une autre plaisanterie.

« Oh, je n'en doute pas, dit Nadjib. Veuillez m'excuser, mais je dois passer un coup de fil.

— Je vois ce que tu veux dire, fit Lucy après son départ. Il n'est pas du genre très amical. »

Javed prit la parole : « J'ai des collègues qui sont à votre disposition si vous n'êtes pas content de lui. » Et de tendre à Skelly une carte de visite.

Une offre sympathique, supposait Skelly qui se demanda cependant si Javed ne touchait pas une commission au passage. « Oui, bon. Ça va pour l'instant mais merci quand même. »

Les cars firent rugir leur moteur et se mirent soudain en branle, ce qui sema momentanément la panique chez tous ceux qui avaient laissé des affaires à l'intérieur.

Fawad appela au calme. « Nous partons dans une heure, cria-t-il. Deux autres cars vont arriver. Nous avons dû laisser la voie libre à l'ONU. On embarquera au coin. »

De nouveau, protestations et humour noir. Quelques-uns partirent en quête de nourriture fraîche et d'eau. Skelly sortit un carnet et se mit à noter ce qui l'entourait. Même si la journée était fichue, il devrait peut-être quand même envoyer un papier. Mais quoi ? Un article décrivant l'ambiance ? Une histoire de médias ? On ne savait jamais ce que les rédacteurs pouvaient vouloir. Il continua donc à écrire fébrilement.

Ils durent attendre une heure de plus que prévu et une douzaine d'autres journalistes débarquèrent au compte-gouttes. Quand les deux cars supplémentaires finirent par arriver, il y avait juste assez de place pour tout le monde. À trois heures de l'après-midi, avec deux bonnes heures de retard et soixante-cinq kilomètres de bouchons, de check-points et de virages en épingles à cheveux en perspective, tout le monde s'installa d'un air las pour le voyage. Skelly retourna au fond mais choisit une place près de la fenêtre. Nadjib se trouvait plusieurs rangées devant lui. Et le *Titanic volant* démarra enfin à destination de la passe de Khyber dans un nuage de gaz d'échappement bleu.

Le convoi ne passait pas inaperçu. En tête, un camion transportant Fawad et vingt de ses hommes, drapeaux au vent. Les hommes étaient lourdement armés, bien que personne ne les eût remarqués au cours de la matinée. Puis venait un deuxième camion bourré du même arsenal, suivi de cinq autres, plus gros, croulant sous les sacs de farine, de lentilles, de riz et de lait en poudre. De tous les convois humanitaires que Skelly avait vus au cours de sa vie, celui-ci n'était qu'une simple goutte d'eau : il transportait à peine de quoi nourrir quelques centaines de personnes pendant une semaine. Skelly soupçonnait que c'était l'escorte armée qui était porteuse du message le plus important – à savoir que Fawad entendait jouer un rôle dans son coin du nouvel Afghanistan et qu'il avait l'argent et les relations nécessaires pour qu'on le prenne au sérieux. En mangeant ses provisions, on prenait une option sur ses chances de succès, du moins jusqu'à épuisement des lentilles.

Skelly se concentra sur le paysage. Comme ils entraient dans les faubourgs, apparurent le camp de Katchagarhi, puis un vaste dédale de bazars, de bus, d'échoppes à un étage : marchands de jouets, matériel de plomberie, matériaux de construction, cigarettes, maisons de thé. Ça n'en finissait pas.

« C'est quoi cet endroit ? demanda-t-il en tapant sur l'épaule d'un Britannique dont il avait oublié le nom.

— Le bazar des contrebandiers. On peut même y acheter du haschich et des kalachnikovs, ou encore un lance-grenades. Mais tout ça se trouve vers le fond, bien sûr. Faut une escorte spéciale. Mais tout ce que vous voyez entre illégalement. Ça reste en Afghanistan dix minutes, puis quelqu'un repasse la frontière avec le chargement en duty-free.

— Même en temps de guerre ?

— Surtout en temps de guerre. »

Deux kilomètres plus loin, ayant laissé le bazar derrière eux, les cars s'arrêtèrent dans un nuage de poussière sur le bas-côté. Les chauffeurs descendirent avec des papiers. Skelly vit Fawad disparaître avec deux de ses hommes dans un bâtiment bas. Mais le véritable centre d'attraction se trouvait à moins de cent mètres de là. Deux tours rondes en pierre blanche couronnées de créneaux s'élevaient de part et d'autre de la route qui passait sous une gigantesque porte voûtée. Les camions s'y engouffraient dans les deux sens. Derrière, à l'horizon, on apercevait une immense chaîne de montagnes brunes qui se détachaient sur un ciel bleu éclatant. Ils avaient atteint l'entrée officielle de la passe de Khyber.

Bien que fatigué par la longue attente, Skelly était euphorique et, quand les cars redémarrèrent, il regarda bouche bée comme un touriste. Ils passèrent devant le fort de Jamrud, qui dressait sa masse rouge sur un éperon rocheux. Plus tard, sur la droite, dans la plaine dénudée, il aperçut un cimetière pachtoune abandonné : une forêt de fins bâtons plantés dans le sol, sur lesquels flottaient des drapeaux de fortune, pour la plupart déchiquetés par le vent. Bien que paisible et solitaire, l'endroit semblait peuplé d'âmes en peine au moindre souffle de vent.

Les cars attaquèrent l'ascension, moteurs gémissant sous l'effort. L'air ici était propre et transparent, une bénédiction après Peshawar et, le regard perdu dans les hautes ombres portées par les falaises brunes à pic, Skelly ne put s'empêcher d'imaginer que des guerriers tribaux s'y cachaient, mettaient en joue les intrus, comme ils le faisaient depuis des siècles, visages tannés et plissés sous leur turban poussiéreux, en tous points semblables aux descriptions de Kipling.

D'aussi loin qu'il lui en souvînt, Skelly avait la bougeotte. Ce n'étaient pas les paysages qui l'attiraient. C'était la nouveauté – d'autres langues, d'autres villages, d'autres voies ferrées, d'autres forêts et coteaux –, une boulimie qui avait commencé tout petit. Il se souvenait d'une longue balade à bicyclette entreprise à l'âge de dix ans : il avait eu l'impression de faire voler en éclats les vieilles limites et les vieilles restrictions tandis qu'il pédalait de plus en plus vite sur des routes inexplorées. C'était probablement une banlieue des plus ternes, mais même les noms de rues inconnus l'avaient électrisé et, de retour à la maison, il avait furtivement sorti d'un tiroir du bureau de son père un plan de la ville afin de reconstituer son trajet, tel un Marco Polo en herbe.

Sa mère avait essayé de modérer ses tendances vagabondes, surtout après l'avoir surpris dans un quartier qu'elle ne traversait jamais sans verrouiller ses portières ni remonter ses vitres. Il songea à Janine qui récemment devenait de plus en plus casanière. Elle s'était opposée de toutes ses forces à son voyage – Bon Dieu, il aurait vraiment dû lui téléphoner à l'heure qu'il était. Mais c'était l'inconvénient du mariage, en tout cas jusque-là. Chaque épouse se transformait en mère, essayait de lui serrer la bride, lui intimait de rentrer immédiatement à l'écurie. Résultat, bien sûr, il traînait la patte – en deux occasions il avait mis si longtemps à rentrer qu'il s'était épris d'une autre femme. Toutes deux étaient devenues Mrs Kelly et, aujourd'hui, il ne savait pas ce qui le terrifiait le plus : retomber dans les mêmes ornières ou être devenu si vieux et si peu désirable qu'aucune femme ne lui accorderait la moindre chance.

Le car ralentit brièvement avant un virage en épingle à cheveux et tangua dangereusement au-dessus d'un ravin béant. Ils avaient atteint littéralement le point culminant du voyage et les vues étaient à couper le souffle. Au fond des vallées et sur les contreforts, il aperçut de petits villages tribaux au bord de torrents boueux. Les maisons les plus grandes étaient ceintes de hauts murs de pierre et dotées de tours de guet. Des barons de la contrebande, supposa-t-il. Ou des seigneurs de l'opium. Il se demanda si Nadjib avait hanté ces lieux et chercha du regard son « fixeur », repéra sa chevelure noire, à quelques rangées devant lui. Mais qu'est-ce qui se passait ? Nadjib se levait et se dirigeait vers l'avant du car, se cramponnait à un siège pour ne pas perdre l'équilibre, puis se penchait pour parler à quelqu'un assis de l'autre côté du couloir.

Javed, le « fixeur » de Lucy-la-Pie. Ils se connaissaient alors ?

Nadjib était de profil et son visage arborait la même expression hostile que plus tôt. C'était la seule émotion qu'il ait manifestée jusque-là et Skelly fut fasciné. Non qu'il eût envie de former des liens affectifs avec son « fixeur ». Lucy-la-Pie connaissait sans doute déjà les prénoms des enfants de Javed et leur avait acheté des cadeaux.

Nadjib se pencha encore plus. Les deux hommes parlaient désormais à toute vitesse. Skelly vit que Lucy-la-Pie les observait aussi. Il crut entendre des éclats de voix en ourdou malgré les vitesses qui grinçaient.

« Je me demande bien de quoi il peut s'agir, fit Skelly.

— Une dispute ? suggéra Lucy.

— Ça en a tout l'air. Mais pourquoi ? »

Lucy haussa les épaules. Elle avait l'air nerveuse, presque gênée.

« C'est à cause de ton fixeur. » Elle observa une pause pour ménager son effet. « Javed dit qu'il est de l'ISI. »

Skelly en fut estomaqué. « Nadjib ? »

Elle hocha la tête, parut faire un effort pour ne pas jubiler.

« Et sur quoi il appuie ses dires ? » demanda-t-il en élevant la voix comme pour se défendre. Car pouvait-il y avoir preuve plus claire de son manque de jugeote que de s'être fait rouler dans la farine par un espion à la solde du gouvernement ?

« Il ne me l'a pas dit. Mais il avait l'air d'en être convaincu. D'après lui, certains agents se trouvent un boulot dans les journaux du coin, puis travaillent comme fixeurs. C'est comme ça qu'ils nous ont à l'œil. »

Ça expliquerait certainement son attitude réservée et tous ces coups de fil en cachette.

« Génial. Putain. Je suppose que si le *Times* s'est laissé avoir, je ne devrais pas me sentir trop mal.

— Tu devrais le virer. Te trouver un nouveau fixeur. Je suis prête à partager Javed avec toi aujourd'hui, si tu veux. Si nous passons la frontière, tu pourras toujours engager quelqu'un sur place. Javed a des amis à Jalalabad. »

Comme s'il pouvait perdre son temps à se dégotter un nouveau « fixeur » pendant que tous les autres seraient en train de faire leur reportage et leur papier. Janine avait peut-être raison. Il avait passé l'âge de ce genre d'aventure.

« Merci. Mais autant l'utiliser pendant qu'il est là. Au train où vont les choses, il n'aura pas grand-chose à faire aujourd'hui, de toute façon. D'ailleurs, c'est peut-être pas vrai. »

Lucy secoua la tête. « Javed sait de quoi il parle. » (Sous-entendu : moi aussi.) « Et personne ici n'a envie d'avoir un type de l'ISI qui espionne nos interviews et nous suive à la trace. Il faut que tu te débarrasses de lui. »

Certains commençaient à tendre l'oreille.

Skelly était furieux. « Écoute. Laisse-moi lui parler d'abord. De préférence avant que tu ne cries la nouvelle sur tous les toits. »

Elle accepta à contrecœur en faisant bien comprendre que l'accord était de durée limitée. Demain, elle en parlerait à tout le monde. Nadjib avait regagné sa place, toujours aussi indéchiffrable, et quand Skelly tourna la tête pour regarder par la fenêtre, la magie des lieux avait disparu. Il n'y avait plus que des collines brunes et des paysans affamés – sécheresse, guerre et famine, la vieille rengaine. Il croisa les bras, furieux contre Nadjib, contre lui-même, et bien sûr contre Lucy-la-Pie. Sa dernière grande occasion de faire des étincelles et tout partait en eau de boudin.

C'était parfait, songea-t-il, et, tandis que le car s'enfonçait de plus en plus dans la passe, il ne put s'empêcher de repenser à la longue liste d'étrangers qui s'y étaient cassé le nez à la suite d'erreurs de jugement similaires. Aux conquérants. Morts. Aux explorateurs. Morts. Et maintenant sa carrière.

Bordel de Dieu, c'était vraiment parfait.

10

Tétanisé par la colère, Nadjib regardait droit devant lui tandis que le car négociait un virage. Il jeta un coup d'œil de l'autre côté du couloir, mais le Sous-fifre – qu'il se refusait à appeler Javed, un prénom trop gai pour un animal à sang froid comme lui – regardait par la fenêtre d'un air ennuyé.

Un moment plus tôt, Nadjib qui broyait du noir depuis que la Canadienne avait fait les présentations avait rassemblé son courage pour l'affronter. Déjà hors de lui au sujet de Daliya, il avait décidé de vider son sac, quitte à être entendu de tous les traducteurs présents. Au moins, le boucan du moteur couvrirait-il en partie leurs propos. Il s'était donc déplacé et était allé droit au but.

« Qu'est-ce que vous foutez ici ? » demanda-t-il en se cramponnant à un siège pour garder l'équilibre comme le car faisait une embardée.

Le Sous-fifre lui répondit sèchement : « Je pourrais vous poser la même question. Vous n'étiez pas censé accompagner Razaq ? Un reportage sur cette bande ne vous rapportera pas grand-chose.

— Mais qu'est-ce que vous fabriquez ici ?

— Ça ne vous regarde pas et j'ai du mal à croire que vous puissiez penser autrement.

— Qu'est-ce que vous avez fait de Daliya ? Où est-elle ? » Le Sous-fifre fronça les sourcils. « Qui diable est Daliya ? Je travaille pour Lucy.

— Alors je suppose que vous n'êtes pas non plus au courant pour le mort ? »

Cette remarque eut au moins le mérite de faire réagir le Sous-fifre, mais Nadjib n'aurait su dire si c'était de la gêne ou de la perplexité.

« Vous avez perdu la boule. Qu'est-ce que vous me chantez là ? Vous voulez que tout le monde vous entende ? » Le Sous-fifre baissa la voix, ce qui obligea Nadjib à se pencher un peu plus. Le journaliste étranger qui se trouvait à portée de voix semblait vaguement curieux mais surtout ennuyé : il se disait sans doute que ces autochtones vidaient une querelle sans importance. « Vous croyez que je suis le seul dans ce bus, dans ce convoi, à avoir quelque chose à cacher ? » cracha le Sous-fifre tout en lui enfonçant son index boudiné dans la poitrine et en lui sifflant à l'oreille. Nadjib aurait voulu lui mettre la main au collet et plaquer sa tête ronde contre la vitre mais le Sous-fifre l'avait attrapé par le devant de sa *kamiz* et il eut le plus grand mal à ne pas s'affaler sur le voisin. « Vous pensez que je suis le seul ici qui puisse vous nuire ? »

Sur ce, le Sous-fifre l'avait repoussé. Secoué par cette dernière remarque, Nadjib avait failli trébucher sur un sac de marin qui traînait dans le couloir et s'était laissé tomber près de la fenêtre à côté de son voisin suédois. Et maintenant, furieux et effrayé à la fois pour lui et pour Daliya, il attendait que les remous de la colère et de la confusion s'apaisent dans sa tête.

Il respira à fond. Sa *kamiz* trempée de sueur lui collait dans le dos. Puis il essaya de faire le bilan de la situation. Daliya avait disparu et était injoignable, certainement à cause de quelqu'un qui les surveillait. La police devait désormais être à sa recherche et peut-être même qu'elle le recherchait lui. Tout dépendait de ce que Rukhsana avait décidé de dire. Un *malang* anonyme, un fanatique des collines était mort quasiment à sa porte en lui laissant une mise en garde des plus sinistres. Ensuite il y avait Karim, l'émissaire de son oncle Aziz, qui avait fait tout ce chemin pour le voir mais ne lui avait pas apporté de message. Enfin il y avait l'ISI qui avait toujours le grappin sur lui, ce qui expliquait peut-être la présence du Sous-fifre dans le bus. À qui diable ce dernier faisait-il allusion en évoquant d'autres qui pourraient lui « nuire » ?

Comme si ça ne suffisait pas, il était coincé dans un bus qui se dirigeait vers une frontière qu'il n'avait pas envie de franchir et où il risquait d'être retenu plusieurs jours, coupé des gens importants, mais pas à l'abri du danger. Son univers risquait de changer du tout au tout durant son absence mais il ne le saurait qu'à son retour. Il sortit son portable mais il n'y avait pas de signal et il n'y en aurait pas avant son retour à Peshawar.

Il examina les journalistes qui l'entouraient. C'étaient des touristes au fond, encore que d'un genre mieux informé et plus curieux. Ils étaient d'une naïveté confondante. Comment réagiraient-ils s'ils apprenaient qu'ils n'auraient aucun recours si les choses tournaient mal. Même avec les hommes de Fawad et de temps à autre une casemate de la police des frontières en bord de route. Nadjib savait par expérience que plus on s'éloignait de

Peshawar, plus le pouvoir central diminuait comme le signal d'une station de radio ou encore celui de son téléphone portable. Quand on entrait dans la passe de Khyber, il était complètement noyé par les parasites, on ne recevait plus la longueur d'ondes. Anarchique, le mot était faible.

Il regarda par la fenêtre dans l'espoir que le panorama le calmerait, mais il vit un paysage qui continuait à le hanter et à le dominer : il sentait presque les pierres sous les fines semelles en caoutchouc de ses sandales. Levant les yeux vers le soleil, il se souvint de la sérénité qui régnait au sommet d'une haute passe, du bleu intense du ciel dans lequel tournoyaient les faucons, de l'air vif et frais, de la clarté à couper le souffle et dont on redemandait. Ça faisait des années qu'il n'avait pas respiré aussi profondément sans sentir des fumées âcres lui tordre les boyaux.

Ces collines recelaient un tas de souvenirs agréables mais il semblait n'avoir retenu que les mauvais. Le bazar des contrebandiers devant lequel ils étaient passés, une demi-heure plus tôt, lui avait rappelé un des pires épisodes de sa jeunesse, une semaine d'esclavage ordonnée par son père qui avait jugé dans un accès de colère qu'il devait expier, s'endurcir. Pendant six affreuses journées, il avait poussé une charrette à bras le long de la frontière de la zone tribale pour un baron de la contrebande, un allié de son père qui faisait du trafic en tous genres. Chaque circuit commençait dans un sombre entrepôt de pierre où Nadjib faisait le plein de cartouches de Marlboro et de boîtes de détergent. Puis il dévalait quatre cents mètres d'un sentier accidenté en direction de la Province frontière du Nord-Ouest et des échoppes bondées du bazar, hanté par la peur d'être arrêté par un agent des douanes pakistanaises. Si la charrette était saisie, on perdait sa semaine de salaire et on avait droit à une séance de fouet. Et même si on arrivait sans encombre à destination – un minuscule étal au fin fond du bazar – on devait donner la moitié de ses trente roupies au marchand qui contrôlait la zone.

Mais le pire avait été les autres garçons, des petites brutes qui avaient leur sens à eux du territoire et du tribut à payer : ils l'avaient bourré de coups de poing et de coups de pied en réclamant leur part de son salaire puis avaient craché avec dérision quand il s'était exécuté. On les avait prévenus de l'arrivée du jeune khan, le fils du puissant *malik*. Ils savaient qu'il était en temps normal à l'abri de ce type de brimades. Mais pas cette semaine, leur avait-on dit. Les règles habituelles étaient suspendues. On pouvait le traiter comme le premier venu. Ce qui signifiait que chaque journée apportait son lot d'entailles, de bleus et de zébrures en plus des quelques roupies que Nadjib parvenait à garder. Parfois il rendait coup pour coup et continuait à se battre dans ses rêves. Quinze jours durant après son retour à la maison, il lutta comme un beau diable pendant son sommeil, se réveillant furieux sous un ciel constellé d'étoiles.

Ainsi vivait-on dans les collines où chaque parcelle de pouvoir était subdivisée et chaque ligne de démarcation une zone de combat et de tourment. Il y avait quatre grandes tribus, rien que dans l'Agence de Khyber. Chacune était divisée en *khels* et chaque *khel* en clans, chaque clan en sous-clans, et ainsi de suite jusqu'aux bandes rivales de garçons noirs de crasse qui de l'aube au crépuscule se disputaient les dernières miettes d'orgueil et de pouvoir.

Le père de Nadjib se trouvait à un des niveaux les plus élevés de cette hiérarchie. Naturellement, ils n'étaient pas des princes au sens occidental du mot, comme Nadjib le découvrirait chaque fois qu'il essaierait d'expliquer ses origines à des camarades d'université. Malgré son caractère médiéval, c'était une chevalerie où les *shalwar kamiz* et les cartouchières tenaient lieu d'hermine et de cuirasses, les turbans de tiares, les kalachnikovs de lances. Les châteaux de son royaume étaient des enceintes en pierre avec des portes en fer forgé, des maisons en terre avec un trou en guise de cheminée. Ou c'avait été le cas pendant la prime jeunesse de Nadjib car il était devenu un homme à une époque de grands changements.

Quand Nadjib était tout petit, le statut de son père ne lui donnait que le droit de regarder de haut les habitants du village dont la plupart avaient à peine de quoi manger et payaient un tribut ou un loyer très modeste. Sa famille mangeait les mêmes lentilles et les mêmes épinards que les autres, sa mère pilait de l'orge pour en faire de la farine dans une pierre évidée, ses sœurs fabriquaient fromages, caillebottes, babeurre et *warqa*. Ils buvaient du thé noir dans la journée et du thé vert en soirée, dont ils faisaient bouillir les feuilles avec du lait et du sucre.

Quand les villageois leur apportaient quelque chose, c'était d'ordinaire des tomates que son père évitait, persuadé qu'elles rendaient impuissant, hantise particulièrement forte chez un homme qui n'avait engendré qu'un fils. Dans les grandes occasions, on égorgeait un poulet ou on envoyait Nadjib et les autres enfants du village aider Aziz à pêcher, à la mode pachtoune, non pas au filet mais en coupant en deux un bâton de dynamite à cinq roupies, que l'on attachait ensuite à du phosphore et que l'on enveloppait dans un chiffon. Aziz allumait le phosphore et jetait le chiffon dans la partie la plus profonde de la rivière. La flamme tenait même sous l'eau et attirait le poisson, puis il y avait une explosion accompagnée d'un geyser bouillonnant – il n'y aurait pas de plus grande distraction enfantine avant des semaines – et les poissons morts remontaient à la surface. Tout le monde se précipitait dans l'eau pour les ramasser dans des paniers tressés.

Mais alors que Nadjib n'avait que cinq ans, la guerre éclata à leur porte en Afghanistan avec son déferlement de chars et d'hélicoptères soviétiques. Cinq ans plus tard, le monde avait changé. Débarquèrent des marchands d'armes et des Américains discrets et sans nom de famille qui hochaient la tête et souriaient, mauvais pachtou, belles promesses et attachés-cases bourrés d'argent liquide. Dans leur sillage, on ne tarda pas à voir arriver une espèce étrange et maussade de saints hommes à la lippe méprisante. Les hommes du village se firent ascètes et dédaigneux, et pourtant malgré toute cette belle piété, les champs de pavots de la vallée fleurirent comme jamais auparavant et les caravanes qui passaient transportaient de nouveaux chargements – lance-missiles à destination de l'ouest, sacs bruns débordant de pâte d'opium à destination de l'est. Prises entre les deux, des familles de réfugiés trébuchant dans les défilés, que Nadjib observait à l'abri d'un rocher, devant son déjeuner et une gourde de thé.

Ce nouveau commerce ne tarda pas à élever le niveau de vie de sa famille, à lui faire franchir plusieurs siècles d'un coup : eau courante, téléphone au village, voiture et même poste de télévision. Pendant des années, ils n'eurent qu'un écran neigeux et un son exécrable et pourtant le poste restait quasiment tout le temps allumé dans la *hujera* comme s'il s'agissait d'un nouveau symbole d'autorité.

La grande chance de Nadjib fut d'être envoyé dans une école où l'on apprenait l'anglais et les mathématiques, même si les presque cinq kilomètres de marche quotidienne lui valaient des jets des pierres et des railleries de la part de gamins qui tenaient de leurs grands-pères ce qu'il fallait penser d'une telle présomption :

Tu vas à l'école anglaise,
Tu y vas pour les sous.
Pas de place pour toi au paradis,
Tu finiras pendu en enfer.

Pour lui faire payer ce privilège, le père de Nadjib l'envoyait tous les après-midi dans les collines avec un vieux fusil avec ordre de rapporter du gibier, bien que la famille eût alors largement dépassé le stade des lentilles et du pain d'orge. Mais la corvée fut loin d'être une punition. Nadjib chérissait sa vieille pétoire, plus pour son aspect et son toucher que pour ses performances. Il n'avait jamais été une fine gâchette, même quand il ne s'agissait que de viser une tunique rouge ou un rival shinwari imaginaires, et les rares fois où il abattait un oiseau, c'était plus l'occasion d'étudier sa proie que la satisfaction de la mise à mort qu'il appréciait.

À tel point qu'il emportait souvent des bouts de crayons de couleur et des morceaux de papier pour pouvoir les dessiner. Il se mit à admirer ces oiseaux, à envier leur indépendance et leur mobilité : ils s'envolaient pour des vallées lointaines quand bon leur semblait.

Mais il faisait des distinctions dans son engouement. Les oiseaux qui se nourrissaient et chassaient de conserve n'avaient droit qu'à son dédain – des volées de moineaux qui ressemblaient aux garnements de son village. Les vautours aussi étaient détestables, à une exception près, le gypaète barbu, le seul à chasser en solitaire, qui attendait que les autres se soient repus parce qu'il était le seul à savoir comment extraire un trésor caché. Il transportait les os à l'écart, les larguait sur des rochers pour les briser puis en extirpait la moelle. Intelligent cet oiseau, plus malin que tous les autres.

Naturellement, Nadjib cachait ses dessins. Il travaillait en cachette jusqu'au jour où son oncle Aziz le surprit alors que, perdu dans ses pensées, il était en train d'ombrer le plumage d'un faucon avec des nuances de gris et de noir. Nadjib se prépara à une semonce, mais Aziz se contenta de rire avant de le féliciter pour la ressemblance et de lui faire comprendre que le secret resterait entre eux. Même alors, Nadjib avait conscience qu'à un certain niveau il s'agissait d'une trahison, mais une alliance se forma. Elle fut scellée à jamais, quelques semaines plus tard, quand Aziz gravit péniblement la colline avec un sourire presque facétieux et sortit de son ample poche un petit paquet ficelé enveloppé dans du papier brun arborant le sceau bleu d'une librairie de Peshawar. Nadjib déchira l'emballage et vit une gamme de couleurs toutes plus brillantes les unes que les autres, un petit bloc à croquis et le plus beau de tout : un *Guide des oiseaux du sous-continent indien.* Il allait enfin pouvoir mettre un nom sur tout ce qu'il tuait ou observait, même sur la vieille chouette énorme – le grand-duc eurasien, apprit-il – qui hantait les ruines de l'ancien stupa bouddhiste.

Mais le cadeau conduisit inévitablement à l'horrible épisode où son père découvrit ses dessins cachés et les déchira dans un accès de furie, traitant son fils de *bedagh,* c'est-à-dire de fille publique, et de tous les noms qui dans son esprit étaient efféminés ou impies. Pourtant, même son père ne put se résoudre à détruire quelque chose d'aussi beau et d'aussi cher que le guide des oiseaux. Il se contenta donc de donner un coup de pied dedans et décréta sur-le-champ que Nadjib passerait une semaine à expier son crime en poussant une charrette à bras jusqu'au bazar des contrebandiers. Nadjib, qui était sorti de l'épreuve endurci et plus habile, avait gardé sa rancune pour lui, l'avait laissée accumuler des intérêts jusqu'au tournant qui s'était produit dans le bureau de Tariq à Islamabad où il avait rendu à son père la monnaie de sa pièce.

« Oui, je sais ce qu'il y a dans la grotte », avait-il fini par admettre, récompensant ainsi la patience de l'homme de l'ISI. Il le savait car il l'avait découvert par hasard lors d'une promenade. L'endroit n'avait rien de nouveau pour lui, sauf que, cette fois-là, il était rempli de tout un matériel : bouilloires et fûts en acier, tuyaux, tubes et manomètres ; sacs de pâte d'opium empilés le long d'un mur et dont le contenu était transformé comme par magie en sachets de poudre blanche d'héroïne. Le père de Nadjib avait trouvé le moyen d'éliminer les intermédiaires et était de ce fait devenu assez riche pour envoyer son fils à l'université, défiant pratiquement les autorités fédérales qui ne savaient où chercher de mettre fin à ce trafic.

Évidemment, elles finirent par le savoir une fois que Nadjib eut craché le morceau. Et quand au printemps suivant, il fut banni des terres de son père, le beau guide des oiseaux écorné était niché au fond du petit sac d'affaires personnelles qu'on lui remit. Aujourd'hui, il était de retour dans ces collines qu'il regardait par la fenêtre d'un autocar et les souvenirs dévalaient les pentes comme des voleurs à cheval.

Une embardée soudaine le ramena au présent : il se cogna le front à la vitre. Le car s'arrêta sur le bas-côté. Tous les traducteurs et les « fixeurs » se levèrent et s'apprêtèrent à descendre. Naturellement. C'était l'heure.

« Qu'est-ce qu'on fout ? cria Skelly quelques rangées derrière lui.

— On va prier », lança-t-il calmement par-dessus son épaule en se levant pour se joindre à la procession. Fawad et ses hommes s'agenouillaient déjà sur l'accotement, certains déroulaient des petits tapis. Tous les « fixeurs » étaient là, même le Sous-fifre. Nadjib se trouva une place, enleva les graviers avec les mains. Puis il s'agenouilla, se prosterna et pria pour demander protection, clémence et paix. Il pensa à Daliya, se demanda une fois de plus où elle pouvait bien être, espéra qu'elle était saine et sauve. Puis il pria pour être calme et fort, choisit un fragment de sourate qui avait toujours été une de ses préférées. « Après chaque épreuve vient la tranquillité. Après chaque épreuve vient la tranquillité. » Il la répéta encore cinq fois jusqu'à ce qu'il se fût calmé.

Ses compagnons commencèrent à se relever, à s'épousseter. L'espace d'un instant, tous ceux qui appelaient cet endroit leur patrie avaient montré leur unité et leurs fesses aux étrangers restés dans le bus et, malgré son état d'esprit actuel, Nadjib se sentit momentanément gonflé d'orgueil. Par les fenêtres sales du car, les journalistes les dévisageaient d'un air d'ennui et de curiosité désœuvrée. Nadjib se demanda ce que Dieu devait penser de leur petite bande qui priait sur le côté de la route sous le regard d'infidèles qui payaient cash. Cette pensée lui procura un plaisir rebelle. Puis il aperçut le Sous-fifre qui enlevait la poussière de ses mains et il se remit à se faire du mauvais sang.

Juste avant de remonter dans le car, il vit Skelly qui lui lançait un regard désapprobateur. S'il n'avait pas su à quoi s'en tenir, il aurait même dit que Skelly avait l'air soupçonneux, ce qui le troubla plus que prévu. Quand on se dirigeait vers une zone de combats, on se serait volontiers passé de relations de méfiance.

11

Si la police de Peshawar ne s'était pas comme d'habitude contentée d'un examen sommaire de la scène du crime perpétré devant l'immeuble de Nadjib, elle aurait peut-être découvert un minuscule portable dans un buisson situé à moins de dix mètres du cadavre.

La batterie était vide car sinon, tel un grillon se signalant depuis sa cachette, il n'aurait pas tardé à attirer l'attention d'un passant. Mais même silencieux, c'était un jalon important, le point de départ d'une odyssée pleine de panique et d'indécision qui, l'après-midi suivant, aboutit à Islamabad.

La piste se terminait à l'université du Quaid-i-Azam, dans le bureau du professeur Rana Bhatti du département des relations internationales. Là, sous un ventilateur languissant, une des ex-étudiantes du professeur attendait nerveusement sur une chaise au dossier rigide l'arrivée de son mentor. La visiteuse était là depuis plus d'une heure. Pour tuer le temps, elle parcourait les pages du journal *Dawn* pour voir si on y mentionnait les ennuis qu'elle avait laissés derrière elle. Ne trouvant rien, elle examina pour la vingtième fois au moins depuis son arrivée les affiches, panneaux et photos qui couvraient les murs, se demanda une fois de plus ce qu'il allait advenir d'elle. Parce que, pour la première fois de sa vie, Daliya Qadeer était en fuite et peu sûre d'elle.

Dès l'instant où elle avait échappé à l'homme au couteau, elle avait envisagé d'appeler ses parents. La sécurité et le réconfort de leurs voix familières, le contact physique, le moelleux de son lit et la chambre où elle avait grandi lui manquaient. Étant donné les circonstances, elle savait qu'ils l'accueilleraient sans la moindre hésitation. Mais elle savait aussi que le soulagement ferait place à la colère et aux récriminations une fois qu'ils auraient connaissance de ses transgressions. Or la colère et les récriminations, Daliya en avait sa claque.

Retourner chez son oncle et sa tante était exclu pour les mêmes raisons. Ils réagiraient plus en geôliers qu'en protecteurs, outrés d'avoir perdu la trace de leur protégée. Ils l'enfermeraient pour ne la laisser sortir qu'aux heures de repas ou pour aller faire pipi, jusqu'à l'arrivée de ses parents.

Elle songea ensuite à appeler Rukhsana, mais découvrit en fouillant dans son sac qu'elle n'avait plus son portable. Elle s'était tellement habituée aux touches raccourci mémorisées – le 1 pour Rukhsana, le 2 pour Nadjib – qu'elle aurait été incapable de donner leur numéro même si sa vie en avait dépendu. C'était d'ailleurs peut-être le cas, se dit-elle l'espace d'un instant.

Daliya se rendit au centre téléphonique du bazar de Saddar, une bâtisse mal éclairée dont le préposé paraissait plus se préoccuper de tuer les mouches que de mettre ses clients en communication. Elle essaya d'abord de joindre Nadjib au *Frontier Report*. Mais il était presque neuf heures du soir et tout le monde était parti. Elle décida de ne pas laisser de message de peur qu'il ne tombe en de mauvaises mains, d'autant plus que Nadjib pourrait ne pas l'avoir avant plusieurs jours. À sa connaissance, il se trouvait désormais en Afghanistan, ce qui signifiait aussi que retourner à l'appartement de Nadjib était exclu. C'était trop dangereux de toute façon et elle pourrait avoir moins de chance que la fois précédente.

La question vitale était donc : où passer la nuit ? À Peshawar, c'était particulièrement problématique pour une jeune femme seule. À l'exception de quelques hôtels qui comptaient parmi les meilleurs, les hôteliers considéreraient une Pakistanaise voyageant seule comme une quasi-prostituée susceptible d'être questionnée, voire d'être arrêtée. La totalité des meilleurs hôtels affichaient d'ailleurs complet : ils étaient bondés de journalistes étrangers.

La police ? Non, merci. Elle se contenterait de la ramener chez son oncle et sa tante.

C'est alors que Daliya pensa au magasin d'informatique de son oncle. Ses cousins le fermaient toujours à vingt heures et parce qu'elle assurait la permanence à l'heure du déjeuner, elle en possédait une clé. Il y avait un petit canapé destiné aux clients et, au bout de l'allée, des toilettes qu'ils partageaient avec deux autres magasins. Ce serait la parfaite cachette jusqu'au matin, un havre où elle pourrait rassembler ses idées et décider de l'étape suivante. Elle trouverait peut-être le numéro de téléphone de Nadjib ou de Rukhsana dans les piles de papiers jonchant son bureau.

Le bureau sentait le renfermé et lui donna la chair de poule. L'antique ventilateur qui fonctionnait dans la journée était immobile et l'air encalminé sentait le vieux mégot, la moquette poussiéreuse, les tasses à thé sales et le plastique chaud. Daliya envisagea de brancher le ventilateur mais s'inquiéta – à tort, elle le savait – à l'idée qu'il puisse attirer l'attention comme s'il était relié au domicile de son oncle par un détecteur qui ferait accourir toute la famille. Elle alluma le néon le temps de repérer le canapé puis éteignit et se fraya un chemin dans le noir. Épuisée, elle s'affala sur les coussins sales. Comme la garniture était rugueuse et empestait la cigarette, elle mit ses mains sous sa joue. En pliant légèrement les genoux, elle avait juste assez de place.

Mais à peine avait-elle fermé les yeux que les événements de la journée se mirent à défiler comme un bulletin d'informations macabre. Elle avait essayé de quitter l'appartement de Nadjib à l'heure du déjeuner mais avait été effrayée par le bruit d'une porte s'ouvrant à l'étage en dessous et des pas lourds dans l'escalier. Elle décida de ne pas prendre de risques, du moins c'est ce qu'elle croyait, d'attendre la tombée de la nuit pour ne pas être vue. Nadjib serait peut-être même de retour avant.

L'obscurité vint, mais pas de Nadjib. Elle s'arma de courage pour sortir rapidement en faisant le moins de bruit possible. Elle atteignit le pied de l'escalier sans encombre, puis ouvrit la porte. Personne en vue. La nuit lui donna une impression de fraîcheur et de liberté. Il y aurait une foultitude d'explications à fournir, et beaucoup de mensonges à inventer, mais avec l'aide de Rukhsana, elle y arriverait.

Elle venait de mettre un pied sur la chaussée quand une ombre surgit sur sa gauche. Elle entrevit un éclair métallique. Mais c'est l'odeur qui trahit l'homme : la même que la veille au soir. Son haleine empestait le haschich et l'ail, et son corps, la crasse.

Une main calleuse la musela. Même odeur caractéristique à laquelle se mêlait un soupçon de romarin poussiéreux, comme si l'homme s'était caché dans un fourré. De sa main libre, il lui enfonça un objet dur dans le creux des reins – le manche de son couteau ? – exerça une pression sur sa colonne vertébrale en la poussant et en la faisant pivoter comme s'il la plaçait pour qu'elle constitue une cible plus facile. La pression dans le creux de ses reins disparut et elle vit une lame s'abattre sur elle en décrivant un grand arc de cercle. Elle tenta d'esquiver le coup, eut envie de crier maintenant qu'elle n'était plus muselée, mais s'aperçut qu'elle n'avait plus le moindre souffle d'air dans les poumons.

C'est alors qu'une seconde ombre apparut : un bras s'abattit sur son assaillant, agrippa la main qui brandissait le couteau par le poignet. Il y eut un râle, un bruit lourd et sourd et tous trois se couchèrent sur le bas-côté poussiéreux comme les wagons d'un train de marchandises qui déraille. Daliya se releva tant bien que mal : elle était libre. Puis ce fut comme si les deux hommes l'avaient complètement oubliée, ils roulèrent l'un sur l'autre en haletant. Pas un mot, mais une série de grondements animaux et un bruit de chair déchirée comme celui que fait un boucher débitant un agneau, suivis d'un des cris les plus désespérés qu'elle ait jamais entendus. Daliya battit rapidement en retraite, puis hésita en se disant qu'elle devrait au moins remercier son sauveur.

Et si ce n'était pas lui qui avait le dessus ? Et si son sauveur s'avérait encore plus dangereux ? Elle ne le connaissait pas plus que son agresseur. Alors elle se mit à courir comme elle n'avait encore jamais couru de sa vie, foula aux pieds la notion ridicule qui lui vint spontanément à l'esprit, à savoir que sa mère désapprouverait totalement une conduite aussi peu féminine : sa fille piquant un sprint et transpirant comme une athlète. Elle courut huit cents mètres, malgré les regards étonnés de la foule à l'approche du bazar. Elle ne devait pas être belle à voir avec ses yeux brillants de panique. Pour la première fois de sa vie, elle regretta de ne pas être voilée de la tête aux pieds. Arrivée à un coin de rue, elle s'arrêta pantelante : la sueur lui ruisselait entre les seins et le long de la colonne vertébrale. Au bout d'une minute ou deux, elle se mit à marcher, essaya de maîtriser sa respiration, les yeux fixés droit devant elle. Elle allait de l'avant et n'apercevait aucune voie susceptible de la ramener à sa vie précédente.

Allongée épuisée sur le canapé crasseux, elle fit l'inventaire des péchés qu'elle avait commis ces dernières semaines. Les mensonges et les subterfuges pour commencer, puis les visites à l'appartement de Nadjib y figuraient en bonne place. Mais elle pourrait dissimuler ou expliquer tout ça à l'exception de la nuit passée chez Nadjib, qui la condamnerait aux yeux de ses parents. C'était un point de non-retour, la faute impardonnable, le crime irréparable. Ce qui signifiait qu'il lui faudrait désormais se débrouiller toute seule ou aller de l'avant avec Nadjib, ce qui ne lui laissait guère le choix. Qu'il en ait décidé ainsi ou non, Nadjib était son avenir. Elle ferait donc mieux de le retrouver dès son retour d'Afghanistan. En attendant, elle avait besoin d'un refuge temporaire et une idée germa dans son esprit alors qu'elle s'apprêtait à sombrer dans le sommeil.

Ce fut le cri perçant d'un haut-parleur, l'appel à la prière, qui la réveilla. Le bureau était baigné de la lumière gris pâle qui précède l'aube. Daliya avait la bouche pâteuse, les cheveux ébouriffés et ses vêtements étaient imprégnés de l'odeur du canapé. Elle se débarbouilla du mieux qu'elle put dans le lavabo des toilettes au bout de l'allée, effrayée par les rats qui coururent se mettre à l'abri à son arrivée.

De retour au bureau, elle songea à se faire du thé, mais il valait mieux laisser le moins de traces possible de son passage. Sans compter qu'il était temps de partir. Elle n'avait pas trouvé les numéros de téléphone qu'elle cherchait, mais elle avait au moins un début de plan. Juste avant de fermer la porte à clé, elle envisagea d'écrire un petit mot pour Rukhsana et de le scotcher à la porte du bureau voisin où son amie travaillait. Mais il risquait de tomber en de mauvaises mains.

Daliya n'était pas à court d'argent et, dès l'ouverture des banques, elle en aurait encore plus. Toutes les semaines, à l'insu de sa mère, son père lui virait une pension et Daliya disposait d'une somme rondelette, de quoi vivre pendant des semaines. Elle avait complété ce magot en mettant de côté la plus grande partie du salaire que lui versait son oncle. Elle avait aussi une carte de crédit, autre présent paternel. Il lui avait fait jurer de ne l'utiliser qu'en cas d'urgence, mais sa situation actuelle en était une. Elle décida néanmoins de s'abstenir de l'utiliser le plus longtemps possible. Inutile de permettre à quiconque de suivre ses déplacements.

Daliya avait décidé que sa prochaine étape serait Islamabad. Y arriver était une autre paire de manches. Voyager seule en car n'était pas impossible, mais elle ne voulait pas attirer inutilement l'attention. Un taxi alors. Mais pas n'importe quel taxi hélé dans la rue. Les chauffeurs seraient trop peu sûrs, voire dangereux. Elle connaissait un seul endroit où elle pourrait trouver mieux et où heureusement sa présence n'éveillerait pas nécessairement les soupçons. Le hall du Pearl Continental. Nadjib l'avait emmenée une fois au café de l'hôtel prendre un thé et des gâteaux. Les prix étaient exorbitants, mais ça lui avait permis d'entrevoir comment vivaient les visiteurs étrangers et elle les avait regardés s'engouffrer dans des taxis dans la longue file de Mercedes stationnée devant l'hôtel. À voiture plus fiable, chauffeur plus fiable.

Tout se passa sans accroc. Le concierge eut vite fait de lui commander un taxi et de lui prendre son argent. Par bonheur, elle s'était mise sur son trente et un pour se rendre à l'appartement de Nadjib, un événement qui semblait remonter à une autre vie. Tout en attendant son taxi, elle essaya d'appeler une fois de plus Nadjib au *Frontier Report* mais on lui répondit qu'il pourrait être absent pour un moment et quand elle insista pour avoir des précisions, le reporter se montra curieux, ce qui obligea Daliya à raccrocher. Impossible de savoir à qui se fier.

À chaque nouvelle étape, ce matin, elle avait l'impression de franchir de nouvelles frontières, de briser des interdits et découvrit que, loin de l'effrayer, cette audace la transportait de joie. Les hommes éprouvaient-ils le même sentiment ? Je me fous pas mal des autres, je fais ce que je veux. Ou était-ce chez eux une seconde nature ? Elle espérait que le sentiment durerait car elle en aurait bien besoin pour affronter les incertitudes des jours à venir.

Mais tandis qu'elle attendait dans un bureau d'Islamabad l'arrivée du professeur Bhatti, ses doutes reprirent le dessus. Il était presque quatre heures de l'après-midi. Deux bonnes heures venaient de s'écouler. Et si le professeur ne venait pas ou refusait de l'aider ? Calme-toi, se dit-elle. Évidemment qu'elle va t'aider. Hum, tu en es sûre ?

L'université était l'endroit où dans sa vie antérieure Daliya s'était toujours sentie libre de dire ce qu'elle pensait, et personne parmi ses professeurs ne l'avait autant encouragée que le professeur Bhatti. Aiguillonnée par elle, Daliya se mesurait aux garçons, discutait pied à pied avec eux et, le plus souvent, émergeait victorieuse des débats. Leurs yeux brillants de colère et les hochements de tête approbateurs du professeur annonçaient régulièrement ses triomphes.

Mais ce qu'elle mourait le plus d'entendre de la part de son professeur, dans l'immédiat, c'étaient quelques mots gentils, qu'elle lui propose de prendre une douche bien chaude et de se confesser. C'était probablement trop demander. Son professeur ne se souviendrait peut-être même pas de son nom. Si Daliya partait maintenant et rentrait chez ses parents, ce serait affreux mais ce serait la sécurité. Même la prison confortable d'une famille réprobatrice serait préférable à cette froide incertitude.

Si le professeur Bhatti était si haut placée, et était bien la personne à qui s'adresser, comment se faisait-il que l'université ne lui donnait pas un plus beau bureau ? Elle le partageait avec une autre prof alors qu'elle était censée être le bras droit par intérim du chef de département. Le plafond était haut et il y avait beaucoup d'étagères, mais les murs avaient besoin d'une bonne couche de peinture et le fouillis de l'autre professeur ressemblait à une mauvaise herbe qui finirait par tout envahir.

Dans son ministère, son père avait un bureau personnel équipé de prises électriques récentes et d'un gros ordinateur. Le professeur Bhatti n'avait qu'un ordinateur portable et un vieux téléphone à cadran. Son bureau se trouvait de plus à côté des WC pour hommes, ce qui signifiait des allées et venues constantes, des bruits de chasse d'eau et de gonds mal huilés. Daliya avait refermé la porte du bureau à son arrivée, dans l'espoir d'être aperçue par le moins de gens possible. Elle n'avait pas encore décidé ce qu'elle ferait si c'était l'autre professeur qui se présentait d'abord.

Elle vérifia sa montre. Quatre heures vingt. Mais à l'instant où elle touchait le fond, elle entendit cliqueter des talons aiguille dans le couloir puis la porte s'ouvrit. Le professeur Bhatti fut sidérée mais apparemment ravie de voir sa visiteuse, même si son expression se fit soucieuse lorsque son ex-étudiante se mit à lui raconter son histoire.

Daliya n'aurait pu mieux choisir son auditoire. Le professeur Bhatti était convaincue qu'il fallait repousser ses limites, surtout quand ces limites étaient imposées par les hommes. Quand le numéro deux de son département était parti à l'automne précédent, elle avait fait activement campagne pour le remplacer, tout en sachant que l'insistance qui lui avait valu le titre de sous-chef de département « par intérim » lui vaudrait de ne pas être prise en considération quand le poste devrait être pourvu de façon permanente. Mais si elle n'avait pas remué ciel et terre, on l'aurait délibérément ignorée.

Le professeur Bhatti était un petit bout de femme, handicap supplémentaire à surmonter, mais qui n'avait fait que renforcer sa détermination. C'était aussi dans le département un des professeurs qui avaient le plus l'expérience du monde : tous les deux ou trois ans, elle passait deux mois à Boston avec des collègues américains à l'université d'Harvard et rentrait de ce séjour plus dynamique et résolue que jamais. Quand elle se lançait sur un sujet, sa voix dominait toutes les autres, même si tout ce qu'on apercevait d'elle était ses cheveux auburn qu'elle ne couvrait que pour les réunions de personnel importantes et les voyages à l'extérieur de la ville. Autant dire qu'il était difficile d'imaginer quelqu'un de plus apte à comprendre la situation de Daliya.

Pourtant le professeur Bhatti fut loin d'être ravie une fois que Daliya eut terminé son récit. « Vous ne devriez vraiment pas être ici, vous savez », finit-elle par dire d'une voix qui était de trois décibels en dessous de son volume sonore habituel. Elle jeta un regard nerveux en direction de la porte comme si des agents de la sûreté pouvaient faire irruption à tout moment. « Si vos parents découvraient… » Elle secoua la tête. « Votre père, il est… » De nouveau, elle laissa sa phrase en suspens, mais Daliya savait exactement à quoi elle pensait. Si son père apprenait que le professeur l'avait aidée à s'enfuir, elle perdrait son travail. Ainsi que toute chance d'avancement, tout ça à cause des caprices d'une jeune femme entêtée. Tous ces échelons gravis avec ténacité et persévérance se déroberaient d'un seul coup sous ses pieds.

Mais à l'âge de quarante-trois ans, le professeur Bhatti n'avait pas perdu de vue sa jeunesse au point d'avoir oublié quel effet ça faisait de regarder au pied de cette même échelle, rejetée et ignorée de tous.

« Dites-moi, finit-elle par dire, s'agit-il juste d'une fuite en avant ? D'errer sans savoir vraiment ce que vous cherchez ? Ou bien avez-vous un début de plan ?

— Je n'en suis pas certaine, répondit Daliya d'une voix hésitante. C'est pourquoi je suis venue ici. Je me suis dit que vous étiez la seule qui risquiez de tolérer un peu d'indécision. J'ai surtout besoin de temps. » Elle remarqua un début de froncement de sourcils. « Pas beaucoup. Juste le temps de reprendre mon souffle, de décider de l'étape suivante. Mais je vous assure qu'il n'y a pas de place pour le hasard dans mes intentions. En fait… on pourrait dire que j'ai un début de plan. Mais il est si fou que je ne pouvais pas commencer à le mettre en œuvre sans en parler d'abord à quelqu'un d'autre. Et vous êtes celle qui me paraît la mieux placée pour ça. »

Le professeur Bhatti soupira et fit tourner un crayon dans sa main droite. Elle prit une cigarette, l'alluma et inhala profondément, un œil sur le téléphone. Le numéro des parents de Daliya se trouvait quelque part dans un classeur. Il suffirait de dix minutes et toute cette histoire serait terminée, du moins le rôle qu'elle y jouait. Elle avait un cours à préparer, une carrière à préserver, une semaine chargée qui l'attendait : elle n'avait pas besoin d'ennuis supplémentaires et ne pouvait décidément pas se permettre pareille folie. Puis elle regarda Daliya assise en face d'elle, vit ses yeux qui non seulement plaidaient, mais réclamaient. Imploraient. Avec insistance. Où avait-elle déjà vu semblable attitude de défi ? La réponse était simple et la désarma complètement.

« Moi aussi, un jour, je me suis enfuie, finit-elle par dire d'une voix si basse que Daliya dut se pencher pour l'entendre.

— Vous, professeur ? »

Le professeur hocha la tête, soupira en exhalant une volute de fumée paresseuse. « Mais j'avais trois ans de plus que vous ! » Bref froncement de sourcils désapprobateur. « Et ça n'avait rien à voir avec un quelconque petit ami. Ni avec un exil. Ni avec les difficultés qui vous attendent. » Une pause de trois secondes qui parut en durer vingt. « Mais une tante m'a prise chez elle. Elle m'a aidée à garder l'équilibre pendant que je faisais la paix avec ma famille. Ce fut vraiment dur et horrible pendant un bout de temps. Mais je m'en bien suis sortie. Plus forte, même. Autrement, je ne serais pas là. » Elle s'interrompit à nouveau, prit une profonde inspiration avant de lancer : « Venez. » Elle se leva, attrapa son sac. « Moins on vous voit ici, mieux c'est. J'ai un canapé-lit. Nous discuterons plus amplement chez moi. Vous pouvez y passer la nuit ou rester plus longtemps si nécessaire. » Puis elle eut un sourire espiègle, souffla sa fumée par les narines et dit dans un bref éclat de rire : « Essayez de faire en sorte que non. »

12

Skelly avait toujours détesté les villes frontière et, en temps de guerre, elles étaient encore plus sinistres et démoralisantes : des petits avant-postes crasseux qui ramassaient les désespérés de tout poil comme la poussière.

Torkham n'était pas différente, bien qu'elle jouît d'un cadre spectaculaire. Enfoncée dans le dernier resserrement de la passe de Khyber, elle était surplombée des deux côtés par des à-pics granitiques. La barrière de la frontière bloquait le ravin comme un barrage. Au-delà, s'étendait la vallée, vaste et plate, un paysage prometteur de cieux sans limites et de tous les possibles qui attirait les voyageurs et les envahisseurs depuis des siècles.

La ville était petite et le bazar principal situé en bord de route. Le convoi de Fawad se fraya un chemin à travers des centaines d'hommes en robe et calotte blanches qui erraient sans but parmi les magasins et les étals comme s'ils attendaient l'ouverture des portes, ou l'annonce imminente de la paix. Les autocars s'arrêtèrent sur le bas-côté, près du dernier bâtiment à droite. C'était la douane, une cabane blanche perchée sur un tertre herbu, baignée par la lumière dorée de la fin d'après-midi. Une dizaine de policiers armés de matraques firent leur apparition pour repousser la foule des badauds, pendant que les journalistes ne bougeaient pas, espérant contre tout espoir que Fawad tiendrait sa promesse de leur faire passer la frontière. Il disparut dans le poste de douane avec une liasse de papiers, accompagné de deux de ses hommes. Dix minutes plus tard, il en ressortit, l'air renfrogné et impatient. Puis il monta à bord du premier bus, le *Titanic volant,* pour réclamer les passeports et papiers d'identité de tout le monde.

Un grognement collectif s'éleva, auquel Skelly se joignit bruyamment. Ils allaient en avoir pour des heures. Le voyage jusqu'à Jalalabad se ferait dans l'obscurité.

Les reporters descendirent, ouvrirent des bouteilles d'eau et se dégourdirent les jambes, ce qui ne fit qu'exacerber la curiosité des nuées d'hommes en blanc dont les jacassements surexcités se transformèrent en hurlements et qui se mirent à encercler les cars, à repousser les policiers. Skelly supposa que c'étaient des réfugiés qui s'étaient retrouvés coincés, même si les récents déplacements de population s'étaient pour l'essentiel effectués vers le cœur du Pakistan, afin de fuir les bombardements. Ces types avaient peut-être des infos que personne d'autre ne connaissait, mais Skelly en doutait. La seule chose qui fût pire que d'être pris dans la tourmente d'une guerre, c'était d'être coincé au milieu de nulle part, sans nourriture ni famille, comme ces hommes l'avaient sans aucun doute découvert à leurs dépens.

On pouvait à peine remuer à cause de la pression exercée par la foule, mais il pourrait peut-être interviewer quelques réfugiés, glaner une histoire. Il chercha Nadjib du regard, bien qu'il n'ait pas encore décidé comment régler le détail enquiquinant de son appartenance au renseignement militaire. Un espion de l'ISI avouait-il jamais ? Sinon, quelle preuve avait-il en dehors de l'accusation du « fixeur » de Lucy, qui selon toutes les apparences avait déjà eu une prise de bec avec Nadjib.

La foule se refermait de plus en plus sur eux, grossissait à vue d'œil comme si elle avait flairé tous ces Occidentaux qui dégageaient l'odeur même de la prospérité. La police des frontières avait d'autres idées. Une demi-douzaine de policiers arrivèrent en renfort pour former à la hâte un cordon. L'un d'eux donna des ordres dans un porte-voix et la foule s'exécuta avec une docilité étonnante, comme si elle était habituée à pareil traitement. Le bruit diminua. Tous les réfugiés continuèrent à implorer les journalistes du regard mais qu'attendaient-ils ?

L'arrivée du convoi avait aussi mis en branle les propriétaires somnolents de petits chariots, qui pour quelques centaines de roupies transportaient vos bagages de l'autre côté de la frontière où attendaient taxis et cars. Du moins, en théorie. Un coup d'œil dans cette direction révéla qu'il n'y avait pas de véhicules stationnés du côté afghan à part un camion cabossé. Personne n'avait dû passer la frontière dans ce sens depuis des semaines. Et aucun journaliste n'aurait besoin de faire transporter ses bagages si les cars obtenaient l'autorisation de franchir la frontière. Ça ne dissuada en rien les gamins qui se faufilèrent agilement de l'autre côté du cordon de police et se mirent à proposer leurs services, à pousser leur petit chariot branlant et à annoncer leur présence avec l'omniprésent : « Comment allez-*vous,* sir ? »

Skelly inspecta la barrière. Elle était surmontée de rouleaux de fil barbelé qui allaient d'une falaise à l'autre. Les cahutes et échoppes qui se trouvaient de l'autre côté étaient hérissées de drapeaux noirs en berne et de bannières en lambeaux couvertes de slogans. Il y avait un grand panneau à droite imprimé à la main, moitié en pachtou, moitié en anglais, mais trop éloigné pour que Skelly puisse en déchiffrer plus d'un ou deux mots. Le seul véhicule, un camion bariolé, était bourré de matériel militaire et de grenades à fusil alignées comme des quilles de bowling. Déployés autour du camion se trouvaient huit types à l'air rébarbatif et à la longue barbe qui jetaient des regards mauvais. Ils portaient une robe blanche et un turban noir et chacun était armé d'une kalachnikov et d'un lance-grenades. Certains arboraient une cartouchière.

Skelly s'éloigna de la foule et escalada le talus herbu de la douane. De là-haut, on avait un meilleur point de vue. C'était assez agréable en fait, l'air était frais sous l'ombrage d'un platane, même si les échos qui lui parvenaient par la porte ouverte du poste de douane n'étaient pas encourageants – des cris et des hurlements, sûrement un officiel suffisant qui faisait de l'obstruction systématique – Skelly se concentra donc sur le panorama. La falaise d'en face flamboyait comme du cuivre en fusion sous le soleil de la fin d'après-midi, et une brise venue du bazar apportait une odeur de brochettes frites et le bruit confus d'une musique jouée à fond la caisse dans des haut-parleurs bon marché : la plainte stridente et les rythmes du désert. On aurait pu facilement se croire à l'heure du thé dans un hôtel pour Européens, lors d'une tournée de l'Empire dans les années 1800.

Quelques garçons entreprenants faisaient désormais le tour des journalistes qui se trouvaient sur la pelouse. Un gamin qui ne mesurait guère plus d'un mètre vingt s'arrêta devant Skelly, serrant dans sa main une poignée de devises afghanes. Il les négociait par petites liasses entourées d'une bande et ne prétendait même pas offrir le bon taux de change qui était de quarante mille afghanis pour un dollar. C'était exclusivement un commerce de souvenirs, des petites coupures qui n'avaient pratiquement aucune valeur.

« Combien ? demanda Skelly qui se dit que ce serait peut-être sa seule expérience afghane.

— Pour *vous,* sir ? Deux cents roupies. »

Un dollar soixante pour quelques sous afghans, mais le garçon connaissait son affaire – des journalistes qui voulaient désespérément un morceau d'Afghanistan. Skelly avait vu au moins trois confrères faire la même chose que lui.

« OK », dit-il en lui tendant les roupies. Le garçon les ajouta à une liasse d'une saleté repoussante. Skelly examina les billets écornés : des volutes de dari sur des fonds rouge et vert pastel d'où émergeaient des minarets, des forteresses et de solides cavaliers.

Il se dit que le moment était venu de retrouver Nadjib. De le confronter à ses activités d'espionnage et d'en finir. Mais d'abord il voulait regarder de plus près les types en turban noir de l'autre côté de la frontière. Ils s'étaient approchés de la barrière en fer et contemplaient en silence les journalistes. Une rafale ferait de terribles ravages à cette distance et il se demanda si la tentation les effleurait.

Une voix d'homme derrière son épaule dit : « Drôles de pèlerins, hein ? »

Skelly se retourna. « Roy ! »

Roy Canady était un Néo-Zélandais trapu qui travaillait comme producteur pour un réseau de télévision américain. Il connaissait bien mieux son affaire que les jolis minois que les grands manitous mettent devant les caméras et il avait toujours préféré la compagnie des reporters de la presse écrite qu'il régalait du récit des bourdes commises par les divers présentateurs et jeunes pleins d'avenir qu'il escortait dans des endroits comme celui-ci. Skelly l'aimait beaucoup mais ne l'avait pas revu depuis le Rwanda où ils s'étaient partagé un pack de six canettes de l'horrible bière locale pour oublier la puanteur des cadavres gonflés flottant sur la Kagera boueuse.

« Enchanté de te revoir, dit Skelly en lui serrant la main.

— Pas pu résister à une guerre de plus ?

— Pénurie de main-d'œuvre.

— Raconte-moi. C'est la dèche pour tout le monde. Tu crois qu'on va réussir ?

— Quand ? Mardi prochain ?

— C'est à peu près le rythme ici. Faut voir ce qui se passe là-dedans. » Il indiqua d'un signe de tête le poste de douane. « On y échange plus de fric que dans une vente aux enchères de chameaux, mais ça les empêche pas de continuer à éplucher chaque passeport pendant dix minutes, à examiner chaque photo comme s'ils avaient affaire à un tueur en cavale. Typique.

— J'en conclus que tu es déjà venu.

— C'est la troisième fois cette semaine. Et peut-être bien une douzaine de fois avant ça, étalées sur vingt ans.

— C'est qui le comité d'accueil ? Des talibans ?

— Aucun doute là-dessus.

— Qu'est-ce qui te fait dire ça ?

— Les turbans noirs pour commencer. Et toutes ces bannières. Des slogans religieux. Mais voici mon préféré. » Il pointa du doigt le panneau que Skelly avait remarqué plus tôt et qui comportait quelques mots en anglais. « C'est l'idée que les talibans se font de l'accueil touristique. »

Skelly était assez près maintenant pour déchiffrer les mots et les lut à voix haute. « *"Fidèles avec forte résolution, entrée Afghanistan. Le pays du sacrifice vous accueille chaleureument avec plisir."*

— Merveilleuse traduction, hein ? Ça donne tout de suite envie d'amener la femme et les gosses. »

Skelly rit. « Tu as l'air ravi d'être de retour.

— Ça me fout les boules d'être aussi près. J'ai un tas de mauvais souvenirs de l'autre côté. Plus la frontière reste bouclée, mieux c'est en ce qui me concerne. »

De nouveaux éclats de voix leur parvinrent du poste de douane, mais l'attention de Canady avait été attirée dans la direction opposée. « Oh, oh, dit-il en prenant son sac sur son épaule. On dirait que nous ne sommes plus les bienvenus. »

La police des frontières faisait remonter les journalistes dans les cars. Skelly remarqua Nadjib qui semblait supplier un des officiers. S'il était de l'ISI, il devrait obtenir des résultats rapidement, mais le flic l'écartait.

« Nadjib, par ici ! » Ça faisait trop longtemps que Skelly repoussait leur petite discussion. Il voulait aussi faire quelques interviews. Travailler en lisière de la foule. N'importe quoi pour ramasser quelques miettes car vu la tournure que prenaient les choses la journée était gâchée. Encore que d'un point de vue personnel, le voyage à lui seul valait le déplacement. Combien de gens pourraient se vanter d'avoir passé un après-midi à respirer l'air de la passe de Khyber ?

Nadjib apparut derrière lui et ils descendirent sur la route où des renforts de police se dirigeaient vers les cars. Sentant qu'ils n'étaient plus le point de mire, les réfugiés se remirent à les encercler par-derrière. Ça pouvait tourner au vilain. Quelques reporters s'étaient introduits dans la foule et faisaient des interviews à la hâte au milieu de petits groupes d'hommes en blanc qui se refermaient sur eux. Skelly repéra Lucy-la-Pie avec son « fixeur » dans la mêlée.

« Une consœur m'a dit qu'elle vous croit de l'ISI », cria Skelly pour couvrir le vacarme. Autant attaquer de front.

Nadjib eut l'air secoué, furieux même. Si c'était de la comédie, il était fortiche. « C'est le traducteur de la Canadienne, c'est ça ?

— Comment le savez-vous ? » demanda Skelly en le regardant dans les yeux.

Nadjib lui rendit la pareille. « Parce que c'est lui qui est de l'ISI. »

Un policier poussa Skelly dans le dos. Il pivota sur les talons prêt à protester mais vit une matraque levée.

« Dites-lui qu'on peut pas faire notre boulot.

— J'ai essayé, fit Nadjib en écartant Skelly pour le mettre à l'abri du danger. Ils sont inquiets parce qu'il fait presque nuit. Ils veulent que tout le monde vide les lieux. Ils disent que certains réfugiés ont des fusils.

— Foutaises.

— Probablement. Qu'est-ce que son fixeur a dit ?

— Que je devrais vous virer. Qu'on ne peut pas se fier à vous. »

Nadjib eut un regard mauvais. « Ce type m'a fait arrêter il y a deux jours, juste après notre première rencontre. Lui ou son patron.

— Pour vous emmener où ?

— À l'ISI. À son bureau. Je peux vous y emmener. Quand on frappe à la porte, c'est Javed qui vient ouvrir. C'est une sorte de poste d'écoute. Son patron s'appelle Tariq et il voulait des renseignements sur Razaq. » Il fit une pause. « Et aussi sur vous. Ils surveillent tout le monde, y compris moi.

— Et vous avez accepté de collaborer ? »

Nadjib secoua la tête, mais évita le regard de Skelly.

« C'était de ça que vous discutiez dans le car ? »

Nadjib parut soulagé que Skelly ait remarqué l'altercation et opina.

« S'il travaille vraiment pour l'*International News* comme il le prétend, dit Nadjib, comment se fait-il que son nom n'apparaisse jamais en tête d'un article ? Posez la question à votre copine. »

Très juste. Mais Nadjib pouvait très bien inventer au fur et à mesure, songea Skelly. S'il allait frapper à la porte du bureau de l'ISI, ce serait peut-être Nadjib qui viendrait ouvrir. Il avait déjà avoué être allé là-bas. Mais en matière de « fixeurs », Skelly se fiait à son instinct.

Et son instinct lui disait que Nadjib ne mentait pas. Il aurait un peu plus de prise sur lui, peut-être même suffisamment pour lui arracher son masque. Il était temps d'établir des relations personnelles.

« OK, fit Skelly. Mais, écoutez. Si vous voulez vraiment que je vous fasse confiance, il va falloir que vous cessiez de prendre la mouche chaque fois que je vous pose des questions.

— Entendu, dit Nadjib qui avait l'air calmé. Je comprends. » Il fut sur le point d'ajouter quelque chose mais ne le fit pas.

La police avait rassemblé tous les journalistes en un demi-cercle et les acculait contre les cars après avoir ramassé ceux qui s'étaient faufilés dans la foule. Sur les nerfs et frustrés à cause des contretemps de la journée, certains reporters dont le tempérament commençait à s'échauffer se mirent à pousser en sens inverse en réclamant bruyamment qu'on leur donne accès à la foule. « Laissez-nous faire notre boulot ! » crièrent plusieurs voix.

Quelques journalistes consultèrent leur « fixeur » pour décider de l'étape suivante. Skelly et Nadjib s'apprêtaient à se joindre à eux quand ils entendirent Lucy-la-Pie désigner Javed pour présenter leur cas aux autorités.

« Regardez bien, murmura Nadjib tandis que Javed sortait des rangs. Il va s'arranger pour qu'on soit obligés de partir immédiatement. Moins les réfugiés ont de contacts avec les Occidentaux, mieux c'est en ce qui concerne l'ISI. »

Skelly avait déjà été témoin de scènes similaires – des traducteurs grassement payés négociant au nom de leurs clients avec des officiels intraitables. En général, il s'agissait de confrontations musclées assorties de force moulinets et éclats de voix, un marchandage qui débouchait souvent sur une sorte de compromis, surtout si la poignée de main finale était accompagnée d'une liasse de billets pliée en deux.

Cette fois-ci, les choses prirent une tout autre tournure : Javed écouta patiemment, puis acquiesça en mettant une main sur l'épaule du policier. Ce dernier se pencha, écouta puis tous deux hochèrent la tête et échangèrent une poignée de main sans sourire ni froncer les sourcils.

« Putain, on croirait qu'ils sont copains », fit Roy Canady à la gauche de Skelly.

Javed revint lentement vers le groupe de journalistes et annonça calmement : « Désolé, mais nous devons partir immédiatement. Il n'y aura pas d'interviews. Ni de passage en Afghanistan. Seuls les hommes de Fawad et les camions transportant l'aide humanitaire seront autorisés à franchir la frontière. »

Lucy prit un air déconfit. Son champion était non seulement déchu, mais il s'était apparemment rendu sans coup férir. Nadjib et plusieurs autres traducteurs s'avancèrent pour reprendre le combat, mais les policiers avaient ressorti leur matraque et de nouveaux renforts arrivaient en jeep.

« Bordel, qu'est-ce qu'on va raconter ? cria une journaliste à la droite de Skelly.

— La couleur locale, répondit-il. Du blabla et la couleur locale. Que de temps perdu ! »

Comme pour les narguer un peu plus, les barrières s'ouvraient à la frontière. Les hommes en turban noir s'écartèrent pour laisser passer le camion de tête. Les six suivants ne tardèrent pas à suivre, tandis que les journalistes soudain silencieux les observaient avec envie, comme s'ils voyaient leurs meilleurs amis disparaître à l'horizon. Les cameramen et les photographes, comprenant que ça risquait d'être le seul moment fort de la journée, donnèrent le coup d'envoi, poussèrent plus violemment que les policiers, se jetèrent dans une mêlée furieuse en jouant des coudes et de leur matériel. Quand les caméras et appareils photos furent prêts, le dernier camion franchissait la frontière. C'était celui de Fawad, bondé de ses sbires armés. Le seigneur de la guerre devait être dépité de laisser derrière lui un auditoire qui était à ses pieds et il était apparemment trop gêné pour lui faire ses adieux.

« Qu'il aille se faire foutre, cria un reporter. S'il est même pas fichu de se débrouiller avec une bande de gratte-papiers, il va se faire avaler tout cru de l'autre côté.

— Super, répondit quelqu'un. Ça renforcera le patrimoine génétique pachtoune. »

Le policier armé d'un porte-voix demanda à tout le monde de remonter dans les cars. Mais il y avait un problème. Un des pneus du *Titanic volant* était crevé et le chauffeur bloquait la porte en agitant une clé en croix, suppliait tout le monde d'attendre qu'il ait réparé.

Skelly éclata de rire. Le soleil se couchait sur les plaines d'Afghanistan, son calepin était vide, son « fixeur » était peut-être une taupe ou un indic, et sa rédaction était sûrement en train de lui réserver un espace à la une pour un reportage « de notre correspondant à Jalalabad » qui ne paraîtrait jamais.

Nadjib étant toujours occupé à réclamer vainement un délai supplémentaire en compagnie d'autres « fixeurs », Skelly décida que c'était le moment ou jamais d'aller dire à Lucy-la-Pie ce qu'il pensait de Javed. Mais comme il se dirigeait vers elle, une main osseuse lui attrapa l'épaule. Il se retourna et aperçut un visage familier. C'était le type qui se trouvait devant la maison de Razaq, celui qui s'était vraiment montré casse-bonbons, la sangsue dont l'haleine empestait l'oignon et qui ne jouissait apparemment d'aucune influence. Mais si c'était le cas, qu'est-ce qu'il fichait ici parmi tous ces Occidentaux ? Et comment était-il arrivé jusqu'à la frontière ? En car avec les journalistes ?

L'homme eut un sourire contraint qui révéla une rangée de dents brunes et tendit la main droite. De nouveau, Skelly sentit son haleine qui fleurait l'oignon mais pas le haschich. Il lui serra la main à contrecœur : elle était sèche et calleuse.

« Comment allez-*vous*, mon ami ? » Au moins il n'avait pas dit « sir ».

« OK, répondit Skelly qui cherchait déjà un moyen de s'échapper.

— Je m'appelle Idris.

— Salut, Idris. Moi, c'est Skelly. »

Toujours souriant, l'homme hocha la tête. Apparemment, son anglais s'arrêtait là, ce qui rendait sa présence en ces lieux d'autant plus insolite.

« Encore lui ? » C'était Nadjib qui n'avait pas l'air ravi.

« Il dit s'appeler Idris. J'ai l'impression qu'il a quelque chose à me dire. »

Idris parla en pachtou, Nadjib lui répondit laconiquement. L'échange dura quelques secondes. Skelly s'attendait à ce qu'ils haussent le ton et à devoir intervenir. Mais ils parlèrent d'une voix égale sans se quitter des yeux.

« Il demande une fois de plus si vous voulez accompagner Razaq.

— Avec la prétendue arrière-garde ? Même truc qu'avant ? Dites-lui "non, merci".

— C'est ce que j'ai fait. Il dit que d'autres seront contents de prendre votre place.

— Tant mieux pour eux », fit Skelly qui ne put s'empêcher d'être pris de doute en entendant parler de concurrence. Et si Idris disait la vérité et que d'autres acceptent son offre ? Si ça tombe, il faisait la tournée des journalistes depuis une demi-heure et en avait vu toute une flopée.

Idris reprit la parole au moment où Skelly s'éloignait. Cette fois, ce fut Nadjib qui le rattrapa par la manche.

« Ça pourrait vous intéresser. Il dit que la femme qui est là-bas – et Nadjib montra du doigt Lucy-la-Pie – voulait venir, mais qu'il a refusé.

— Pourquoi ?

— Il ne fait pas confiance à son traducteur.

— Tiens, tiens. »

Skelly se tourna vers Idris. L'odeur d'oignon était plus forte que jamais mais la remarque qu'il venait de faire à propos de Javed indiquait qu'il n'était pas complètement idiot. En admettant que Nadjib dise la vérité, évidemment. Avec la traduction, comment pouvait-on en être jamais certain ? Pour parler de Javed, la voix d'Idris ne fut plus qu'un murmure rauque.

« Il dit que Javed est de l'ISI, dit Nadjib qui paraissait aussi stupéfait que Skelly. À vous, il peut le dire, mais pas à elle, car il sait que Javed ne traduirait jamais sa réponse. »

Skelly était toujours soupçonneux. « Demandez-lui s'il vous fait confiance. »

Idris écouta la question puis murmura en haussant les épaules.

« Il dit qu'il ne me connaît pas, mais que je peux venir du moment que vous répondez de moi. »

Skelly observa Nadjib avec attention. S'il mentait, pourquoi aurait-il concocté une réponse aussi ambiguë ? Nadjib lui rendit son regard comme s'il se rendait compte que l'heure de vérité avait sonné.

« Dites-lui que je me porte garant pour vous. Mais que j'ai encore des questions à lui poser. Qu'est-ce qu'il fiche ici pour commencer ? »

Idris jeta un regard circulaire comme s'il craignait les oreilles indiscrètes. Puis il leur fit signe d'aller derrière les cars où il n'y avait pas de journalistes. Puis il se remit à parler à voix basse.

« Il dit qu'il est ici pour le compte de Mahmoud Razaq. Razaq veut savoir comment se passe le voyage de Fawad, s'il arrive à bon port en Afghanistan.

— Et son autre patron ? Ce commandant de l'arrière-garde. Comment s'appelle-t-il ?

— Il ne peut pas en parler ici, il n'y est pas autorisé, fit Nadjib. Vous ne l'apprendrez qu'en le rencontrant.

— Mais pourquoi cet homme voudrait-il me rencontrer moi ou un autre reporter alors que Razaq n'a pas l'air de vouloir qu'on l'accompagne ? »

Idris mima quelqu'un prenant une photo puis s'expliqua brièvement.

« Pour la publicité, dit-il. Son commandant veut de la pub. Il sait que personne ne racontera son histoire si Razaq est le seul qu'on écoute. »

Un sous-fifre jaloux, donc, avide de gloire. Ça paraissait suffisamment bête pour être vrai. Skelly regarda Idris qui lui fit un grand sourire niais, dents brunes luisant dans la lumière ambrée. Cette histoire avait beau être mal ficelée, ce ne serait pas la première fois dans ce genre d'endroit que Skelly tomberait sur un parfait amateur en matière de relations avec les médias. Un leader de la guérilla kosovar avait une fois convoqué Skelly et ses confrères pour revendiquer fièrement une embuscade qui avait tué cinq policiers militaires serbes, bourde qui avait déclenché des représailles dans les douze heures qui avaient suivi : le village natal du commandant avait été rasé par un pilonnage d'artillerie. Et merde, se dit Skelly. Pourquoi ne pas tenter le coup ?

« Je suppose qu'il propose toujours une rencontre à Katchagarhi ?

— Oui. À l'intérieur du camp. Loin des autorités. Et de Razaq.

— Demandez-lui si demain matin conviendrait. »

Idris fit signe que non.

« Demain, c'est trop tard, fit Nadjib en baissant la voix. Il dit que Razaq part cette nuit. Quelques heures après minuit. Mais je ne le croirais pas sur parole. »

C'était maintenant au tour de Skelly de s'assurer que personne n'écoutait. « Qu'est-ce que vous en dites ?

— Je ne sais pas. Je l'ai peut-être sous-estimé. Il a réussi à arriver jusqu'ici.

— C'est ce que je me dis. Il faudrait donc qu'on rencontre son patron ce soir ?

— Oui. À Katchagarhi.

— Qu'est-ce que vous en pensez ? On pourrait se rendre là-bas à notre retour à Peshawar. Tâter le terrain. Si ça paraît trop risqué au camp, on pourra toujours dire non. Et si ça marche, nos bagages sont faits et on a des provisions.

— Pour quelques jours seulement.

— Mais on a l'argent nécessaire pour en acheter d'autres une fois de l'autre côté. »

Nadjib lui lança un regard qui laissait entendre qu'il aurait préféré que Skelly ne parle pas d'argent en présence d'Idris, même si on ignorait s'il parlait anglais ou pas. Tous les journalistes étrangers étaient des distributeurs automatiques de billets ambulants aux yeux de la population et partout, sauf à Islamabad, ils étaient les plus riches. Pour les réfugiés de Katchagarhi, Skelly était un véritable Bill Gates.

Idris reprit la parole et, malgré la barrière de la langue, Skelly discerna une note implorante dans sa voix.

« Il redemande si vous venez.

— Dites-lui que oui », fit Skelly en se décidant d'un seul coup. Si l'entreprise leur paraissait folle par la suite, ils pourraient toujours faire marche arrière. Mais Razaq refusant toute présence étrangère et Fawad ayant disparu dans un nuage de poussière, Idris restait la seule opportunité pour l'instant.

Idris fit un large sourire en entendant la réponse de Nadjib, puis tendit la main pour sceller ce marché douteux. « Merci, sir », dit-il sur le ton emphatique et reconnaissant d'un commerçant qui vient de conclure la première vente de la journée. Puis il secoua légèrement la tête comme pour dire « Ne vous inquiétez pas » et partit en offrant les seuls autres mots d'anglais qu'il connaissait peut-être : « Katchagarhi, dit-il. No problem.

— No problem », répéta Skelly. Pas de doute, il avait déjà entendu ça avant.

13

Le taxi se gara sur le bas-côté et le chauffeur n'accepta d'attendre que lorsque Nadjib lui eut promis mille roupies de plus.

Ils étaient accompagnés d'Idris qui les avait rencontrés vingt minutes plus tôt dans la chambre de Skelly à l'Hotel Grand qui n'avait rien de grandiose. Il était presque dix heures du soir. Si la prétendue arrière-garde de Razaq partait bel et bien sur le coup de trois heures du matin, comme le prétendait Idris depuis leur départ de l'hôtel, Nadjib calcula qu'il devrait s'estimer heureux d'avoir quatre heures de sommeil. Il fallait s'attendre en outre à ce qu'une partie au moins du trajet en Afghanistan se fasse à pied. Ce n'était pas une mission d'aide humanitaire qui foncerait sur la nationale. C'était une infiltration militaire qui démarrerait dans l'obscurité.

Nadjib était parti de chez lui depuis le matin très tôt et il se demandait ce qu'il trouverait à son retour. Il avait de nouveau essayé d'appeler Daliya dès que son portable s'était remis à fonctionner, mais n'avait obtenu qu'un message enregistré disant : « Votre correspondant ne peut être joint. »

Sa préoccupation principale, c'était de savoir comment Skelly et lui allaient survivre dans l'immédiat. Il n'était allé à Katchagarhi qu'une seule fois avec une équipe de la télévision suisse, mais c'était en plein jour et avec un garde armé. Voici qu'ils allaient emprunter des rues et des ruelles non éclairées qui ne figuraient sur aucune carte, avec pour seule garantie la promesse d'Idris qui répétait que tout irait bien.

« Suivez-moi », dit Idris. Le chauffeur remonta ses vitres, verrouilla ses portières et fit tourner son moteur au ralenti malgré la moiteur de l'air nocturne. Skelly emboîta le pas à Idris et Nadjib à Skelly. Ils descendirent une ruelle qui ressemblait à toutes les autres : bordée de maisons de terre, la plupart dépourvues de fenêtres, certaines avec un toit de contreplaqué ou de tôle ondulée. Chichement éclairée par les lampadaires de la nationale, la lisière du camp grouillait d'enfants courant pieds nus dans la poussière.

Au bout de cent mètres, la foule et l'éclairage se firent plus rares. Ils prirent à gauche, puis à droite : une ruelle où on pouvait à peine tendre le bras de chaque côté. Elle empestait les égouts en plein air et la charogne. Idris et Skelly ne disaient pas un mot. La lumière des lampadaires ne parvenait plus jusqu'à eux et lorsque, quelques minutes plus tard, ils tournèrent à gauche dans une ruelle plus large, ils pénétrèrent dans un univers que seuls éclairaient des feux de bouse séchée. Nadjib entendit des voix derrière les murs de terre. Il sentit une lourde fumée pleine de saletés. Sur sa droite, les braillements soudains d'un bébé qui avait la colique sortirent d'un vague trou dans le mur. Il mit le pied dans quelque chose de visqueux, eut les narines chatouillées par un nuage de poussière. Ses yeux scrutaient les ténèbres qui s'épaississaient. Ça lui rappelait la fois où il avait laissé tomber sa torche dans une grotte.

« Vous êtes toujours là ? s'enquit nerveusement Skelly.

— Juste derrière vous », répondit Nadjib à voix basse. On ne savait pas qui pouvait écouter. Une conversation en anglais risquait d'attirer l'attention. « C'est de la folie.

— Plutôt d'accord, fit Skelly, mais c'est trop tard maintenant. »

On entendit un tintement de grelots et un martèlement de sabots de plus en plus rapide et rapproché. Une odeur animale, puis un souffle d'air, un sabot qui atterrissait lourdement à quelques pas, suivi du frôlement de ce qui devait être la queue d'un cheval sur sa main droite.

« Putain, fit Skelly. Il a failli me piétiner.

— Restez plus près, dit nerveusement Idris. Et arrêtez de parler. Les autres vont rappliquer. »

Trop tard, se dit Nadjib qui préférait ne pas imaginer qui étaient ces « autres » auxquels Idris faisait allusion.

Plusieurs fois, il crut distinguer un trottinement de pieds nus derrière lui, à moins que ce ne fût le fruit de son imagination. Non, il l'entendait à nouveau. Ils étaient suivis. Sans doute des gamins, mais même des enfants pourraient s'avérer dangereux s'ils étaient en nombre. Il avait vu un reporter se faire dépouiller en plein jour par un gang de petits voleurs dans un autre camp, bien qu'il ne viendrait jamais à l'esprit de la plupart des gosses du coin de faire autre chose que de rester planté bouche bée devant un étranger, comme s'il s'agissait d'un oiseau exotique apporté par un zéphyr. Mais il faisait trop sombre ici pour rester bouche bée.

Ils tournèrent une fois de plus dans une ruelle plus étroite. Nadjib faillit trébucher dans une ornière. Il tendit le bras pour se raccrocher et effleura la manche de chemise de Skelly qui tressaillit. Si Idris s'avisait de piquer un sprint, ils passeraient toute la nuit à errer dans ce labyrinthe, à essayer de trouver la sortie, encore qu'en grimpant sur un toit, on pourrait repérer la rangée de lampadaires qui éclairaient la grand-route.

Un nouveau tournant et ils virent briller une lampe à pétrole. Elle sifflait et crachotait et une nuée de phalènes venaient s'y cogner. Elle était suspendue devant une maison de thé, le premier bâtiment avec fenêtre vitrée et murs en bois que Nadjib voyait. Idris les fit entrer en leur indiquant des chaises boiteuses près de la porte. C'était une salle minuscule, au plafond bas en fer martelé, qui pouvait tout juste accueillir deux clients. Derrière un comptoir en bois brut se trouvaient de grosses bonbonnes en verre remplies de thé vert et de thé noir, à côté d'une vieille balance à plateaux. Une porte noircie donnait sur une autre pièce au fond. À côté, se trouvaient des tonneaux et des sacs en toile contenant aussi du thé, ce qui donnait aux lieux une agréable odeur de renfermé. L'unique éclairage provenait de la lampe suspendue à la devanture.

L'endroit semblait désert et ni Nadjib ni Skelly ne pipèrent mot pendant qu'Idris s'engouffrait dans l'arrière-salle. Il resurgit quelques instants plus tard, s'arrêta pour dire : « Quelqu'un d'autre va prendre le relais » et se dirigea vers la sortie comme s'il avait soudain cessé de s'intéresser à eux. L'instant d'après, il avait disparu.

« Voilà qui est étrange », fit Skelly qui avait l'air un peu agacé. Mais quelque chose dans l'arôme des feuilles de thé et la lueur de la lampe avait calmé Nadjib qui respirait plus librement. Un gamin vint leur vendre des billets de loterie. Nadjib essaya de le chasser, ce qui attira l'attention de quelqu'un dans l'arrière-salle : une tête enturbannée apparut à la porte du fond et cria après le gamin. Puis elle disparut et le silence régna de nouveau.

Quelques minutes plus tard, le bruit d'une charrette tirée par une mule retentit dans la ruelle. Lorsque l'attelage passa en grinçant des roues devant la maison de thé, Nadjib vit briller des canons de fusils entassés à l'arrière.

« Bon sang, murmura Skelly. Vous avez vu ? Y avait de quoi équiper une petite armée.

— Il y a sans doute un armurier pas loin, fit Nadjib. Ils les fabriquent à la main. Même les armes automatiques.

— Et le gouvernement ferme les yeux ?

— Si vous travailliez pour le gouvernement, est-ce que vous viendriez ici pour leur faire fermer boutique ?

— Je suppose que non. »

Cinq autres minutes s'écoulèrent en silence et Nadjib commençait à se dire qu'on les avait abandonnés quand un autre gamin arriva. Il devait avoir dans les douze ans. « Vous et l'Américain, suivez-moi », dit-il d'un ton sec en pachtou. Nadjib se demanda s'il s'agissait d'un stratagème, mais cette fois le tenancier de la maison de thé ne bougea pas de son arrière-salle comme s'il voulait rester en dehors de la transaction.

Nadjib se leva à contrecœur. « Venez, dit-il à Skelly. Je suppose qu'il nous emmène là-bas. »

Skelly avait eu beau déambuler, crapahuter et rouler sa bosse, il n'avait jamais rien vécu de pareil : cette marche sans torche dans l'obscurité la plus totale et dans un endroit surpeuplé, au milieu de feux de bouse séchée et de maisons en terre lui fichait une frousse d'enfer – on se serait cru au néolithique dans un village de chasseurs-cueilleurs. Ils arrivèrent à un endroit chichement éclairé et aperçurent par les fenêtres carrées plusieurs hommes assis dans un brouillard de fumée bleue devant des meules et des machines-outils primitives. Une odeur de métal en fusion lui agressa les narines. Un vieil homme desséché comme un sorcier de conte de fées passait un outil le long d'un canon de fusil fixé dans un étau. On aurait dit des elfes et des nains. Ça devait être l'armurier.

Ils passèrent leur chemin. Skelly leva les yeux pour regarder les étoiles mais n'aperçut qu'un grand vide : c'était une nuit sans lune. Il vérifia pour la cinquième fois peut-être si Nadjib était toujours derrière lui.

« Oui, ne vous inquiétez pas. »

Le gamin continuait à avancer. Il avait d'abord pris la main de Skelly dans la sienne qui était poisseuse et poussiéreuse, tel un petit esprit chargé de le guider vers une autre dimension. Un verset de la Bible vint à l'esprit de Skelly : *« Un jeune enfant les conduira… »*

Il se demanda si les autres étaient assaillis par le même flot de banalités et de clichés : citations et expressions surgies pêle-mêle du tréfonds de sa mémoire. Lambeaux de vieux jingles publicitaires et voix pleines de bagout de son enfance. Durant le trajet en taxi, il s'était souvenu de « Quand le caoutchouc épouse le macadam ».

Firestone ? Quand il avait dix ans ? Grand Dieu, d'où est-ce que tout ça pouvait bien sortir, et pourquoi ?

Ils parvinrent à une flaque de lumière diffusée par une autre lampe et à une porte ouverte. Le gamin leur fit signe d'arrêter et disparut à l'intérieur.

Entendant un bruit léger et rythmé dans son dos, Skelly se retourna et aperçut un mendiant cul-de-jatte qui se déplaçait en balançant les bras comme des béquilles. Ses articulations avaient pris une couleur terreuse. C'était le troisième qu'il voyait se mouvoir de cette façon depuis son arrivée à Peshawar, mais à certains égards la vision paraissait encore plus sinistre dans ce bled perdu qui aurait aussi bien pu se trouver sur la face cachée de la lune.

« Victime d'une mine, dit Nadjib. Le camp en regorge. Si vous croyez que le trafic de fusils est florissant, vous devriez voir le marché noir des jambes artificielles. »

L'homme avait disparu au coin mais Skelly entendait encore le coup et le bruissement légers qui accompagnaient sa progression. S'ils attendaient cinq minutes de plus, il ne serait pas surpris de voir un cavalier sans tête passer au galop.

Le gamin réapparut à la porte et dit quelque chose.

« Il nous dit d'entrer et d'attendre à l'intérieur », traduisit Nadjib.

Des coussins poussiéreux disposés par terre le long de deux murs. La pièce était minuscule – deux mètres cinquante sur un mètre cinquante à tout casser – et éclairée par des bougies. Nadjib s'assit et Skelly l'imita en se demandant quel type de vermine pouvait infester les lieux. Il régnait une forte odeur de cire et de quelque chose de végétal – du haschisch peut-être ? Un gros homme émergea d'une pièce au fond. Il portait un *shalwar kamiz* retenu par un ceinturon militaire en toile et une kalachnikov qu'il déposa dans un coin avec autant de naturel que s'il s'était agi d'un bâton ou d'une canne. Ils se levèrent. Il regarda d'abord Skelly puis Nadjib sans prononcer un mot. Il parut arriver à une sorte de conclusion et sa grosse paluche s'empara de la main de Skelly.

« Je m'appelle Bashir, dit-il en anglais. Soyez le bienvenu. »

Nadjib tendit également la main mais Bashir l'ignora délibérément. Le message était on ne peut plus clair. A ses yeux, Nadjib n'était qu'un serviteur, un instrument, un inférieur. Il cria quelque chose en direction du fond et le gamin qui leur avait servi de guide entra avec un plateau chargé d'une théière dont la vapeur s'élevait dans la pénombre. C'était peut-être son fils. Espérant que l'eau du thé était bien bouillie, Skelly prit une tasse fumante dans ses mains, souffla dessus et but une gorgée de liquide sucré qui lui remit les idées en place. Il s'abstint cependant de goûter aux tranches de galette et aux noix qui se trouvaient aussi sur le plateau. Tous les microbes de la planète devaient s'y être donné rendez-vous.

Skelly jaugea Bashir. Il n'avait rien à voir avec Fawad dont le visage lisse et les ongles soignés trahissaient une vie douce et privilégiée dans la classe des marchands et le guerrier dilettante. Razaq appartenait beaucoup plus à la classe des guerriers mais il avait de toute évidence perdu la main. Bashir, lui, était un vrai de vrai : il aurait pu être coulé chez l'armurier du bas de la rue. Il avait une barbe brune sans le moindre fil gris et Skelly lui donnait la trentaine. Même dans la pénombre, ses yeux paraissaient clairs et il parlait sur un ton qui commandait le respect, qu'on fût enclin ou non à le lui accorder. Calme et immobile, Skelly attendit que Bashir prenne l'initiative.

Il parla d'abord à Nadjib d'un ton sévère comme s'il s'adressait à un enfant. Sa voix avait une cadence chantante.

Nadjib lui lança un regard noir mais ne répondit rien. Puis il se tourna vers Skelly : « Il me donne ses instructions sur la façon de procéder. Il dit que je devrai répéter ses propos tels qu'ils sortent de sa bouche. Pas de "il dit que" ni le moindre commentaire personnel. Je devrai répéter mot pour mot ses paroles.

— D'accord », fit Skelly qui ne savait pas trop comment réagir.

Bashir reprit la parole et Nadjib lui obéit à la lettre. Skelly se demanda comment il pouvait savoir si Nadjib faisait ce qu'il lui avait demandé. Mais pourquoi prendre le risque de désobéir ?

Ainsi commença leur bizarre dialogue, entrecoupé de petites périodes d'attente, comme s'il y avait une sorte de retard dû au relais par satellite.

« Vous souhaitez venir avec nous en Afghanistan. C'est du moins ce que prétend Idris. Mais Idris n'est qu'une larve. Il faut donc que vous me le confirmiez. »

Avant que Skelly ait pu répondre, Bashir ajouta quelque chose que Nadjib s'empressa de traduire.

« Vous êtes prié de me regarder quand je m'adresse à vous. Et non pas cet homme qui n'est qu'un simple instrument, l'équivalent d'une cabine téléphonique. »

Skelly tourna la tête et examina de nouveau Bashir.

Une telle insolence et une telle arrogance alliées cependant à un calme profond. C'était peut-être dû au simple fait qu'il était maître de la situation : il était sur son terrain, savait qu'ils ne pouvaient pas lui fausser compagnie, pas s'ils voulaient survivre. Pourtant Skelly ne se sentait pas menacé. Il doutait que quelqu'un d'aussi hautain se donne tout ce mal à seule fin de les voler et de les tuer. Qu'est-ce que Bashir attendait d'eux au juste ? Surtout s'ils devaient être uniquement des importuns qui risquaient d'entraver sa progression. Mais Skelly pouvait certainement comprendre qu'un type de cette trempe ait soif de publicité.

« Oui, je souhaite aller en Afghanistan et je souhaite emmener mon interprète avec moi. »

Nadjib traduisit en respectant sans doute les consignes données précédemment, comme s'il n'était qu'un simple filtre.

Bashir ne quitta pas un seul instant Skelly des yeux, puis il hocha la tête et reprit la parole. « Il y aura de la bagarre. Je peux presque vous le garantir.

— Ce ne sera pas une nouveauté pour moi. Mais pourquoi nous emmener ?

— Parce que Mahmoud Razaq aura besoin de témoins, même s'il ne le sait pas encore. Il voudra que le monde soit au courant de son exploit. Mais il ne veut pas s'encombrer d'un entourage voyageant avec le gros de ses troupes. Sans compter que ses hommes ne le respecteraient pas très longtemps si c'était le cas.

— Et vous, vous le respectez ? demanda Skelly qui trouvait qu'ils faisaient pour le moins une drôle de paire.

— Je suis les ordres.

— Et suivre les ordres signifie que vous allez emmener un journaliste à l'insu de Razaq ?

— Je suis les ordres, répéta Bashir.

— Pourquoi moi ? demanda Skelly. Et pourquoi mon journal ?

— Les autres n'ont pas voulu venir ici. »

Skelly y croyait-il vraiment ? Possible. Il se rappela ses réticences personnelles au début – et Idris n'était certainement pas l'organisateur idéal. Même Bashir l'avait traité de larve. Alors c'était peut-être plausible. Tout juste. Bashir ne savait peut-être pas traiter autrement. Ce n'était pas à Katchagarhi qu'il avait pu soigner son plan médias.

« On ne vous a choisi qu'en raison des gens que vous connaissez », fit Bashir qui, comme on tire un as de sa manche, sortit de sa poche une minuscule carte de visite blanche qu'il posa par terre devant Skelly. Le nom gravé en relief sous le logo rouge de Transgas était celui de Sam Hartley. Tiens, tiens. C'était plus compliqué qu'il n'y paraissait. Skelly éprouva un étrange plaisir comme s'il venait d'être admis dans un club très exclusif où les distractions s'annonçaient osées mais sans risque, à condition que tout le monde se tienne bien et que personne ne révèle le mot de passe à la fin du spectacle.

« Et aussi celle-là », dit Bashir en sortant un second bristol.

Arlen Pierce, attaché culturel. Département d'État américain, lut Skelly. Pas d'ambassade, pas d'adresse, pas de numéro de téléphone. Hartley avait dit que Pierce était au Caire, mais c'était peut-être tout ce qu'il savait ou alors c'était une couverture. Comment avait-il surnommé Pierce déjà ? Le Sombre Seigneur, comme s'il était une sorte de magicien. Il faut reconnaître qu'il y avait de l'alchimie dans l'air, une transmutation de Skelly en poids lourd des médias, aux yeux du moins du formidable Bashir. C'était chouette de voir que les relations finissaient par être payantes.

« Vous le connaissez ? demanda Bashir en indiquant la carte de visite d'un signe de tête.

— Oui, je le connais bien », mentit Skelly. Aucun journaliste ne connaissait bien Pierce, pas même les femmes après lesquelles il courait à l'occasion. C'était le genre de type qu'on apercevait brièvement, dans un bar ou à un briefing quelconque, qui esquissait un sourire à vos plaisanteries puis annonçait qu'on l'attendait ailleurs. Son nom surgissait quelques jours plus tard dans la conversation confidentielle d'une autre source ou à la suite d'une catastrophe que les gens du cru essayaient encore de tirer au clair. Il avait la réputation d'être une espèce de raccommodeur diplomatique, un Monsieur Bons Offices de l'Oncle Sam dans le monde islamique.

« Mr Pierce vous aide ? Et il aide Mahmoud Razaq ? s'enquit Skelly. Ainsi que Mr Hartley ? »

Mais quand la réponse de Bashir sortit de la bouche de Nadjib, il était clair qu'il avait choisi d'éluder ces trois questions.

« C'est à vous de décider, se contenta-t-il de dire. Ou vous venez avec nous ou vous restez. Mais il me faut une réponse maintenant car nous partons dans cinq heures.

— Qu'est-ce que vous en pensez ? demanda Skelly à Nadjib en quittant des yeux Bashir avec l'impression d'avoir fixé trop longtemps une lumière très vive.

— Je ne peux pas prendre cette décision à votre place. Tout ce que je peux dire, c'est que c'est très dangereux. Mais c'est le cas de tout voyage en Afghanistan. »

Bashir qui avait l'air irrité reprit la parole.

« Il dit… commença Nadjib avant de se corriger pendant que Skelly tournait dûment le visage vers Bashir. Inutile de le consulter. » Il voulait parler évidemment de Nadjib. « Ou vous venez ou vous ne venez pas. C'est à vous de décider. Et si votre réponse est non, ne vous attendez pas à rester indéfiniment dans ce pays. Nous ne pouvons pas laisser ce genre de secrets se répandre dans les rues de Peshawar. »

Était-ce une menace d'expulsion ? Ou pire ? Soit Bashir avait un sacré culot, soit il avait un sacré entregent et les deux cartes de visite faisaient certainement pencher pour la deuxième hypothèse. Mais l'espace d'un instant, l'expulsion parut offrir une porte de sortie. Elle avait aussi une certaine gueule, surtout pour un journaliste qui se demandait au fond de lui s'il avait l'étoffe pour prendre de tels risques. Pendant quelques secondes, Skelly entrevit de l'herbe verte et des cieux propres, une femme accueillante et même une avenue de galeries marchandes et de fast-foods, de longues soirées passées à piquer du nez devant un écran de télé devenu noir pendant que les feuilles d'automne bruisseraient sur la pelouse. Le jeune Brian endormi à ses pieds. Puis la vision s'obscurcit et il leva les yeux vers Bashir. Tout bien considéré, il se sentait toujours d'attaque, ne seraitce que parce que c'était une dernière aventure, une dernière occasion de découvrir les grands secrets qui lui avaient toujours échappé et qui s'étaient retrouvés dans les papiers des autres.

Sa gorge se serra. « OK… on est partants. »

Bashir hocha la tête. « Vous êtes sage. Et courageux. »

Bashir n'était pas très crédible en flatteur. À moins que ce ne fût la voix de Nadjib qui s'était mise à trembler. Skelly se demanda même si Bashir ne se fichait pas de sa gueule.

« Sage ? J'ai des doutes. Et certainement pas courageux. Je dirais plutôt téméraire. »

Lorsque Nadjib traduisit, Bashir opina comme si Skelly venait d'émettre des propos d'un grand bon sens. Quelque chose avait dû se perdre dans la traduction ! Puis, plus solennel que jamais, il parla à nouveau.

« Il dit… commença Nadjib avant de se reprendre. Vous en serez récompensé. Un article formidable pour votre journal avec des personnalités de grand renom.

— Vous voulez parler de Razaq ? »

Les yeux brillant de malice ou de délectation, Bashir fit signe que non.

« L'homme que vos compatriotes recherchent, déclara Bashir devenu soudain énigmatique comme un vieux conteur. Celui qui a une barbichette. Qui monte à cheval et s'adresse au monde entier. Son chemin croisera le vôtre. C'est du moins ce que nous croyons, d'après ce que nos amis nous rapportent. » La voix de Nadjib était désormais précipitée, presque à bout de souffle. « Lui et ses hommes, tous ses hôtes arabes. C'est la vraie raison de notre voyage ainsi que vous le découvrirez vous-même.

— Ben Laden ? » demanda Skelly, le nom n'ayant pas besoin d'être traduit. Mais Bashir eut un mouvement de recul comme s'il avait dit un blasphème.

« Pas de noms, s'il vous plaît, traduisit Nadjib. Et plus un mot sur ce sujet avec qui que ce soit. Mais vous pouvez être certain que vos amis sont également au courant. » Et Bashir de tapoter les cartes de visite de Hartley et Pierce.

Skelly ne savait que penser. Il était enclin à considérer la nouvelle comme une fanfaronnade dénuée de substance. Il croisa le regard de Nadjib et vit que son « fixeur » partageait son impression. Bashir leur racontait des bobards, il les menait en bateau.

Pourtant Skelly se sentit soudain plus alerte, plus en harmonie avec la nuit et il savait que lorsqu'ils regagneraient leur taxi, il serait capable de retranscrire mot pour mot toute la conversation. Il nota des parfums qu'il n'avait pas remarqués l'instant précédent – une pointe de cannelle, une bouffée de cardamome. Il aperçut un lézard qui rampait sur un mur. Une partie de son cerveau soupesait les probabilités et un frêle espoir lui murmurait tout bas : « Et si c'était vrai ? »

Mais Bashir était passé aux détails pratiques. « Vous nous attendrez au bord de la grand-route, là où se trouve votre taxi, à trois heures trente du matin. Nous vous fournirons la nourriture et l'eau, ne vous en souciez donc pas. »

Skelly blêmit et se dit qu'il avait intérêt à ne pas oublier ses antibiotiques. « On voyagera comment ? demanda-t-il.

— En camion, d'après lui, répondit Nadjib qui laissait enfin tomber les consignes. Puis à dos de cheval et de mule. Peut-être aussi à pied.

— Et notre itinéraire ?

— À travers les montagnes.

— Oui, je m'en doute. Il peut nous montrer par où ? J'ai une carte. »

Bashir parut réfléchir un moment à la question puis hocha lentement la tête. Skelly se pencha, fouilla dans sa sacoche et en exhuma une carte d'Afghanistan à grande échelle qu'il étala par terre à la lumière tremblotante des bougies.

Bashir s'étrangla de rire, se leva et disparut au fond.

« Il dit que votre carte n'est pas bonne. Je suppose qu'il a mieux. »

Bashir réapparut en dépliant une vaste carte détaillée comportant des courbes de niveaux et un entrelacs d'itinéraires en pointillé qui traversaient des régions où Skelly savait qu'il n'y avait pas de routes goudronnées. Même les cartes des Nations Unies n'étaient pas d'ordinaire aussi excellentes.

« Vous l'avez eue où ? »

Bashir ignora délibérément la question et planta un doigt sur une tache brune marquée Katchagarhi. Même sur la carte, l'endroit avait l'air désolé et abandonné. Bashir indiqua un itinéraire qui empruntait la nationale sur quelques centimètres, puis bifurquait à gauche sur une piste qui ne tardait pas à se transformer en pointillés dans une direction ouest-sud-ouest, plus ou moins parallèle à la frontière afghane, au pied des monts Safed. Bashir parlait vite.

« D'abord, nous traverserons les zones tribales, traduisit Nadjib. Il dit que l'itinéraire a été mis au point avec les chefs de tribu. »

De nouveau, la voix de Nadjib était légèrement chevrotante. Il connaissait peut-être le coin.

L'itinéraire contournait plusieurs postes frontières – la passe de Souleiman, la passe d'Oghaz, sans doute d'anciens itinéraires de contrebandiers – avant de rejoindre une piste plus large près d'un village pakistanais du nom de Parachinar. Il grimpait ensuite dans les Montagnes blanches avant de franchir la frontière afghane par la passe de Paiwar, au sud d'un pic qui culminait à plus de quatre mille cinq cents mètres : le Sikaram. Les courbes de niveaux donnaient à la chose un aspect vertigineux et menaçant, un côté cœur des ténèbres, puis l'itinéraire redégringolait la montagne pour atteindre un petit village afghan où Bashir planta son doigt.

« Jaji, dit-il en lisant la carte.

— Notre première étape, dit Nadjib qui avait l'air d'avoir vu un revenant. Puis nous nous rendrons à Azro, notre base d'opérations, avant de nous diriger vers Heserak, puis tout droit vers Jalalabad. Où Razaq sera vraisemblablement accueilli en potentat de province.

— Ça, c'est de vous, j'imagine. »

Nadjib opina, et cette fois Bashir ne fit pas d'objection à leur conversation. Il semblait absorbé par sa carte, regardait les pointillés et les ombres d'un air possessif, tandis qu'un de ses doigts restait légèrement posé sur la tache ombrée indiquant les faubourgs de Jalalabad. Quand il reprit la parole, c'était avec un grand calme, en tapotant du doigt la carte.

« Il dit que c'est là qu'on aura le plus de chances de le rencontrer.

— Razaq ?

— Non, l'autre. Celui qu'il appelle "le cheik".

— Ah, lui », fit Skelly trop intimidé pour prononcer le nom une seconde fois. C'était un peu comme se voir promettre d'apercevoir le monstre du Loch Ness, le personnage était entouré d'une telle mythologie qu'il semblait presque un fantôme, un esprit errant qui ne serait jamais capturé.

« Comment le sait-il ? demanda Skelly. Comment sait-il que nous pourrions le voir ? »

Nadjib fit une pause. « Vous voulez vraiment que je lui pose la question ? Tout ce qu'on risque, c'est de le mettre en colère. Moins on en parle, mieux c'est. »

Cette fois, Bashir les interrompit en les menaçant du doigt et en haussant le ton.

« Qu'est-ce qu'il raconte ?

— Il veut savoir pourquoi je n'ai pas traduit ce que vous disiez. Je lui ai répondu que vous vous inquiétiez d'avoir assez à manger et un endroit où dormir. Je ne crois pas qu'il m'ait cru. Mais il répète qu'on s'occupera bien de vous.

— Oui, fit Skelly. Reste à savoir ce qu'il entend par là. » Bashir reprit la parole.

« Il faut qu'on parte, traduisit Nadjib. Il doit se préparer et il nous en a déjà trop dit. Soyez au rendez-vous à trois heures trente. Si vous n'y êtes pas, il vous retrouvera et vous fera amener de force.

— C'est peut-être ce qu'il entendait par "on s'occupera de vous". »

Nadjib ne dit rien.

Bashir claqua des mains et le gamin qui les avait escortés depuis la maison de thé réapparut pour les ramener cette fois à leur taxi qui les attendait au bord de la nationale. Comme Skelly se levait pour le suivre, il prit conscience de l'énormité de l'engagement qu'il venait de prendre et faillit trébucher. Nadjib le retint. Le cœur battant et les jambes lourdes, Skelly fit signe au gamin d'avancer.

Il se retourna pour dire au revoir, mais Bashir avait déjà disparu sans un mot dans la pièce du fond.

14

Alors qu'il regagnait son domicile en scooter, Nadjib fut pris d'une sorte de trac : il se demanda quel nouveau drame l'attendait. Deux nuits plus tôt, une Daliya ébranlée et tailladée. La veille, un cadavre, Karim rôdant dans la foule et son appartement mis à sac.

Ce soir, tout avait l'air calme, nota-t-il en s'engageant dans sa rue. Fenêtres obscures. Rideaux tirés. Personne aux alentours.

Sa boîte aux lettres était vide. Pas de message. Montant l'escalier désert mais bien éclairé, Nadjib commença à se détendre et trouva à son grand soulagement porte non seulement close mais fermée au verrou.

La guerre se poursuivrait peut-être désormais sans lui ? C'était du moins ce qu'il espérait depuis qu'il avait pris une grande décision dans le taxi qui les ramenait de Katchagarhi à Peshawar.

À cran et exalté, Skelly avait parlé à toute vitesse : « Je suppose que si c'était un brigand, il nous aurait déjà égorgés, avait-il déclaré sur un ton qui donnait l'impression qu'il essayait de s'en convaincre lui-même. Mais on le saura bientôt. Je vais devoir entreposer mes excédents de bagage au Pearl, ce qui signifie un autre taxi. Je ne fais pas confiance à l'Hôtel Grand. Putain, on n'a toujours pas de téléphone satellite. Trop tard maintenant. Nous devrons emprunter celui de Razaq…

— En supposant que vous le voyiez », l'interrompit Nadjib. Il voulait ralentir l'express Skelly, trouver un créneau pour lui annoncer sa décision.

« Oh, les choses finissent toujours par s'arranger. Partout où je suis allé, j'ai toujours réussi à envoyer mon papier. Vous avez entendu Bashir ? Ce n'est pas que Razaq ne veuille pas de pub. Il ne veut pas d'emmerdes supplémentaires, c'est tout. Il va nous tenir à distance jusqu'à ce qu'il ait besoin de nous. Ça prendra peut-être un moment, mais nous le verrons. »

C'est maintenant ou jamais, se dit Nadjib. « Vous peut-être, mais pas moi.

— Comment ça ? Qu'est-ce que vous voulez dire ? » Nadjib eut recours à la vieille impassibilité pachtoune, veilla à ce que son visage soit indéchiffrable. « Je ne vous accompagne pas. Je vais vous trouver quelqu'un d'autre. Mais ne vous inquiétez pas, ce ne sera pas un problème. Je connais un tas de bons candidats et ils seront ravis de sauter sur l'occasion.

— Ne vous *inquiétez* pas ? Dans moins de cinq heures, on passe en Afghanistan en pleine nuit et vous allez me trouver quelqu'un *d'autre* ? Pas de problème ? C'est un *méga*problème. On peut savoir pourquoi ? »

Pourquoi en effet ?

La raison principale était Daliya. Toujours aucune nouvelle d'elle. Nadjib devait découvrir ce qui lui était arrivé, sinon il risquait de le regretter toute sa vie. À sa connaissance, les flics étaient aussi à sa recherche. Disparaître du jour au lendemain ne ferait qu'éveiller un peu plus les soupçons.

Ensuite venait l'itinéraire que Bashir avait tracé sur la carte. Traverser les terres de son père en empruntant la Grand Trunk Road[1], comme ils l'avaient fait cet après-midi était une chose. Là, le gouvernement maintenait un semblant d'autorité. Mais les routes secondaires – de nuit, qui plus est –, c'était une autre paire de manches. C'est donc l'excuse qu'il offrit d'abord à Skelly.

« Écoutez, fit Skelly. Je n'ai toujours pas très bien compris pourquoi vous ne voulez pas retourner chez vous, parce que vous ne me l'avez jamais vraiment expliqué. Mais vous croyez que ces types emprunteraient cet itinéraire s'ils n'avaient pas tiré le problème au clair avec votre père ou je ne sais qui d'autre ? Pas question. Razaq ou Bashir ne se risqueraient même pas à aller jusqu'à la frontière. »

C'était juste, alors Nadjib expliqua à contrecœur Daliya, sa disparition et le silence troublant de son portable toute la journée. Il laissa de côté les messages et le cadavre. Cela eut au moins le mérite de ralentir l'express Skelly.

Skelly secoua la tête d'un air pensif. De toute évidence il ne voulait pas paraître froid ni insensible. « Vous devriez prévenir la police, dit-il. Laissez-la s'occuper du problème.

— La disparition a été signalée. »

Skelly fronça les sourcils et lui tapota l'épaule. Le geste était maladroit mais néanmoins touchant. Puis il soupira. Allait-il céder aussi facilement ? « Écoutez, faites comme bon vous semble. Mettez de l'ordre dans vos affaires. » Il soupira derechef. « Mais trouvez-moi

1. Reliait Calcutta à Peshawar à l'époque coloniale. *(NdT)*

quelqu'un de valable. Et vite. Quelqu'un qui n'ait pas peur de vivre à la dure. Les prochains jours ne vont pas être faciles. À dire vrai, j'ai un peu les boules. On va vers le grand inconnu. *J'y* vais. Mais aussi idiot que ça puisse paraître, ça pourrait bien être ma dernière tentative pour décrocher un scoop de cette importance. Et si Bashir dit vrai, le jeu en vaut la chandelle. » Skelly haussa les épaules, retira sa main de l'épaule de Nadjib, tripota son calepin et on n'entendit plus que le raclement des pneus.

Les choses en étaient restées là. Nadjib fut surpris d'éprouver du regret, comme si Skelly ou l'aventure allaient lui manquer. Non. Il avait sa dose d'aventures pour l'instant. L'aventure, décida-t-il, était juste synonyme de chaos, ça voulait dire que les événements gouvernaient votre vie.

Il avait dû se sentir coupable car il avait ensuite refusé véhémentement que Skelly lui paie sa journée, alors qu'il avait passé au moins vingt heures en car et en taxis et dans le labyrinthe obscur de Katchagarhi.

« Foutaises, dit Skelly en lui tendant trois billets de cinquante puis un quatrième. Trouvez-moi quelqu'un de bien. » C'était donc ce que Nadjib s'apprêtait à faire maintenant qu'il était chez lui. Il connaissait au moins quatre types qui parlaient couramment l'anglais et qui même à cette heure tardive sauteraient sur l'occasion. Il allait se préparer du thé et leur passer un coup de fil. Puis il commencerait enfin à mettre un peu d'ordre dans sa vie. Et si Bashir décidait de lancer des sbires à ses trousses quand il manquerait à l'appel pour l'expédition, c'était un risque qu'il devait prendre pour Daliya. Leurs destinées étaient désormais liées et il était à peu près certain qu'elle pensait la même chose. Il refusait d'envisager qu'elle ait pu simplement disparaître.

C'est avec plaisir qu'il entendit glisser le verrou lorsqu'il tourna la clé. À l'intérieur, tout était noir et silencieux et il déposa son sac en poussant un long soupir. Puis il alluma et faillit sauter au plafond en voyant Tariq assis sur les coussins, au même endroit que Daliya deux jours plus tôt. L'homme avait un sourire narquois, les mains croisées dans son giron.

Nadjib se rua sur lui et tenta de le frapper au visage. Puis un bruit sec et des pas lourds attirèrent son attention vers la porte de la chambre d'où émergea un garde du corps.

« Asseyez-vous donc et calmez-vous, dit Tariq. Usman ici présent s'apprêtait justement à faire du thé si ça vous intéresse. Bel appartement. »

Plus aucune trace de la pagaille de la veille. Les papiers éparpillés étaient de retour sur son bureau, tous les livres avaient regagné leurs étagères. Jusqu'aux sols qui étaient impeccables comme si Usman et Tariq avaient passé la soirée à balayer et à passer la serpillière.

« Qui a nettoyé le bordel ? » demanda Nadjib, la colère faisant place à l'ahurissement. Il se demanda s'il pourrait jamais se sentir à nouveau chez lui.

« Le bordel ?

— Celui que vos hommes ont laissé hier en fouillant les lieux. »

Front plissé, Tariq secoua la tête. « C'est pas notre style. Je ne nierai pas que nous ayons visité votre appartement récemment. Pas plus que je ne le confirmerai, naturellement. Mais nous ne laissons pas de bordel.

Nous faisons en sorte que nos allées et venues restent discrètes. Je doute même que le plus curieux de vos voisins ait remarqué quoi que ce soit. Ils ont peut-être vu un réparateur de téléphone ou un livreur quelconque. Mais le bordel ne figure pas dans nos manuels. Vous devriez peut-être vérifier auprès de votre fanatique, celui qui, selon vous, vous laissait des messages.

— Il est mort. »

Tariq haussa le sourcil. « Le cadavre d'hier soir ? » Nadjib opina.

« Tiens donc, fit Tariq en l'observant attentivement comme s'il le réévaluait. Je vous ai peut-être sous-estimé. Quoi qu'il en soit, votre vie semble de plus en plus intéressante. La police est venue chez vous. Vous n'êtes pas au courant ? C'est peut-être elle qui a mis votre appartement sens dessus dessous. Ou qui l'a rangé. Ou les deux. Mais ils n'enquêtaient pas seulement sur des cadavres. Ils s'intéressent plus à votre amie. Votre Daliya a un père important. »

Nadjib hocha la tête, redoutant la suite. « Elle est…

— Portée disparue. Depuis plus d'une journée. Aperçue pour la dernière fois en votre compagnie. Une visite nocturne, m'a-t-on dit. » Tariq sourit.

Usman réapparut avec du thé. Plus perplexe que jamais, Nadjib s'installa sur un coussin en face de Tariq.

« En fait, poursuivit Tariq, si je n'étais pas là, ce sont les flics qui vous auraient attendu. Ils aimeraient beaucoup vous arrêter.

— Pourquoi ?

— Les apparences ne plaident guère en votre faveur, vous ne trouvez pas ? Vous passez la nuit avec elle –

mauvais début. Puis elle disparaît et, le même jour, un homme est assassiné devant votre immeuble. L'homme qui vous laissait des messages tirés du Coran. Ce que la police n'avait pas l'air de savoir non plus, d'ailleurs, si bien que je me demande comment vous, vous étiez au courant. Encore que j'aurais dû le deviner après avoir entendu parler du couteau. Ce qui me fait penser, Usman, veux-tu, s'il te plaît, montrer à Nadjib ce que tu as trouvé dans sa cuisine. »

Usman ouvrit une mallette et en sortit trois grands couteaux de tailles et de formes différentes. Ils ressemblaient à ses couteaux de cuisine. En fait, c'étaient ses couteaux de cuisine.

« Rien ne manque ? demanda Tariq.

— Il y en avait un quatrième.

— Il est dans les mains de la police car on l'a trouvé sous le cadavre.

— C'est vous qui l'avez mis ? » demanda Nadjib sans toutefois s'attendre à une réponse franche. Un coup monté contre lui serait un moyen de pression rêvé.

« Bien sûr que non. En fait, nous avons décidé de vous emprunter momentanément les trois autres pour vous aider un peu. Imaginez l'effet produit si la police les avait trouvés. J'ai peur que nous ne puissions rien faire pour les empreintes digitales, même si nous y travaillons, naturellement.

— Bien sûr. » Il ne savait plus qui croire désormais.

« Mais je me demande vraiment comment vous pouvez être si certain que le mort était votre mystérieux messager. Ça vous embêterait de me l'expliquer ? »

Nadjib s'en garda bien. Moins il en disait pour l'instant, mieux c'était, du moins le temps de tirer la situation au clair, si tant est que ce soit possible. « Mais je ne l'ai pas tué si c'est ce que vous croyez.

— Personnellement, je m'en fiche pas mal, je ne crois pas que ce soit votre style, même si le couteau suggère le contraire.

— Qui c'était alors ?

— Personne d'intéressant pour nous. Ce qui veut dire qu'il n'était avec aucun des agitateurs connus. Juste une petite ordure tribale. De votre coin, en fait, dans la passe de Khyber. Déjà entendu parler d'un village du nom de Kandao ? »

Nadjib fit signe que oui. Il était situé à seulement onze kilomètres de la maison paternelle. Il abritait des petits voyous toujours prêts à lancer des pierres et à voler du pain. Mais ce n'était guère un foyer de fanatisme religieux. Il y avait une petite mosquée délabrée mais seule une poignée de gens savait assez d'arabe pour faire autre chose que de réciter quelques prières.

« C'est de là qu'il était originaire. Une proximité qui ne plaide pas non plus en votre faveur. Franchement, ce type, la fille disparue, si ça continue je vais devoir annuler notre petit arrangement.

— Arrangement ?

— Concernant Razaq et son excursion. Vous partez cette nuit. » Tariq consulta sa montre. « Dans quelques heures, en fait.

— Je ne pars pas. Notre marché tombe à l'eau. Je dois me trouver un remplaçant pour l'Américain avant qu'il ne soit trop tard. Donc si ça ne vous dérange pas…

— Pas du tout, dit Tariq en se levant. Quant aux couteaux, Usman, pourquoi ne pas les remettre à leur place dans la cuisine ? Nous attendrons l'arrivée de la police ici. On ne peut pas vous laisser détruire des pièces à conviction. À moins que vous ne changiez d'avis, naturellement. »

Nadjib soupira puis se rassit.

Tariq se dirigea vers le bureau de Nadjib. « Je pensais que vous verriez peut-être les choses à ma façon. C'est pourquoi j'ai apporté ceci. » Il sortit une seconde mallette. « C'est un téléphone satellite. Notre ami mutuel, Javed, m'a dit que votre client n'en avait pas et j'espère qu'il ne s'en est pas trouvé un depuis cet après-midi. »

Nadjib fit signe que non.

« Parfait alors. Très facile à utiliser, les instructions sont jointes. Le moyen idéal pour rester en contact. Nous serons en mesure d'écouter tous vos appels. Ne me demandez pas d'expliquer la technologie, j'en suis incapable. Seuls les résultats m'intéressent.

— Je suis donc censé partir ? Alors que Daliya a disparu ? » Tariq haussa les épaules. « Je ne vous ai pas ménagé les faveurs. La police adorerait vous cuisiner. Il n'y a que nous pour l'en empêcher.

— Oh, oui, vous avez été très correct. J'apprécie également que vous m'ayez fait suivre.

— Suivre ? Surveiller, tout au plus. Une ou deux fois. Mais suivre ? Je ne voudrais pas vous chagriner, mais vous n'en valez pas la chandelle.

— Alors pourquoi mettre le Sous-fifre à bord du car de la presse organisé par Fawad ?

— Javed ? Ne me dites pas que ce petit rondouillard de Javed vous a fait perdre votre sang-froid. Pour la simple raison qu'il faisait partie du voyage ?

— Mais c'était inutile.

— Parce que vous croyez que c'était à cause de vous ? fit Tariq qui partit d'un rire incrédule. Je crains que vous ne surestimiez votre importance. Et celle de Javed. Les journalistes sont pour lui un petit boulot annexe. Et parce que nous aimons parfois savoir ce que ces types mijotent, nous tolérons son activité au noir. Franchement, il apprécie le supplément de cash, et qui n'en ferait autant ? Ces salauds paient mieux que nous. Et si par la même occasion il aperçoit une autre cible, eh bien, c'est encore mieux. Mais croyez-moi, vous n'êtes pas une cible. Juste un instrument.

— C'était qui la cible alors ? Fawad ? Skelly ? Pourquoi toute cette attention si je ne suis qu'un vulgaire instrument ?

— C'est la guerre. Vous êtes pas au courant ? Nous y participons, que cela nous plaise ou non. Il y a des pièces sur l'échiquier, qu'il nous faut suivre, ne serait-ce que pour découvrir qui les manœuvre.

— En dehors de vous, vous voulez dire ?

— Vous comprenez vraiment peau de balle. Vous êtes comme tous ces pauvres connards qui croient que nous dirigeons le pays en sous-main, ainsi que l'Afghanistan. Je suis dans le renseignement, rien de plus. Ce que mes supérieurs font des infos, à qui ils les vendent, qui ils font chanter avec, tout ça n'a aucune importance. Tout ce qui m'intéresse, c'est d'obtenir les renseignements. De gens comme vous ou comme Javed.

— Vous ne vous souciez donc pas de savoir qui gagnera.

— S'il y avait jamais un gagnant, je m'en soucierais peut-être. Mais pouvez-vous me nommer un seul gagnant, surtout en Afghanistan ? Les Russes ? Les talibans ? Pendant un certain temps peut-être, mais regardez où ils en sont aujourd'hui. Les États-Unis ? Ils ne tarderont pas à lever le camp et ils ne repartiront même pas avec l'homme qu'ils sont venus chercher. Il mourra dans une grotte ou ira dans un endroit où ils ne pourront pas le suivre. Personne ne gagne, tout le monde se contente de jouer et nous sommes des spectateurs professionnels.

— Il n'y a donc pas de vrais croyants à l'ISI ?

— J'ai dit ça ? Vous n'écoutez pas. Bien sûr qu'il y en a. Parfois l'un d'eux me demande d'y croire comme lui, je m'agenouille donc à côté de lui et je fais semblant pendant un moment. Mais les vrais croyants ne font pas long feu. Une nouvelle foi finit par s'imposer, ils ne sont plus au goût du jour et il ne reste plus que les puristes comme moi. C'est pourquoi je ne m'intéresse qu'au produit, aux renseignements. C'est aussi la raison pour laquelle je m'intéresse à vous car vous pouvez m'aider à les obtenir. Ce qui me fait penser, une dernière faveur si ça ne vous dérange pas. »

Comme s'il était en mesure de refuser.

« Ayez Bashir à l'œil. Faites-moi savoir ce qu'il mijote.

— Il conduit l'arrière-garde. Voilà ce qu'il mijote.

— Ça, je suis au courant. Sinon, comment croyez-vous que nous saurions qu'il part dans quelques heures ?

— Parce que Bashir travaille aussi pour vous ? »

Tariq haussa les épaules. « Pour nous et pour d'autres. C'est la raison pour laquelle nous voulons que vous l'ayez à l'œil. »

Nadjib se souvint des cartes de visite qui avaient enflammé l'imagination de Skelly qui avait cru qu'elles donnaient de la crédibilité au personnage. Il avait oublié les noms mais savait que l'un travaillait pour une compagnie pétrolière et l'autre pour le Département d'État américain. Il avait aperçu les mêmes logos jadis sur des cartes présentées à son père, du temps où promesses et dollars étaient des denrées courantes. Pas de doute, elles faisaient un retour en force.

« Je suis donc censé surveiller qui ? Bashir ou Razaq ?

— Les deux. Et toute personne qui vous paraît intéressante. Y compris votre client.

— On a l'impression que vous n'avez pas la moindre idée de ce qui va se passer. »

Tariq eut un sourire un rien espiègle. « L'issue importe peu du moment que j'en suis tenu informé. Mais tant que vous travaillerez pour Mr Stanford J. Kelly, vous devriez garder un détail à l'esprit : Bashir hait les Américains. Depuis toujours. Il en a même tué quelques-uns. Bien que ça remonte à quelques années.

— Pourquoi donc accepter d'en emmener un ?

— Excellente question. Dès que vous aurez la réponse, faites-le-moi savoir.

— Et quand j'en aurai terminé ? Qu'adviendra-t-il des couteaux qui se trouvent dans la mallette d'Usman ? Et avec la police ? La dernière fois, vous avez parlé d'un visa. Il ne me servira pas à grand-chose si je suis en prison.

— Faites du bon boulot et vous n'aurez à vous soucier de rien. » Tariq consulta à nouveau sa montre. « Et maintenant au dodo. »

Comme s'il allait pouvoir fermer l'œil, songea Nadjib.

Tariq se racla la gorge, ce qui fit sortir Usman de la cuisine.

« Bonne chance, fit Tariq. Et tenez-nous au courant. »

Les deux hommes partirent et leurs pas résonnèrent dans la cage d'escalier. Ils n'avaient pas pris la peine de fermer la porte et Nadjib se demanda si ça valait la peine de se lever pour le faire. On entrait apparemment chez lui comme dans un moulin.

Sans compter que dans trois heures il partait pour l'Afghanistan.

15

Plus Skelly réfléchissait à la désertion soudaine de Nadjib, plus il était fumasse. Problèmes personnels ou pas, aucun « fixeur » ne lui avait encore fait un coup pareil et certainement jamais à un moment aussi crucial.

Il jurait et tempêtait à l'arrière du taxi, et le chauffeur lui lançait des regards inquiets comme s'il craignait que ce fou ne s'en prenne à la banquette – ou pire, refuse de payer la course. Un chapelet cliquetait contre le rétroviseur à chaque bosse et à chaque tournant de la route.

Mais Skelly paya rubis sur l'ongle, sans même protester quand le chauffeur annonça un prix qui dépassait de cinq mille roupies celui dont ils avaient convenu au départ. « Trop d'attente au camp », expliqua nerveusement le chauffeur en levant les mains en signe d'impuissance. Skelly lui jeta les billets. Il n'avait qu'une envie : tourner la page de cette journée exaspérante.

Il se trouvait sur le trottoir à quelques mètres des marches de l'Hôtel Grand. Si le Pearl Continental était protégé de la nationale par une large étendue de gazon et de palmiers et par une guérite abritant un planton armé pour repousser la populace, le Grand se trouvait au cœur de la petite Kaboul. Même à cette heure tardive, il y avait encore beaucoup de bruit et d'agitation et la fumée des feux de bois avait l'épaisseur d'un brouillard. Les chambres du Grand avaient au moins l'avantage de ne pas donner sur ce maelström, elles s'empilaient sur cinq étages autour d'une cour intérieure tristounette. On avait creusé un immense trou de plus de trois mètres de profondeur dans la cour. Résultat, une odeur de terre humide imprégnait tout l'hôtel. On construisait peut-être une piscine ou alors il y avait des problèmes de plomberie. L'idée de passer les trois prochaines heures dans cet endroit ne disait rien à Skelly qui s'attardait sur le trottoir.

Il se retourna et vit un homme s'engouffrer dans un taxi, près de la porte vitrée de l'hôtel, à une quinzaine de mètres. Un visage apparut à la fenêtre arrière, puis se détourna brusquement. Skelly aurait juré qu'il s'agissait de Sam Hartley. La vue d'un visage familier à cette heure avancée était réconfortante, il agita donc la main et cria le nom de Hartley. Mais l'homme ne répondit pas – Hartley cherchait-il à l'éviter ou c'était lui, Skelly, qui se faisait des idées ? – et le taxi démarra brusquement sur les gravillons. Skelly entraperçut le chauffeur lorsque le taxi passa sous un réverbère et, l'espace d'un instant, il fut certain d'avoir reconnu Arlen Pierce. Impossible. Il avait cru le voir à cause des cartes de visite de Bashir. Mais la voiture, il s'en rendait compte maintenant, n'était pas du tout un taxi. C'était une Chevrolet Suburban noire banalisée, le genre de 4 x 4 qu'on trouve dans les parcs automobiles des ambassades, et elle prit la direction des faubourgs d'où il venait. L'imagination de Skelly partit dans cinq directions à la fois. Il valait mieux se prendre une bière et une douche et essayer de se calmer. Mais au Grand, il n'y avait pas de bière, naturellement. Rien que de l'eau ou du jus de fruit. Ou du Coca qui ne ferait que l'empêcher de dormir. Il monta à pied jusqu'au deuxième étage, trop impatient pour attendre l'ascenseur bringuebalant du Grand, un placard à balais dont il fallait ouvrir la porte soi-même. Parcourant la galerie à balustrade pour gagner sa chambre, il jeta les yeux sur l'obscurité boueuse du trou de la cour qui semblait exhaler humidité et pourrissement. Peut-être qu'ils creusaient pour des égouts. Super. Mais il ne pouvait chasser de son esprit l'image de Hartley et Pierce, si c'était bien eux qu'il avait vus, et à peine entré dans sa chambre, il décrocha le combiné et composa un numéro. Deux sonneries, puis on répondit.

« Pearl Continental.

— Chambre 3-11, s'il vous plaît ». C'était celle de Hartley. Autant en avoir le cœur net, quitte à le réveiller. Sept sonneries plus tard, l'appel revint au standard.

« Je voudrais laisser un message pour Mr Hartley, chambre 3-11.

— Un moment, monsieur. Je vous mets en relation avec la réception. »

Le réceptionniste lui dit de patienter et Skelly entendit des bruits de papier froissé, des bribes de conversation.

« Je suis désolé, monsieur. Mr Hartley a quitté l'hôtel.

— Quand ? »

Nouvelle pause, nouveaux bruissements de papier. « Ce matin, monsieur.

— Merde.

— Pardon ?

— Rien, merci… Attendez ! Auriez-vous un Mr Pierce ?

— Pisse, monsieur ?

— Pierce. P-I-E-R-C-E. Prénom Arlen. » Rebruissements de papier. « Non, monsieur. Pas de Mr Pisse.

— Pierce. Peu importe.

— Oui, monsieur. »

Il raccrocha, puis essaya d'appeler Hartley sur son portable, mais il n'eut qu'un message enregistré, ce qui voulait dire que ça ne passait plus ou que Hartley avait éteint son téléphone. Il se souvint que son propre portable avait cessé de recevoir le signal à quelques kilomètres seulement à l'ouest de Peshawar.

Était-ce bien eux qu'il avait vus ? Et si c'était le cas, faisaient-ils équipe ? Bashir avait l'air de le penser. Mais dans quel but ? Il s'avisa soudain qu'il pourrait les revoir plus tard au rendez-vous avec Bashir car où ces deux-là pouvaient-ils bien se rendre à minuit ? À moins que Hartley ne soit simplement retourné à Islamabad ou ne s'envole pour Quetta. N'y avait-il pas une piste d'atterrissage à proximité ? Ou alors tout ce que Skelly avait vu, c'étaient deux journalistes étrangers. Mais dans une Chevrolet ? Peu vraisemblable, sauf s'il y avait un endroit dans le coin qui les louait ou les vendait.

Puis il eut une autre idée. Il fouilla dans sa sacoche pour mettre la main sur une liste dactylographiée et la parcourut pour trouver le numéro de l'ambassade américaine à Islamabad. La majorité des personnels avait été rapatriée avec leur famille des semaines auparavant, mais il y aurait quelqu'un de service, même à cette heure.

« Ambassade des États-Unis. » Accent sans inflexion du Midwest, voix neutre.

« L'officiel de service, s'il vous plaît.

— C'est lui-même.

— Bonjour, j'essaie de joindre Arlen Pierce. Vous avez son numéro de portable ?

— Qui est à l'appareil ? » Méfiant le mec. Sur le qui-vive. Skelly déclina à toute vitesse son nom et celui de son journal dans l'espoir d'échapper aux salades réservées d'ordinaire à la presse.

« Vous pourriez répéter ?

— Stan Skelly. Il me connaît.

— Du ?

— *Ledger.* Écoutez, nous sommes de vieux copains.

— Vous êtes reporter ?

— Oui.

— Une petite seconde. »

Merde.

Pause, bruit de combiné heurtant un comptoir, conciliabules à l'arrière-plan. Pourquoi y aurait-il plus d'un officiel de service à cette heure avancée ? Y avait-il eu un bombardement ou une autre crise dont il n'avait pas entendu parler ? La BBC à onze heures avait resservi la même rengaine – impasse sur les fronts de bataille et nouvelles revendications de pertes civiles aussitôt démenties. Mais celui qui avait décroché le combiné n'avait pas d'emblée rejeté le nom d'Arlen Pierce et Skelly supposait que c'était quelque chose.

« Essayez ce numéro. Code du pays 1, code de la zone 202… » Autrement dit, Washington. Puis un numéro commençant par 647.

« C'est le Département d'État. » Les bonnes vieilles salades.

« Oui, monsieur.

— Qu'est-ce que ça veut dire ?

— Que vous ne pouvez pas joindre Mr Pierce ici.

— Vous voulez dire qu'il n'est pas dans le pays ?

— S'il vous plaît, monsieur, essayez le numéro que je viens de vous donner.

— Mais… »

On raccrocha.

Tiens donc. Chaque fois qu'ils ne disaient rien, ça voulait dire qu'il y avait anguille sous roche. On aurait pu penser qu'ils auraient désormais trouvé une façon de mentir plus sophistiquée. Un « Mr Pierce ? Qui est-ce ? » dit d'une voix ennuyée lui aurait fait abandonner la piste. Mais l'expérience avait appris à Skelly que les simulateurs les plus doués du Département d'État quittaient rarement la capitale ou alors c'était parce qu'à Washington ils n'avaient jamais l'occasion de perdre la main.

Pierce était presque à coup sûr dans le pays et son univers était peuplé de filières et de contacts officieux. Mais ça ne prouvait pas que Pierce était l'homme de la Chevrolet.

Skelly appela la réception du Grand, mais aucune trace de Pierce ni de Hartley dans les registres. Pourtant, si les deux hommes s'étaient donné un rendez-vous qu'ils entendaient garder secret, il semblait logique qu'ils se soient rencontrés au Grand plutôt qu'au Pearl où la moitié des médias du monde entier était rassemblée. Les seuls autres journalistes descendus au Grand en dehors de lui, avait découvert Skelly, étaient un Hollandais, un Belge et deux Japonais travaillant pour des canards dont il n'avait jamais entendu parler. Il comprenait certainement pourquoi. Les murs de sa chambre étroite étaient mornes et tachés. Aucune ampoule ne dépassait 40 watts. La télé était antique, le lit faisait à peine un mètre de large et la moquette sale était sillonnée à l'instant précis par une colonne de fourmis qui se dirigeaient vers quelques miettes tombées d'un paquet de chips froissé dans un coin.

Skelly mit sa montre à sonner pour un peu avant trois heures du matin, puis pour plus de sûreté demanda à la réception qu'on le réveille à la même heure. Il découvrit qu'il n'y aurait personne de service à cette heure matinale. Il se demanda s'il pourrait même appeler un taxi – Putain, tout partait en eau de boudin – et passa le quart d'heure suivant à obtenir du réceptionniste qu'une voiture passe le prendre à deux heures cinquante devant l'hôtel. Non, deux heures quarante vaudrait mieux. Il lui restait moins de trois heures. Il était temps de dormir, se dit-il, si tant est que ce fût possible. Ça ne valait quasiment pas la peine de se déshabiller.

Cette idée raviva sa colère envers Nadjib. Et si le remplaçant ne se présentait pas ? Faudrait-il partir quand même ? L'un des hommes de Bashir parlerait-il l'anglais ? D'ailleurs, comment saurait-il même s'il avait affaire au bon groupe ? Il pourrait par erreur se joindre à une bande de contrebandiers ou de fanatiques partant bombarder l'ambassade.

Razaq avait au moins l'avantage de parler l'anglais. Skelly devrait peut-être tout miser sur une rencontre avec lui, sur l'espoir que la prétendue arrière-garde finirait par rejoindre le gros de la troupe. Puis il se souvint des allusions mirobolantes de Bashir à ce qui était censé être le véritable enjeu de l'expédition : l'homme le plus recherché de la planète.

Si quelqu'un pouvait s'acquitter d'une telle tâche, songea-t-il, ça risquait d'être un joueur marginal comme Bashir, caché dans un camp de réfugiés mais ayant apparemment de l'entregent. L'homme était peut-être même un agent infiltré de la CIA. C'était plus compliqué qu'il n'y paraissait et, l'espace d'un instant, Skelly fut tout émoustillé à l'idée d'être à proximité de l'entité anonyme et toute-puissante, du monstre qui se tapit au cœur de tout événement majeur et montre rarement son visage. Skelly pourrait-il l'entrapercevoir ? Possible. Puis l'exaltation retomba et il se sentit de nouveau perdu et incertain.

Car il y avait une autre possibilité, tout aussi plausible. Bashir pourrait n'être qu'un imposteur, un arnaqueur, un brigand. Les cartes de visite remontaient peut-être à une rencontre de hasard plus ancienne. Ou pire, il les avait piquées à un journaliste. Mais si c'était vrai, pourquoi Bashir ne lui avait-il pas déjà fait les poches ? Il attendait peut-être qu'il soit équipé de pied en cap pour l'expédition, lesté d'appareils coûteux et de tout son fric.

Inutile de se mettre la rate au court-bouillon. Un nouveau « fixeur » se pointerait peut-être. Pour l'instant, il ferait mieux de contacter sa rédaction.

Il obtint la communication à la cinquième tentative. Son rédacteur en chef étant sorti prendre un café, il parla avec son assistant qui fut emballé par les projets de Skelly jusqu'au moment où il apprit que ce dernier n'avait pas de téléphone satellite.

« Ne vous inquiétez pas, Razaq en a un », fit Skelly qui lui laissa entendre qu'il voyagerait dans l'entourage du grand homme. Il décida de passer sous silence qu'il risquait peut-être aussi de rencontrer le leader d'Al-Qaïda. En partie parce qu'il n'était pas sûr d'y croire lui-même, mais en partie aussi parce que l'assistant du rédacteur en chef semblait déjà satisfait sans ça. Inutile de promettre la lune alors que sa cote était en train de monter et qu'il s'apprêtait à faire son grand come-back. Il se souvint de l'effet grisant que ça faisait d'avoir des gens qui attendaient impatiemment vos dépêches, d'être sûr de pouvoir tenir parole. Peut-être que cette fois-ci il leur rapporterait le scoop du siècle.

« A propos, vous avez appelé votre femme ? Elle a téléphoné ce matin pour s'assurer que vous étiez OK.

— Merci. Je vais le faire. »

Un coup de fil qui n'avait que trop tardé, se dit-il. Après avoir raccroché, il appela donc Janine qu'il obtint sans difficultés. Des parasites suivis de quelques cliquetis. C'était le milieu de l'après-midi là-bas, elle prendrait donc sans doute l'appel dans la cuisine.

« Allô ?

— Salut, choupette.

— Stan ?

— Qui veux-tu que ce soit d'autre ?

— Mon Dieu, comment vas-tu ? Je me suis même demandé si tu étais arrivé à bon port. Puis j'ai vu ta signature hier dans le journal. Ça avait l'air de chauffer.

— Quoi ? Ah, la manif ? Une poignée de têtes brûlées, c'est tout. » Rien en comparaison de ce qui m'attend, songea-t-il.

« Alors, c'est comment là-bas ?

— Oh, la pétaudière et la famine comme d'habitude. Cris et fureur. "Pourquoi vous nous faites ça ?", etc. Tu connais la chanson. »

Elle la connaissait pour avoir occupé quatre postes en Asie dans le cadre de la mission économique australienne avant de rencontrer Skelly à Djakarta. Elle n'ignorait rien du cocktail explosif que faisaient manifs, têtes brûlées et famine.

« J'ai parlé à ton rédac'chef ce matin. Il a dit que tu avais des problèmes intestinaux.

— Rien de sérieux. Juste un œuf baveux.

— T'as pris ton Cipro, j'espère.

— J'en ai avalé deux l'autre jour. Ça a l'air d'aller, maintenant.

— Certains disent que c'est bon de manger du yaourt.

— Ouais, on voit que c'est pas eux qui se le tapent. Comment va Brian ?

— Il a une infection à l'oreille. Il est sous traitement et complètement K.O. Il a passé la moitié de la nuit à pleurer mais maintenant ça va.

— Il est quelle heure, trois heures et quelques ?

— Oui, mais dis donc, tu veilles tard. Tu es en train d'écrire ?

— Rentré bredouille aujourd'hui. Un voyage pour rien jusqu'à la frontière. J'y retourne dans quelques heures. Avec un peu de chance, cette fois, nous passerons.

— En Afghanistan ?

— Oui.

— Dieu du ciel. Avec qui ?

— L'arrière-garde d'un seigneur de guerre. À l'abri de toute action armée.

— Espérons-le. Tu es au courant pour le Français, le journaliste du *Monde ?*

— Non. » Skelly n'était pas certain de vouloir en savoir plus. « Il s'est fait prendre alors qu'il essayait de franchir la frontière sous une burqa. En se faisant passer pour une femme. » Janine rit.

« Qu'est-ce qu'ils lui ont fait ?

— Ils lui ont fait passer une nuit en taule, puis ils l'ont relâché. Il mesurait plus d'un mètre quatre-vingt-quinze. »

Skelly éclata de rire. C'était Janine au mieux de sa forme, parlant le jargon du terrain. Ayant travaillé aux affaires étrangères, elle avait fréquenté les mêmes cercles que lui, échangé les mêmes anecdotes insolites. Elle connaissait les astuces de survie aussi bien que lui. Mais échouée depuis plusieurs années dans le Midwest, elle s'était, hélas, aussi crânement adaptée à ses extravagances qu'à celles de Bangkok ou de Hong Kong : elle était devenue une accro des galeries marchandes et du covoiturage, s'y était pris trois ans à l'avance pour inscrire Brian à des leçons de natation et dans un jardin d'enfants. Il supposait que c'était une preuve de sa flexibilité, mais sur un terrain aussi familier, ça perdait un peu de son charme. Leur conversation de ce soir les ramenait aux sujets qu'ils préféraient ou que du moins, lui, préférait.

« À propos, j'ai vu les Stephenson au supermarché l'autre jour. Elle te souhaite bonne chance. » Pause. « Tu es sûr pour ce voyage en Afghanistan ? Ça a l'air risqué. Quels autres journalistes y vont ? »

Il avait espéré qu'elle ne poserait pas la question.

« Seulement moi et mon fixeur, fit-il joyeusement, sachant que même ce dernier détail n'était pas vrai. Ce qui veut dire que tout ce que je pourrai glaner sera exclusif. Des bons points supplémentaires pour plus tard.

— Putain, Stan. Je croyais que tu en avais fini avec tout ça. » Elle voulait parler des risques inutiles. Comme si le voyage lui-même n'en était pas un. Mais elle savait, ce que la plupart de ses compatriotes aux États-Unis ignoraient, que traverser une zone de guerre n'est pas nécessairement une entreprise téméraire. Les types de la télé qui faisaient des « stand-ups » sur le toit du Marriott auraient pris des risques beaucoup plus grands à faire la navette sur le périph du district de Columbia. Se joindre tout seul à un groupe armé était cependant un mégarisque. Skelly lui-même se demanda soudain dans quelle galère il s'embarquait. Mais ayant prévenu sa rédaction, il ne pouvait plus faire marche arrière. Incroyable à quel point le jugement pouvait s'altérer au bout de quelques jours seulement passés dans le pays. Il était arrivé en banlieusard précautionneux toujours hanté par les horreurs vues au Libéria.

« Je sais, concéda-t-il. Moi aussi, je croyais en avoir fini. Puis l'occasion se présente et tu te dis, eh merde, c'est pour ça que je suis venu ici de toute façon.

— Oui, bon. » (Il savait qu'elle s'empêchait de lui dire « je te l'avais dit ».) « Tu n'es pas obligé d'y aller, tu sais. Tu peux toujours dire à ta rédaction que le projet est tombé à l'eau.

— Je n'aurai peut-être pas besoin d'inventer ce bobard. C'est pas un groupe très organisé. Mais j'ai le sentiment que tout sera assez plan-plan. Et si je passe une quinzaine de jours de l'autre côté de la frontière, le journal sera bien obligé de me rappeler. Ils pourraient même me traiter un peu mieux à l'avenir.

— Mouais, vas-y mollo. Rentrer plus tôt que prévu serait formidable. Mais je ne veux pas que ce soit dans un cercueil.

— Putain, Janine !

— Désolée. J'essaie pas de te porter la poisse. Je suis juste inquiète.

— C'est normal. Moi aussi je me fais du mouron. Ce qui veut dire que je serai prudent. »

Ils se quittèrent quelques minutes plus tard, mais Skelly continua à s'interroger sur la notion de prudence. Il se souvint des hommes au turban noir qui se tenaient à la frontière. Ils avaient l'air prêts à tirer sur n'importe qui. Il décida que si le nouveau « fixeur » ne se présentait pas, il se retirerait. Ça ne ferait peut-être pas plaisir à Bashir, mais le jeu n'en valait pas la chandelle. Mais comment expliquerait-il la chose à Bashir si personne dans son entourage ne parlait l'anglais ? Maudit Nadjib.

Il ferait mieux d'essayer de dormir un peu. Mais même s'il piquait du nez tout de suite, il n'aurait que deux heures de sommeil. Il décida donc de prendre une douche. C'était plus rafraîchissant, sans compter qu'il n'en reprendrait peut-être pas avant des jours, voire des semaines.

La douche était épouvantable évidemment : l'eau giclait dans tous les sens à cause d'une fuite et un lézard rampait sur le carrelage en direction d'une haute fenêtre. Comme il se séchait, il entendit un cri rauque et perçant venu de derrière. Ça ressemblait au cri d'un paon et l'oiseau continua sa sarabande pendant une heure : toutes les deux ou trois minutes, de préférence au moment où Skelly commençait à somnoler, il y alla de son « Léon ! ». Mais Skelly avait dû finir par s'assoupir car il fut brusquement réveillé par l'alarme de sa montre. Elle le tira d'un rêve saisissant. Janine venait de lui annoncer qu'elle était enceinte et elle tenait par la main deux autres petits mouflets qu'il ne reconnaissait pas. Non, ce n'était pas Janine, c'était Larissa. Il se frotta les yeux et se mit sur son séant encore tout groggy. Tout était calme. Plus de paon.

Il s'habilla en vitesse, attrapa son matériel puis arpenta au pas de charge la galerie à balustrade. Le taxi n'était pas encore là, mais il n'était que deux heures trente-huit. Cinq minutes s'écoulèrent, toujours rien. À deux heures cinquante, il commença à s'agiter mais finalement, à deux heures cinquante-trois, une voiture se présenta.

Le chauffeur demanda bien sûr le double du tarif normal, mais à cette heure, Skelly n'avait guère le choix. Ils arrivèrent au point de rendez-vous avec un quart d'heure d'avance, ce qui n'était pas plus mal et lui donna une chance de se calmer. Pas de « fixeur » au rendez-vous, évidemment. Le camp semblait d'un calme surnaturel – tout le monde était endormi dans sa maison de terre, enfin en paix. Un croissant de lune orange essayait de percer la brume dans le ciel nocturne. Dans quelques semaines, ce serait le ramadan, se souvint-il et il se demanda en quoi cela affecterait la marche des événements.

Dix minutes plus tard, un deuxième taxi arriva – son nouveau « fixeur », espéra-t-il en se demandant si Nadjib avait eu la correction élémentaire de se déplacer pour faire les présentations. C'était apparemment le cas, car Nadjib fut le premier à descendre de voiture. En temps normal, Skelly aurait payé la course, mais pas dans de telles circonstances. Puis il vit qu'il n'y avait personne d'autre. Bordel, le type avait-il manqué à sa parole ? Skelly ouvrit la bouche pour lui dire sa façon de penser, mais Nadjib écarta les mains en signe d'apaisement et dit : « Tout va bien. Je vous accompagne. »

Il y avait belle lurette que Skelly ne s'était senti aussi soulagé. Soudain rempli d'allégresse, il en bredouilla presque : « Mais… je… qu'est-ce qui s'est passé ? Votre petite amie ? »

Ça faisait drôle d'employer ce mot – trop désinvolte pour un jeune homme aussi sérieux – et il était évident à la mine de Nadjib que les choses ne s'étaient pas arrangées, même s'il jura du contraire.

« Ça va », dit-il. Puis après avoir respiré un grand coup : « Je crois qu'elle s'en tirera. » Ce n'était pas très convaincant mais Skelly n'allait pas essayer de le faire changer d'avis. « J'ai un téléphone satellite, ajouta Nadjib en montrant une mallette.

— Putain, vous êtes un prodige. C'est fantastique. Oh, attendez. » De nouveau en veine de générosité, Skelly paya la course de Nadjib. Il se sentit même assez optimiste pour renvoyer son taxi, maintenant que tout semblait marcher comme sur des roulettes. Si vous vous accrochiez, les choses finissaient toujours par s'arranger, se remémora-t-il. Il se sentit soudain mieux, s'imagina que la chance leur souriait à nouveau.

« Les voici », dit Nadjib.

Skelly se retourna et vit trois hommes, fusil en travers des épaules, qui s'avançaient dans leur direction. Aucun n'était Bashir mais l'un d'eux s'adressa à Nadjib. Personne ne parlait apparemment l'anglais, ce qui signifiait que Nadjib était arrivé à point nommé – autre coup de bol.

« Ils nous demandent de les suivre. »

Ils pénétrèrent dans le camp, mais avec un sentiment d'excitation cette fois. Lorsqu'ils arrivèrent à la maison de thé, Bashir les attendait. Trois camions étaient garés à proximité, chacun avec six hommes à l'arrière. « Vous monterez dans le dernier », dit Bashir sans prendre la peine de les saluer.

En comptant les chauffeurs, plus quelques hommes dans les cabines, Skelly calcula qu'il y avait vingt-cinq hommes en tout. À son grand soulagement, il n'y avait pas d'autres reporters.

Il était temps de se mettre en route.

16

C'est en gagnant un haut plateau au sud-ouest de la ville qu'ils sortirent du brouillard. Le ciel déploya son manteau de velours noir. Skelly et Nadjib étaient adossés avec quatre hommes de Bashir aux ridelles du camion, le visage baigné d'une soudaine fraîcheur. Le seul bruit audible en dehors des grincements du moteur était le crissement du gravier.

Skelly, qui était assis à côté de Nadjib, lui demanda où ils étaient d'après lui. Nadjib haussa les épaules, mais il ne le savait que trop bien. Jusqu'aux odeurs qui lui étaient familières – senteur entêtante de la résine, mate de la pierre sèche. Il aurait pu peindre de mémoire les couleurs du paysage, façonner les contours des collines comme un sculpteur avec de l'argile. Il était content d'avoir appelé son journal avant de quitter son appartement. Il n'y avait personne, mais il avait laissé un message indiquant sa destination probable. S'il ne revenait pas, on saurait au moins où le chercher. En admettant que quelqu'un se soucie de lui. Daliya, oui. Mais seulement si elle le pouvait. Pendant un moment de désespoir, Nadjib regarda vers l'est comme si elle allait se manifester à l'horizon obscurci où un nouveau jour allait poindre. Chaque kilomètre parcouru les éloignait un peu plus l'un de l'autre. Mais sa désespérance était tempérée par l'espoir. Daliya était là quelque part et toujours libre de ses mouvements. Il en était persuadé, même si tout indiquait le contraire. Si à un moment quelconque, il avait besoin d'elle, il savait que rien ne pourrait la retenir, pas même sa famille.

« Je crois qu'on s'arrête », fit Skelly.

Le chauffeur venait de rétrograder et les freins couinaient.

« Sans doute un check-point, fit Nadjib dont le cœur se mit à battre plus fort.

— Patrouille des frontières ?

— Poste de contrôle privé. Des zones tribales. »

Skelly ne dit rien. Peut-être qu'il avait deviné, qu'il se souvenait de l'itinéraire tracé par le doigt de Bashir sur la carte à Katchagarhi, de Nadjib qui avait soudain retenu sa respiration quand les pointillés avaient traversé les terres de son père sur lesquelles ils devaient se trouver à présent.

Une vague de nostalgie déferla brusquement sur Nadjib. Ce fut si fort qu'il en frissonna presque. S'il descendait ici et s'enfonçait dans la nuit, il serait chez lui avant le lever du jour. Le renverrait-on ? L'abattrait-on ? L'accueillerait-on sans un mot ? Sans doute pas. Son père avait toujours eu le sens de l'inattendu.

Les moteurs s'arrêtèrent. Personne ne parlait. Noir d'encre, fine poussière qui montait paresseusement de la route et leur chatouillait le nez. Puis une voix venue du camion juste devant eux cria quelque chose et une autre sur la route lui répondit.

Bashir éleva la voix de façon à être entendu de tous. « Tout le monde descend. Il n'y en a que pour une minute. »

S'il avait de la chance, songea Nadjib.

On n'y voyait goutte et Skelly se cramponna à Nadjib comme un invalide pour descendre par le hayon ouvert sur le terrain accidenté. Ils s'avancèrent en une lente colonne tandis que le faisceau d'une minuscule torche éclairait Bashir et un homme qui avait l'air d'une sentinelle : un grand gaillard barbu coiffé d'un gros turban blanc et vêtu d'une épaisse veste marron.

Si l'homme faisait la moindre difficulté, ils n'auraient aucun mal à le maîtriser, mais cela pourrait valoir des mois, voire des années d'ennuis en perspective pour Bashir et ses compagnons, sans parler de leurs familles. Le nombre ne voulait pas dire grand-chose comparé aux dangers d'une vendetta. C'était vraisemblablement le code sur lequel Razaq comptait pour faire passer ses hommes en Afghanistan sans encombre, même s'il avait presque à coup sûr prévenu de son arrivée.

La sentinelle tourna son visage vers la lumière. Ses traits étaient familiers.

« Vous le connaissez ? s'enquit Skelly.

— Je n'en suis pas certain. Je crois.

— C'est bon ou mauvais signe ? »

Nadjib se tourna vers Skelly qui dans l'obscurité ne put déchiffrer son visage. « Difficile à dire. Ma présence est indésirable ici. J'aurais dû vous en avertir.

— Ça ne fait rien. J'avais deviné. C'est pas tous les jours qu'un fils de *malik* s'installe en ville et se met à bosser pour des étrangers. »

Un deuxième homme qui accompagnait la sentinelle dirigea le pinceau de sa torche sur chaque visage et les hommes clignèrent les yeux.

Nadjib s'interrogea sur les deux hommes : il était presque certain de reconnaître le grand qui donnait des ordres. Une heure seulement plus tôt, il était peut-être dans la *hujera* de son père, à fumer, bavarder, ou à écouter la radio. Peut-être que la télé marchait mieux maintenant, grâce à une antenne parabolique qui permettait d'avoir des images. Les cassettes vidéo venues d'Inde devaient faire un tabac.

Quand la torche éclaira le visage de Skelly, les pupilles de l'Américain s'étrécirent, mais il continua à regarder droit devant lui. Il n'avait pas l'air effrayé, ce qui était tout à son honneur. Il était juste excité, comme s'il s'agissait de quelque chose de nouveau et qui en valait donc la peine.

« Anglais ? s'enquit la grande sentinelle.

— Américain », répondit Nadjib tandis que le faisceau se braquait sur lui. Il y eut un silence, comme si la sentinelle essayait de se rappeler qui il était, puis un rire sourd.

« Vous revoilà.

— Oui.

— Et vous vous apprêtez à repartir ?

— Oui. » Comment s'appelait-il déjà ? Ah, oui. « Vous êtes Rahim.

— Vous vous souvenez. Parfait. Qu'est-ce que je vais raconter à votre père ?

— Rien, si vous le souhaitez. »

Autre silence. Ça cogitait ferme, bien que Rahim n'eût jamais été du genre méditatif.

« Oui, finit par dire Rahim qui paraissait d'humeur joviale. Je crois que ça vaudra mieux. Pour vous, en tout cas. Mais quand vous reviendrez, j'espère que vous aurez une meilleure histoire à me raconter. Une meilleure excuse. Ou au moins une meilleure escorte. »

Nadjib se demanda s'il faisait allusion à Skelly ou à Bashir et s'il s'agissait d'un constat personnel ou s'il se contentait de répéter des propos de son père. Mais ce n'était pas le moment de poser la question.

Le faisceau se braqua de nouveau sur Skelly dont les pupilles se réduisirent à des têtes d'épingle.

« Des yeux bleus. On n'en voit pas souvent. Mon cousin pense qu'ils incarnent tous le mauvais œil. S'il était là, il aurait envie de tuer ce type. »

Tout ça en pachtou. Nadjib espérait que Skelly ne réclamerait pas de traduction et ne sortirait pas non plus son carnet. Malgré le ton badin, le moment était délicat. Tout mouvement brusque pouvait faire basculer la situation.

« Vous ne voulez pas nous le vendre ? Un Américain rapporterait une jolie rançon. » La remarque en fit rire plus d'un. Bashir n'éprouva apparemment pas le besoin d'intervenir.

« Qu'est-ce qu'il raconte ? demanda Skelly.

— Il admire vos yeux.

— Tu parles !

— Qu'est-ce qu'il a dit ? lança Rahim d'un ton brusque.

— Il admirait vos yeux. »

Rahim eut un rire mordant qui fusa dans la nuit glacée. « Il voulait savoir ce que vous aviez dit de lui, poursuivit Nadjib en pachtou.

— Et vous lui avez répété ?

— Pas mot pour mot. »

Rahim parut trouver la réponse désopilante et envoya une grande claque dans le dos de Nadjib, puis passa au reste de la colonne sans ajouter un mot. Une fois son inspection terminée, il revint sur ses pas et le faisceau de la torche se braqua à nouveau sur le visage de Nadjib. « Vous avez toujours su mettre les rieurs de votre côté, fit Rahim. Tout petit déjà. Vous nous faisiez tellement rigoler qu'on en posait nos lance-pierres. Très malin. Mais ils auront le rire moins facile de l'autre côté de la montagne. »

Bien sûr. Il se souvenait à présent. Rahim était le plus grand des gamins du village et faisait partie de ses pires bourreaux. Lance-pierres passé autour du cou, ils le poursuivaient dans les ravins comme des chiens affamés et les pierres lui pleuvaient sur le dos. Quand inévitablement il se retrouvait acculé, sa seule défense avait été son esprit et, par bonheur, son esprit avait souvent suffi. En partie parce que Rahim avait toujours été enclin à y répondre favorablement, réclamant de temps à autre une trêve quand une insulte ou une observation avait l'heur de l'amuser.

Rahim accusait le poids des ans. Il était buriné et avait le souffle court. C'était peut-être dû en partie aux ombres dures du faisceau lumineux, mais Nadjib se fit la réflexion qu'il avait plus l'air d'un quadragénaire, voire d'un quinquagénaire, que d'un homme de son âge. Sachant ce qu'il savait de Rahim et de son peuple en général, Nadjib doutait qu'il ébruite la nouvelle. Pas tout de suite, en tout cas. Il s'en servirait le moment venu comme d'un moyen de pression. Et quand la nouvelle finirait par arriver aux oreilles de son père, qu'en penserait-on ? Il n'en avait pas la moindre idée.

En tout cas, Rahim en avait terminé avec lui et il poursuivit sa route. La torche s'éteignit, son comparse espérant de toute évidence économiser les piles. Et les hommes de Bashir remontèrent à tâtons dans les camions.

Skelly se cramponna de nouveau à la manche de Nadjib. « Je me fais des idées, chuchota-t-il, ou on l'a échappé belle ?

— Vous avez raison, fit Nadjib. On a eu chaud. L'un comme l'autre. » Il réprima un frisson et espéra que c'était le dernier poste de contrôle. La nostalgie avait trop facilement cédé le pas à la peur. Pendant sept ans, il avait été persuadé que la porte du domicile paternel restait entrouverte. Il avait désormais la certitude qu'elle lui était fermée depuis le début. Si la colonne de Bashir revenait d'Afghanistan, Nadjib devrait trouver un autre itinéraire pour regagner Peshawar, quitte à sauter d'un camion en cours de route et à traverser les montagnes seul à pied. Parce que Rahim ou celui qui serait de faction la prochaine fois obéirait sans aucun doute à de nouveaux ordres plus stricts, aurait une mission dont il ne se laisserait pas détourner par de simples rires.

« En voiture ! cria Bashir. Dans une heure, on est de l'autre côté.

— Prochain arrêt, la frontière ? murmura Skelly.

— Si tant est qu'on s'y arrête. Il n'y aura peut-être personne. Pas à cette heure ni sur l'itinéraire que nous empruntons.

— Alors, dit Skelly d'une voix émoustillée, on dirait que cette fois on va réussir à passer.

— Oui », fit Nadjib qui aurait aimé partager son optimisme.

17

Tous feux éteints, les camions montaient lentement dans l'obscurité, négociant les lacets et mordant à l'occasion sur le bas-côté rocailleux. Skelly était assis, son sac entre les genoux, ongles enfoncés dans ses parois souples. Il n'y voyait qu'à quelques pas. Il avait l'impression d'être sur des montagnes russes et avait l'estomac retourné bien qu'il n'ait jamais souffert du mal des transports.

Au bout d'environ une heure, le ciel s'éclaircit derrière eux alors qu'ils traversaient un petit village endormi : des maisons de terre aux toits de tôle ondulée et aux fenêtres noires.

« Parachinar, dit Nadjib.

— Je me souviens de ce nom sur la carte, fit Skelly. On est à huit kilomètres de la frontière. »

Nadjib avait raison de dire qu'il n'y aurait pas de gardes, car dix minutes plus tard ils arrivèrent au sommet d'une hauteur et passèrent devant une série de panneaux non éclairés et deux bâtiments bas et blancs surmontés de mâts – un poste de douane à n'en pas douter. Les camions ne ralentirent même pas.

« Bienvenue en Afghanistan », chuchota Nadjib.

« Le pays du sacrifice vous accueille chaleureusement avec plaisir », se récita Skelly qui se souvenait du panneau de Torkham. Il extirpa de sa poche arrière un carnet avec un bout de crayon fourré dans la reliure à ressorts et appuya sur un minuscule bouton qui illumina le cadran de sa montre. 6.04. Il griffonna l'heure et la date sur la première page, suivies du mot « AFGHANISTAN ». Son écriture était probablement de travers et tremblée à cause des cahots mais c'était l'équivalent d'un drapeau planté sur un sommet et il remit le carnet dans sa poche avec le sentiment du devoir accompli.

Un kilomètre et demi plus tard, les camions s'arrêtèrent sur le bas-côté ou ce qui en tenait lieu, et les hommes s'éparpillèrent sur la route.

« On est déjà à Jaji ? s'enquit Skelly en cherchant du regard des bâtiments.

— Prière du matin. » Nadjib rejoignit les autres hommes pendant que Skelly restait à sa place, bercé par les psalmodies des hommes à peine visibles qui se prosternaient. On aurait dit qu'ils parlaient à la terre, qu'ils lui jetaient des sorts. Il écouta avec attention pour distinguer l'appel du muezzin mais les falaises vides qui s'élevaient de part et d'autre de la route les isolaient de tout village. Un immense pic sombre se dressait à l'arrière, sans doute le mont Sikaram qu'il avait vu sur la carte.

Le ciel blanchit et un éclatant croissant orange finit par percer l'horizon. Après tous ces gnons dans le noir, on avait l'impression d'un signal de fin d'alerte et les muscles de Skelly se détendirent. Les longues heures passées sur le qui-vive finissaient par laisser des traces. Il repensait déjà avec nostalgie à sa dernière douche, à l'eau qui giclait dans tous les sens pendant que le paon criait à l'arrière du Grand. La tête oscillant au rythme des cahots, il sombra dans un sommeil sans rêves.

Une fusillade le réveilla. Il avait l'impression que quelques secondes seulement s'étaient écoulées, mais son corps le détrompa. Il se sentait très mal, groggy : il avait une boule dans la gorge qui l'empêchait d'avaler et son dos était raide et endolori par les ridelles du camion. Il plissa les yeux pour se protéger du soleil, puis entendit d'autres coups de feu. Dieu merci, ils étaient éloignés, mais l'arrière du camion était vide et il se retourna brusquement en se demandant, paniqué, si on ne l'avait pas abandonné.

Mais non, ils étaient tous là-bas sur un tertre brun dénudé à scruter l'horizon par-dessus un tas de pierres qui avait peut-être été le rempart d'un château. Bashir se trouvait aux premières loges muni d'une énorme paire de jumelles noires. Skelly se leva avec raideur. Il s'étira, se sentit un peu mieux, puis attrapa une bouteille d'eau dans sa sacoche et but une longue rasade. Ça allait beaucoup mieux. Il sauta bruyamment à terre, ce qui fit froncer quelques sourcils dans le groupe de Bashir, puis alla derrière le camion, ouvrit sa braguette et pissa dans la pente en regardant le ruisseau doré éclabousser et dégouliner le long des rochers, traînée noire sur la poussière. Sa petite contribution à l'histoire. Il se rajusta et marcha vers le lieu de l'action. Seul Nadjib l'accueillit d'un hochement de tête. Puis du bas de la montagne parvinrent d'autres coups de feu.

« Qu'est-ce qui se passe ? chuchota-t-il.

— Ça tire.

— Razaq ?

— Ou simplement un jeune berger qui chasse des lapins. » Nouvelle décharge. Une longue explosion puis trois détonations qui se succédèrent rapidement et attirèrent les regards des hommes encore plus vers la droite, même si les jumelles de Bashir ne bougèrent pas. Les hommes se mirent à discuter entre eux.

« Ils se demandent de combien d'hommes il dispose, expliqua Nadjib.

— Qui ? Razaq ?

— Oui.

— Ils sont pas au courant ?

— On aurait pu le croire. »

Bashir baissa ses jumelles et répondit en pachtou.

« Il dit quinze ou seize.

— Mais on en a vingt-cinq. À quoi ça rime d'avoir une arrière-garde plus importante que le gros des troupes ? »

Bashir lui lança un regard acéré, puis surprit Skelly en répondant en anglais. « Gardez vos questions pour Razaq. Et ne vous inquiétez pas. Il va récupérer des renforts à Azro. Du moins, c'est son plan. »

Skelly essaya de dissimuler sa surprise. « Qu'est-ce qui se passe en bas ?

— Une escarmouche. Un test. Rien de sérieux. Ils se sont déjà retirés. Sans doute une faction du cru qui se demande qui il est.

— Sans doute ?

— Parfois on ne peut pas mieux dire ici.

— Et la ville là-bas en bas. Ça doit être Jaji ?

— Oui. On s'y arrêtera dès que Razaq aura levé le camp. De là, on continuera à pied. Les routes sont trop étroites pour les camions.

— On n'est pas un peu trop loin de Razaq pour lui être utile ? »

Bashir se renfrogna et plissa les yeux dans le soleil matinal. C'était la première fois que Skelly le voyait en plein jour et il rayonnait. À moins que le terrain ne lui ait donné des ailes. Skelly avait rencontré des soldats comme ça, des hommes qui ne payaient pas de mine jusqu'à ce que vous leur colliez un flingue dans les mains et les mobilisiez.

« On ne veut pas lui coller aux fesses, non ? fit-il.

— Je suppose que non », dit Skelly.

Mais si un groupe armé venu de l'est de Jaji se glissait derrière Razaq, Bashir ne servirait pas à grand-chose. Skelly se demanda si Nadjib était du même avis, mais l'expression de son « fixeur » avait retrouvé son impénétrabilité pachtoune.

« On n'est donc pas près de faire la jonction avec Razaq ?

— Au contraire. Je vous promets que votre vœu sera exaucé ce soir même. Vous le verrez en personne.

— Razaq ?

— Oui.

— On va le rejoindre à Azro ?

— Je vous en prie. Plus de questions. Vous aurez ce que vous voulez ce soir. »

Les hommes se mirent à remonter à bord des camions.

« À propos, dit Skelly, vous parlez très bien l'anglais.

— Oui, fit Bashir qui rayonna encore plus, bien qu'il n'ait pas souri une seule fois. C'est vrai. »

18

Quand Daliya se réveilla en milieu de matinée, le professeur Bhatti était partie. Il y avait un mot sur la table de cuisine. « Eau dans la bouilloire. Thé, sucre et pain dans le placard. Lait dans le frigo. Servez-vous. Mais ne quittez surtout pas l'appartement avant mon retour. »

Daliya sourit malgré un tiraillement de culpabilité. La perspective de prendre son petit déjeuner seule dans ce havre de paix paraissait paradisiaque. Elle s'étira avec volupté. Une petite brise entrait par une fenêtre ouverte. Sur le trottoir d'en bas, deux jeunes femmes passèrent en poussant des voitures d'enfant dans l'ombre mouchetée de lumière.

Elle avait bien dormi malgré une barre métallique qui lui était rentrée dans le dos chaque fois qu'elle s'était retournée. Le professeur et elle avaient partagé un dîner tout simple de pain, de riz et de salade et Daliya n'avait rien caché de Nadjib et des difficultés qu'elle avait avec sa famille. Par bonheur, son mentor ne s'était pas montré trop curieux et durant le reste de la soirée Daliya s'était autorisée à redevenir une enfant que l'on choyait et dorlotait après une grosse colère.

Elle s'était réveillée la tête pleine d'idées et de nouvelles possibilités. Malgré les incertitudes de sa situation présente, elle était sûre d'une chose – son avenir inclurait Nadjib, quitte à être celle qui insisterait. Il n'y avait pas d'autre choix, en fait, pas dans sa nouvelle vision du monde. Ils avaient brisé tant de tabous ensemble qu'ils devraient simplement en briser quelques autres, même s'il lui en coûtait des efforts extraordinaires. L'adhésion de Nadjib à cet avenir partagé n'était pas mise en doute.

Il y avait naturellement un énorme problème. Où était Nadjib ? S'il était passé en Afghanistan, quand reviendrait-il si tant est qu'il revienne ? Elle réfléchit à toutes ces questions en repliant le canapé-lit dont elle n'enleva pas les draps, espérant que ce n'était pas trop présomptueux de sa part d'escompter une autre nuit d'hébergement.

L'appartement du professeur Bhatti était simplement meublé, mais à l'instar de beaucoup de foyers à Islamabad, le décor en était assez occidentalisé : canapés et fauteuils aux accoudoirs surchargés de journaux et de magazines. Au grand soulagement de Daliya, elle se trouvait à plusieurs kilomètres du domicile de ses parents. Les différents quadrilatères de la ville avaient tendance à être autonomes, il y avait donc peu de chances pour qu'elle tombe sur eux en se rendant au marché ou à la banque.

Ça lui faisait drôle d'être coupée du monde, même si elle était ravie de ne plus avoir à concocter d'alibi. Elle eut une pensée émue pour ses parents, et même pour son oncle et sa tante, qui devaient être aux quatre cents coups. Un bref instant, elle envisagea de leur passer un petit coup de fil, histoire de les rassurer. Elle pourrait peut-être demander à Rukhsana de s'en charger ? Non, finit-elle par décider. La situation était trop délicate. La moindre fuite pourrait être fatale et comme elle était toujours sans nouvelles de Nadjib, elle ne voulait pas prendre ce risque. De plus, sa famille n'avait pas volé ces quelques angoisses. Elle allait les laisser mariner encore un moment, comme elle-même avait dû le faire à Peshawar pendant ces longs mois de malheur.

L'eau bouillait. Daliya se prépara du thé au lait sucré qui lui fit l'effet d'un velours parfumé, autre bref moment de luxe. Puis elle rinça sa tasse et décrocha le combiné en espérant que le professeur ne trouverait rien à redire à une communication interurbaine avec Peshawar. Sans décliner son identité, elle obtint un journaliste du *Frontier Report* qui lui annonça que Nadjib était bel et bien passé en Afghanistan.

« Comment le savez-vous ? demanda-t-elle.

— Parce que Mahmoud Razaq a franchi la frontière et que Nadjib et l'Américain l'accompagnent. Nadjib nous a laissé un message. »

Le cœur lui manqua. Il y aurait des batailles et des raids aériens. Et des fanatiques qui pourraient faire n'importe quoi s'ils le capturaient, surtout s'il était en compagnie d'un Américain.

« Qui est à l'appareil ? demanda le reporter. Vous appelez d'où ? Je peux savoir votre nom ? Allô ? Allô ? »

Daliya reposa le combiné. Raison de plus pour dresser un plan d'action, se dit-elle. La porte de l'appartement s'ouvrit, mais ce n'était que le professeur Bhatti. Daliya l'accueillit avec le sourire. Loin de lui rendre son sourire, le professeur se rembrunit. Elle tenait sous le bras un journal qu'elle déploya sur la table en plantant le doigt sur un article en page intérieure. C'était l'édition du matin de *Dawn,* et les ongles pointus du professeur martelaient un titre dans le coin supérieur gauche.

« Exactement ce que je redoutais, dit-elle, sur le ton qu'elle employait avec les étudiants qui n'avaient pas fait leur travail. Jetez-y un coup d'œil. » Et elle soupira bruyamment en s'asseyant en face de Daliya qui parcourut l'article intitulé : PESHAWAR : DISPARITION D'UNE FEMME À LA SUITE D'UN MEURTRE.

Ce n'était pas folichon. Son père lançait un appel pour qu'on l'aide à retrouver sa fille qui avait disparu après l'assassinat à l'arme blanche d'un vagabond originaire des zones tribales. Dieu merci, on ne mentionnait pas devant quel immeuble le crime avait eu lieu, ni ce que Daliya faisait là-bas. En fait, il y avait un témoignage de Rukhsana qui affirmait que Daliya était chez elle. Bonne vieille Rukhsana, toujours soucieuse de sa réputation. Mais alors, comment la police avait-elle fait le lien entre sa disparition et le crime commis devant l'immeuble de Nadjib ? Et pourquoi la police recherchait-elle aussi « un jeune journaliste dont on a lieu de croire qu'il s'est enfui en Afghanistan ». Enfui ? C'était loin d'être le cas. Mais qu'attendre d'autre de la presse ? Ou de la police, d'ailleurs ? Bizarre, cependant, que l'article ne mentionne pas le nom de Nadjib.

« Est-ce que vous ne devriez pas au moins les appeler ? dit le professeur. Vos parents, je veux dire. »

Au contraire, Daliya était plus décidée que jamais de n'en faire qu'à sa tête, ne serait-ce que parce que les autorités semblaient vraiment dans le brouillard. Elle secoua donc la tête et dit : « Je crois qu'il vaudrait mieux attendre un peu.

— Mieux pour qui ? Pardonnez-moi de prendre aussi en considération la situation dans laquelle vous me mettez.

— Oh, je suis désolée. »

Le professeur prit une expression encore plus exaspérée qu'en cours.

« Je vais partir alors. Vous vous apprêtiez à me mettre à la porte ?

— Je ne vais pas vous mettre dehors. Pas avant un ou deux jours, au moins. Mais dites-moi, Daliya, vous avez bien suivi mes instructions, vous êtes restée dans l'appartement ? »

Daliya fit humblement signe que oui.

« C'est déjà quelque chose, dit le professeur qui enleva son foulard et passa la main dans son épaisse chevelure auburn.

— Mais j'ai des courses à faire, risqua Daliya. Si vous n'y voyez pas d'inconvénient, je veux dire. Dans le cadre de mon plan.

— Ah, parce que vous avez un plan maintenant ? » répliqua-t-elle avec un air de défi.

Le professeur attendait-elle un premier jet et des notes de bas de page ?

« Oui, et la première chose qu'il me faut, c'est acheter une burqa. Ensuite…

— Stop ! » Et le professeur Bhatti de lever le bras comme un agent de la circulation.

« Mais…

— Stop ! Ne m'en dites pas plus. Moins j'en sais, mieux ça vaut. Du moins pour l'instant. Je vais vous emmener acheter une burqa. Mais pas à pied, en voiture. Et pas avant qu'il fasse sombre, ce qui veut dire pas avant demain. Ce soir j'ai une réunion à la fac, vous allez donc devoir vous tenir tranquille. Je prie le ciel pour que personne ne vous ait reconnue à votre arrivée dans l'immeuble hier. Ou pendant que vous étiez sur le campus. Ou à m'attendre dans mon bureau. » Ces périls semblèrent la submerger un instant et elle porta une main à son front comme si elle souffrait.

Daliya se dit que ce n'était pas plus mal que le professeur l'ait interrompue au milieu de sa phrase. Son prétendu plan existait à peine. Elle n'avait pas encore de stratégie, à part le vague projet d'acheter une burqa pour pouvoir se déplacer plus facilement dans les zones tribales et elle ne savait pas ce qu'elle aurait raconté si le professeur l'avait laissée parler. Elle n'était même pas sûre de mettre son plan en pratique. Ça dépendrait de ce qu'était devenu Nadjib. Tout ce qui importait pour l'instant, c'était que le professeur Bhatti ne la chasse pas de chez elle.

La perspective d'avoir le temps de souffler lui libéra sans doute l'esprit car elle s'avisa d'une nouvelle idée. Elle lui vint en un éclair, c'était l'idée la moins orthodoxe, la plus folle qu'elle ait jamais eue. Elle impliquerait des épreuves, mais n'en était pas moins excitante. Il lui faudrait de l'argent, mais elle en avait. Du courage, mais elle découvrait qu'elle en avait également. Qui sait, se dit-elle, elle allait peut-être même apprécier les prochains jours, cette incursion sur une terre sauvage et inexplorée qui avait pour nom liberté.

19

Les camions de Bashir arrivèrent à Jaji aux environs de midi. C'était un avant-poste : gosses pieds nus, chiens faméliques, quelques dizaines de maisons de terre poussées les unes contre les autres à l'extrémité de la vallée aride comme par un coup de balai.

Un panneau rouillé à l'entrée de la bourgade disait en anglais « Vie heureuse sans drogue », relique d'une ONG partie depuis longtemps. Sur le mur d'une petite échoppe, un avertissement rouge en pachtou était surmonté d'une peinture aux couleurs passées représentant divers types de mines. Quelqu'un l'avait récemment criblée de balles.

Ils ne s'étaient pas plus tôt arrêtés qu'une nuée de gosses curieux foncèrent droit sur Skelly qui les écarta, affolé, trop fourbu pour dire « non ». Beaucoup moins agressifs que les gamins de la passe de Khyber, ils obéirent humblement, et il faillit regretter sa brusquerie. Mais il n'avait rien d'autre à leur offrir que de la nourriture et de l'argent liquide dont il aurait besoin dans les jours à venir.

Bashir s'entretint avec un ancien du village qui venait d'apparaître dans la rue. L'homme indiqua du doigt la vallée et gesticula pendant que Bashir opinait.

« On descend ici, fit Nadjib. On va se reposer un moment.

— On devrait essayer de dormir. Je ferai peut-être quelques interviews plus tard. »

Le soleil était apparu au-dessus des crêtes et ça se réchauffait. Skelly se trouva un coin sous un arbre près de la pelouse brunie d'une petite mosquée. Il laissa tomber ses bagages et s'affala sur eux en gardant les lanières passées autour de ses bras au cas où des garnements auraient de mauvaises idées. Il s'endormit vite et rêva : pêle-mêle d'images de longs trajets dans la poussière avec des gens qu'il ne reconnaissait pas, l'impression d'avoir le plus grand mal à garder les yeux ouverts, de ne pas comprendre un seul mot de ce qui se disait. Quelques heures plus tard, il se réveilla en entendant des coups de feu et se demanda si c'était la norme dans le coin.

Mais il y avait aussi un autre bruit : le vrombissement d'un hélicoptère. Il se leva avec raideur, faillit se prendre les pieds dans les lanières de ses bagages. Quelques hommes de Bashir faisaient des grands gestes. Les gamins aperçus plus tôt entraient et sortaient des maisons et lui rappelèrent des chiens de prairie au zoo. Une excursion qu'il avait faite longtemps auparavant avec ses enfants lui revint en mémoire : la main de Carol dans la sienne – elle poussait des cris de joie en voyant les chiens de prairie se précipiter, sauter, sortir la tête de leur grotte poussiéreuse –, la main de Carol toute poisseuse de barbe à papa, l'odeur de fumier et de popcorn. Rien de tout ça ici, naturellement. Juste un troupeau de chèvres efflanquées répandues sur la chaussée un peu plus haut, indifférentes au vacarme, indifférentes à Skelly et à ses souvenirs.

Puis il vit l'hélico, petite tache vert foncé qui se détachait sur le ciel mais qui avançait vite. Il se trouvait à au moins un kilomètre et demi, montait en vrille comme s'il essayait de se dégager de la vallée. Il crut entendre le bruit d'un obus, mais il n'y eut ni éclair ni traînée. C'était peut-être un écho, la fusion d'autres bruits. Puis il y eut une explosion au loin, l'hélico se cabra et vira en vrombissant au-dessus des crêtes avant de disparaître de l'autre côté de la montagne. Skelly n'aurait su dire s'il était américain. Il connaissait des confrères qui même à cette distance auraient été capables de reconnaître la marque et le modèle, mais Skelly n'avait jamais été fort dans ce domaine. Pour lui tous les petits hélicoptères étaient des Cobra et tous les gros des Huey.

« On ne va pas tarder à partir. »

C'était Nadjib qui arrivait dans son dos. Il vit que les camions étaient partis.

« Où est le reste de notre matériel ?

— Ils ont chargé le groupe électrogène et le téléphone satellite sur des chevaux. On portera le reste. Bashir a demandé par radio qu'on nous prépare d'autres chevaux qui nous attendront de l'autre côté de la gorge.

— On traverse la gorge à pied ? Ça pourrait prendre un moment.

— Il y a apparemment un pont. Mais il faut qu'on s'y rende d'abord à pied. »

Et c'est ce qu'ils firent : ils parcoururent un kilomètre et demi pour traverser la vallée, puis presque cinq kilomètres en montant régulièrement sur une piste de plus en plus étroite à mesure que les lacets devenaient de plus en plus raides. Skelly haletait. L'air était si sec que sa transpiration s'évaporait presque immédiatement et son dos ne tarda pas à gratter à cause du sel. Il fut soulagé d'atteindre enfin le rebord de la gorge jusqu'au moment où il aperçut le pont – une petite nacelle en bois suspendue à un câble en acier long de cinquante mètres qui traversait un ravin aride en formant une parabole affaissée au-dessus d'un filet d'eau boueux qui coulait quatre-vingt-dix mètres plus bas. Le torrent avait été si affecté par la sécheresse qu'il ressemblait à une succession de flaques brunes au milieu de rochers blancs comme la craie.

« Maintenant, on sait pourquoi d'autres chevaux nous attendent de l'autre côté, fit Skelly. Il va falloir traverser un par un sur ce truc. »

Le « truc » était relié au câble par une poulie. Le principe consistait à se propulser de l'autre côté en tirant sur une longue corde attachée des deux côtés de la gorge. La gravité vous ferait vraisemblablement parcourir la moitié du chemin, et même un peu plus si vous vous laissiez aller. La plate-forme elle-même – quelques planches fendues qui avaient connu des jours meilleurs – ne faisait qu'un mètre vingt sur un mètre vingt et n'avait pas de garde-fou, à part un poteau dans chaque coin. Ils s'arquaient pour se rejoindre juste en dessous de la poulie. Il n'y avait rien sinon pour vous empêcher de tomber dans la gorge avec armes et bagages.

Cela parut ne faire ni chaud ni froid aux hommes de Bashir et, un à un, les huit premiers d'entre eux montèrent tant bien que mal à bord et effectuèrent la traversée avec l'aisance d'alpinistes descendant en rappel la face d'une falaise. Puis ce fut le tour de Skelly. Bashir insista pour qu'il traverse non seulement avec sa sacoche et son sac, mais aussi avec le groupe électrogène, si bien qu'il ne restait plus de place.

Skelly monta pendant que Nadjib immobilisait la plate-forme et s'assit en diagonale, le dos appuyé à un des poteaux. Il mit ses bagages entre ses jambes et poussa le groupe électrogène contre le poteau d'en face.

« Prêt ? demanda Nadjib qui avait l'air inquiet.

— On ne peut plus prêt. »

Nadjib lui tendit la corde et Skelly se mit à la lâcher trente centimètres par trente centimètres. Des hommes lui crièrent quelque chose : ils voulaient de toute évidence qu'il se laisse aller, mais pas question, il continua précautionneusement pour minimiser le balancement. Ce n'est qu'au tiers du parcours qu'il comprit son erreur et probablement la raison de leurs cris. S'il ne se dépêchait pas de gagner de la vitesse dans la descente, il aurait beaucoup plus de mal de l'autre côté. Retenant son souffle, il se laissa aller. Il sentit la plate-forme qui prenait soudain de la vitesse tandis que la poulie couinait contre le câble au-dessus de sa tête.

Quand la nacelle aurait perdu son élan, il devrait tirer sur la corde pour ne pas repartir en arrière, mais il avait dû merder quelque part car la plate-forme s'inclina violemment et oscilla avec des craquements et des grincements sinistres. Le groupe électrogène fila sur le côté, ce qui eut pour effet d'accroître le balancement et Skelly n'eut d'autre choix que de plonger en avant en se tenant d'une main au poteau de gauche et de rattraper le groupe avec la main droite. La plate-forme bascula encore plus violemment et pendant un moment périlleux se balança comme un trapéziste, pendant que la machinerie grinçait.

Skelly se cramponna de toutes ses forces. Il aperçut les flaques brunes du torrent. Pas un poil de brise et les éclats de rire des hommes de Bashir dans son dos. La furie l'emporta sur la panique et il commença lentement à redresser la nacelle tandis que Nadjib dans son dos lui criait des encouragements.

« Équilibrez-vous avec la corde. Tirez bien dessus. »

Skelly obéit et lâcha le groupe électrogène lorsque la plate-forme redevint horizontale. Il y eut des oscillations alarmantes quand il se mit à remonter mais rien ne tomba dans la gorge. À partir de là, il n'eut plus qu'à tirer comme un malade pour se hisser de l'autre côté. Les paumes de ses mains étaient brûlées par la corde. Il transpirait à grosses gouttes, trop pour que même la sécheresse ambiante arrive à tout absorber et, quand il mit le pied sur la terre ferme, ses jambes faillirent se dérober sous lui. Il eut envie d'insulter les hommes souriants qui déchargeaient son matériel mais se dit qu'il avait mérité leur dérision. Il n'avait pas eu le temps de se remettre que Nadjib était déjà à ses côtés : il avait traversé comme une fleur.

« C'était désopilant », fit Skelly. Le pire, c'était qu'il allait falloir recommencer au retour.

Les chevaux attendaient comme promis – un pour chacun d'entre eux, plus une demi-douzaine pour le matériel, gardés par deux hommes à la mine patibulaire qui repartirent sur un sentier après que Bashir les eut payés en billets de vingt dollars. Skelly n'avait pas fait beaucoup de cheval, mais il maîtrisait le trot et le petit galop qui ne lui seraient pas très utiles sur ce terrain accidenté.

« Penchez-vous en avant dans la montée et en arrière dans la descente, lui conseilla Nadjib.

— Ça quand même, je suis au courant », répliqua Skelly d'un ton irrité. Mais il ne tarda pas à découvrir à quel point il allait devoir se pencher. La piste grimpait à pic au flanc de la montagne, semée de pierres qui glissaient et s'effritaient à chaque pas. Toutes les deux ou trois minutes, il y avait un petit éboulis, et les chevaux s'ébrouaient et hennissaient, certains refusaient même d'avancer. Après une demi-heure éprouvante pour les nerfs, Skelly entendit un grand fracas derrière lui, comme si une vague géante refluait sur une plage de galets. Il se tourna sur sa selle et vit un cheval qui se débattait et piaffait couché sur un lit de pierres, à une vingtaine de mètres plus bas. Le cavalier qui avait été éjecté était en train de ramasser sa kalachnikov et avait du mal à garder l'équilibre. Il monta prudemment en escalier en direction du cheval qu'il rejoignit un moment plus tard tandis que le reste du groupe l'observait dans un silence nerveux. On entendait crisser les selles. Le cavalier cria quelque chose à Bashir.

« Jambe cassée », traduisit Nadjib.

Le cavalier engagea prestement une balle dans le canon de sa kalachnikov et s'apprêta à tirer. Bashir l'arrêta avec un cri de colère.

« Pas de coup de feu », dit-il.

Le cavalier déposa doucement son arme comme s'il s'inquiétait qu'elle aussi puisse glisser. Puis il dégaina un poignard et égorgea le cheval d'un geste habile. Un jet de sang rouge éclaboussa les pierres pâles et l'animal se débattit brièvement, glissa un peu plus bas dans la pente tandis que son hennissement se transformait en un pitoyable gargouillis et que ses yeux immenses se révulsaient. Skelly se détourna et l'animal se tut. Le cavalier regagna tant bien que mal la piste et la colonne reprit sa lente progression. Plus personne ne soufflait mot.

Quelques minutes plus tard, Skelly se retourna vers Nadjib dont la mine indiquait qu'il aurait voulu être partout sauf ici.

« Vous pensez que tout ça est un traquenard, hein ? »

Nadjib hocha la tête. « Pas seulement pour Razaq, dit-il à voix basse. Peut-être aussi pour nous.

— Pas pour nous. Bashir voudra toujours que l'histoire soit publiée. Celle du grand échec de Razaq. Du grand triomphe de Bashir.

— Il attendra donc que vous ayez envoyé votre papier. Et puis quoi ? Vous pensez qu'il se contentera de nous ramener sains et saufs ?

— Ce n'est pas ce que vous croyez ?

— Peut-être, *inch'Allah.* Mais je cherche un peu partout des itinéraires pour nous échapper, juste au cas où.

— Z'en avez trouvé un ? »

Nadjib fit signe que non.

20

Les hommes mirent pied à terre une heure plus tard. Nadjib avait déjà le dos et les cuisses en compote, ce qui était gênant au bout de si peu de temps passé en selle : il était devenu un garçon des villes ramollo. Il essaya de ne pas penser à Daliya, de se concentrer sur les heures et les jours à venir, sur les surprises que le sort leur réservait.

C'était le crépuscule et ils avaient l'air d'être au milieu de nulle part – collines arides à perte de vue, ciel qui s'assombrissait à l'exception d'un bord rosé vif à l'ouest. Quelques hommes installèrent des réchauds à pétrole pour préparer le dîner. D'autres sortirent des galettes et des régimes de bananes noircies de besaces attachées aux chevaux. Nadjib avait faim aussi mais avant qu'il ait eu le temps de puiser dans leurs provisions, Bashir s'approcha et dit à Skelly : « C'est l'heure. Venez avec moi. »

Skelly lança un regard inquiet à Nadjib et ils suivirent Bashir jusqu'au sommet d'une petite colline.

« Azro », déclara Bashir en pointant du doigt vers le bas. La bourgade avait l'air de la même taille que Jaji et quelques pâles lueurs brillaient déjà. « Razaq est là-bas. C'est à un kilomètre et demi à pied et vous vous y rendrez dès qu'il fera noir. Comme le sentier est miné, un guide vous montrera le chemin. »

C'est le bouquet, se dit Nadjib. Trébucher sur des mines dans le noir. Il finirait cul-de-jatte et mendiant au bazar de Saddar.

« Et notre matériel ? demanda Skelly.

— Je peux vous prêter un cheval. À condition que vous ne le fassiez pas sauter sur une mine.

— On fera de notre mieux. »

Bashir eut un grand sourire. « Attendez ici. Vous allez manger maintenant. Je vous enverrai le guide le moment venu. Et quand vous aurez rejoint Razaq, vous lui remettrez un message de ma part. Vous lui direz que Bashir attend sur la colline. » Remarquant l'expression dubitative de Skelly, il ajouta : « Ne soyez pas si inquiet. Une fois la nuit tombée, tous les bandits de grand chemin et les voleurs seront au lit. Vous aurez le sentier pour vous tout seuls jusqu'à Azro. Tant que personne dans l'arrière-garde de Razaq ne panique et n'ouvre le feu, vous devriez arriver à bon port.

— Je croyais que c'était *vous* son arrière-garde », dit nerveusement Skelly.

Bashir haussa les épaules. « Changement de plan.

— Ordonné par qui ?

— Ça aussi, ça change. »

Bashir n'ajouta rien de plus et se contenta de rejoindre ses hommes.

C'était donc vrai. L'expédition de Razaq était vouée à l'échec, sauf s'il arrivait à se sortir de ce traquenard, et ils allaient devenir les messagers de sa trahison – à moins qu'on ne leur tire dessus avant. Nadjib regarda Skelly qui semblait abasourdi.

« Je suppose que ça reste une bonne histoire, dit-il mollement.

— Si tant est que vous réussissiez à l'envoyer.

— Vous ne croyez pas que Bashir insistera ? C'est la raison pour laquelle il nous a amenés ici. » Le ton de Skelly était plein d'espoir, presque suppliant.

Pourquoi ne pas lui donner la réponse qu'il attendait ? Ça faisait partie du boulot, même si tout ce que Nadjib souhaitait, c'était disparaître dans les collines. « Je suppose que oui. »

Skelly hocha tristement la tête mais n'ajouta rien.

Nadjib avait perdu l'appétit mais se força à avaler un peu de pain et d'eau pendant que Skelly mangeait des haricots en conserve. Affalés sur les pierres et dans la poussière, ils restèrent silencieux pendant les quelques minutes qui suivirent. Puis un vague écho de lamentation leur parvint de la bourgade. Skelly se retourna, alarmé, mais Nadjib lui rappela que ce n'était que l'appel à la prière. Même dans un bled paumé comme Azro, il y avait un haut-parleur qui fonctionnait sans doute avec des piles.

« Pourquoi ne pas prier pour nous ? » dit Skelly.

La demande prit Nadjib de court. Tous ses clients occidentaux s'étaient dits chrétiens ou juifs mais avaient presque tous été des mécréants, comme si le scepticisme requis par leur profession avait balayé jusqu'à la plus grande des certitudes de l'existence.

« Vous pourriez prier aussi, fît Nadjib. Ça vous arrive ?

— Pas souvent. Et c'est en général pour des trucs sans importance ou des causes perdues. "Je vous en prie, mon Dieu, laissez-le faire ce lancer franc" ou encore

“Ne me laissez pas tomber en panne d’essence”. Je doute que mes prières nous servent à grand-chose. Votre dieu est probablement plus puissant ici.

— Il n’est d’autre Dieu que Dieu. »

Nadjib n’avait encore jamais étalé sa piété devant un étranger, mais Skelly avait dû considérer ses précédents actes de dévotion comme des gestes machinaux qui relevaient plus de la tradition que d’une foi authentique. Il fallait corriger cette impression. Nadjib ne se sentait pas soudain devenir fanatique, loin de là. Mais Skelly, comme la plupart des Américains qu’il avait rencontrés, paraissait incapable d’imaginer qu’on puisse croire au moindre mot du livre saint sans être pour autant un fondamentaliste pur et dur.

« Vous avez raison, bien sûr, répondit Skelly en cherchant ses mots. Mais vous devriez peut-être prier pour nous deux quand même puisque vous, vous avez la foi. Priez pour notre sécurité et notre délivrance. Enfin, si les musulmans sont autorisés à demander ce genre de truc ?

— Bien sûr. Tout ça et plus encore. » Puis avec une pointe d’irrévérence : « Nous pouvons même réclamer la victoire sur nos bourreaux.

— Alors, n’hésitez surtout pas, fit Skelly avec le sourire. Si seulement on savait qui ils sont. Ou dans quel guêpier on va se fourrer. »

Laissant tomber un instant le masque pachtoune, Nadjib se surprit à lui rendre son sourire car il se sentit soudain proche de cet homme solitaire. Il se demanda s’il se serait autorisé ce luxe si la situation n’avait pas semblé aussi désespérée. En tout cas, il était plus détendu désormais et mieux préparé à affronter ce qui les attendait au pied de la colline. D'autres règles pourraient peut-être fonctionner en plus de celles avec lesquelles il avait grandi, à condition de les appliquer avec modération.

Il se dirigea vers une petit replat et nettoya un endroit pour ses genoux. Puis il s'agenouilla, indifférent pour une fois au fait que Skelly l'observait comme s'il guettait des signes de fausseté. Il se prosterna puis se redressa, la paume des mains levée vers Dieu. Il avait à peine récité quelques mots que le haut-parleur de la mosquée se tut avec un clic et des parasites et les échos d'une frêle voix nasale hantèrent l'air nocturne.

Une minute ou deux plus tard, Nadjib se releva en s'époussetant les genoux. Il faisait froid désormais. Skelly sortit une polaire de son sac, l'enfila et en remonta la fermeture éclair jusqu'au cou.

« Vous êtes donc capable de lire le Coran ? s'enquit-il. Un tas de musulmans que j'ai rencontrés ne connaissaient que quelques prières. Leur arabe ne leur permettait pas de faire plus.

— C'est le cas de toute ma famille. Ainsi d'ailleurs que de tout mon village.

— Mais pas le vôtre ?

— J'ai appris l'arabe plus tard. Aux États-Unis. » Skelly gloussa. « Voilà qui ne manque pas de sel.

— Oui. Enseigné par un infidèle en plus. Sans doute avec un mauvais accent par-dessus le marché. Mais je lis très bien l'arabe et le Coran est un bon exercice.

— C'est aussi beau qu'on le dit ? On ne s'en aperçoit pas dans la traduction anglaise. J'ai essayé de le lire une fois. Trop de châtiments et de damnation. Ça fait très Ancien Testament, si vous me pardonnez l'expression.

Mais je me suis toujours demandé comment c'était en arabe.

— C'est magnifique. On dirait de la poésie.

— Je suppose que ça facilite la dévotion.

— Peut-être. Ou peut-être que c'aurait été le cas si j'avais appris l'arabe ici et non aux États-Unis. Mais à l'époque, j'étais déjà un hérétique. J'avais découvert la sainte trinité de votre pays. »

Skelly parut abasourdi. « Vous vous êtes converti ?

— Pas à cette trinité-là. Celle des supermarchés, des bibliothèques et des femmes. Trois paradis d'une telle abondance que j'ai pour un temps renoncé à la religion, rien que pour leur vouer un culte.

— Ça, je peux comprendre. On a de plus en plus de points communs. » Skelly s'installa sur une grosse pierre plate d'où l'on avait une belle vue, bien qu'Azro fût à peine visible dans les ténèbres de plus en plus épaisses.

Dans le silence qui suivit, Nadjib crut que les soucis viendraient à bout de leur bonne humeur. Mais elle persista, comme si ses prières – du moins certaines – avaient été exaucées. Il se demanda comment Skelly voyait tout ça – toutes ces tribus avec leur confort de l'âge de pierre et ces guerriers à cheval, vivant de pain cuit dans des trous en argile puis jeté par terre. Les Américains utiliseraient sans aucun doute le mot « primitif » et c'est l'impression que Nadjib avait parfois eue au retour de Chapel Hill ou, une fois, de New York visitée après un examen : les bruits de la ville lui remplissaient encore les oreilles, une symphonie enivrante montée des bouches d'aération et descendue des imposantes tours de verre. Et voici qu'ils se retrouvaient au cœur du monde qui l'avait produit, dans une vallée où le réseau électrique était démoli et l'eau puisée dans le sol à l'aide de seaux.

« Comment vous vous en êtes tiré avec les Américaines ? demanda Skelly. Je parie que vous aviez un succès fou. Avec votre côté Omar Sharif. Il a fallu que vous les repoussiez à coups de bâton.

— Pas du tout. Ou alors je n'ai jamais été gourmand. Il a fallu que je m'habitue.

— À leur façon de flirter, vous voulez dire ? À toute cette assurance occidentale ?

— Non. » Nadjib sourit à nouveau au souvenir de ses années d'université. Deux sourires en dix minutes, c'était un record transfrontalier pour lui. « À leur façon de parler. Toutes ces questions, un véritable interrogatoire. “À quoi tu penses, Nadjib ?”, “Je donnerais cher pour lire dans tes pensées”, etc. Fallait que je me retienne pour ne pas dire “C'est pas tes oignons”, comme le font les gens de mon village chaque fois qu'on leur pose une question indiscrète. Pendant toute une période, j'ai été persuadé que j'aurais dû prendre la mouche, qu'elles ne me bombardaient de questions que parce que j'étais une curiosité, leur bichon au poil brun.

— Oh, non. Elles nous font le coup à *tous.* Vous l'auriez découvert si vous étiez resté plus longtemps. Et c'est sans fin, sauf si vous vous mettez à leur dire ce que vous pensez vraiment. Alors là, elles sont en général si horrifiées qu'elles vous foutent la paix. »

La remarque eut le don de faire rire Nadjib et Skelly se joignit à lui, mais ils prirent garde de ne pas attirer l'attention du reste du groupe. Cette prise de conscience tacite du danger menaçant de renverser le frêle édifice du moment, Nadjib se dépêcha de rétablir l'équilibre :

« Vous inventiez donc aussi certaines de vos réponses ? demanda-t-il.

— N'est-ce pas ce que nous faisons tous à un moment ou à un autre ? Quelle était votre méthode ?

— J'ai toujours cru qu'elles attendaient de moi que je sois profond, un sage oriental. Alors je leur donnais de la profondeur. De longues réponses méditatives sur mon pays natal, le fait d'avoir grandi sur une terre de brutes et de tyrans. Parfois je crois que je le pensais vraiment. Alors elles avaient peut-être raison de mettre leur nez dans mes affaires.

— Peut-être que vous étiez juste nostalgique.

— Peut-être. »

Il y eut quelques secondes de silence, mais Skelly n'en avait pas terminé. « Et les femmes d'ici ? Comment s'appelle votre petite amie, déjà ?

— C'est à votre tour de vous conduire en femme, de vouloir en savoir trop. »

Skelly lui accorda ce point comme s'il se rendait compte qu'il avait franchi une ligne rouge.

Nadjib décida de répondre quand même, bien qu'à voix plus basse. « Elle s'appelle Daliya. Elle paraît se trouver à des années-lumière d'ici. Elle pose aussi des questions mais sait toujours attendre les vraies réponses. Alors je lui dis la vérité, peut-être parce qu'elle l'a mérité. Elle a dû renoncer à beaucoup plus de choses que moi pour qu'on puisse être ensemble.

— Ça doit faire baliser de devoir prendre tous ces risques pour un simple rendez-vous d'amour.

— Oui, quelquefois.

— Ça doit être chouette aussi d'une certaine façon. Je ne suis pas sûr qu'une femme ferait ça pour moi.

— Même pas votre femme ? »

Skelly haussa les épaules. « Peut-être. Mais regardez où j'en suis. À l'autre bout du monde pendant qu'elle reste entre ses quatre murs. Qui prendrait des risques pour quelqu'un comme moi ?

— Votre mariage a l'air très pachtoune, vous savez. L'homme va où bon lui semble, la femme vit en recluse.

— Le Midwest américain est une sorte de réclusion. » Skelly émit un grognement amusé. « En ce qui me concerne. Mais je ne suis pas sûr de ce qu'ils en penseraient dans l'Illinois. »

Une voix derrière eux vint rompre le charme. C'était Bashir armé d'une petite lanterne et il n'était pas seul. À ses côtés, se trouvait un gamin de dix, onze ans peut-être. Bashir tenait les rênes d'un cheval de bât portant le groupe électrogène et le téléphone satellite.

« Il est temps, dit-il. C'est lui qui va vous emmener.

— C'est lui, notre guide ? demanda Skelly.

— Il est d'Azro. Il connaît les sentiers.

— Même où se trouvent les mines ? »

Bashir marmonna quelque chose au garçon qui tendit son bras droit qui se terminait par un moignon. Le garçon eut un large sourire qui révéla des dents brunes de travers. Il portait une petite calotte blanche et une chemise en laine grise qui lui tombait presque aux chevilles.

« Comme vous le voyez, il a l'expérience des mines. Il prendra donc d'autant plus soin de les éviter. Donnez-lui votre torche et c'est parti. »

Skelly s'exécuta. Nadjib lança un regard circulaire comme s'il cherchait une dernière échappatoire. Mais ses prières ne seraient plus exaucées ce soir, semblait-il, et lorsque le gamin alluma la torche, tous les itinéraires à l'exception de celui menant à Azro furent plongés dans l'obscurité. Le gamin se mit en chemin. Il était temps de partir.

« N'oubliez pas mon message, fit Bashir. Transmettez-le à Razaq en personne.

— On vous reverra ? » s'enquit Skelly dont la voix se noua dans l'obscurité. Nadjib ne savait pas quelle réponse il souhaitait entendre.

« Je ne peux pas vous dire. Tout est entre les mains de Dieu désormais. Demain nous le dira. »

Nadjib ne trouva pas la réponse rassurante, ni pour eux deux ni pour Razaq. S'enfuir paraissait encore la meilleure solution. Mais même s'il savait où aller, il ne le ferait pas maintenant, pas sur un sentier miné. Ni sans Skelly, s'aperçut-il. Autre règle nouvelle pour ce paysage, se dit-il : penser à quelqu'un d'autre et pas seulement à soi. Téméraire, mais il devrait essayer. Puis il empoigna les rênes du cheval de bât et se tourna vers les pâles lumières de la bourgade tout en bas. Le gamin lança un regard par-dessus son épaule, attendant le signal pour continuer.

« OK, fit Skelly d'une voix rauque. Allons-y. »

Ils commencèrent à descendre en faisant très attention, Nadjib plissait les yeux dans le noir pour apercevoir tout ce qui pouvait ressembler à une mine ou à un fil. Ils allaient lentement mais sûrement et les mouvements du gamin dénotaient une assurance réconfortante. À mi-chemin dans la pente, le gosse s'arrêta, dirigea le faisceau de sa torche sur une petite boîte verte que Nadjib reconnut tout de suite.

« Une mine, fit le gamin, d'un ton aussi détaché que s'il avait montré une fleur.

— Vous la voyez ? demanda Nadjib à Skelly. Il y a un fil qui sort du côté gauche. »

Skelly hocha la tête d'un air mécontent, puis fit un pas vers la gauche pour l'éviter au maximum. Nadjib l'imita. Leur initiative arracha un cri au gamin.

« Non, non ! » glapit-il tandis que le faisceau de sa torche se mettait à danser.

Ils s'arrêtèrent net.

« Là ! dit-il nerveusement. Une autre. Vous voyez ? »

Nadjib traduisit l'avertissement à un Skelly pétrifié, puis regarda le faisceau explorer l'obscurité comme un projecteur avant de s'immobiliser sur une deuxième boîte verte, juste devant eux. Deux pas de plus et Skelly mettait le pied dessus.

« Putain », dit nerveusement Skelly qui recula précautionneusement tandis que Nadjib essayait de maîtriser le cheval qui voulait continuer à avancer.

« Doucement, fit-il en lui flattant l'encolure.

— Je ne sais plus dans quel verset de la Bible on parle de faire passer un chameau dans le chas d'une aiguille, fit Skelly, mais maintenant je vois ce que ça veut dire. »

Nadjib ne perdait pas des yeux les sabots du cheval qui frappaient le sol pierreux comme des marteaux maladroits. Ils parvinrent à passer sans encombre devant deux autres mines puis encore deux autres dans les centaines de mètres qui suivirent, le gamin s'arrêtant à chaque fois pour les éclairer comme si elles étaient les escales d'un voyage organisé. Puis il prit la parole pour annoncer une bonne nouvelle.

« Il dit que c'est la dernière, traduisit Nadjib.

— Bien. Maintenant inquiétons-nous des fusils. »

Ils étaient arrivés à quatre cents mètres de la bourgade où quelques fenêtres étaient éclairées chichement par des lampes à pétrole et des feux. Nadjib huma une odeur de feu de bois et de viande grillée. Un moment plus tard, une voix cria en pachtou juste devant eux et le gamin pétrifié leva son moignon pour dire d'arrêter. Les mines ne lui avaient fait ni chaud ni froid, mais maintenant tout son corps était raidi par la peur. Il répondit en criant d'une voix aiguë et nouée dans l'air froid.

« Que se passe-t-il ? murmura Skelly.

— Les sentinelles de Razaq. Le gosse leur dit que nous sommes trois et sans armes. »

Après une pause qui parut interminable, la sentinelle donna le feu vert. Le gamin baissa son bras sans main et se remit à avancer. Le temps d'arriver à l'orée de la bourgade, un comité d'accueil les attendait – cinq barbus en calotte et turban, tous renfrognés et brandissant un fusil, impossibles à distinguer des hommes de Bashir.

L'un d'eux s'avança et Nadjib reconnut le plus jeune frère de Razaq, Salim, qui les avait accueillis dans la maison du seigneur de la guerre à Hayatabad. Salim avait aussi l'air maussade mais il finit par dire quelques phrases en pachtou avant de leur tourner le dos et de s'éloigner.

« Il est allé parler à Razaq.

— Vous lui avez dit que nous venions de l'arrière-garde ?

— Je crois qu'on ferait mieux d'annoncer la nouvelle à Razaq en personne.

— Qu'est-ce que vous croyez qu'il va faire de nous ? Nous foutre dehors ? Nous renvoyer en haut de la colline ? Pas question que j'y retourne sans guide.

— Il ne nous foutra pas dehors. Pas cette nuit. Ce ne serait pas permis.

— Par qui ?

— Par le *pachtunwali,* le code d'honneur des Pachtounes. Il est obligé par la *malmastiya* de nous offrir l'hospitalité car maintenant nous sommes ses hôtes.

— Ses hôtes non invités.

— Des hôtes quand même. Nous serons en sécurité ici.

— Tant que Razaq sera en sécurité, vous voulez dire ?

— Oui. »

La bourgade d'Azro ressemblait en tous points à Jaji, mais la présence des hommes de Razaq semblait avoir chassé des rues l'inévitable nuée de gosses et d'animaux. L'endroit était calme. Salim les conduisit jusqu'à une porte brillamment éclairée où une lampe-tempête qui sifflait était accrochée à un pilier de bois sculpté à la main. Deux sentinelles avachies à l'entrée bronchèrent à peine lorsque Skelly et Nadjib suivirent Salim dans une longue salle basse de plafond aux murs blanchis à la chaux et aux lourdes poutres sombres.

Razaq était assis jambes en tailleur à l'extrémité d'un tapis d'Orient rouge. Six autres hommes étaient installés autour du tapis – une sorte de *djirga* devait être en cours. Les reliefs d'un dîner s'entassaient au milieu : plats et bols de riz, tomates, morceaux de mouton cuits à l'étouffée. Une pile de galettes s'élevait près de Razaq. Toute la bourgade avait dû contribuer au festin, quitte à donner les toutes dernières provisions. Ça aussi, c'était la tradition.

Il y avait un plateau avec une théière noircie et Razaq fit signe qu'on la remplisse, puis se tourna vers Salim pour avoir des explications, bien qu'il fût évident qu'il avait reconnu ses visiteurs. Razaq hocha la tête tout en écoutant, mais ne se leva pas à la fin pour les saluer, pas plus que les autres. Mauvais signe, songea Nadjib qui doutait que Skelly s'en soit aperçu.

Puis Razaq s'adressa à eux en anglais. « C'est vraiment une surprise, Mr Kelly, et bien que vous soyez le bienvenu ici en votre qualité d'invité, je ne peux pas dire que la surprise soit agréable. Mais tant que vous serez ici, je vous en prie… » Et de faire un geste sur sa droite où deux des hommes s'éloignèrent à croupetons pour leur faire place.

Razaq se leva et Skelly s'approcha de lui en lui tendant gauchement la main. Razaq parut rechigner à la lui serrer mais finit par s'y résoudre et quand ensuite Skelly plaça une main sur son cœur, Razaq l'imita.

« Mes excuses, messieurs, dit Razaq en pachtou aux six autres. Mais je dois m'entretenir seul avec nos hôtes. Nous conclurons nos affaires plus tard. »

Ils se levèrent sans un mot et se dirigèrent vers la sortie en regardant Skelly d'un œil soupçonneux.

Nadjib s'installa tandis que Skelly sortait son calepin.

« Je dois dire, Mr Kelly, qu'il semble que je vous aie extrêmement sous-estimé. Mais dites-moi, si vous le voulez bien, par quel itinéraire vous êtes venus et qui vous a escortés. À moins que vous ne soyez simplement venu seul avec votre ami tribal ici présent ? » Razaq mordit dans une galette en lançant un regard significatif à Nadjib qui suspectait que Razaq savait pas mal de choses sur lui et son passé. Avait-il appris les détails les plus juteux par Tariq à l'ISI, peut-être ? Ou par ses amis américains ?

« Eh bien, en fait... Skelly hésitait. Nous sommes venus avec ce qu'on nous a *affirmé* être votre arrière-garde. Une vingtaine d'hommes. Nous vous suivons depuis hier matin très tôt. »

Razaq arrêta de mastiquer. Skelly était sur le point de s'excuser mais l'expression glaciale de Razaq l'arrêta net. Son humeur était grave maintenant que l'apparition soudaine du journaliste s'avérait plus compliquée que prévu.

« Une arrière-garde, dites-vous. Qui la conduit ?

— Un type qui se fait appeler Bashir.

— Bashir ? Le contrebandier qui vit à Katchagarhi ? » Skelly n'ayant pas de réponse à cette question, Razaq se tourna donc vers Nadjib qui acquiesça d'un signe de tête.

« Vous saviez que c'était un contrebandier ? demanda Skelly d'un ton visiblement offensé.

— Qu'est-ce qu'il pouvait faire d'autre ? répondit Nadjib. Au milieu de ce camp avec tous ces camions et cet armement.

— Et étant donné qu'il travaille pour Hadji Kudrat, renchérit Razaq.

— Qui est Hadji Kudrat ? » s'enquit Skelly.

Le nom disait quelque chose à Nadjib, mais vaguement, un type avec qui il fallait compter. Il avait le souvenir flou d'un visage lors d'un conseil au temps jadis avec son père. Hadji Kudrat avait-il été un partenaire commercial ?

Razaq n'ayant pas répondu, Skelly reposa sa question. « Ce Kudrat, fît-il, je présume que ce n'est pas un ami.

— Ça reste à voir. Mais c'est un homme important dans la province de Nangarhar qui est notre étape de demain. Et savoir que son homme, Bashir, nous suit à la trace pourrait expliquer plusieurs choses.

— Telles que ?

— Azro était censé être le premier de mes grands rendez-vous, Mr Kelly. Vous vous rappelez tous ces visiteurs dans ma maison ?

— Ceux qui étaient sur la pelouse ?

— Sur la pelouse. Dans la cuisine. Ils étaient quasiment partout sauf dans la partie réservée aux femmes. Ils venaient pour la plupart d'Afghanistan. Du nord et du sud de cet endroit, des provinces de Nangarhar et de Paktia, et aussi d'ici, la province de Logar. Trois semaines durant, ces hommes sont venus nous rendre hommage, des anciens de villages et des *maliks* tribaux. Certains étaient de vieux combattants qui s'étaient battus avec moi contre les Russes. L'un d'eux était un ancien de cette ville, Azro, et il m'a juré solennellement de m'accueillir ici aujourd'hui avec cinquante hommes prêts à rejoindre nos rangs.

— À rejoindre votre armée qui n'en est pas vraiment une, vous voulez dire ?

— Appelez-la comme vous voulez. Pourtant, quand je suis arrivé cet après-midi, j'ai découvert qu'il vaquait à d'autres affaires plus haut dans la vallée. Une rebuffade qui tombe on ne peut plus mal. Résultat, vous savez combien d'hommes sont venus se rallier à ma cause ici à Azro ? »

Skelly fit signe que non.

« Sept. Seulement sept. Et voici que vous m'annoncez qu'une vingtaine d'autres se trouvent au sommet de la colline en train de nous regarder faire la cuisine ! »

Razaq ne décolérait plus. Il aurait probablement mieux valu le laisser surmonter ce mauvais moment en silence, mais Nadjib voyait bien que Skelly n'avait aucune intention de lâcher le morceau. Son crayon crissait sur le papier tandis qu'il griffonnait des notes, tournait une page et ouvrait la bouche pour poser une nouvelle question. On aurait dit un moineau en quête de miettes et Nadjib eut peur pour lui. Les moineaux affamés ne remarquaient souvent l'approche d'un prédateur que lorsqu'il était trop tard.

« Vous dites donc qu'on vous a trahi ? » demanda Skelly avec un franc-parler horrifiant.

Razaq lança un regard noir et s'agita. « Vous parlez de trahison comme s'il s'agissait de quelque chose de déshonorant, Mr Kelly.

— Comment faire autrement ? » fit Skelly toujours gribouillant, toujours fonçant. Nadjib aurait bien placé une main sur son bras pour l'avertir, mais il était trop loin.

« Ce n'est déshonorant que dans le sens que les Occidentaux lui donnent, fit Razaq. Votre ami ici présent, Nadjib Azam, fils de *malik,* pourrait peut-être vous l'expliquer. La trahison et ce qu'elle signifie dans notre culture n'ont pas de secrets pour lui. »

La remarque prit Nadjib au dépourvu mais l'insulte passa au-dessus de la tête de Skelly. L'Américain était toujours à la poursuite de son papier, crayon suspendu, yeux implorants. Il avait vraiment l'air d'attendre une explication culturelle et Nadjib essaya de l'obliger.

« C'est compliqué », dit-il. Tout comme leur situation présente, eut-il envie d'ajouter, mais il n'osa pas. Comment expliquer, par exemple, qu'il était parfaitement acceptable de recevoir deux invités avec courtoisie et générosité et de les faire suivre et tuer à la minute où ils quittaient votre territoire ? Dorénavant, Skelly et lui auraient peut-être à redouter toutes les rencontres, quel que soit le vainqueur de l'étrange conflit qui s'annonçait. Il regarda Skelly avide d'apprendre et cependant avachi et mal à l'aise sur le tapis. Il était plus habitué aux interviews sur des chaises et des canapés, assis bien droit à un bureau ou à une table de conférence avec des hommes qui mentaient pour des raisons différentes, jouaient avec d'autres règles. La duplicité prenait ici des formes inimaginables pour lui.

« La trahison est ici un talent, finit par dire Nadjib. Un art. Et même un art honorable, à sa façon. Peut-être parce qu'elle est toujours attendue de la part d'un adversaire.

— Mais qui sont-ils, vos adversaires ? demanda Skelly en se tournant à nouveau vers Razaq. En dehors de ceux qui crèvent les yeux, naturellement. Et qui sont vos amis ? Vous cherchez quoi au juste ? Vous pouvez quand même bien me l'expliquer maintenant que nous sommes ici. »

Razaq baissa le regard comme pour se reprendre. Puis il se tourna vers Nadjib qui aurait pu jurer avoir détecté une lueur de colère dans son expression.

« Peut-être que oui, fit Razaq. Mais pour le moment nous sommes encore trop nombreux dans cette salle pour que je me sente à l'aise. »

Skelly arrêta d'écrire et leva les yeux, apparemment surpris de trouver le regard de Razaq fixé sur Nadjib.

« Tout ceci doit être terriblement ennuyeux pour votre interprète, Mr Kelly, dit Razaq en soutenant son regard, d'autant plus que je m'exprime en anglais et rends ses services inutiles. Avant donc de poursuivre, pourquoi ne pas le renvoyer ? Il peut s'occuper de votre logement pour la nuit.

— Bien sûr, fit Skelly d'un air incertain. Allez-y, Nadjib. Je vous rejoins plus tard. »

Razaq fit venir une sentinelle qui emmena un Nadjib troublé dans la nuit, qui se disait que lui aussi avait peut-être besoin d'une traduction culturelle, d'une remise à niveau.

La colère de Razaq avait-elle quelque chose à voir avec son père ? Maintenant qu'il y avait une guerre, la portion de frontière contrôlée par sa famille était redevenue d'une importance stratégique et offrait toutes sortes d'opportunités. Razaq était passé sans encombre, mais c'était aussi le cas de Bashir. C'était peut-être ça le problème.

« Par ici », lui dit d'un ton brusque la sentinelle et Nadjib le suivit sur la véranda. Il faisait un froid glacial. Des feux de camp dansaient au loin sur le versant d'en face : les hommes de Bashir, supposa-t-il, qui ne prenaient même plus la peine de cacher leur présence. Bashir les observait peut-être en ce moment même avec ses jumelles à vision nocturne.

Quelles étaient donc désormais leurs options ? Rester avec Razaq et s'attendre au pire ou tenter de retrouver Bashir et risquer de sauter sur une mine ? Y avait-il une troisième voie, une issue pour se tirer de ce traquenard ?

Nadjib prierait, demanderait conseil puis irait se coucher. Ses rêves lui apporteraient peut-être une réponse.

Mais les feux de camp lui disaient qu'il vaudrait mieux qu'elle ne se fasse pas trop attendre.

21

Accroupi et silencieux, Skelly avait les orteils engourdis par le froid. Le seul bruit était le sifflement de la lampe près de la porte. Razaq n'avait pas décroché un mot depuis le départ de Nadjib et il fit soudain à Skelly l'effet d'un Bouddha boudeur offensé par ce dernier tour de la roue du destin. Les plans du bonhomme partaient en eau de boudin et il en tenait de toute évidence ses visiteurs pour responsables. Comment expliquer autrement le soudain bannissement de Nadjib, à moins qu'il ne s'agisse d'une humiliation de classe tribale.

« Veuillez m'excuser un instant », dit Razaq qui brisa le silence et se leva avec une grâce surprenante pour aller Dieu sait où, tandis que Skelly dérouté attendait.

Skelly décida de se dégourdir les jambes et tapa du pied pour que le sang revienne dans ses orteils. Il avait le dos raide. Il devait faire à peine cinq degrés sur ce tapis. Il se frictionna les bras pour se tenir chaud, alla à la porte dans l'espoir de jeter un autre coup d'œil à Azro mais le regard sévère d'une sentinelle le fit rentrer.

Le sifflement de la lampe était encore plus fort à la porte et Skelly sentit l'odeur de pétrole brûlé. C'était une sensation étrangement réconfortante qui lui rappela les week-ends passés à camper dans les bois quand il était enfant, le feu de camp dont la gerbe d'étincelles s'élevait jusqu'à la cime obscure des arbres, la guimauve empalée sur un bâton taillé au canif, la voix de son père lui disant gentiment de ne pas la tenir trop près de la flamme, Skelly qui n'écoutait pas car ce qui l'intéressait, c'était de voir jaillir les flammes, la minuscule conflagration qu'il pourrait éteindre en soufflant dessus avant de déguster le mélange craquant et poisseux de cendres noircies.

La sentinelle remua et Skelly s'éloigna un peu plus de la porte et eut à nouveau froid. Durant les temps morts comme celui-ci, il arrivait parfois à se détacher et à voir le paysage d'un œil neuf. Il se mettait dans la peau d'un vieux parent éloigné qui n'aurait jamais quitté le siège de son car de tourisme. C'était une bonne façon de redécouvrir toutes sortes de choses qu'on avait cessé de remarquer.

Mais cette fois, le truc ne marcha pas et Skelly replongea plus profondément dans ses souvenirs – la présence de son père était palpable. Un quart de tour et il apercevrait son visage, la version jeune, ambrée par la lumière du feu de camp. Mais au lieu de ça, il revit le visage de son père tel qu'il était il y a un an, lorsqu'il lui avait rendu visite dans sa maison de retraite. La mère de Skelly était morte d'une attaque huit ans plus tôt alors qu'il crapahutait en Afrique. Il avait rejoint son père dans la salle de télévision, où huit autres résidents fixaient le poste beuglant. Des visages tirés, diaphanes que l'image sautillante éclairait en bleu et en orange, sans que personne dise un mot. Son vieux était irrécupérable : il nageait dans ses souvenirs à des profondeurs auxquelles même Skelly ne pouvait accéder. Chaque résident était équipé d'un déambulateur ou d'un fauteuil roulant et deux cannes étaient appuyées contre le mur près de la porte. Il y avait assez de métal dans la pièce pour construire une forteresse volante. Son père battit des paupières en le voyant puis se tourna vers le poste où on montrait des infos sur la Pologne. Nouveau clin d'œil en remuant à peine. Une demi-heure pénible s'écoula sans que son père manifeste le moindre signe qu'il l'avait reconnu. Skelly avait agité la main pour prendre congé des infirmières et regagné sa voiture en traversant un vaste parking vide situé près d'une voie expresse très bruyante.

« Nous allons prendre le thé. »

Un tourbillon royal. Razaq était de retour. Suivi d'un serviteur apportant une théière fumante sur un plateau. Au boulot, Skelly. Remets de l'ordre dans ta tête et dégaine ton calepin. N'oublie pas de t'enquérir de Nadjib. Et aussi de Hartley, de Pierce, de Bashir et de cette histoire de Ben Laden.

Ils prirent place sur le tapis, le serviteur versa le thé et repartit. S'apercevant qu'il avait faim, Skelly prit un bout de pain sur le plateau, en mastiqua une bouchée puis posa le reste sur ses genoux.

« Il y a quelque chose que vous devriez savoir au sujet de votre traducteur, commença Razaq. Il y a quelques jours, peu de temps après son entretien avec mon plus jeune fils dans le hall du Pearl Continental, on l'a vu entrer et sortir d'un bâtiment anonyme dans le bazar de Saddar.

— Je sais, fit Skelly. L'antenne locale de l'ISI. Il m'a tout raconté. »

Razaq ne se laissa pas démonter. « Il vous a dit aussi ce qu'ils lui ont demandé en échange de sa liberté ?

— Non, mais vous allez me le dire ?

— Je n'en ai pas connaissance. Mais je devine qu'ils voulaient des renseignements. Ils ont probablement voulu savoir ce que mon fils lui avait dit et ils attendent sans doute un rapport complet sur ce qui se passe sur le terrain.

— C'est si surprenant ?

— Pas du tout. Et je n'y aurais plus repensé s'il n'avait pas traversé les collines en compagnie de ce Bashir et n'avait pas débarqué dans mon camp comme s'il était son messager personnel.

— Nous ne sommes pas des amis de Bashir et Nadjib aurait préféré ne pas être du voyage.

— C'est ce qu'il prétend. Mais dites-moi, ce téléphone que vous avez apporté. Celui qui se trouvait sur votre cheval. Puis- je y jeter un coup d'œil ? »

Skelly haussa les épaules. « Bien sûr. »

La requête de Razaq était de pure forme car Skelly n'était pas arrivé à la porte que le serviteur réapparaissait avec le téléphone extrait de sa mallette. Il le posa à côté du plateau tandis que Skelly reprenait une bouchée de pain.

Razaq fit mine de l'examiner sous toutes les coutures puis le reposa sur le tapis. « Très joli modèle, fit-il. Vous ne trouvez pas ?

— Pas mal. Mais je ne suis pas expert en la matière.

— Ah, mais certains de mes amis américains le sont. Ceux qui m'ont fourni mon propre téléphone, par exemple, qui ressemble au vôtre en tous points. Vous ne trouvez pas ça curieux ?

— La marque a peut-être du succès.

— À moins qu'il n'ait été acquis par la même filière.

— Ou par la même agence de renseignements. C'est ce que vous essayez de dire ?

— J'essaie de vous dire que vous devriez demander à votre traducteur comment il l'a obtenu. Il n'est peut-être pas un permanent de l'ISI, mais il pourrait avoir fait des promesses à votre insu. Je sais, quant à moi, qu'il a déjà trahi, son père pour eux, alors pourquoi ne pas vous trahir, vous ou moi ? »

Ça alors ! Voilà qui méritait réflexion. Skelly croyait que l'affaire était réglée mais il aurait peut-être dû poser plus de questions. C'était pour ça que Nadjib se hérissait toujours à la moindre mention de sa famille ? À moins que Razaq n'exagère, n'essaie de détourner son attention. N'oublie pas ton papier, Skelly.

« D'accord, je lui demanderai. Mais j'ai aussi des questions pour vous. »

Razaq écarta les mains pour montrer qu'il n'avait rien à cacher, mais ne put s'empêcher de lancer un autre regard méfiant au téléphone comme s'il le croyait susceptible d'enregistrer leurs propos.

Skelly fit comme si de rien n'était et n'y alla pas par quatre chemins : « Qu'est-ce que vous essayez d'accomplir au juste avec votre expédition ? Faites-moi grâce des foutaises sur la paix et la fraternité, si vous voulez bien. Rassembler les anciens pour discuter de lendemains meilleurs, c'est formidable, mais si vous espériez recruter cinquante hommes ici à Azro, c'est de toute évidence parce que vous levez des troupes pour faire la guerre.

— Peut-être que c'est le cas. Ou que ça l'était. Non pas parce que je pensais pouvoir remporter de grandes victoires, et je n'ai certainement jamais espéré un fait d'armes aussi grandiose que la prise de Kaboul. Mon seul souhait est d'établir une base d'opérations, un bastion pour moi et mon peuple afin que nous ayons encore notre mot à dire dans nos affaires le jour inévitable où les talibans se retireront et où l'Alliance du Nord arrivera.

— Et pour obtenir un poste élevé dans le nouveau gouvernement ?

— Vous trouvez ça répréhensible ?

— Je trouve ça audacieux. Et je pense que vos partisans américains – ceux qui vous ont donné le joli téléphone – partagent cet avis. »

Razaq sourit d'un air supérieur. « Si leur véritable intérêt était l'avenir de l'Afghanistan, je le croirais peut-être aussi. Mais leurs plans n'ont rien à voir avec mes intérêts ni avec ceux de mon pays. Ils veulent faire de moi un genre de shérif à la tête d'un petit détachement. Pour boucler la frontière dès qu'ils se seront lancés aux trousses de leur principal suspect. Celui que tout le monde ici appelle le cheik.

— Ben Laden ?

— Appelez-le comme vous voulez.

— Mais la frontière est longue et la portion que vous contrôlez petite. Même si vous réussissiez…

— À moins qu'ils ne connaissent quelqu'un de l'autre côté qui soit désireux de l'accueillir une fois que sa présence ici sera devenue indésirable. Peut-être que ce tronçon de frontière est également petit, suffisamment pour que même quelqu'un comme moi puisse le boucler, ou dire où le passage devrait avoir lieu.

— En faisant de vous un gardien. »

Razaq ne dit rien mais hocha légèrement la tête, comme s'il concédait le point.

« Bashir a mentionné Ben Laden, dit Skelly. Il semblait convaincu que nous pourrions “croiser le chemin” de quelques Arabes. Il est resté très énigmatique. Puis pour vendre sa salade, il a sorti quelques cartes de visite d’Américains. Des copains à moi. L’un d’eux en tout cas. Sam Hartley et Arlen Pierce. Ça vous dit quelque chose ? »

C’était enfin au tour de Razaq d’avoir l’air surpris. Il parut même s’affaisser un tantinet et avala une gorgée de thé pour garder contenance. « Mr Hartley, bien sûr, finit-il par dire en se ressaisissant. L’homme de la compagnie pétrolière. Je suppose que la moitié de Peshawar a aujourd’hui une de ses cartes. Et que la plupart se sont vu promettre une chose ou une autre. »

Pas d’allusion à Arlen Pearce cependant et lorsque Razaq parut avoir dit tout ce qu’il avait à dire sur la question, Skelly relança le débat. « Je suis tombé sur Hartley à Peshawar. Au Pearl. Votre nom a surgi dans la conversation.

— Vraiment ? » Razaq baissa les yeux, reprit son thé mais ne but pas cette fois. « Je suis curieux, Mr Kelly. Qu’est-ce que Mr Hartley peut bien dire de moi à un autre Occidental ?

— Il n’était pas très optimiste sur vos chances. Je crois qu’il a utilisé l’expression “C’est un coup monté”, puis il m’a conseillé de me tenir à l’écart.

— Peut-être qu’il me trouve agaçant. Mr Hartley préférerait que je manifeste un peu plus de zèle pour ses intérêts commerciaux. Je lui ai bien fait comprendre que mon programme a la priorité. Mais je pense qu’il sait que je répondrai à ses démarches en temps utile.

— Qui est donc cet ami de Bashir qui vous inquiète un peu plus haut sur la route ? Cet Hadji Kudrat.

— Un ami des talibans. Qui ne sera plus leur ami demain si c'est ce qui lui convient.

— Quelle flexibilité ! Ce n'est pas un ami à vous, j'imagine.

— Nos familles ont un contentieux, si l'on peut dire. Mais je ne me préoccupe pas trop d'Hadji Kudrat. Pas avec les appuis dont je dispose.

— Vous croyez toujours à ces appuis ? Même avec Bashir à vos trousses et la réponse plus que tiède de la population locale ?

— Vu le rôle qu'ils veulent me faire jouer, pourquoi ne devrais-je plus y croire ? Bashir est une complication, dangereuse, qui plus est. Mais j'ai déjà affronté des complications et les Américains aussi. »

De deux choses l'une : ou Razaq y croyait vraiment ou il affichait un courage de façade. Dans les deux cas, il s'était trop mouillé pour pouvoir faire autre chose que continuer, et dans les deux cas également, Skelly se dit qu'il aurait une belle histoire à raconter. Les idées se mirent à tourbillonner dans sa tête, à prendre la forme de gros titres : « Un seigneur de la guerre pro-occidental franchit la frontière, mais perd mystérieusement ses appuis. » « Entrée d'un seigneur de la guerre en Afghanistan. Ses plans ont-ils été devancés par un rival ? »

Razaq se leva. L'interview était visiblement terminée.

Skelly se leva aussi, ses orteils étaient de nouveau engourdis. Il fit mine de reprendre son téléphone mais la voix de Razaq le coupa net.

« Je dois exiger que vous n'envoyiez pas encore de dépêches. »

Skelly se redressa, prêt à faire valoir son point de vue. « Pourquoi ? Vos ennemis sont de toute évidence au courant que vous êtes ici. Un article vieux d'un jour dans mon journal ne fera aucune différence.

— Quand bien même, je vais garder votre téléphone un peu plus longtemps. Il vous sera rendu, bien sûr, dès que nous serons arrivés à destination. »

Skelly se mordit la langue. Il pouvait dire adieu à son scoop, songea-t-il furieux, et à son projet de passer un coup de fil à Janine ce soir. Ça commençait bien et Dieu sait ce que lui réservait le lendemain.

Razaq se dirigea vers la porte avec le téléphone, mais Skelly avait une dernière question.

« Vous ne m'avez jamais dit où on allait. Demain, je veux dire.

— Vers le nord. Dans la province de Nangarhar. Vingt-cinq kilomètres en tout, une journée entière de cheval. Le soir, il y aura une autre *djirga* dans la ville d'Heserak où d'autres hommes rejoindront nos rangs.

— Et si la participation est aussi faible qu'ici ?

— Alors nous n'atteindrons pas Heserak sans coup férir. Nous voyagerons sur la route d'Hadji Kudrat et la vallée menant à Heserak passe par la gorge d'Alikhel. S'il a l'intention de nous arrêter, c'est là-bas qu'il tentera de le faire.

— On dirait que vous parlez d'expérience.

— Cet endroit m'a toujours porté bonheur contre les Russes. Quelques RPG[1] suffisaient pour arrêter toute une colonne de tanks. Un jour, on en a eu trois.

— Trois tanks ?

— Hadji Kudrat et moi, combattant au coude à coude.

---

1. Lance-roquettes antichars de fabrication soviétique. *(NdT)*

— Comme on oublie vite !

— Je ne vous le fais pas dire. C'est un homme flexible. Et il pourrait encore changer de camp lorsqu'il aura vu de quels soutiens je dispose. »

Si tu les as encore, songea Skelly qui se demanda ce que tramaient Hartley et Pierce.

« Expliquez-moi un dernier détail. Si vous ne voulez vraiment pas que cette histoire s'ébruite, pourquoi m'en parler ? Je veux dire par là que je pourrais, je ne sais pas moi, trouver un pigeon voyageur et envoyer tout ça par écrit. »

Razaq sourit pour la première fois, mais c'était le sourire peiné d'un homme accablé de soucis.

« J'ai peut-être décidé que vous pourriez avoir votre utilité. Si pour une raison imprévue je devais échouer, Mr Kelly, je veux que quelqu'un puisse attribuer la responsabilité de mon échec à d'autres. »

C'est-à-dire les Américains ? L'homme avait peut-être ses doutes, tout compte fait. Mais Skelly n'aimait pas qu'on le prenne pour une vulgaire police d'assurance.

« Soyez prêt à partir au lever du soleil, dit Razaq. Vous et votre traducteur. » Il prononça ce dernier mot avec mépris puis disparut.

Aucun doute là-dessus. Inquiet ou pas, Skelly ne manquerait ce rendez-vous pour rien au monde.

22

Recroquevillé sous ses couvertures dans l'obscurité, Nadjib n'arrivait pas à fermer l'œil. Le seul bruit qui lui parvenait était de temps à autre des bribes de conversation et il n'aimait pas ce qu'il entendait. Durant la dernière demi-heure, il avait essayé d'imaginer un moyen de se tirer de ce traquenard et il était presque certain d'en avoir trouvé un.

Le faisceau d'une torche brilla à travers la porte à claire-voie puis il entendit la voix de Skelly.

« Fait noir comme dans un four ici. » Skelly entra, accrocha sa torche à un fil électrique mort qui pendait du plafond. « Putain, c'est dégueulasse là-dedans.

— Je ne crois pas que cette *hujera* soit encore beaucoup utilisée, sauf par les domestiques et les animaux.

— Et on fait partie des premiers ou des seconds ? Au bout de deux jours sans douche, je ne suis pas sûr. » Skelly tâtonna pour trouver son sac de couchage.

« Ils sont venus chercher notre téléphone pendant votre absence. Et aussi le groupe électrogène.

— Je suis au courant pour le téléphone, dit Skelly en regardant Nadjib droit dans les yeux. C'est Razaq qui l'avait. Il demandait où vous l'aviez eu. J'ai répondu que je vous poserais la question, mais il semblait avoir son idée sur la question. »

C'était donc pour ça que Razaq était très contrarié. Nadjib se demanda qui avait parlé et ce qui s'était dit à son sujet. Dans tous les cas, il était temps de jouer franc jeu avec Skelly. Autrement ils étaient fichus et cette éventualité le chagrinait énormément. « C'est l'ISI qui me l'a donné, fit-il en soutenant le regard de Skelly.

— Vous auriez pu me le dire. Qu'est-ce que vous m'avez caché d'autre ?

— Qu'est-ce que vous voulez savoir ?

— Razaq a l'air de penser que vous avez des antécédents.

— De ?

— De balance. De mouchard.

— À cause de l'histoire avec mon père ? C'est l'unique fois.

— Razaq dit que vous l'avez trahi auprès de l'ISI.

— J'y ai été contraint. Je ne veux pas défendre ce que j'ai fait. Mon père était un trafiquant d'opium. Tariq voulait des renseignements et comme un imbécile je les ai donnés. C'était il y a sept ans. Je ne suis pas retourné chez moi depuis.

— Je suis vraiment désolé. » Skelly avait l'air sincère. « Je suppose que ça explique l'accueil au poste de contrôle. Celui où ils nous ont fait descendre de camion. Y avait ce type qui vous zieutait comme un trophée. Il bosse pour votre père ?

— Oui. Je l'ai connu dans ma jeunesse.

— Pour je ne sais quelle raison, Razaq est convaincu que vous êtes maintenant une sorte d'espion à la solde de Bashir.

— Juste pour Tariq. Il voulait un rapport complet. Sur Bashir ainsi que sur Razaq.

— On dirait qu'ils ne font confiance à personne. Ça ou alors les Américains les ont laissés dans le noir en ce qui concerne Razaq. Autre chose que je devrais savoir ? »

Nadjib hésita, puis se lança : « Oui. Daliya – ma petite amie comme vous dites –, elle est toujours portée disparue. Je ne l'ai pas retrouvée et je ne serais pas venu avec vous si Tariq ne m'en avait pas donné l'ordre. C'est à ce moment-là qu'il m'a donné le téléphone.

— Donné l'ordre ?

— Il m'aurait livré à la police qui voulait m'interroger au sujet de la disparition de Daliya. Et… aussi au sujet d'un cadavre trouvé devant mon immeuble. Sous lequel on a retrouvé un de mes couteaux de cuisine. Le type avait glissé des messages religieux sous ma porte.

— Putain. Vous ne l'avez pas… ?

— Non, je n'y suis pour rien. Mais quelqu'un a voulu faire croire que c'était moi. Et maintenant Tariq me tient à sa merci, et c'est pourquoi je suis ici.

— Dans une sacrée galère.

— Nous y sommes tous les deux.

— Parce que nous sommes avec Razaq ? »

Nadjib fit signe que oui. « J'ai écouté ses hommes. Ils ont peur, ils s'attendent au pire. Quand Razaq se mettra en route demain, il découvrira de nouvelles désertions.

— Il se dirige vers le nord quand même.

— Sur Heserak ? » Skelly opina.

« La gorge d'Alikhel », fit Nadjib. Exactement ce qu'il craignait.

« Il l'a mentionnée. Il a dit qu'elle pourrait être source d'ennuis.

— C'est pourquoi il faudrait l'éviter.

— On n'a guère le choix.

— Si. On peut rester.

— Vous peut-être. Razaq pourrait même préférer ça. Mais il veut que je l'accompagne comme témoin. Pour que le monde entier soit au courant si jamais on lui joue un sale tour.

— Ça n'a pas d'importance. On peut toujours vous cacher. Tout de suite même, si vous voulez.

— Et les sentinelles ?

— On leur graisse la patte. Cinquante dollars et elles feront tout ce que vous voudrez. D'après ce que j'ai entendu, ça pourrait même nous coûter moins.

— Et on irait où ?

— Dans une famille. Un autre bakchich. Équivalant à une année de revenus pour eux. Ils nous garderont à l'arrière de leur maison jusqu'au départ de Razaq. Il vous veut peut-être à ses côtés, mais il ne perdra pas son temps à fouiller les maisons une par une.

— Et quelques heures après, Bashir déboule et on est de retour à la case départ.

— On attend simplement quelques heures de plus. Ou un jour. Puis Bashir lève le camp et on regagne Peshawar. Avec l'argent que vous avez, on peut louer tous les chevaux et les guides qu'on veut.

— Sauf si quelqu'un juge plus rentable de nous dévaliser et de nous tuer.

— C'est une possibilité.

— Écoutez, Nadjib. Je sais que je vous paie cent cinquante dollars par jour, mais si vous voulez laisser tomber, je ne vous en voudrai pas. L'anglais de Razaq est assez bon pour que je me débrouille tant qu'il est là, donc je pars. C'est peut-être con, mais c'est mon boulot et c'est une histoire sensationnelle, la plus importante que j'aie jamais couverte. Je suis pas un cow-boy. J'en ai jamais été un. Mais si je me tire maintenant, alors c'était pas la peine de faire ce job. Vous comprenez ? De plus, si Razaq bénéficie des appuis dont il se targue, il devrait réussir, même si Hadji Kudrat l'attend au tournant.

— Des appuis américains. Vous y croyez vraiment ? »

Skelly haussa les épaules. « Parfois. Si je n'y réfléchis pas trop. »

Nadjib envisagea d'argumenter. Un peu plus de conviction et il pourrait même avoir gain de cause. L'obstination de Skelly était au mieux téméraire. Elle ne manquait cependant pas de noblesse comme si l'homme réclamait sa petite place dans l'histoire, à l'instar de tous les autres étrangers qui s'étaient fait un nom dans ces collines – espions, soldats et éclaireurs s'échinant pour la plus grande gloire de monarques et de ministres lointains – et qui tous avaient vadrouillé naïvement dans la poussière. Désormais, il y avait Skelly, scribe de l'Occident qui essayait de comprendre ces rustres imprévisibles pour les expliquer à l'Américain moyen. Ils se retrouvaient dans une situation étrange, pris dans une dynamique que même avec l'imagination la plus folle Nadjib n'aurait pu anticiper. Ils essayaient pourtant de se convaincre qu'ils étaient toujours maîtres de leur destinée, alors même qu'un seigneur de la guerre dormait au bout du couloir et qu'un autre les attendait de pied ferme au sommet de la montagne.

Skelly aurait besoin de lui demain, et aussi après-demain. Nadjib espérait que Daliya aurait également besoin de lui bientôt. Dans l'univers de son enfance, on aurait seulement attendu de lui qu'il sauve sa peau et s'enfuie. Mais dans l'univers qu'il essayait de se forger, il était temps, décida-t-il, de faire preuve d'endurance, d'un peu de confiance et de sérieux. De plus, même s'il devait retourner à Peshawar demain, Tariq le jetterait sans aucun doute en prison, et ça les mènerait où ? Pour l'instant, du moins, le meilleur moyen de s'échapper, c'était de continuer à aller de l'avant, de s'enfoncer dans l'inconnu.

Et donc plutôt que de discuter, Nadjib acquiesça. « D'accord, dit-il. Je pars avec vous pour le nord demain matin. Mais nous devrions dormir maintenant. La journée sera longue. »

Pendant quelques secondes Skelly parut abasourdi, déçu presque, comme s'il s'attendait à de la résistance ou espérait secrètement qu'on le dissuade de tenter l'aventure. Puis lui aussi hocha la tête et se glissa dans son sac de couchage. Un moment plus tard, il éteignit sa torche et on n'entendit plus que les ronchonnements d'une sentinelle au bout du couloir. Il y avait de la sédition dans l'air. De la sédition et de la désertion. Peut-être que Nadjib aurait dû tout compte fait discuter. Trop tard maintenant. Dans six heures, ils se mettaient en route.

23

Skelly se réveilla transpirant et frissonnant. La doublure de son sac de couchage était trempée. « Super », marmonna-t-il en cherchant à tâtons son sac de marin dans la lumière pâle. Il se demandait où il avait bien pu fourrer son Cipro. L'appel à la prière déchira le silence matinal. Le haut-parleur avait la stridence et le manque de netteté d'une stéréo bon marché. On aurait dit que la mosquée se trouvait juste à côté.

Nadjib, dont on n'apercevait que les cheveux bruns, remua et gémit sous ses couvertures de laine. Skelly avait du mal à déglutir mais ce qui l'inquiétait le plus, c'étaient les gargouillis de son intestin, un vrai bain bouillonnant. Il se leva pieds nus pour attraper une bouteille d'eau et tituba légèrement. Il se sentait lessivé, fragile comme du verre.

« Où sont les gogues ?

— Les quoi ? fit Nadjib qui se redressa sur ses coudes.

— Les toilettes. Les WC.

— La porte à côté. »

Une petite pièce sinistre sous la véranda de la *hujera,* qui donnait l'impression de ne pas avoir été lavée depuis des semaines. Il y avait un trou en céramique au milieu et un seau d'eau en guise de chasse d'eau. Skelly s'accroupit, le front perlé de sueur tandis qu'un frisson violent s'emparait de lui comme un esprit mauvais. Dieu merci, il avait son Cipro. Il allait en prendre deux tout de suite pour frapper un grand coup, puis un troisième à midi. Ses intestins se contractèrent et lâchèrent un jet de plomb fondu. Il fut pris d'un autre tremblement, eut la chair de poule. Il nettoya comme il put et quitta les lieux. Il ouvrit sa bouteille d'eau pour se rincer les mains et sortit dans la rue en laissant derrière lui des taches sombres dans la poussière. La prière se poursuivait, monotone, lui perçant les tympans.

Skelly s'attendait à ne rencontrer personne mais une douzaine d'hommes au moins se trouvaient déjà dans les rues, chassant les chèvres et serrant les sangles des chevaux et des mules de bât. Tous les hommes avaient un fusil en travers des épaules sauf un : Razaq qui donnait des ordres en indiquant diverses directions.

Nadjib apparut au côté de Skelly, un bout de pain à la main. Skelly aurait préféré ne pas penser à la nourriture, mais c'était probablement une bonne idée de se forcer à avaler un morceau même s'il était infesté de microbes. Son ventre se mit à gargouiller en signe de protestation. Il se demanda si leur téléphone satellite se trouvait sur une des mules. Leur téléphone de l'ISI, se remémora-t-il.

« On dirait qu'il vaudrait mieux s'activer, dit-il. Pourquoi n'iriez-vous pas rassembler nos bagages ? Je vais essayer de glisser un mot à Razaq. »

Skelly était si affaibli qu'il avait l'impression de marcher sur des échasses et, le temps de rejoindre Razaq, il était presque à bout de forces. Le seigneur de la guerre avait interrompu ses préparatifs et contemplait la colline où Bashir avait pris position. Skelly distinguait vaguement le sentier que Nadjib et lui avaient dû emprunter pendant la nuit. Razaq, s'aperçut-il, portait la vieille rapière, celle qui lui venait de ses ancêtres. Elle était dans son fourreau à son côté, accrochée à un ceinturon.

« Pour vous porter chance ? demanda Skelly en la désignant.

— Oui. Et pour les souvenirs. On part dans dix minutes. »

Puis Razaq se détourna et cria de nouveaux ordres en pachtou. Le ventre de Skelly gargouilla et il partit chercher ses cachets. C'était peut-être la nervosité. En tout cas, il était temps de se mettre en selle.

Dix minutes plus tard, à l'heure dite, ils quittèrent Azro sur une colonne. Le bruit des sabots brisa le silence matinal. Les enfants ne sortirent même pas dans les rues pour leur dire adieu et les deux seules femmes visibles se mirent à se quereller bruyamment sur le toit de leur maison, de part et d'autre d'une ruelle où du linge gris séchait et claquait comme des bannières. Les prévisions de Nadjib concernant les désertions s'avérèrent exactes et malgré quelques nouvelles recrues à Azro, Razaq repartait avec à peu près les mêmes effectifs qu'à son arrivée.

Skelly ne tarda pas à s'habituer aux mouvements du cheval qui lui soulevèrent le cœur au début et, bercé par les cahots et les oscillations, finit presque par s'assoupir sur sa selle qui grinçait comme un rocking-chair. Le plus clair du temps, Nadjib gardait ses pensées pour lui. Les bavardages auraient paru déplacés et il n'y avait rien à traduire ni à décrire – rien que la monotonie gris-brun des collines qui les entouraient.

Au bout de quelques kilomètres, le soleil apparut au-dessus des crêtes, apportant enfin un peu de lumière et de chaleur, mais Skelly ne se sentait pas mieux qu'au réveil. Il était tour à tour frissonnant et brûlant de fièvre et la sueur lui perlait au front et lui dégoulinait dans le dos.

« Vous n'avez pas l'air bien, lui dit Nadjib d'un air inquiet, j'ai bien fait de venir.

— Oui, fit Skelly qui commençait à se demander s'ils avaient pris la bonne décision. Je crois que tout ira bien. » Toutes les deux ou trois minutes, il se retournait pour vérifier si le groupe de Bashir donnait signe de vie, mais rien, pas même un reflet de soleil sur une arme.

Vers midi, ils s'arrêtèrent au débouché d'un grand lacet. La vallée se rétrécissait devant eux avec des à-pics et des chaos rocheux sur les pentes de chaque côté de la route. L'entrée paraissait assez étroite par endroits pour ressembler à un tunnel dont on aurait enlevé la partie supérieure, un mélange de bruns et de gris étincelants à perte de vue. Le bleu du ciel n'était tempéré que par les vagues panaches poudreux qui semblaient accompagner le moindre souffle d'air. En tête de colonne, Razaq sortit des jumelles de ses sacoches de selle. Certains de ses hommes sautèrent à terre et commencèrent à s'agenouiller sur le bas-côté.

« La gorge d'Alikhel, chuchota Nadjib dans son dos. Un bon endroit pour s'arrêter. »

Skelly descendit à son tour et se plia en deux de douleur. Il profita de l'occasion pour s'aventurer quelques mètres dans le chaos rocheux et se soulager l'intestin, mains agrippées aux rochers poussiéreux pendant que les hommes marmonnaient leurs prières à deux pas. C'était la nervosité, se répéta-t-il. Il prit de l'eau dans ses sacoches de selle et en avala plusieurs rasades, se rinçant la bouche et déglutissant à fond.

« La prochaine fois, chiez sur la route, dit Nadjib d'un ton ferme. Je me suis aperçu trop tard que vous étiez entré là-dedans.

— À cause des mines ? » demanda Skelly.

Nadjib fit signe que oui.

Quelques instants plus tard, alors qu'ils se remettaient en selle, Skelly plongea son regard dans la gorge et se demanda ce que ça avait dû être de conduire des tanks sur cette route étroite – les gros engins verts se traînant comme des extraterrestres, tourelles pivotant, chenilles cliquetant et gémissant. Puis un moudjahid pieds nus et enturbanné surgissait de derrière un rocher pour tirer une rafale de RPG dans les chenilles tandis que les rochers se mettaient soudain à grouiller de robes bleues et blanches. Il garda cette vision à l'esprit lorsqu'il vit Razaq dégainer son épée et la lever en l'air pour donner le signal du départ.

Étrangement charmé par le geste, Skelly extirpa son calepin de sa poche pour immortaliser le moment : la masse de Razaq sur son gros cheval rouan et tous ses hommes prêts à faire feu. Il n'y avait en apparence qu'eux dans la vallée, eux et les vastes cieux lavés et patrouillés par un faucon solitaire qui profita d'un courant ascendant pour disparaître de l'autre côté de la crête.

Razaq rengaina son épée et la colonne s'ébranla. Le cheval de Skelly partit avant qu'il ait eu le temps de ranger son calepin. Il eut le feu aux joues et à la poitrine, puis frissonna.

La première heure, il tressaillit au moindre bruit, au moindre cliquetis, au moindre bronchement de la colonne, scruta les rochers en quête du moindre mouvement. Petit à petit, il retrouva le roulis et le tangage précédents, mais alors que ses paupières commençaient à se fermer, il y eut un éclair blanc, quelques mètres plus haut sur la droite, suivi d'un second encore plus vif et ses tripes se nouèrent. À quatre chevaux devant lui, un cavalier s'affaissa : un geyser de sang jaillit de son flanc au moment où le bruit de la rafale leur parvenait, boum retentissant répercuté par les parois de la gorge.

« Putain ! » s'écria Skelly qui essaya de dégager ses pieds des étriers tout en baissant la tête.

Du sommet du versant droit, quelqu'un hurla comme un forcené dans une langue étrangère et les cris furent réverbérés par le versant d'en face. Skelly sentit le cœur lui manquer.

Puis ce fut le pandémonium.

Coups de feu qui semblaient venir de partout, détonations, sifflements, impacts de balles sur la pierraille ou dans les chairs, le tout démultiplié par l'écho. Skelly finit par se libérer de ses étriers et sauta maladroitement à terre, persuadé qu'une balle allait lui transpercer le corps à tout moment. Les meilleurs cavaliers se couchaient avec leur cheval mais Skelly vit, impuissant, une balle atteindre sa monture avec un vilain claquement. Le sang jaillit d'un trou dans la selle et Skelly dut s'éloigner à quatre pattes de la gerbe rouge. L'animal gémit, s'affaissa sur ses genoux et faillit lui tomber dessus en s'affalant sur le flanc gauche. Skelly rampa entre deux rochers, l'esprit partant dans une centaine de directions à la fois. Par bonheur, les caractéristiques qui faisaient du terrain un endroit rêvé pour tendre une embuscade en faisaient également un excellent refuge.

Skelly regarda à gauche et à droite pour trouver Nadjib : il avait l'impression que ses yeux exorbités par la panique et l'adrénaline roulaient comme ceux d'une bête sauvage. Il finit par apercevoir Nadjib, couché juste derrière lui, s'abritant derrière les mêmes rochers.

« Tout va bien ? cria Skelly d'une voix rauque et mal assurée.

— Oui. Le type derrière moi a été touché. »

Certains des hommes de Razaq ripostaient, visant là où des éclairs avaient jailli et où Ton apercevait des panaches de fumée. Les échos remplissaient le défilé, puis il y eut une accalmie. Skelly examina la route derrière eux pour voir si Bashir était visible, mais pour l'instant, la voie était libre. Accroupi au milieu des rochers un peu plus haut, Razaq conférait avec certains de ses hommes. Ils se répondaient de rocher en rocher.

« Ils disent qu'on devrait se replier, expliqua Nadjib. Rebrousser chemin. Les assaillants ne seront pas capables de se déplacer aussi vite que nous. La route est très mauvaise. Très raide. Dans certains endroits, on ne peut que monter ou descendre. Mais nous avons déjà perdu quatre hommes, la moitié de nos chevaux peut-être, alors soyez prêt à partir bientôt.

— C'est peut-être Bashir qui se contente de nous harceler ? fit Skelly.

— Impossible. Il n'aurait pas pu nous devancer sans qu'on s'en aperçoive. Pas la nuit dernière et pas dans la gorge.

— Alors c'est Kudrat ?

— Peut-être. Lui ou des bandits. Ou quelqu'un d'autre qui pense que la gorge lui appartient. Regardez, on repart. Prêt ? »

Skelly aurait préféré ne pas bouger pour l'instant. Au moins dans ces rochers, il se savait à l'abri. Il lui fallait à tout prix de l'eau. Il avait la bouche si sèche qu'il pouvait à peine parler. Même respirer lui était difficile. Mais les hommes autour de lui se mettaient à ramper, alors il les suivit, quitta ses rochers pour regagner la route, tête baissée, paumes et genoux déjà éraflés par le terrain accidenté. Quelques coups de feu claquèrent sur les rochers comme la fin d'une averse de grêlons. L'un d'eux fit jaillir la poussière à trente centimètres de Skelly, qui dut résister à la tentation de se lever et de courir. Puis il fut pris d'une envie encore plus forte : celle de ne plus bouger, de presser son visage dans la poussière et d'attendre que tout soit fini.

« Avancez, lui intima Nadjib dans son dos. Ne vous arrêtez pas. »

D'autres hommes les dépassèrent en se faufilant adroitement entre les rochers et en évitant la chaussée. Un cheval passa au trot. Un miracle qu'il soit encore sur ses jambes. Est-ce qu'il avait toujours son carnet ? Oui. C'était déjà ça. Et sa sacoche se trouvait à sa place immuable, sur son épaule. Qu'était devenu son sac de marin qui contenait tous ses vêtements ? Tant pis. Contente-toi de sortir de là, se dit-il. Les assaillants ne se lanceraient peut-être pas à leurs trousses. Et même s'ils étaient pris, il aurait peut-être la vie sauve : après tout il n'était qu'un pisse-copie. Mais pour l'instant, il était une cible comme les autres, une tête et un torse dans un champ de mire.

« Continuez à avancer ! lui cria Nadjib. Si nous prenons du retard, ils vont nous couper du reste du groupe.

— Je ne fais que ça. » Sa voix commençait à revenir. Ça allait mieux. Contente-toi de rester calme. De garder la tête baissée.

Leur progression signifiait qu'un ou deux hommes de Razaq seulement prenaient la peine de riposter, et pendant quelques instants, les coups de feu en provenance des collines redoublèrent, même si jusqu'à présent ils n'avaient essuyé que des rafales d'armes automatiques.

Il s'interrogea sur le téléphone satellite. Il devait avoir disparu, criblé de balles ou écrasé par un cheval. De l'autre côté de la route étroite, sur sa gauche, un homme se redressa sur ses genoux, tira une salve de kalachnikov, puis se recoucha aussitôt. D'après ce que Skelly avait pu voir, il n'avait même pas visé. C'est comme ça qu'on se battait depuis vingt-trois ans dans ce pays ? Embuscades et folles fusillades au milieu des ravins, avec de temps à autre un tir de mortier sur les bourgades et les villes ? Ou alors toutes les batailles se passaient toujours comme ça, quelle que soit l'armée. Si c'était le cas, il ne pouvait guère leur en vouloir de tirer au hasard. Malgré ses longs séjours dans des zones de combat, c'était la première fois qu'il se trouvait dans le feu de l'action et il n'aurait certainement pas visé non plus au milieu de ce chaos.

Vingt minutes de progression à quatre pattes et ils avaient parcouru quelques centaines de mètres, dépassé un virage en épingle à cheveux. Après, les coups de feu s'estompèrent. Nadjib avait raison au sujet du manque de mobilité des assaillants. Aucun n'avait apparemment réussi à suivre le rythme. La voie derrière eux demeurait libre. Ils allaient peut-être se sortir de ce traquenard.

Skelly vit Razaq qui avec beaucoup de sang-froid osa se lever un instant tout en continuant à surveiller les collines. Cela enhardit plusieurs de ses hommes à en faire autant comme s'il s'agissait d'un concours. Skelly attendit encore un moment – il n'avait rien à prouver en ce qui le concernait – puis il se mit debout et épousseta son pantalon et sa chemise. Épuisé, flageolant, il eut un nouvel accès de fièvre. Pris soudain de vertige, il se rassit un moment, puis se releva tant bien que mal et cria à Razaq :

« On va où ? Retour à Azro ?

— C'est notre seule option. »

Si tant est que Bashir la leur ait laissée, mais ni l'un ni l'autre n'osa le dire.

« Ils sont au courant ? demanda Skelly à Razaq en indiquant du geste les autres hommes. Au sujet de votre prétendue arrière-garde ?

— J'en ai parlé à mon frère et à mes deux fils mais pas aux autres. »

Skelly qui ne savait quoi en penser hocha la tête. Puis il se tourna vers Nadjib. « Vous aviez peut-être raison. On aurait dû rester à Azro.

— Trop tard, fit Nadjib. Ce qui doit arriver arrivera.

— Peut-être. N'empêche que vous aviez raison. Je suis désolé. »

Nadjib ne répondit pas mais ne parut pas fâché.

Tant mieux, car dorénavant ils auraient plus que jamais besoin l'un de l'autre.

Razaq fit le bilan. Cinq de ses hommes avaient été touchés. L'un était mort – Skelly avait vu son visage, ou ce qu'il en restait. L'homme qui avait été touché au début de l'embuscade était mourant. Trois autres étaient blessés mais toujours sur pied. L'un, la jambe gauche ensanglantée, poussait des gémissements bruyants tout en bandant sa blessure dans sa chemise et se remit tant bien que mal en selle, torse nu, sur un des sept chevaux restants. Les deux autres hommes avaient pansé leurs bras avec des lambeaux de vêtements crasseux. Ils étaient impassibles, paraissaient aussi peu émus par leur malheur que des banlieusards endurcis devant un énième bouchon.

Une fois regroupés, ils repartirent pour Azro en se déplaçant rapidement mais prudemment et en prenant garde de ne pas être trop les uns sur les autres ni de trop se laisser distancer. Personne ne parlait. De temps en temps, Skelly lançait un regard par-dessus son épaule, s'attendant au pire, mais ne voyait que le même paysage brun. Il lui semblait presque que l'embuscade avait été un mirage, un rêve. Chose surprenante, son intestin se montrait à la hauteur de la situation : toutes les vannes étaient hermétiquement closes et sa fièvre semblait diminuer. Les antibiotiques avaient enfin dû faire effet, à moins que face à cet état d'urgence biologique ses nerfs n'aient bloqué toutes les issues.

Au sortir du virage suivant, ils découvrirent cinq chevaux ombrageux. Skelly repéra le téléphone attaché sur l'un d'eux. Apparemment intact. Époustouflant. Et d'une certaine façon rassurant, bien qu'envoyer un article fût le cadet de ses soucis pour l'instant. Deux autres chevaux se trouvaient un peu plus loin, secouant la tête et caracolant, gardant nerveusement leurs distances.

Mais lorsqu'une demi-heure plus tard leur colonne aborda le virage suivant, les sept chevaux revinrent au galop, hennissant et s'ébrouant. Tout le monde s'arrêta pour les regarder.

« Quelque chose les a effrayés, dit Nadjib.

— Bashir, fit Skelly. Il nous coupe la retraite.

— C'est ce que je crois. »

Ils se regardèrent. Toute parole était inutile. Il fallait toujours se fier aux avis des autochtones, songea Skelly. Mais c'était trop tard. Ce qui devait arriver arriverait, comme l'avait si bien dit Nadjib.

Razaq devait avoir atteint la même conclusion car il donna l'ordre à tous ses cavaliers de descendre de monture et la colonne ralentit l'allure. Puis ils s'arrêtèrent et Razaq envoya deux éclaireurs en reconnaissance pendant que tout le monde attendait. Quelques hommes engagèrent une balle dans le canon de leur kalachnikov pendant que d'autres mettaient un autre chargeur, et le pouls de Skelly s'emballa une fois de plus.

« Putain, marmonna-t-il. Je ne suis pas sûr de pouvoir supporter une autre séance. »

Les minutes suivantes s'écoulèrent en silence. Puis on entendit des pas venir dans leur direction, tout le monde s'accroupit et on vit les deux éclaireurs émerger du virage. L'un d'eux haussa les épaules, ce qui voulait dire, supposa Skelly, qu'ils n'avaient rien vu. Ils conférèrent avec Razaq qui donna l'ordre de se remettre en route d'une voix à peine audible.

Le convoi dépassa le virage sans incident et, cinq minutes plus tard, Skelly commençait à se dire qu'ils avaient réagi de façon excessive au retour des chevaux. Bashir avait peut-être décidé d'attendre à Azro. Tout était préférable à une embuscade le long de cette route isolée, encaissée entre les collines. Dans un peu plus d'un kilomètre et demi, ils seraient sortis de la gorge. Vingt minutes, grand maximum.

Un coup de feu mit fin à ces espoirs et Skelly eut des giclées d'acide dans l'estomac. Deux autres coups de feu accompagnés d'éclairs éclatèrent sur les deux versants et tout le monde sauta à terre, fit coucher les chevaux et rampa derrière les rochers. Un cheval gémit de douleur et Skelly entendit un homme jurer derrière un rocher.

Razaq cria pour essayer de rallier ses hommes mais les tirs étaient trop nourris. Ils allaient devoir se battre s'ils voulaient regagner Azro. Skelly se baissa encore un peu plus tandis que le sol autour de lui était criblé de balles. Il sentit le soleil lui brûler le dos tandis que sa fièvre faisait un retour en force : il avait le torse en feu. Quelque part au milieu des rochers, une balle atteignit sa cible et le hurlement de l'homme, aigu et soudain, ressemblait étrangement au cri de joie d'un enfant en train de jouer. Skelly ferma très fort les yeux, la sueur se mit à ruisseler sur son front et un souvenir lointain lui revint inopinément : un autre après-midi torride sur le trottoir ombragé d'une banlieue de l'Ohio. Il était avec sa fille Carol. Elle avait six ans et apprenait à faire de la bicyclette. Il courait à côté d'elle en la tenant par ses petites épaules rondes, puis il la lâchait, la regardait vaciller et ralentissait l'allure sous le soleil de plomb qui lui brûlait le dos. Carol pédalait vers le coin de la rue, queue-de-cheval au vent, hésitait en approchant du tournant. Skelly se précipitait mais trop tard, il la regardait tomber sur le trottoir avec un cri angoissé. Il se baissait pour la consoler.

« Skelly ! » C'était Nadjib qui avait rampé jusqu'à lui et posé une main sur son dos en sueur. « Vous êtes touché ? Ça va ?

— Bien. Je vais bien. »

C'était la fièvre, se dit-il, la fièvre et la folie du combat. Tout ce métal volant au ras des têtes et pénétrant dans les pierres et les chairs. Il ne s'était jamais rendu compte que l'air qu'il respirait pouvait être si lourd de menaces. Il avait l'impression d'être prisonnier de la salle de test d'un labo, d'un univers artificiel fourmillant de particules nucléaires qui fonçaient toutes vers son crâne.

« Restez couché », lui intima Nadjib qui s'éloigna. Skelly vérifia sa montre. Il était presque deux heures de l'après-midi, ce qui leur laissait quatre heures de jour et une heure de crépuscule. S'ils parvenaient à tenir bon tout ce temps, ils pourraient peut-être se faufiler entre les rochers. Mais naturellement l'assaillant pourrait aussi se déplacer sans être vu.

Les tirs se firent sporadiques, personne ne bougeait. Les nerfs de Skelly se calmèrent. Ça devait être ainsi qu'on s'habituait aux combats. Pas étonnant que les gens fassent des cauchemars – toute cette peur maintes et maintes fois refoulée et enfouie.

L'offensive tournait à l'impasse. Chaque fois que quelqu'un plus haut ou plus bas relevait la tête ou tentait de bouger, quelqu'un dans l'autre camp tirait, ce qui déclenchait en général des représailles. Parfois, c'était l'escalade : on entendait des salves nourries suivies du bruit sinistre de douilles tombant sur les pierres.

Skelly se demanda de combien de munitions Razaq et ses hommes disposaient. De temps à autre, il entendait le bruit de chargeurs qu'on éjectait et insérait. On arrivait peut-être à court de munitions des deux côtés. Une heure plus tard, vingt minutes au moins s'écoulèrent sans un seul coup de feu.

Mais les hommes de Bashir attendaient seulement que le premier groupe d'assaillants vienne prendre les troupes de Razaq en tenaille. Le groupe signala son retour par une longue rafale venue d'un virage au loin dans la direction d'Heserak. Skelly s'aplatit encore plus entre les rochers, se sentit soudain vulnérable maintenant que ça mitraillait à l'avant et à l'arrière.

Il était quatre heures de l'après-midi. Le temps passait beaucoup trop lentement. Skelly fouilla dans sa sacoche pour trouver ses cachets et sa bouteille d'eau et avala un autre Cipro. Il avait beau boire, sa bouche était tout de suite sèche. Il sortit son calepin et essaya de prendre quelques notes, mais rien ne semblait avoir de sens. Il aurait été incapable de dire à cet instant précis qui avait été tué et dans quel ordre. Les événements étaient noyés dans un magma de bruits et de dangers.

Un des hommes devant lui avait récupéré du pain dans une sacoche de selle et le faisait circuler. Skelly en prit un morceau et passa le restant à Nadjib. Le pain était sec mais il avait un goût merveilleux : Skelly aurait mangé n'importe quoi pour éponger l'acide qui lui rongeait l'estomac. Entendant quelqu'un s'approcher derrière un rocher juste devant lui, Skelly saisit une pierre et s'apprêta à la lancer. Mais ce n'était que Razaq qui lui tendit le téléphone satellite.

« Le mien a été détruit pendant le combat, dit-il sans préambule. C'est notre seul espoir de faire passer un message. Vous avez bien dit que vous étiez un ami de Sam Hartley ?

— Je suppose qu'il serait d'accord avec ça.

— Vous avez son numéro ? »

Skelly fit signe que oui. Tous ses numéros se trouvaient dans sa sacoche. « Mais la dernière fois que j'ai essayé de l'appeler, il avait quitté le Pearl. S'il est quelque part dans ces collines, son portable ne marchera pas. Et même si j'arrivais à le joindre, je ne vois pas bien ce qu'il pourrait faire pour nous.

— Ce sont ses contacts qui nous intéressent. Avec l'armée américaine. Hélicoptères, missiles. Tout ce qu'il peut trouver.

— Parce que vous croyez que Sam Hartley peut déclencher un raid aérien ? Vous avez de drôles d'idées sur l'Amérique.

— Et vous sur l'Afghanistan. Par conséquent, je vous prierais de bien vouloir l'appeler. »

Qu'y avait-il de mal à ça ? Hartley pourrait même prévenir sa rédaction, sa famille, leur dire ce qui se passait. Naturellement, Skelly pouvait le faire lui-même maintenant qu'il avait le téléphone et, l'espace d'un instant, il caressa l'idée d'envoyer un papier avec un gros titre exotique du genre « SOUS LE FEU DE L'ENNEMI AUX ABORDS D'HESERAK », mais l'envie lui passa. Le papier ne lui parut pas occuper la pole-position sur la liste de ses priorités du moment et, sans le groupe électrogène à portée de main, la batterie du téléphone ne durerait pas plus d'une demi-heure.

Le téléphone avait grosso modo la taille et le poids d'un ordinateur portable et une antenne incorporée que Skelly déploya avant d'appuyer sur un bouton latéral. Il s'éloigna du rocher le plus proche pour avoir un meilleur accès au ciel tout en prenant soin de garder la tête baissée. Il remarqua Nadjib qui l'observait, accroupi. Il y eut une nouvelle fusillade, mais les balles ricochèrent sur des rochers bien au-dessus d'eux. Le téléphone avait l'air de fonctionner et il pianota un numéro après avoir décidé d'essayer d'abord le portable de Hartley. Quelques secondes suffirent pour assurer la transmission.

« Ça sonne », dit-il en tendant l'appareil à Razaq.

Razaq secoua la tête. « Il vaut mieux que vous lui parliez d'abord.

— Moi ? » s'apprêtait à protester Skelly qui comprit soudain l'idée de Razaq. Evidemment. Il fallait que Hartley sache que Razaq était dans la merde, mais que la presse était là pour le faire savoir. Laissez-moi tomber, disait Razaq et le monde entier l'apprendra. Mais c'était supposer que Hartley pouvait les aider, ce dont Skelly doutait fort.

« Allô, allô ? » C'était indubitablement Hartley, même si on l'entendait à peine. La communication lui parut aussi miraculeuse que la première communication téléphonique entre Alexander Graham Bell et Watson.

Une nouvelle fusillade éclata au moment où Skelly s'apprêtait à répondre, il cria donc : « Sam ? C'est Skelly. Tu m'entends ?

— Tout juste. Y a un de ces boucans. T'es où ?

— En Afghanistan. Avec Razaq. On s'est fait attaquer. Dans une gorge au nord d'Azro. »

Il y eut un silence. Hartley soupirait-il ou c'étaient des parasites ? « Imprudent, Skelly. J'ai essayé de t'en dissuader. »

Où était donc passée la vieille camaraderie ? Le *compadre* qui lui envoyait des grandes claques dans le dos, avec une bière fraîche dans une main et une offre de boulot dans l'autre ?

« En fait, tu m'as dit qu'il ne m'accepterait jamais dans ses rangs. Mais quelqu'un d'autre l'a fait. Un dénommé Bashir qui avait ta carte de visite. La tienne et celle d'Arlen Pierce. » Nouveau silence. La communication avait-elle été coupée ? « Allô ?

— Je suis toujours là. J'essaie juste de comprendre. Bashir de Katchagarhi ?

— Tu le connais ?

— J'ai entendu parler de lui. Et ne t'avise pas de dire autre chose.

— On pourrait peut-être s'occuper du protocole plus tard ? On essaie juste de se sortir de là vivants. » Il y eut une nouvelle fusillade, plus rapprochée cette fois, comme si quelqu'un avait pris sa voix comme point de mire.

« Un petit conseil, Skelly. Si tu t'en sors intact, file à la première occasion.

— Mais où ?

— N'importe où. File. Y a trop de turbans noirs qui se dirigent vers vous, d'après ce que j'ai entendu dire. Plus quelques autres sur lesquels vous n'avez pas envie de tomber. Alors tire-toi de là, pour ton bien et pour moi. Où est Razaq ?

— À mes côtés. Je te le passe.

— Attends. Donne-moi d'abord vos coordonnées GPS.

— Mes quoi ?

— Elles sont indiquées sur le téléphone. »

Skelly examina l'écran. Des chiffres y figuraient bel et bien. Il les lut lentement à haute voix.

« Génial. Et maintenant passe-moi le vieux. »

Skelly roula maladroitement sur le dos pour tendre le téléphone à Razaq, en prenant soin de ne pas le secouer pour garder la transmission. Au seigneur de la guerre de se dépatouiller. Ces deux-là jouaient de toute évidence dans la catégorie au-dessus.

Razaq dut crier aussi mais tourna la tête comme s'il ne voulait pas qu'on l'entende. La conversation se fit d'abord en anglais puis en pachtou. Skelly se dit qu'il ne devrait pas être surpris d'apprendre que Hartley parlait un peu la langue du coin. À moins que Hartley ait passé le téléphone à quelqu'un d'autre ? En tout cas, la conversation ne dura que quelques minutes de plus et lorsque Razaq rendit le téléphone, la transmission était coupée. Skelly voulait demander à Hartley de passer un coup de fil à sa famille et à sa rédaction. Trop tard.

« Qu'est-ce qui va se passer ? demanda Skelly à Razaq.

— Il va faire son possible.

— C'est-à-dire ?

— Nous allons le découvrir, *inch Allah.* »

Skelly médita un instant, mais avant qu'il ait eu le temps de trouver une réplique, Razaq rampait déjà vers la tête de la colonne.

« Vous croyez que ça va servir à quelque chose ? s'enquit Nadjib.

— Comme il l'a si bien dit, on va le découvrir.

— *Inch Allah.*

— Ouais, *inch Allah.*

— Je suppose que l'ISI a tout entendu. Je me demande ce qu'ils vont y comprendre.

— J'espère qu'ils pigeront mieux que moi ! Plus y a de gens au courant, mieux c'est. Putain, quel bordel. »

Ses dernières paroles furent noyées par une autre rafale. La langue anglaise avait peut-être le don de les mettre en rogne. Skelly décida de la boucler pendant un moment.

Le crépuscule arriva et ils étaient toujours dans le même pétrin. Les secours se faisaient attendre. Le soleil avait depuis longtemps disparu derrière les crêtes, remplacé par un bleu nuit de plus en plus profond. La température diminuait à vue d'œil ainsi que l'ardeur au combat. Les tirs étaient sporadiques et sans conviction.

Peut-être que Bashir temporisait. Skelly l'espérait. Mais après avoir attendu impatiemment la tombée de la nuit tout l'après-midi, voici que Skelly l'appréhendait et imaginait qu'elle ne ferait qu'aggraver la situation. L'idée d'une attaque soudaine, d'un corps à corps dans l'obscurité semblait terrifiante.

Puis il y eut un nouveau bruit, venu du sud – une pulsation comme si les rochers eux-mêmes se mettaient à vibrer. Skelly s'aperçut avec allégresse que c'était un hélicoptère qui se rapprochait de seconde en seconde. Le bruit de ses pales ressemblait à la sonnerie de clairon d'une charge de cavalerie. Hartley avait donc réussi. Lui ou Pierce ou quelqu'un d'autre devait avoir donné leurs coordonnées et rallié les troupes. Incroyable.

Une minute plus tard, le bruit de l'hélico remplit le ciel et Skelly entendit des cris d'incrédulité sur le versant juste au-dessus d'eux, des échanges rapides et paniqués.

L'hélico qui venait de la direction d'Heserak volait bas, juste au-dessus du goulet du ravin, à environ trois cents mètres du sol. Il passa au-dessus de leurs têtes en soulevant d'immenses tourbillons de poussière qu'il semblait aspirer. Puis il reprit brutalement de l'altitude et revint vers eux comme pour reconnaître le terrain mal éclairé. Soudain l'hélico ouvrit le feu. Une paire de roquettes tournèrent légèrement en sifflant avant de s'écraser sur le haut du versant bien au-dessus de leurs têtes dans un bruit de tonnerre, suivies d'une pluie de scories et de poussière. Skelly ferma les yeux mais avala une gorgée de saletés, puis rouvrit les yeux juste à temps pour voir l'hélico reprendre de la hauteur et tourner en rond près du sommet du ravin. Puis il y eut un second sifflement venu cette fois du sol et Skelly vit la traînée brillante d'un projectile qui se dirigeait vers l'appareil accompagnée par les étincelles d'une rafale d'armes automatiques. Les hommes de Bashir ripostaient mais ratèrent complètement leur cible. Le projectile, très vraisemblablement tiré par un RPG, explosa contre la paroi opposée du ravin. Ce semblant de résistance eut cependant un effet et l'hélico décrivit un arc plus grand et plongea vers le fond du ravin. Puis, il accéléra, remonta, franchit la ligne de crêtes et disparut aux regards.

La vallée fut soudain silencieuse, les vrombissements de l'hélico s'estompant aussi soudainement qu'ils s'étaient manifestés.

« C'est tout ? demanda Nadjib.

— Non, fit Skelly. Ils vont revenir. »

Il le crut au début et passa les cinq minutes suivantes à attendre le retour de l'hélicoptère, à guetter son arrivée crachant des missiles par-dessus la ligne de crêtes. Les dernières lueurs du jour saignaient sur les collines mais l'hélico devait certainement être équipé d'un viseur infrarouge qui permettait de repérer l'assaillant sur les pentes au-dessus d'eux. Il tendit l'oreille mais pas de vrombissement. Rien que le vent. Puis un bruit étouffé, mais ce n'était qu'un des hommes de Razaq qui changeait de position, se faufilait parmi les rochers comme un serpent. Skelly comprit alors que l'instant était passé, que l'hélico ne reviendrait plus.

« Bon, ben je suppose que ce sera tout, fit-il. Du moins pour aujourd'hui. »

Nadjib ne dit rien et Skelly l'entendit qui se préparait un coin pour dormir. Skelly s'affala contre un rocher, attrapa sa bouteille d'eau. La température paraissait chuter à mesure que l'obscurité s'installait sur la vallée et Skelly bâilla, soudain lessivé maintenant qu'une opération de secours était exclue. Il posa la tête par terre après avoir enlevé les pierres.

Il lui sembla qu'il avait à peine fermé l'œil quand on le secoua par l'épaule. C'était Nadjib qui lui disait doucement à l'oreille : « Réveillez-vous. Il y a du nouveau. »

Pas encore totalement conscient, Skelly se redressa sur un bras avant de se baisser à nouveau. Puis il s'aperçut qu'il faisait noir comme dans un four et que personne ne pouvait le voir. Faucille blanche prête à tomber dans la gorge, un croissant de lune se tenait en équilibre sur la crête opposée.

« Où êtes-vous ? demanda-t-il soudain paniqué, le cœur battant la chamade.

— Juste à côté de vous. Razaq est sur le départ. Je crois qu'il tente une sortie avec ses fils.

— Il est quelle heure ?

— Presque huit heures. Écoutez. »

Il entendait maintenant. De vagues cliquetis et des bruits de pas. Ils se mettaient en selle ? Si c'était le cas, pourquoi est-ce que tout le monde n'en faisait pas autant ? Skelly se souvint alors qu'il n'y avait plus assez de chevaux pour tout le monde. Le combat allait peut-être se déplacer sur la nationale et laisser Nadjib et lui en lieu sûr, à l'arrière. Il en doutait d'une certaine façon.

« Tenez, dit Nadjib, prenez ça. Vous pourriez en avoir besoin. J'en ai une aussi. »

Il faisait trop sombre pour voir ce que Nadjib lui tendait, mais il devina au toucher : l'acier froid d'un canon et le bois d'une crosse.

« Où diable avez-vous dégotté ça ?

— Sur un des hommes de Razaq qui a été touché. Pendant que vous dormiez, je m'en suis trouvé une aussi. »

Skelly n'avait manié une kalachnikov qu'une seule fois dans sa vie, lorsqu'il avait traversé la Bosnie en compagnie d'un Finlandais qui picolait sec. Le Finlandais effectuait sa dernière période de service dans les Balkans et n'avait qu'une idée en tête : vérifier l'efficacité de son gilet pare-balles avant de rentrer chez lui. Il l'avait adossé à une tranchée et avait tiré dessus en empruntant la kalachnikov d'un milicien musulman qui s'embêtait. Puis il avait invité Skelly à faire un essai après lui avoir montré le maniement de l'arme. Skelly se souvenait encore de l'ecchymose que le recul lui avait laissée sur l'épaule et ça lui fit tout drôle de tenir le fusil dans ses mains.

« Attention, murmura Nadjib, elle est chargée.

— Où est-ce que vous avez appris à vous en servir ?

— À votre avis ? Là où j'ai grandi, on ne fête pas son dixième anniversaire sans tirer une salve de kalachnikov. Je préférerais ne pas avoir à m'en servir, mais on ne sait jamais. »

Il avait raison, se dit Skelly. Mais il éprouvait une étrange sensation : tout ça allait à rencontre de son instinct professionnel. Le journaliste était censé être un observateur passif qui se fondait dans le paysage pour attendre la fin des combats, puis qui émergeait sans arme pour interviewer les survivants et compter les morts. Mais si le dernier round devait commencer maintenant, il supposait que personne ne prendrait la peine de vérifier sa carte de presse, surtout dans le noir.

« OK. Je suppose que je suis prêt. Mais je veux bien être pendu si je sais sur qui il faut tirer.

— Écoutez. Ils se remettent à bouger. »

Skelly scruta l'obscurité et crut entrapercevoir un mince reflet de lune sur la lame d'une épée, mais ce n'était peut-être que le fruit de son imagination romantique qui voulait que Razaq redevienne le guerrier qu'il avait jadis été, prêt à chevaucher dans les pages d'un manuscrit enluminé de fers de lances argent et de sultans galopants. C'était le fusil qu'il avait dans les mains qui lui donnait ces hallucinations ?

Puis il entendit des crissements de cuir, une galopade, des cris, suivis de coups de feu accompagnés d'éclairs brillants sur les deux versants. Des balles traçantes décrivirent des arcs incroyables avant de retomber sur les coteaux. Skelly tressaillit et se cramponna à son arme, toujours pas habitué à ce qu'il voyait et entendait. Mais il ne pouvait s'empêcher d'être hypnotisé par le spectacle qui ressemblait à un feu d'artifice qui aurait très mal tourné.

Un peu plus haut, il y eut à nouveau des cris puis une sorte de collision, comme si une énorme bête s'écroulait, puis de nouveaux coups de feu, des éclairs lumineux stroboscopiques et étincelants – une commotion sensorielle totale pendant quelques secondes, suivie tout aussi brusquement par un silence pendant lequel tout ce que Skelly entendit fut la respiration de Nadjib, à une trentaine de centimètres sur sa droite. Il faisait froid, s'aperçut-il soudain. Un froid de chien. Le sol sous ses genoux donnait l'impression d'être un morceau de glace plein d'aspérités.

Quelques appels timides. Puis un bruit de pas plus haut sur la route. Trop de pas pour que ça signifie autre chose qu'une mauvaise nouvelle.

« Qu'est-ce qu'ils disent ? chuchota Skelly. Qu'est-ce qui se passe ?

— Ils l'ont eu, répondit Nadjib. Ils ont Razaq et ses deux fils. C'est Bashir qu'on entend un peu plus haut. »

Skelly déposa son fusil et entendit Nadjib l'imiter. C'était fini. Pour tout le monde. « Et maintenant ?

— On se rend. Et on espère que tout ira bien. »

24

C'était la première fois que Daliya entrait dans un magasin de burqas. Une copine de fac avait voulu aller y faire un tour une fois pour s'amuser, mais elles s'étaient ravisées à la dernière minute en se disant que leurs gloussements méprisants leur attireraient des ennuis.

L'endroit lui donna la chair de poule. Les magasins de burqas étaient des monuments de conformisme, tous les murs et les portants disparaissaient sous les mêmes couleurs pastel – la plupart dans des nuances de bleu –, toutes les burqas avaient la même forme ample et le même haut en forme de volant de Badminton, un vrai rassemblement de linceuls. Plus vite elle en aurait fini, mieux ce serait, décida Daliya en se précipitant à l'intérieur tandis que le professeur Bhatti restait près de la porte d'entrée comme pour monter la garde.

La vendeuse apparut immédiatement. Elle fit à Daliya l'impression d'être du genre prude. On le sentait malgré le fait qu'elle ne portait pas de burqa. Elle n'en avait pas besoin car aucun homme ne mettait jamais le pied dans le magasin. Elle en avait cependant accroché une de façon ostentatoire près de la porte pour pouvoir s'aventurer dans les rues. Elle parla au moment précis où Daliya venait d'en trouver une qui avait l'air à sa taille.

« Tenez, dit-elle en en choisissant une seconde. L'une ou l'autre devrait vous aller parfaitement. »

Sa voix paraissait étonnamment chaleureuse. Daliya l'avait peut-être jugée trop vite.

Daliya passa la burqa au-dessus de ses vêtements. C'était horriblement claustrophobique. Le devant se colla sur le bout de son nez et lui frôla les lèvres quand elle ouvrit la bouche pour parler. Sa première impulsion fut de l'enlever sur-le-champ, de la jeter par terre et de quitter les lieux au plus vite pour ne jamais y remettre les pieds.

Mais il s'en dégageait aussi un sentiment d'intimité qui ne manquait pas de charme. C'était comme observer le monde depuis une cachette par un orifice grillagé, en restant anonyme et inaccessible. Il faudrait de la patience pour arriver à la porter longtemps, mais Daliya supposait qu'on oubliait sa présence au bout d'un moment. La burqa lui allait bien. Daliya l'enleva donc et dit : « Je vais prendre celle-ci.

— Vous avez sans doute raison, dit la vendeuse, mais pourquoi ne pas essayer l'autre ? »

Daliya l'essaya par gentillesse mais la trouva trop longue : l'ourlet se cassait légèrement sur ses souliers. Elle fit un pas et faillit trébucher. Quelques centaines de mètres et le bas serait crasseux.

« Non, fit-elle en l'ôtant. Elle est trop longue. »

La vendeuse prit une expression peinée. De toute évidence, elle mourait d'envie de dire quelque chose.

« Oui ? demanda Daliya.

— Je suis heureuse de vous voir choisir la voie de la pudeur, ma chère. Mais ai-je raison de croire que vous la porterez pour voyager ?

— Oui », dit Daliya en rougissant. Si ses intentions étaient si faciles à deviner, elle ferait peut-être bien de revoir ses plans.

« Si ce n'est pas trop indiscret, puis-je vous demander où vous allez ?

— Dans la Province frontière du Nord-Ouest.

— Au-delà de Peshawar ? »

Que de précautions oratoires ! Personne n'osait dire « les zones tribales », qui même avant la guerre paraissaient exotiques et étrangères à tous ceux qui n'y vivaient pas. Une terre de kidnappeurs et de contrebandiers qui, plus que tout autre coin paumé du Pakistan, était désormais considérée comme une terre de saints hommes au regard fou, de soulèvements armés, du djihad et du fanatisme. C'était du moins l'idée qu'on s'en faisait généralement à Islamabad.

« Bien au-delà.

— Alors, prenez la plus grande, ma chère. Vous serez plus en sécurité, *inch'Allah.*

— Ah, oui, je vois. »

La vendeuse avait raison, bien sûr. Tout le monde avait entendu ces horribles histoires de femmes frappées violemment aux chevilles si elles montraient le moindre centimètre de chair quand elles montaient dans un bus ou gravissaient un escalier. La plupart de ces récits provenaient des fiefs talibans en Afghanistan, mais pas tous. Si toutes les zones tribales ne se ressemblaient pas, qui sait quelles seraient les règles là où elle allait ? Daliya remercia donc la vendeuse, régla son achat et partit.

Une fois qu'elles eurent regagné la voiture, le professeur Bhatti eut l'air extrêmement soulagée et Daliya éprouva un nouvel élan de sympathie. C'était ça le prix du succès pour les femmes ? La moindre embûche était regardée comme un désastre potentiel ? Elle lui lança un regard, mais le professeur ne quitta pas la route des yeux et parut étrangement préoccupée pendant tout le restant du trajet comme si elle réfléchissait à quelque chose.

Lorsqu'elles arrivèrent à l'appartement, l'atmosphère fut plus détendue et elles bavardèrent jusqu'au moment où, peu avant minuit, le professeur se leva et dit : « Je vais préparer du thé. »

Daliya l'entendit allumer la radio dans la cuisine : musique entraînante accompagnée de bruits de vaisselle familiers et réconfortants. Quelques minutes plus tard, la radio s'éteignit et le professeur revint avec deux tasses de thé fumant. Mais son visage était gris, son expression grave.

« Je viens d'écouter les informations, dit-elle. Razaq a été capturé avec tous ses hommes. Ils sont aux mains des talibans.

— Alors, Nadjib aussi », fit Daliya en baissant la tête.

Le professeur posa une tasse devant elle. Daliya la porta machinalement à ses lèvres, mais fut incapable d'avaler. Elle la reposa et respira à fond pour essayer de se maîtriser. Pauvre Nadjib. Ils n'allaient tout de même pas le garder ? L'Américain à la rigueur pour l'échanger contre rançon. Pas le fils d'un *malik* tribal. Mais si on l'expulsait, est-ce qu'il n'allait pas se retrouver sur les terres de son père, dans son village de Bagwali comme il le redoutait ? Sauvé mais pas libre. Raison de plus pour mettre son plan à exécution au plus vite, ne serait-ce que pour ne pas devenir folle d'anxiété à force d'attendre.

« Vous allez vous rendre là-bas, n'est-ce pas ? demanda calmement le professeur qui regarda Daliya d'un air extrêmement concentré et soucieux. Je vous ai entendue dire dans le magasin de burqas que vous alliez voyager dans les zones tribales.

— Je suppose que oui. »

Le professeur Bhatti hocha la tête comme si elle s'inclinait devant le fait. Puis elle reposa doucement sa tasse, se pencha et parla sur un ton qui était plus celui d'une confidente que d'un mentor. « Si j'étais une personne saine d'esprit, quelqu'un de responsable, je décrocherais immédiatement mon téléphone pour prévenir vos parents ou même la police. Mais naturellement, si je n'étais que ça, je ne serais jamais arrivée où j'en suis aujourd'hui. Je ne suis devenue circonspecte que pour essayer de protéger ce que j'avais. Je suis devenue une politicienne, une politicienne prudente qui fait du sur-place.

— Non, ce n'est pas juste. Vous avez…

— S'il vous plaît. Laissez-moi finir. »

Daliya acquiesça respectueusement de la tête.

« Vous allez devoir prendre des risques similaires à ceux que j'ai pris en mon temps si vous voulez vous élever au-dessus des normes, mais vous ne devriez pas essayer de le faire toute seule. Je vais donc vous aider – que Dieu me vienne en aide aussi ! – par tous les moyens à ma disposition. J'ai le nom de quelqu'un qui pourrait vous être utile là-bas. Mais avant de vous le donner, il faut que vous sachiez que même ensevelie sous une burqa vous n'irez pas très loin. Pas toute seule en tout cas. Une fois à l'ouest de Peshawar, il vous faudra une escorte. Même deux femmes habillées correctement ne peuvent aller très loin à moins d'être accompagnées par un homme. C'est la simple réalité.

— Je sais, fit Daliya d'une toute petite voix. Je suis au courant de tout ça. C'est la raison pour laquelle j'ai conçu un plan. Étrange peut-être, mais un plan.

— Exposez-le-moi. Je vais essayer d'être pleine d'admiration au lieu d'être horrifiée. »

Daliya sourit et prit sa tasse de thé. Pour la première fois de la soirée, elle commença à croire à son entreprise. Elle aurait besoin que la chance l'accompagne, ça c'était sûr, mais elle savait désormais qu'elle aurait la résolution nécessaire.

« D'accord, dit-elle. Mais j'espère que vous pourrez veiller encore un peu une fois que j'en aurai terminé car il va y avoir du pain sur la planche. Je pars demain matin.

— Pour votre grande aventure, dit le professeur en esquissant un sourire.

— Oui, fit Daliya. Grande et sans doute téméraire. Mais certainement une aventure. »

Daliya exposa donc son plan et le professeur fut pleine d'admiration.

Mais aussi pas mal horrifiée.

25

Les hommes de Bashir les ramenèrent sous la menace de leurs armes à Heserak, puis firent grimper tout le monde à bord de six pick-up dans l'obscurité. C'est alors que Nadjib repéra Hadji Kudrat en *shalwar kamiz* gris sale et veste de laine épaisse qui hurlait des ordres.

Une lampe éclairait son long visage tanné et sa barbe rousse broussailleuse. Un turban noir trônait sur sa tête comme un gâteau fourré glacé à la réglisse. Il était visiblement pachtoune, pourtant ses yeux en amande étrécis trahissaient du sang hazara, le peuple supposé descendre des hordes de Gengis Khan.

Quand Kudrat ne parlait pas, il arborait une mine renfrognée, une expression à la fois impérieuse et imposante. Passée autour de son cou, une grosse paire de jumelles qui, là d'où venait Nadjib, était un symbole d'autorité aussi clair qu'un sceptre incrusté de joyaux. Un pistolet dans son étui pendait à son ceinturon militaire en toile.

Quelqu'un poussa Nadjib avec le canon de son fusil, ce qui voulait dire qu'il était temps de cesser de bayer aux corneilles et d'embarquer. Mais il en avait assez vu pour reconnaître en Kudrat un visiteur de la maison de son père au temps jadis. Déjà à l'époque, l'homme faisait son effet, étalé sur les coussins de la *hujera,* inhalant profondément la fumée du *houka,* sa voix ne perdant jamais le ton du commandement, même quand ses yeux devenaient vitreux. Contrairement à d'autres qui faisaient les frais de la généreuse hospitalité de son père – la plupart finissaient par être davantage traités en otages qu'en invités – Kudrat semblait aller et venir à sa guise, signe de son importance. Une semaine après son départ, un convoi de camions était arrivé de Peshawar, apportant des caisses de lance-grenades, escortées par un Américain pâle et bavard. Ce qui montrait que Kudrat savait déjà en ce temps-là utiliser ses relations. Maintenant il en imposait à tout le monde. Ceux qui venaient prendre ses ordres se tenaient à une distance respectueuse comme si une permission spéciale était requise pour s'approcher de lui.

Malgré toutes ses appréhensions pour lui-même et pour Skelly qui avait à peine décroché un mot depuis leur capture, Nadjib trouvait l'atmosphère étrangement réconfortante. Il ne serait pas allé jusqu'à dire qu'elle était à son goût mais elle lui était familière depuis l'enfance. Il y avait presque un air de vacances, une électricité qui émanait de ces hommes en mouvement, renforcée par la violence que l'on sentait sur le point d'éclater. Ça sentait l'orage. Raison de plus pour ne pas perdre Skelly de vue.

Ils étaient maintenant épaule contre épaule à l'arrière d'un pick-up Toyota blanc. Skelly prenait des notes – il n'avait quasiment pas arrêté d'écrire pendant la dernière demi-heure – comme s'il émergeait enfin de la stupeur dans laquelle l'avait plongé le combat. Quatre hommes de Razaq se trouvaient dans le camion avec eux. L'un d'eux avait la cuisse gauche qui pissait le sang et sa jambe de pantalon trempée luisait.

Le moteur rugit et le premier camion démarra. Ils étaient dans le suivant mais, alors qu'ils s'apprêtaient à partir, Bashir accourut et fit signe au chauffeur d'arrêter. Il jeta un coup d'œil à l'arrière et leva le pouce en regardant Nadjib. Puis il eut un sourire triomphant quand il vit que Skelly avait sorti son calepin. Il fit signe au chauffeur de redémarrer. Il ne les avait, apparemment, invités que pour avoir un scribe personnel, quelqu'un qui fasse connaître son nom au monde entier. Il avait visiblement pris plaisir à envoyer Skelly en éclaireur pour narguer Razaq. Ce genre de réputation avait une certaine valeur, supposa Nadjib qui se demanda toutefois si l'austère Kudrat approuverait. En tout cas, ça n'avait apparemment rien changé à leur statut de captifs. Si Skelly et lui étaient vraiment spéciaux, pourquoi Bashir ne les faisait-il pas voyager dans le premier camion ? Nadjib se dit qu'il aurait dû ressentir de la colère, mais il n'éprouvait que de la lassitude. À quoi bon s'énerver contre un faucon ou un vautour ? C'était simplement la nature de cet homme, sa stupide façon de vivre et de survivre.

« Vous pensez qu'on sera OK ? » C'était Skelly qui se décidait enfin à parler. Ses yeux étaient vitreux. D'après ce que Nadjib pouvait voir de son calepin, ses notes étaient à peine lisibles, plus le résultat d'une compulsion que d'une observation attentive. Il tâta le front de Skelly. Il était brûlant et sec.

« Vous devriez reprendre des cachets. On ne nous donnera peut-être pas à manger avant un bon moment. Et si jamais on avait l'occasion de filer, faudra pas traîner.

— Vous croyez qu'on en aura vraiment une ? »

Nadjib l'ignorait et il ne dit donc rien. Skelly hocha la tête comme s'il comprenait parfaitement.

Les camions quittèrent la bourgade en un convoi poussiéreux. La lune était désormais haut dans le ciel et soulignait les contours des collines. Depuis leur entrée en Afghanistan, deux jours plus tôt, ils avaient dessiné grosso modo un croissant qui s'orientait maintenant vers le nord-est, itinéraire qui les avait amenés au fond de la large vallée fertile qui s'étend à l'ouest de la passe de Khyber. Jalalabad, qui avait la réputation d'être la base d'opérations de Kudrat, se trouvait au milieu de cette vallée, à moins de cinquante kilomètres est-nord-est d'Heserak. Si c'était bien leur destination, les routes devraient désormais être relativement droites et plates.

Elles étaient pleines d'ornières pourtant et tandis que les camions fonçaient en cahotant, Nadjib remarqua une flaque de liquide sombre à la base du hayon fermé. Elle avait l'air de provenir du blessé dont le visage n'était plus visible dans l'obscurité. Un kilomètre et demi plus loin, Nadjib remarqua qu'un voisin du blessé se penchait sur lui. Puis une voix annonça : « Il est mort » en criant pour couvrir le bruit du moteur. Nadjib traduisit la nouvelle pour Skelly qui nota dûment l'événement après avoir consulté sa montre. Les cinq survivants se déplacèrent pour donner au mort un peu plus de place maintenant qu'il n'en avait plus besoin.

« Vous savez comment il s'appelait ? » demanda Skelly.

Nadjib transmit la question aux autres.

L'un d'eux grommela : « Personne ne le connaissait. »

Skelly écrivit encore quelques instants puis posa son crayon. Nadjib se demanda si le mort avait une famille, des enfants. S'il était comme la plupart des combattants, il faisait probablement la guerre depuis des années, portait un fusil pour un seigneur de la guerre quelconque avant même d'être en âge de se raser. Il avait oublié non seulement son âge mais peut-être aussi comment gagner normalement sa vie. Tout sauf se battre, naturellement. Si comme tout le monde l'espérait, la paix revenait bientôt, que feraient ces hommes ? Rentrer chez eux pour y trouver poussière et famine ? Skelly et lui se retrouvaient désormais entraînés dans le flot de guerriers qui dérivaient d'un endroit désolé à un autre. Il aurait dû en vouloir à son compagnon, se dit-il avec lassitude. Si Skelly n'avait pas été aussi obnubilé par son papier, ils seraient à l'heure qu'il est en train de repasser la frontière, de retourner vers Tariq et l'ISI. Au lieu de ça, ils devaient continuer à aller de l'avant, vers l'inconnu. Et essayer de conserver assez d'énergie pour s'enfuir si l'occasion se présentait. Nadjib userait de réserves dans lesquelles il n'avait pas puisé depuis des années.

La nuit était de plus en plus froide, et une ou deux fois, Nadjib entendit Skelly claquer des dents. Il avait rangé son calepin. Une demi-heure plus tard, ils aperçurent les lumières brillantes de Jalalabad. L'électricité de la ville témoignait du prestige de Kudrat. L'allégeance des diverses bandes et factions ne signifiait pas grand-chose si vous ne contrôliez pas celles qui assuraient l'alimentation en eau et électricité.

Mais ils se contentèrent de rouler dans les faubourgs, traversèrent à toute allure des orangeraies, passèrent devant des maisons basses non éclairées et un ou deux check-points solitaires où brûlaient des feux de camp, puis au bout d'environ un kilomètre et demi de campagne, le convoi tourna à gauche et emprunta un chemin de terre accidenté le long d'un champ dénudé. Il y eut ensuite toute une série de bifurcations au milieu de terres cultivées, sous de longs alignements d'eucalyptus assoiffés dont la forte odeur mentholée imprégnait l'air nocturne. Quand les camions finirent par s'arrêter, personne ne souffla mot et seuls les claquements de portières et de hayons brisèrent le silence. Durant une accalmie, Nadjib entendit à nouveau gratter le crayon de Skelly, telle une souris dans un lambris. Puis quand le hayon de leur camion s'ouvrit, une voix grave derrière eux dit :

« Tout le monde descend.

— On est où ? demanda un captif.

— Rishkour. »

C'était une petite base militaire située aux abords de Jalalabad et elle ne semblait pas disposer d'éclairage. Elle était peut-être soumise à un black-out très strict. On distinguait vaguement les contours de quelques bâtiments bas. Au-delà, éclairé par la lune, s'étendait un champ jonché de formes sombres. Des camions ? Des chars ? Nadjib n'en était pas certain.

Quelqu'un alluma une torche et le faisceau éclaira le visage de Skelly. Puis un des hommes de Bashir attrapa Skelly par le bras. Nadjib marcha vite pour ne pas se laisser distancer et passa devant un petit groupe d'hommes discutant à voix basse dans une langue étrangère. Il crut reconnaître des mots arabes, mais, une fois de plus, il n'aurait pu en jurer.

« Attendez ici », fit l'homme à Skelly avant de partir. Quelqu'un mit en route un groupe électrogène qui pétarada et peu de temps après une série de loupiotes s'allumèrent au-dessus de leurs têtes. Nadjib jeta un coup d'œil au petit groupe. Ils avaient l'air renfrogné, d'une bande de durs à cuire et ils n'étaient certainement pas du coin. L'un d'eux était armé jusqu'aux dents.

Skelly donna un coup de coude discret à Nadjib puis indiqua le groupe d'un signe de tête. « Des talibans ? demanda-t-il à voix basse.

— Des *invités* des talibans.

— Des invités, répéta Skelly qui avait l'air épuisé. Vous voulez parler de certaines forces qui se retirent du nord ? Ou c'est un genre d'étape pour les visiteurs ? » Il dit ces mots d'un air songeur comme s'il s'attendait presque à ce que son copain Sam Hartley, l'affairiste, fasse une brève apparition, débarque sur le prochain courant d'air pour tout arranger en distribuant des garanties commerciales à tout le monde.

« Des invités *arabes,* précisa Nadjib. Venus de Syrie, d'Arabie Saoudite, du Yémen. Ou de pays similaires. Ce sont ceux que votre gouvernement appelle Al-Qaïda, bien que je doute qu'ils acceptent l'appellation. »

Skelly fit mine de sortir son calepin, puis se ravisa. « M'est avis que nous allons soit avoir l'histoire du siècle, soit ne pas tarder à devenir indésirables. »

Nadjib supposa qu'il avait raison.

Quelques minutes plus tard, un des gardes de Kudrat les poussa en direction d'une colonne de captifs marchant en file indienne vers un long bâtiment en parpaings. Puis Bashir surgit et passa un savon au garde.

« Ils s'engueulent, expliqua Nadjib à Skelly. Bashir dit que nous lui appartenons. Il essaie de nous séparer des autres. »

Bashir finit par avoir gain de cause, ce que Nadjib considéra comme de bon augure. Avec lui au moins on savait à qui on avait affaire et, malgré sa duplicité, il avait un intérêt direct à leur survie. Mais il avait dû hausser le ton pour faire valoir son point de vue, ce qui avait attiré l'attention des Arabes qui n'avaient pas l'air d'approuver. Plus ils s'éloignaient d'Azro, plus l'autorité de Bashir paraissait diminuer.

Bashir les conduisit jusqu'à un autre bâtiment bas où il les fit entrer dans une petite pièce et alluma sa torche pour qu'ils puissent se repérer. Elle ressemblait à leur chambre à Azro : des murs de plâtre sales et quelques matelas peu épais par terre.

« Où se trouvent mon téléphone et le restant de mes affaires ? » demanda Skelly. Il avait l'air d'aller un peu mieux.

« Demain, fit Bashir.

— Mais mon téléphone ?

— Demain. Patience. » Puis il éteignit sa torche, referma la porte et les laissa dans le noir. Nadjib se dirigea à tâtons vers un des matelas et supposa qu'on ne leur donnerait pas à manger ce soir. Il y arriverait. Il tiendrait aussi longtemps qu'il le faudrait. Il espérait seulement que Skelly pourrait en faire autant.

« Il n'a pas fermé à clé, fit Skelly.

— Ce n'est pas nécessaire. J'ai entendu un des gardes dire que les Américains avaient arrosé le coin de bombes à fragmentation. Il y en a apparemment encore des centaines qui ne demandent qu'à exploser dans les champs. Essayez de vous éclipser et vous verrez.

— Je ne saurais pas où aller de toute façon. Où sont passés Razaq et ses fils ?

— Aucune idée. Ils se trouvaient dans le premier camion qui était vide quand les lumières se sont allumées.

— Mais j'imagine qu'ils ne vont rien lui faire, si ?

— À moins qu'ils ne le livrent aux Arabes.

— Ou à celui qui les dirige.

— Oui. » Nadjib ne voulait pas prononcer de nom. « Ça pourrait tout changer. Pour nous aussi. »

Skelly laissa tomber le sujet comme si lui aussi craignait qu'il leur porte la poisse.

Nadjib s'endormit vite. Il n'y avait pas d'appel à la prière la nuit par ici. Aucun bruit à part les bruits de pas et les murmures d'une poignée d'hommes derrière la porte. À un moment donné, quelques camions partirent, mais impossible de dire combien.

Plusieurs heures plus tard, il fut réveillé par un éclair et une déflagration : le sol tremblait et, pendant un instant terrifiant, il parut ne plus y avoir du tout d'oxygène. Une pluie de terre et de pierres s'abattit sur le toit. Puis un avion à réaction passa au-dessus de leurs têtes et disparut aussi vite. Il entendit Skelly remuer dans le noir, rejeter ses couvertures.

« Qu'est-ce qu… ?

— Restez où vous êtes, l'avertit Nadjib.

— J'essaie juste de me repérer, fit Skelly qui avait l'air secoué. Putain, je me demande à quoi on va encore avoir droit. »

Il y eut trois autres explosions, mais de plus en plus sourdes. On aurait dit un orage qui s'éloignait. Quelqu'un gémit au-dehors, puis il y eut des pas précipités suivis du silence. Nadjib devait s'être rendormi peu après car tout ce qu'il savait ensuite, c'était qu'il avait vu Bashir, le visage éclairé par une torche, qui lui secouait l'épaule.

« Qu'est-ce qui se passe ? demanda un Skelly qui avait l'air sonné. Qui est là ?

— Venez, dit Bashir. Il faut que vous voyiez ça tous les deux. »

Son ton était pressant et il devait être excité car il ne prenait pas la peine de parler anglais pour son scribe américain. Nadjib traduisit les ordres de Bashir, mais Skelly marmonna une réponse à peine compréhensible et lorsque Bashir tourna le faisceau de sa torche vers le reporter, Nadjib vit que Skelly avait le front et les cheveux trempés de sueur. Il lui tâta le front qui était redevenu brûlant.

« Faut que je me reprenne un cachet, grommela Skelly. Et que j'aille chier une fois de plus.

— Il est malade, dit Nadjib.

— Vous devez venir quand même. Tout de suite. »

Nadjib se dépêcha de traduire et Skelly, malgré son état, sortit son calepin avant d'enfiler son pantalon. Lui aussi avait des réserves inentamées, supposa Nadjib, qui était ravi de l'apprendre.

« Qu'est-ce qu'il veut nous montrer ? » demanda Skelly. Cette fois, Bashir répondit en anglais : « Un procès. Le procès de Mahmoud Razaq. Il va être jugé pour trahison, lui et ses fils. Puis on les pendra. »

Skelly regarda Nadjib et murmura une petite phrase à peine audible.

« Quoi ? demanda Bashir. Qu'est-ce qu'il dit ? »

Nadjib avait reconnu la phrase qu'il avait entendue, longtemps auparavant, dans la bouche d'un professeur américain en réponse à un scandale judiciaire. Elle l'avait intrigué à tel point qu'il en avait vérifié l'origine. Il avait été surpris de découvrir qu'elle venait d'un livre pour enfants, d'un monde imaginaire où les animaux et les cartes à jouer marchaient et parlaient, un endroit où la logique et l'ordre étaient mis sens dessus dessous.

« Il a dit : "La sentence d'abord, le procès ensuite." »

Bashir hocha la tête. Il eut l'air de trouver l'idée à son goût. « Venez, répéta-t-il, les yeux flamboyants, il faut que vous voyiez ça. »

26

Le procès n'avait de procès que le nom et parut d'autant plus surréaliste à Skelly qu'il avait une fièvre de cheval.

Bashir les avait poussés à l'intérieur d'un long bâtiment en béton où une cinquantaine d'hommes étaient accroupis sous une ampoule nue de 40 watts qui éclairait à peine plus qu'une bougie. Razaq défiait l'assemblée, en compagnie de son fils Hadji din Razaq, de son frère Salim et de deux de ses hommes, dont l'un la taille enveloppée de pansements ensanglantés, le dos voûté, se pliait en deux de douleur. Chaque fois qu'il s'affaissait un peu, ou essayait de s'asseoir, un nervi armé d'un long bâton au premier rang se levait pour le frapper aux chevilles, au grand plaisir de la foule qui jubilait en hochant la tête comme s'il l'avait bien cherché.

En face des défendeurs – c'est le mot que Skelly, faute de mieux, écrivit dans son calepin – se trouvait un grand vieillard à la barbe grisonnante et au turban blanc sale, qui serrait une couverture marron comme un châle sur sa poitrine. Kudrat se tenait à proximité, l'œil attentif, et paraissait parfaitement maître de la procédure.

Quand le vieil homme se mit à parler, la foule se tut. Essayant d'oublier à quel point il se sentait mal, Skelly nota une brève description des lieux dans son calepin. Il avait avalé un autre cachet avec l'eau qui lui restait juste avant de quitter le bâtiment où ils avaient dormi.

« Quelle heure est-il ? » chuchota Skelly, ce qui fit se retourner quelques têtes et lui valut des regards désapprobateurs. Le sol était glacial. On avait l'impression d'être assis sur une piste de patinoire, et pas l'ombre d'un tapis ni d'un coussin en vue. Les murs chaulés – ou ce qu'on en apercevait – étaient éraflés ou criblés de trous. Un vent froid s'engouffrait par une lucarne dont le carreau gisait en mille morceaux par terre.

« Presque quatre heures du matin, dit Nadjib en se penchant et en tâtant une fois de plus le front de Skelly d'un air soucieux. Il faut qu'on vous trouve à manger et à boire.

— Dites-moi ce qu'ils racontent.

— Des conneries en grande partie. » Des têtes se retournèrent, encore plus nombreuses, encore plus renfrognées. La voix de Nadjib descendit au-dessous du murmure et Skelly dut mettre une main en cornet à son oreille. « Il qualifie Razaq et ses hommes de traîtres. D'espions américains. Il a demandé ce qu'ils avaient à dire pour leur défense mais il n'arrête pas de parler. Il prêche en fait.

— C'est un genre d'imam ?

— Non. Juste un fanfaron. Un politique. »

Skelly regarda Razaq, le seul des prévenus à garder sa fierté. Les autres étaient abattus, regardaient par terre, mais Razaq lançait des regards furieux, d'abord à l'orateur puis à la foule. Son regard parut s'arrêter un instant sur Skelly bien qu'il fût douteux qu'il ait pu le repérer dans la foule et la pénombre. L'ampoule eut un moment de faiblesse, puis un second, ce qui donna encore plus l'impression d'un éclairage à la bougie, mais la foule fit comme si de rien n'était tandis que l'orateur pérorait et se mettait soudain à lever le bras droit et à crier.

« Il dit que la trahison est passible de la peine de mort. Qu'ils doivent payer de leur vie pour servir de leçon aux autres. »

Razaq parla soudain d'une voix forte. Skelly se souvint de la grande épée et vit qu'il ne l'avait plus à son côté. Il se demanda qui pouvait l'avoir prise comme trophée. Kudrat peut-être ? Il tira Nadjib par la manche pour qu'il lui traduise, mais attentif à la scène qui se déroulait, Nadjib se dégagea. Le juge, si c'était bien un juge, interrompit Razaq en criant et, l'espace d'un instant, on ne les distingua plus l'un de l'autre dans la cacophonie. Les mots qu'il ne comprenait pas volaient au-dessus de la tête de Skelly comme de la mauvaise musique. La tête vide, affaibli, il cessa d'écrire pour se ressaisir, s'appuya d'une main sur le sol glacé. Il regrettait de ne pas avoir de couverture pour s'emmitoufler dedans et il n'aimait pas l'expression très préoccupée de Nadjib chaque fois qu'il regardait dans sa direction. Ses traductions discrètes et prudentes avaient l'air de tenir autant compte de son état de santé précaire que de la susceptibilité de Kudrat qui avait tressailli et froncé le sourcil aux premières interventions du « fixeur », mais qui semblait désormais les tolérer comme on le ferait des bourdonnements d'une mouche.

L'homme au bâton du premier rang se leva pour fouetter le flanc de Razaq. Le gros homme para les coups avec la main gauche mais perdit de sa superbe.

« Razaq dit qu'il est un Pachtoune, un Durrani de la

tribu des Lokhali, et qu'ils devraient tous avoir honte d'être aux ordres d'un esclave arabe. Vous avez vu ce qui s'est passé ensuite. »

Skelly se dit qu'il écrirait tout ça plus tard. C'était une bonne histoire mais il se sentait soudain vidé. Puis la foule se mit à se lever, à discuter avec animation. Avant même que Skelly ait réussi à se mettre debout, les hommes se pressaient vers la sortie, laissant derrière eux une odeur de transpiration, d'oignons et de tabac. Skelly avait les jambes en coton et Nadjib le prit par le bras, le tira d'une main ferme en lui parlant à l'oreille :

« Allez. Essayez d'avancer. »

La tête de Skelly se mit à tourner mais il fit un effort sur lui-même. Persuadé d'avoir laissé tomber son calepin, il eut un moment de panique puis s'aperçut qu'il le serrait toujours dans sa main gauche et que les pages en étaient humides.

« Putain, je me sens très mal. On va où ? C'est fini ?

— On va les pendre maintenant. Tous. Tout le monde va assister au spectacle. »

Skelly frissonna. Il ne savait si c'était à cause de la fièvre ou à l'idée de voir une exécution, mais il se sentit soudain plus en phase avec les événements et horrifié par ce dont il allait être le témoin.

Ils furent parmi les derniers à sortir du bâtiment. La fièvre faisait presque délirer Skelly qui ne put s'empêcher de penser aux inaugurations de magasins avec distributions gratuites qu'il avait dû couvrir aux États-Unis. Cadeau gratuit pour les cinquante premiers clients. Pendaison gratuite pour les cinquante premiers Pachtounes. Il eut une vague impression de déjà-vu : la grande inauguration d'un hypermarché Wal-Mart dans le comté de Warren, des femmes obèses s'engouffrant dans une rangée de portes et se précipitant vers un comptoir surmonté d'un panneau arborant un soleil jaune souriant. Il s'arrêta pour essayer de chasser de son esprit cette image incongrue tandis que Nadjib continuait à le tirer.

« Une petite seconde. Je vais tomber dans les pommes. » Puis un accès de panique. « Vous avez revu les Arabes ?

— Non. Venez. »

Skelly vérifia s'il avait toujours son calepin. Oui. Il le serrait toujours dans sa main gauche. Il repensa au Wal-Mart : une femme en bermuda à fleurs avait failli lui passer sur le corps, près du distributeur de boissons, pour un Coca à trente-cinq cents. Il aurait tué père et mère pour en avoir un maintenant. Une gorgée sucrée, froide, gazeuse. L'idée parut lui éclaircir les idées et il se remit à avancer dans la nuit, à suivre la foule à l'odeur et au bruit.

La potence était aussi primitive que la salle de tribunal et la procédure tout aussi péremptoire et bruyante. On avait pris un poteau de six mètres – de ceux qui servaient souvent de barrière aux check-points – et on l'avait suspendu à un peu plus de trois mètres du sol entre deux eucalyptus. Une lampe-tempête était accrochée à un arbre et la foule se dirigeait vers la lumière en levant le bras et en invoquant Allah avec des cris gutturaux. Razaq et les quatre autres avaient disparu dans le maelström et Skelly se cramponnait à la manche de Nadjib tout en se sentant mieux maintenant qu'il était au grand air. Il leva les yeux. Le ciel était piqué d'étoiles et on n'apercevait pas le moindre signe avant-coureur de l'aube. Lancée à la manière d'un lasso, une corde siffla mais heurta le poteau et retomba à terre. La seconde tentative fut la bonne. Quatre autres cordes suivirent à égale distance les unes des autres. Elles se tortillèrent une seconde comme devant un charmeur de serpents et Skelly se mit sur la pointe des pieds pour apercevoir les hommes qui faisaient les nœuds coulants.

« Putain ! » s'exclama-t-il. Nadjib se tourna vers lui et le soutint comme s'il était sur le point de tomber. « Non, non, ça va, mais je n'en crois pas mes yeux. » Il regarda Nadjib qui avait les prunelles dilatées et vitreuses. Soudain Skelly se rendit compte comme il ne l'avait encore jamais fait jusque-là que ces types étaient des compatriotes de Nadjib. Qu'est-ce qu'il devait penser de tout ça ?

Les deux hommes de Razaq furent les premiers à être pendus et ça ne traîna pas. Leurs lèvres remuèrent et leur regard s'affola, mais le vacarme de la foule empêchait d'entendre ce qu'ils disaient tandis que de part et d'autre de la scène on se bousculait pour mieux voir. Nadjib en profita pour avancer de quatre bons mètres.

« Manque plus qu'un marchand de pop-corn », fit Skelly dont l'humour noir sonna creux même à ses propres oreilles parce que les deux premiers corps se compulsaient, yeux exorbités, langue pendante, et que la foule se mettait à rugir. Il jeta un nouveau coup d'œil à Nadjib, indéchiffrable désormais, qui regardait ses compatriotes s'attrouper autour des corps tandis que les deux volontaires continuaient à tirer sur les cordes avec l'énergie de marins prenant des ris au milieu d'une tempête. Puis Skelly examina de nouveau ceux qui l'entouraient – sautant, montrant les dents, criant – et se rendit compte qu'il avait déjà vu tout ça à un endroit ou un autre du monde, y compris dans son pays. Lors de guerres, de manifs ou de compétitions sportives. La même soif de sang et de victoire. C'étaient aussi ses frères.

Skelly faillit soudain être terrassé par une déferlante glaciale. Il s'agrippa à l'épaule de Nadjib, manqua de laisser tomber son calepin. Nadjib le saisit par la taille et le soutint jusqu'au moment où Skelly lui fit signe que le mauvais moment était passé. La foule autour d'eux était redevenue houleuse.

Les deux suivants furent le frère de Razaq et son fils qu'on poussa vers les cordes. L'un était stoïque, l'autre criait, ce qui lui valut de recevoir des crachats brunis par le tabac et le haschich de la part des spectateurs du premier rang. D'autres se précipitaient pour gifler les victimes ou leur donner des coups de pied dans les mollets au milieu de grandes explosions de cris.

On leur passa la corde au cou, on serra les nœuds coulants puis les officiants reculèrent. Les deux hommes furent hissés à côté des deux premières victimes : ils s'élevèrent par à-coups vers les branches des eucalyptus en se cabrant et en donnant des coups de pied. Skelly reconnut Salim dans celui de droite, celui qui avait défié la foule. Il se souvenait de lui, bienveillant et calme, dans la maison de Razaq et il eut la nausée – rien à voir avec la fièvre cette fois. Il reçut dans le dos un coup qu'il rendit, mais ce bref regain d'énergie disparut aussi vite qu'il était venu et il faillit tomber. Nadjib le rattrapa et le remit d'aplomb. Skelly regarda de nouveau le gibet et vit que Salim se débattait toujours dans ses amples vêtements flottants : ses genoux pédalaient, son visage virait au violet. Un genou puis l'autre comme un scarabée sur le dos. De plus en plus lentement. Puis plus rien. La tête s'affaissa mais le visage avait toujours la couleur de la viande crue. Un homme qui se trouvait vers l'avant, le type au bâton du tribunal, leva les deux bras et la foule commença à se calmer parce que le clou du spectacle approchait. Les cris s'estompèrent rapidement et toutes les têtes se tournèrent vers la droite car c'était là qu'était celui qu'ils étaient tous venus voir.

Razaq eut droit à trois hommes pour l'escorter au gibet bien qu'il n'opposât aucune résistance. Il avait les lèvres pincées, un bleu violacé à la joue gauche : on avait dû le frapper à la sortie du tribunal. Mais s'il souffrait, il le cachait bien. Skelly ouvrit son carnet puis se ravisa. Il n'aurait aucun mal à se rappeler tous les détails. Le problème serait plutôt de les oublier et il se mit à frissonner.

Le silence s'installa quand on passa la corde au cou de Razaq. L'atmosphère devint presque respectueuse, à moins que chacun ait fini par se rendre compte de ce qu'on était en train de faire : tuer un homme qui pouvait revendiquer des centaines, voire des milliers de partisans. Ce moment les rendrait célèbres ou les marquerait à vie.

On entendit les ahanements des deux hommes qui tiraient ensemble sur la corde. La réponse de Razaq fut un cri qui mourut dans un gargouillement, comme s'il s'était enfin avisé de quelque chose à dire mais trop tard : ses paroles restèrent prisonnières du nœud coulant. On entendit bruisser son *shalwar kamiz,* des raclements de sandales dans la foule puis une toux isolée. Razaq donna un petit coup de pied, puis un autre. Puis son visage s'assombrit et ses yeux perdirent leur éclat. Skelly soupira bruyamment et Nadjib lui passa de nouveau son bras autour de la taille pour le soutenir.

La foule s'agita, toujours hypnotisée par le corps qui se balançait doucement au-dessus d'elle, là-haut sous les ombrages. Puis Kudrat s'avança vers eux. Où était Bashir ? se demanda Skelly en proie à la nausée et à la colère. En train de jubiler ? De recevoir des félicitations ? De compter la rançon de ses services ?

Puis Skelly le repéra sur la droite, à l'écart, comme s'il essayait de se fondre dans le paysage. Il n'avait plus l'air triomphant ni impatient et Skelly s'avisa soudain qu'une nouvelle et étrange dynamique était peut-être en train de se mettre en place. En ce qui concernait Skelly, la place de Bashir dans ce minuscule épisode de l'histoire était assurée : il était une fripouille et un traître, le bourreau taliban qui avait livré Razaq à la populace. L'idée parut réveiller son instinct professionnel et il sentit qu'un papier commençait à prendre forme dans son esprit : une moralité du Moyen Âge exotique et horrifiante, même s'il n'était pas encore sûr de certains rôles. Sam Hartley était-il vraiment un acteur ? Et si oui, pour qui jouait-il ? Et à quelles fins ? Où étaient passés les Arabes qu'il avait vus plus tôt ?

Ces cogitations usèrent son énergie et lui coûtèrent cher. Une nouvelle poussée de fièvre emporta toutes les questions qu'il ruminait. Il leva les yeux vers Razaq dont le gros corps était désormais immobile. Skelly avait maintenant l'impression de voir la scène à travers un verre épais et ses intestins se rappelèrent à son attention.

Regardant à gauche en lisière de la foule, ils les aperçut à nouveau : les Arabes qu'il avait vus auparavant

vant, plus une demi-douzaine d'autres sortis d'on ne sait où. Ils étaient peut-être arrivés durant l'exécution pendant qu'il regardait droit devant lui. Certains étaient à cheval et il sentit l'odeur des animaux. Fumier, foin, sueur. Plus il regardait, plus il en apercevait, bien qu'il ne pût être sûr de leur nombre car ils se trouvaient au-delà du halo lumineux. Vers l'arrière, et encore plus flou, se tenait un nouveau cavalier : grand, mince, presque trop haut perché sur sa selle. Il portait un treillis vert sur sa chemise blanche. Une barbichette poivre et sel et le long visage familier, coiffé de la toque blanche, que l'on voyait sur toutes les affiches dans tous les bazars. Skelly frissonna avec le sentiment que même sa maladie prenait un tour mélodramatique. Il n'osait plus ouvrir son carnet, ne voulant pas qu'on le voie prendre des notes, mais glissa un regard furtif dans leur direction en se demandant s'il devait en croire ses yeux. Puis le cheval fit demi-tour et le grand cavalier disparut dans l'ombre. Skelly regarda Nadjib pour confirmation, mais le jeune homme fixait toujours Razaq d'un regard triste et désespéré.

« Nadjib, dit Skelly en le tirant par la manche. C'est qui ceux-là ? Vous les apercevez ? »

Apparemment peu impressionné à première vue, Nadjib secoua la tête, puis se hâta de fixer à nouveau la potence comme s'il était en proie à un nouveau sentiment d'urgence.

« Les Arabes, dit-il. Ne les regardez pas. Ne vous faites pas voir d'eux. »

Un groupe électrogène se mit en marche. Une série d'ampoules s'allumèrent, éclairant la scène d'une lumière criarde, projetant l'ombre des cinq cadavres dans le champ qui s'étendait derrière les arbres.

Skelly glissa un coup d'œil à gauche. Plus aucune trace des Arabes ni de cavaliers. N'aurait-il pas dû les entendre s'éloigner ?

Puis Kudrat prit la parole d'une voix forte qui retentit au-dessus de la populace et tout le monde se tourna dans sa direction. Son message fut bref et austère. Nadjib traduisit sans attendre : « Vous avez sous les yeux le sort réservé aux traîtres. »

Skelly s'attendait à mieux, à un chouïa de poésie ou à une citation du prophète. À une belle envolée qui aurait fourni une conclusion saisissante à son compte rendu. Mais à plus ample réflexion, il supposa que les paroles de Kudrat étaient appropriées. Brutales et méthodiques comme les exécutions. Un homme glacial qui tuait puis qui passait rapidement à l'opération suivante.

Puis un autre homme, plus âgé que Kudrat mais portant un turban noir identique, s'avança dans la lumière.

« L'imam du coin, murmura Nadjib. Il cite le Coran. "Que le mal soit récompensé par le mal", etc.

— Ça fera parfaitement l'affaire », dit Skelly qui nota le verset.

Le reste du discours de l'imam fut aussi prévisible que celui d'un pasteur à un rassemblement évangélique : le même sermon menaçant tout un chacun des flammes de l'enfer. Qu'ils soient tous damnés et crachez au bassinet. Skelly s'aperçut que la poussée d'adrénaline qui l'avait dopé pendant quelques instants s'estompait et il n'eut plus qu'une envie : retourner se coucher. Il allait laisser les cachets faire leur effet, puis quand le jour se lèverait, il essaierait de remettre la main sur son téléphone satellite. Il était certain que Bashir se plierait à son désir, pourvu que Kudrat l'y autorise.

Quand l'imam en eut terminé, une partie de la foule commença à s'égailler. La liesse avait disparu. Ils commençaient peut-être à mesurer les conséquences. Ou alors ils en avaient déjà assez.

Puis Kudrat s'avança en levant les bras et tout le monde s'arrêta. Ce n'était donc pas fini. Lorsque Kudrat prit la parole, Skelly sentit que la foule se requinquait, comme si un nouveau coup de théâtre captait de nouveau son attention.

« Qu'est-ce que c'est ? chuchota-t-il à Nadjib. Qu'est-ce qui se passe ? »

Nadjib leva une main, bien décidé à entendre, tâche que Kudrat ne facilitait pas : il parlait à voix basse, non pas doucement ni calmement, mais d'un ton grave et rébarbatif. S'il n'était plus le roi du rassemblement, il en était toujours le maître et le bourreau.

« Il y en a encore deux, dit Nadjib à voix basse. Deux autres traîtres à pendre. »

Pendant quelques secondes déchirantes, Skelly eut la conviction qu'il s'agissait de Nadjib et de lui, mais personne ne vint leur mettre la main au collet. Tout le monde regardait vers la droite où on entendit soudain les échos d'une bagarre puis un cri. Skelly fut horrifié de voir apparaître Bashir et un de ses lieutenants que l'on traînait. Bashir se débattait comme un beau diable et il y eut un moment stupéfiant où il parvint à se libérer, mais il fut vite rattrapé par des hommes du premier rang qui semblaient plus que désireux de prêter main-forte à Kudrat. Bashir réagit en poussant un cri d'outrage en pachtou – fini l'anglais – et fut roué de coups de poing et de coups de pied dont les bruits étouffés suscitèrent des rires dans la foule qui appréciait ce bis musclé après le spectacle si décevant des cinq premières exécutions.

Lorsque Bashir émergea de la mêlée, il était proche de la potence et un filet de sang coulait sur sa joue gauche. Il ouvrit la bouche et cria.

« Traîtres, fit Nadjib. Il nous qualifie tous de traîtres.

— Pourquoi ils font ça ? » demanda Skelly. Tout foutait le camp – son papier, leur moyen d'évasion, leur dernière chance de survie peut-être –, tout était voué au même sort que Bashir. Pourquoi ? Il n'en avait pas la moindre idée.

« Je soupçonne que c'est parce que Bashir ou Kudrat a des ambitions que nous ignorons, fit Nadjib en se penchant pour parler à l'oreille de Skelly. Et que ça pourrait avoir quelque chose à voir avec votre copain.

— Sam Hartley ?

— Je ne prononcerais pas ce nom ici », dit Nadjib d'un ton grave.

On passa la corde au cou de Bashir. Il criait toujours, de façon incohérente maintenant, et se débattait : on aurait dit un poisson hors de l'eau. Puis on n'entendit plus rien lorsque le nœud se resserra et les volontaires se mirent à tirer sur la corde. Bashir s'éleva avec une secousse dans les airs. De trente centimètres. Puis d'un mètre. Pendant quelques instants, il donna des coups de pied comme un gosse en colère puis, langue pendante, il cessa de bouger. Ce fut ensuite le tour de son lieutenant qui se démena et gémit beaucoup.

Les spectateurs commencèrent à partir : le spectacle ne les intéressait visiblement plus maintenant que le dernier numéro s'était achevé sur de pareilles jérémiades. Nadjib prit Skelly par le bras. Trop sonnés pour parler, ils s'apprêtaient à partir aussi quand Kudrat s'avança sur leur gauche pour les intercepter. Il prit la parole et quelques-uns de ses hommes se tournèrent pour écouter, mais la plupart ne prêtèrent pas attention, parce que les réjouissances étaient terminées pour cette nuit. Kudrat parla en pachtou et Skelly essaya de deviner de quoi il retournait en observant le visage de Nadjib. Ce n'était guère prometteur. Nadjib pinça les lèvres d'un air sévère et son regard devint indéchiffrable. Peut-être qu'on les chassait, qu'on leur disait de déguerpir avant même qu'il fasse jour et qu'ils allaient devoir passer les heures suivantes à crapahuter dans des champs truffés de bombes qui ne demandaient qu'à exploser.

Kudrat qui en avait maintenant terminé partit sans un autre regard, ce qui était bon signe, espéra Skelly. S'ils étaient si insignifiants, pourquoi se donner la peine de leur faire quelque chose de désagréable ?

« Qu'est-ce qu'il a dit ? »

Nadjib évita son regard. « Vous voulez tout savoir ?

— Oui. Le moindre mot. »

Nadjib soupira et le regarda dans les yeux. « Il demande que vous repensiez à ce moment dans vos rêves cette nuit, car demain il y aura un autre procès. Le vôtre. »

Skelly supposa qu'il aurait dû être apeuré, terrifié, mais il en avait tellement vu et entendu qu'il avait son compte pour cette nuit. Demain semblait lointain, de l'autre côté d'un abîme de fièvre et de sommeil. Ses intestins émirent un gargouillis, signe qu'il devait accuser le coup ailleurs, mais pour l'instant, tout ce qu'il pouvait faire, c'était se répéter la phrase qui lui était venue à l'esprit quand Bashir – il était vraiment *mort ?* – avait fait irruption dans leur bâtiment avec sa torche. « La sentence d'abord, le procès ensuite », murmura-t-il d'une voix à peine audible.

« Je vais faire ce que je peux », dit Nadjib en lui mettant la main sur l'épaule comme l'aurait fait un frère ou un père. Skelly était dans un tel état de faiblesse que cette main lui fit l'effet de peser des tonnes. « Je suis vraiment navré. Je vais faire tout mon possible. »

27

Allongé dans le noir, Nadjib écoutait la respiration irrégulière de Skelly et s'étonnait qu'il puisse dormir. Ça en disait plus long sur son état d'épuisement et de fièvre que sur sa décontraction face à la mort. Il serait peut-être plus humain de lui prendre ses médicaments car que pouvait-il y avoir de pire que de se réveiller rétabli et de se faire haranguer et pendre par des gens dont il ne comprendrait même pas les clameurs. Horrifié à l'idée de devoir lui révéler l'étendue de leur haine, Nadjib se demanda même s'il ne devrait pas censurer ses traductions. Il vaudrait beaucoup mieux que Skelly reste délirant, à peine conscient.

La porte n'était toujours pas fermée à clé, mais quand Nadjib l'avait entrouverte quelques minutes plus tôt, il avait trouvé deux gros bras en faction, yeux et canons de fusils luisant à la lumière de la lampe. Dans une heure, le ciel commencerait à s'éclaircir. Il se demanda si certains des hommes de Bashir étaient assez désillusionnés pour l'aider à tenter quelque chose. Il en doutait. Ils ne semblaient pas démontés par l'exécution de leur chef. À nouveau jour, nouveau maître.

Nadjib avait dû finir par s'endormir car il se réveilla en sursaut et en clignant des paupières. On frappait à la porte sous laquelle filtrait un pâle rai de lumière. Puis une clarté laiteuse envahit la pièce : la porte s'ouvrit en grand et deux formes sombres s'y encadrèrent. Une poigne de fer l'attrapa par l'épaule.

« Viens avec nous. »

Nadjib eut à peine le temps de mettre ses sandales qu'on l'entraînait dehors. « Attendez. Arrêtez !

— Viens. Immédiatement.

— Attendez ! » Skelly était toujours endormi et respirait régulièrement. Nadjib ne voulait surtout pas qu'il se réveille seul. Sans petit déjeuner ni autre perspective qu'une exécution au milieu de vociférations. « Il faut que je reste.

— Viens ! »

L'autre homme le fît sortir à coups de pied dans le derrière comme une chèvre. Nadjib commençait à se demander si ce n'était pas le prélude d'un autre procès. À moins qu'avec lui on se dispense de tout préliminaire. Il n'était que le larbin de l'Américain et pourrait être expédié dans l'autre monde avec pour seuls témoins les deux sbires qui avaient passé la nuit devant la porte.

Mais ils desserrèrent leur étreinte et l'emmenèrent vers un bosquet d'eucalyptus où mouraient les restes d'un feu de camp. Un petit homme accroupi plaça une théière sur les braises puis entassa des brindilles et souffla sur le fagot qui se mit à rougir.

« Attends ici », dit une des sentinelles et les deux hommes partirent. Nadjib s'accroupit près du feu pour se réchauffer. A mesure que le petit homme rajoutait du bois, le feu prenait, la flamme sifflait et crépitait : le bruit caractéristique du matin avec l'air imprégné de fumée. L'homme ignorait délibérément Nadjib qui gardait donc le silence. Puis il entendit des pas s'approcher dans son dos et se retourna. Il vit une silhouette massive et étrangement familière qui se découpait sur la clarté matinale. À moins qu'il n'eût reconnu l'odeur pénétrante de celui qui a arpenté la campagne avant l'aube, un mélange de romarin humide de rosée, de crottes de chèvre, de transpiration et de sandales de cuir.

« Nadjib, mon fils. Debout. »

C'était un ordre qu'il connaissait depuis longtemps, qu'il avait entendu lors de siestes dans les collines et d'expéditions de chasse nocturnes.

« Aziz ? » Tout à fait réveillé désormais, Nadjib se leva.

« J'ai fini par te retrouver comme la fois où, âgé de douze ans, tu as suivi ces aigles par monts et par vaux et as fini en territoire shinwari. Ils t'auraient coupé les roustons et ces types feront la même chose à la première occasion. Heureusement, tes deux sentinelles se sont montrées un peu plus conciliantes. Il faut que je te sorte de ce guêpier. »

Son oncle avait vieilli, ce qui n'avait rien de surprenant, mais la vieille lueur qui brillait dans ses yeux était différente. Comme une lampe dont le verre aurait été brisé. La flamme était toujours aussi forte mais l'éclat, qui avait jadis brillé de l'aube au crépuscule, avait disparu.

Aziz parut le jauger également. « Tu es un homme maintenant.

— J'étais un homme quand je suis parti.

— Non, tu n'étais qu'un gamin. Sinon, tu n'aurais jamais craché le morceau au gouvernement. »

Nadjib crut un instant qu'Aziz allait lui faire la morale et la flamme qui brillait dans ses yeux flamboya une fraction de seconde avant de diminuer. Nadjib se demanda quel prix Aziz avait dû payer pour son indiscrétion d'il y a sept ans. « Ça m'a servi de leçon, se sentit-il obligé de dire. Plus de trahisons.

— Pas terrible la leçon, dit Aziz d'un ton bourru. Surtout si tu veux survivre par ici. »

La théière se mit à fumer et Aziz la prit sans tenir compte du petit homme qui avait alimenté le feu. Au lieu de se vexer, ce dernier sortit deux tasses. Aziz avait toujours eu cet effet-là sur les gens, c'était un chef-né, même s'il n'avait pas de fils ni de clan à diriger.

« Dès qu'on a fini de boire, on lève le camp. Il y a du pain dans mes sacoches de selle. Tu pourras manger en route. »

Ce serait aussi facile ? Nadjib pensa à Skelly qui était peut-être réveillé à l'heure qu'il était, seul et paniqué.

« Je ne peux pas partir. Pas encore.

— L'Américain ? »

Aziz était donc aussi au courant de ça. « Oui.

— Il t'a déjà payé pour aujourd'hui ?

— C'est pas ça.

— Donc c'est non. Ce qui signifie que tu ne lui dois rien. Il t'a amené ici et je te fais sortir d'ici. Estime-toi heureux. Il sera bientôt libre de tout souci.

— Je ne peux pas l'abandonner. »

Aziz soupira et jeta le restant de son thé. Il semblait fâché. « Il appartient à Kudrat. Et je lui appartiendrai aussi si nous restons plus longtemps.

— Achète-les, dit Nadjib à qui la solution parut soudain limpide. Soudoie les sentinelles.

— Avec quoi ? Ce thé ? Mes promesses ? Ça ne pèserait pas lourd à leurs yeux.

— Skelly – l'Américain – il a de l'argent. Dans sa sacoche. » Les yeux d'Aziz s'écarquillèrent. Il parut supputer les chances et sa décision fut rapide. « D'accord. Mais les sentinelles voudront nous accompagner. Au moins sur quelques kilomètres. »

Nadjib comprit ce qu'il voulait dire. À partir du moment où vous vous vendiez au plus offrant, il valait mieux filer.

Ils regagnèrent à la hâte le bâtiment qui par bonheur se trouvait à l'extrémité du camp. Après les festivités de la nuit précédente, tout le monde faisait la grasse matinée. À l'exception, bien sûr, des sept exécutés qui pendaient toujours au bout de leur corde, le visage exsangue et les vêtements trempés de rosée. Nadjib frissonna en les apercevant.

« On a des chevaux, dit Aziz. On devra chevaucher un certain temps à travers champs en direction du soleil.

— Les champs sont censés être truffés de bombes.

— Alors ils risquent d'autant moins de nous suivre. Mais au premier signe qu'ils sont à nos trousses, on leur abandonne ton copain. C'est lui qu'ils voudront, pas nous.

— Mais…

— C'est à prendre ou à laisser. Autrement, je ne tente pas l'aventure. »

Même au bout de plusieurs jours, Nadjib se rendait compte à quel point il avait perdu l'habitude de ce mode de vie : il avait presque oublié les brusques revirements et les facteurs d'une simplicité désarmante qui déterminaient si vous pouviez vivre ou mourir.

« Laisse-moi m'occuper de lui, alors. Il est malade. Je le prendrai sur mon cheval. »

Aziz ne dit mot, ce qui, Nadjib le savait, équivalait chez lui à un oui réticent. Il entra dans le bâtiment pour annoncer la nouvelle à Skelly pendant qu'Aziz entamait les négociations avec les sentinelles qui parurent surprises de les voir de retour.

Skelly dormait toujours. Nadjib lui tâta le front – chaud mais sec –, la fièvre était apparemment maîtrisée même si elle n'avait pas disparu.

« Skelly, dit-il. Stan. » C'était la première fois qu'il l'appelait par son prénom.

Skelly cligna des paupières. Ses yeux étaient injectés de sang. « Où sont-ils ? Qu'est-ce qui se passe ?

— Où se trouve votre argent ? Il faut qu'on graisse la patte aux sentinelles.

— Graisse. » Il parut rassembler ses esprits, se redressa sur ses coudes. « On se tire d'ici ?

— Mon oncle est venu nous chercher. » Inutile de lui dire que l'oncle en question aurait préféré se débarrasser de lui.

« Combien ? » Skelly tâtonna pour mettre la main sur sa sacoche et se réveilla d'un seul coup. « Combien il faut ?

— Je vais vérifier. »

Nadjib se demanda sombrement ce qu'il dirait à Skelly si Aziz n'arrivait pas à conclure un marché. Les sentinelles qui avaient vu ce qui était arrivé à Bashir ne se laisseraient peut-être pas acheter, quel que soit le prix proposé.

Il jeta un coup d'œil dehors et croisa le regard d'Aziz. Les sentinelles surveillaient nerveusement les alentours, ce que Nadjib prit pour un bon signe.

Quelques instants plus tard, Aziz entra dans le bâtiment et parut secoué à la vue de Skelly qui se passait de l'eau sur la figure. « Il est en état de monter ?

— Je t'ai dit que je le prenais en croupe. Je l'attacherai à la selle s'il le faut. Ils veulent combien ?

— Cent chacun. Mais j'ai dit cinquante.

— On paiera cent pour être sûr.

— Ils ont dit d'accord pour cinquante, on paiera donc cinquante. Tu t'es plus ramolli que je le croyais.

— Il s'agit de son argent et de sa vie.

— Alors il ne verra pas d'objection à me verser les cent qui restent pour mes services. »

Skelly flageolait sur ses jambes et Nadjib lui exposa le plan. L'Américain fouilla dans sa sacoche, ouvrit la fermeture éclair d'une poche intérieure et en sortit deux beaux billets de cinquante qu'Aziz regarda avec étonnement.

« Il en a combien comme ça ?

— Ce qu'il faut, fit Nadjib. Ce qu'il faut pour nous ramener tous à Peshawar si nécessaire. »

Aziz secoua la tête. « Inutile. Notre destination est beaucoup plus proche. »

Nadjib se demanda ce qu'Aziz voulait dire, mais le temps pressait.

« Amène-le derrière les arbres, à côté du feu de camp, dit Aziz. Karim attend là-bas avec les chevaux. » Karim faisait donc partie du voyage. L'ange gardien de Nadjib, fidèle au poste, du moins c'est ce que Nadjib se plaisait à croire car il était plus que jamais convaincu que Karim l'avait sauvé du *malang*, à la demande nul doute d'Aziz. À cette idée, il repensa brièvement à Daliya. Où était-elle ? Pas très loin, il en était sûr, et il allait la rejoindre.

Skelly se sentait toujours faible, mais réussit à avaler quelques gorgées d'eau avant de prendre sa sacoche sur son épaule. « J'espère que je vais être à la hauteur, dit-il.

— Mais oui. Accrochez-vous bien. »

Skelly hocha vaillamment la tête.

Lorsqu'ils atteignirent les arbres, il n'y avait plus le temps de faire les présentations. Karim et Aziz étaient déjà en selle. Prendre Skelly en croupe ne se fit pas sans mal mais il n'était apparemment pas nécessaire de l'attacher. Nadjib sentit les bras de l'Américain le ceinturer fermement quand ils se mirent en route, au pas, pour ne pas attirer l'attention. Le camp était en grande partie encore endormi. Nadjib se demanda où étaient passées les sentinelles.

Aziz fit un signe de tête en direction de l'est, vers un large champ où le rebord rouge du soleil venait d'apparaître au-dessus d'une crête. « Allons-y, dit-il. On a fait assez de boucan comme ça. »

Le champ était une friche brune, le sol de la poussière de craie après trois années de sécheresse. Sur leur gauche, se dressaient les monts Kashmund plus élevés que tous ceux qu'ils avaient traversés et dont les pics lointains étaient saupoudrés de neige. Encore plus loin, sur leur droite, on apercevait les sommets déchiquetés de Tora Bora et des monts Safed. D'après Aziz, leur destination finale se trouvait dans cette direction. Mais pour l'instant, cap plein est à travers champs.

Ils avancèrent lentement au début et Nadjib s'attendait à ce que les sentinelles les rejoignent à tout moment. Devant lui dans la terre, il vit des fleurettes jaunes et blanches et se demanda ce qui avait bien pu pousser dans ce désert. En s'approchant il vit que les fleurs étaient des petites boîtes cylindriques attachées à de minuscules parachutes blancs.

« Des bombes à fragmentation, lui murmura Skelly à l'oreille. Heurtez-en une et on est morts. »

Nadjib fit passer l'information à Aziz et Karim qui opinèrent puis se frayèrent un chemin dans l'étrange moisson de bombinettes qui semblaient désormais partout. On avait l'impression que la cargaison entière n'avait pas explosé comme prévu, même si quelques petits cratères laissaient penser autrement. Devant un rideau d'arbres à un bout du champ, Nadjib vit un petit berger matinal agiter un bâton en direction d'une douzaine de moutons sales qui, bombes ou pas bombes, semblaient bien décidés à traverser.

Soudain, ils entendirent une galopade dans leur dos. Nadjib regarda par-dessus son épaule et vit deux cavaliers arriver à fond de train au mépris de toute prudence. Un coup de fusil crépita du côté du camp qui se trouvait désormais à cinq cents mètres derrière eux.

Aziz jura. « Idiots, imbéciles ! Gardez la tête basse. »

Karim et lui éperonnèrent leurs chevaux et Nadjib les imita tandis qu'un second coup de feu déchirait le silence matinal. Puis il y eut une fusillade suivie d'un cri aigu.

« Il est touché ! » cria Skelly. Nadjib supposa qu'il voulait parler d'une des sentinelles mais n'osa pas se retourner pour regarder. Ils passèrent au-dessus d'une boîte jaune et son cœur bondit dans sa poitrine, mais ils continuèrent à fond de train, le sol défilant à toute vitesse sous leur monture. Aziz et Karim prenaient de l'avance.

Skelly était blotti contre Nadjib et lui chatouillait le cou de son haleine fiévreuse. Ils se couchèrent sur le cheval pour échapper aux coups de feu. Puis il y eut de nouveau des tirs et cette fois ils entendirent le sifflement caractéristique d'une balle qui passa juste à côté d'eux et alla se perdre dans les arbres. Nadjib se demanda s'ils étaient poursuivis.

« Ils arrivent ? » cria-t-il. Skelly se tourna pour regarder et faillit tomber. Il se raccrocha désespérément à Nadjib et se rétablit en ahanant et en gémissant.

« Putain ! J'ai failli me casser la gueule. Non, personne ne vient. Seulement l'autre sentinelle. »

On entendit une petite explosion, l'air trembla et Nadjib jeta un coup d'œil par-dessus son épaule juste à temps pour voir un panache de fumée et une petite averse de terre, à une centaine de mètres derrière eux.

« L'autre sentinelle, fit Skelly. Il a dû sauter sur une bombe. »

Aziz vit également la scène et cria à Nadjib : « Dire que tu voulais les payer cent. Tu vois ? »

Les coups de feu diminuèrent quand ils atteignirent le rideau d'arbres et dans le champ qui s'étendait au-delà il n'y avait pas de bombes. Nadjib se dressa un peu sur ses arçons pour se repérer. Tout au fond à droite, se trouvait le champ qu'il avait remarqué la veille au soir en arrivant, celui qui était rempli de formes sombres. C'était un cimetière de matériel militaire – tanks aux chenilles démantibulées et pièces d'artilleries brisées en deux. Une tourelle gisait à côté d'un char. Un autre, couché, était éventré comme si on l'avait ouvert en deux avec un couteau. Il devait y avoir vingt véhicules en tout et aucun n'avait été épargné.

« C'est ici que le raid aérien a dû avoir lieu, dit Skelly. Un tas de camelote russe, d'après ce que je vois.

— Ils nous suivent ? » cria Aziz qui ralentit l'allure. L'heure de vérité avait sonné pour Skelly, se dit Nadjib. Il se retourna, redoutant de voir une horde de cavaliers ou une colonne de camions Toyota lancés à leur poursuite dans un nuage de poussière. Mais il n'y avait rien. Rien que le petit pâtre et son troupeau. « Non, cria-t-il soulagé.

— Ils ont donc décidé qu'on n'en valait pas la peine, fit Aziz. Ça ou alors Kudrat a prévenu de notre arrivée par radio pour que quelqu'un d'autre s'occupe de nous. C'est pourquoi nous allons prendre la direction du sud dès que possible. Éviter les villages et essayer de sortir au plus vite de la zone qu'il contrôle.

— Tu t'es donc fait un ennemi de Kudrat ?

— C'était déjà pas un ami pour commencer. Mais ce n'est pas non plus un ami de ton père, et c'est ça le plus important. Comme tu ne tarderas pas à le découvrir. »

Nadjib s'interrogea sur les implications de la remarque. Aziz n'avait jamais parlé aussi ouvertement. Les temps avaient peut-être changé. Il y avait là des niveaux de complexité et de trahisons que Nadjib ne comprendrait sans doute jamais, mais il pouvait vivre avec, du moment qu'il arrivait à regagner Peshawar. Alors Skelly aurait son papier et lui, reprendrait sa vie à condition de retrouver Daliya.

« Comment il tient le coup ? demanda Aziz en indiquant Skelly.

— Il s'en sortira. Tant qu'on arrive à le faire manger un peu.

— On s'occupera de ça dans quelques heures. Quand nous aurons atteint les collines. Il va me payer combien ? » Le pragmatisme cru d'Aziz choquait toujours Nadjib qui s'aperçut qu'il avait idéalisé le rôle de son oncle dans sa vie durant ces sept années d'exil. Aziz lui avait certes beaucoup appris et avait fait beaucoup pour lui, mais Nadjib se voyait rappeler que personne dans son village ne rendait jamais un service pour rien. Ce n'était pas de l'égoïsme ni même de la dureté. C'était simplement la réalité quotidienne de ce mode de vie, le donnant-donnant de la survie. Ça ne paraissait d'une dureté excessive que si on s'en éloignait longtemps. Skelly trouverait peut-être ça amusant.

« Ton prix sera le sien si tu le tires de ce mauvais pas, fit Nadjib. Je t'aiderai même à le négocier.

— Dis-moi de combien il dispose pour commencer.

— Probablement d'au moins… » Nadjib s'apprêtait à dire mille parce qu'il croyait que c'était le cas. Puis se souvenant qu'il jouait selon de nouvelles règles, il se reprit. « D'au moins quatre cents, fit-il. Mais il a besoin d'en garder une partie pour arriver à Peshawar.

— Comme je l'ai déjà dit, nous n'allons pas là-bas. Tu rentres à la maison.

— À la maison ? » Le mot pétrifia Nadjib. Il jeta un coup d'œil pour voir si Aziz plaisantait, mais l'homme regardait droit devant lui, les yeux fixés sur l'horizon montagneux, calculant peut-être combien de billets il palperait à la fin de la journée. « À la maison, répéta Nadjib d'une voix si faible qu'il en eut presque honte.

— Je t'en dirai davantage plus tard. Continue d'avancer. »

28

Skelly fut réveillé par un bourdonnement d'abeille et découvrit qu'il ne s'agissait pas du tout d'une abeille mais d'une braise qui grésillait dans les restes d'un feu de camp. Puis il y eut un bruit sec accompagné d'une petite parabole d'étincelles, un feu d'artifice privé dans la nuit fraîche.

Personne d'autre n'avait l'air éveillé. Skelly n'avait pas grand souvenir de la veille, hormis qu'il avait été le plus clair du temps secoué comme un prunier et qu'il avait gardé l'équilibre en pressant son visage contre le dos de Nadjib, même quand les frissons de la fièvre avaient été à la limite du supportable. Il se sentait vidé mais n'avait plus de fièvre, comme si la maladie à laquelle il était en proie les jours précédents avait enfin lâché prise.

Il porta une main à son front pour s'en assurer, ce qui lui rappela toutes les mains attentionnées qui avaient fait le même geste dans le passé – des docteurs, sa mère, ses épouses et ses filles, une blanchisseuse de village à Monrovia, et dernièrement Nadjib. S'étant brièvement réveillé dans le camp de Kudrat la nuit précédente, il avait vu son « fixeur » l'observer d'un air inquiet. Dans son délire, Skelly s'était mis à croire qu'il pouvait affronter la mort, aller à sa rencontre avec élégance. Qu'est-ce que sa défunte mère aurait dit de ça ? D'ailleurs, que dirait-elle si elle le voyait maintenant ? Il se souvint comme elle s'occupait bien de lui quand il était malade au fond de son lit ou allongé sur un canapé, d'ordinaire avec la télé allumée et un bol de soupe à moitié vide posé sur une table pliante. Même à Monrovia, pendant sa mésaventure libérienne, il avait au moins eu un lit de camp pour récupérer. Tout ce que l'Afghanistan pouvait lui offrir, c'était une nuit à la dure sous une couverture de laine. Pour l'instant, ça lui était égal. Son intestin lui fichait enfin la paix et le ciel au-dessus de sa tête, piqué d'étoiles qui brillaient silencieusement dans l'obscurité, était si merveilleusement profond et dense qu'il lui sembla qu'il pourrait s'y plonger.

Il changea de position et quelqu'un tout près bougea aussi, ce qui le fit sursauter. Ce mouvement brusque réveilla ses vieilles douleurs, mais il réussit à se dresser sur son séant et jeta un regard autour de lui.

Sous une couverture pas loin gisait une masse peu familière. L'oncle de Nadjib, Aziz, qui avait défait son turban, révélant une crinière noire hirsute et qui respirait profondément la bouche ouverte. Juste derrière, se trouvait Nadjib et de l'autre côté du feu de camp, le lieutenant d'Aziz, Karim – qui ne dormait pas –, on l'avait probablement désigné pour veiller. Sage initiative, se dit Skelly, bien qu'il y eût chez Karim quelque chose qui le mettait mal à l'aise depuis le début. Même à travers les brumes de la maladie, il avait été frappé par sa suffisance et sa vigilance. Nadjib et Aziz le traitaient indiscutablement en subordonné, ne lui prêtaient pas attention. Mais Karim les avait à l'œil, c'est du moins l'impression qu'avait eue Skelly.

Il poussa le bouton pour éclairer le cadran de sa montre. Presque quatre heures du matin. Regardant de nouveau Karim, il vit que ce dernier l'observait attentivement. « On est où ? » demanda Skelly à voix basse.

Une petite bête remua dans les broussailles pour toute réponse. Karim ne dit rien et, devant son regard vide, Skelly s'aperçut qu'il n'avait probablement pas compris un traître mot.

Au cours de ses voyages à l'étranger, Skelly avait rencontré bien des personnes qui, placées dans les mêmes circonstances, auraient essayé de répondre par signes, un froncement de sourcils ou un geste, ou encore en dessinant un symbole dans la poussière, qui auraient été désireuses de communiquer quand la parole faisait défaut, surtout à une heure aussi matinale. Pas Karim, Il se contentait de le fixer d'un œil énigmatique, puis tourna la tête pour contempler les contreforts de la montagne plongés dans l'obscurité.

Skelly aperçut une bouteille d'eau à portée de main et se sentit soudain assoiffé. Il en but une longue rasade fraîche sans se soucier de savoir si elle était pure. Le Cipro devait avoir éradiqué tous ses microbes et il se sentait immunisé. La fraîcheur fut comme un élixir dans sa gorge et dans son estomac et il se recoucha ravi d'avoir le restant de la nuit pour récupérer un peu plus.

Nadjib avait donc réussi, se dit Skelly envahi par le soulagement et la reconnaissance. Le jeune homme les avait sauvés tous les deux alors qu'il aurait été plus facile pour lui de l'abandonner. Skelly se demanda ce qu'il pourrait faire pour le remercier. Il devrait certainement lui filer un supplément, même si l'idée d'une récompense uniquement en argent paraissait grossière, voire indigne. C'était pourtant d'espèces que Nadjib avait sans doute le plus besoin. Ainsi que sa petite amie. S'ils en avaient le temps une fois à Peshawar, Skelly espérait la rencontrer, mais il croyait se souvenir qu'Aziz avait parlé d'un détour.

Skelly se mit en chien de fusil sous la fine couverture. Le sol était plus confortable que prévu. Il était sur le point de s'endormir quand le souvenir le plus frappant du voyage lui revint : le grand cavalier avec sa toque blanche, sa barbe poivre et sel, ses yeux mélancoliques brillant dans la pénombre, assistant en spectateur aux exécutions. Skelly l'avait vu, il en était désormais sûr et certain. Il repensa à l'expédition de Razaq, aux coups de feu, à la capture, aux pendaisons – une foultitude d'événements consignés dans son carnet et dans sa tête. Le potentiel de cette histoire était géant, on n'avait jamais écrit de papier plus important sur cet endroit. Mais il allait dire quoi ?

Skelly se rappela les paroles de Razaq : il était la force supposée chasser les Arabes et leur leader charismatique de leur refuge afghan afin de les attirer vraisemblablement dans un piège. Razaq disparu, qui allait s'en charger ? Pourquoi les Américains avaient-ils complètement laissé tomber Razaq s'il était censé jouer un rôle aussi crucial ? À moins que cet hélicoptère solitaire avec ses missiles faiblards n'ait été ce qu'ils pouvaient faire de mieux dans des délais aussi courts. Et puis il y avait Bashir, la clé de l'énigme peut-être, mais désormais mort comme Razaq. Skelly était persuadé d'être au cœur du problème et c'est en serrant cette certitude contre lui comme un oreiller qu'il s'embarqua pour le pays des songes.

Le soleil était levé quand il rouvrit les yeux, une boule orange poussiéreuse qui avait réveillé tout le monde sauf lui. Il se sentait encore mieux que durant la nuit et but immédiatement. Il n'y avait que du pain à manger mais ça semblait suffire pour le moment.

Nadjib sourit quand il vit Skelly levé. Skelly lui rendit son sourire, trouva intéressant que Nadjib n'ait plus peur de montrer ses émotions, même devant son oncle bourru.

Nadjib s'approcha de lui et lui tâta le front. Il parut content du résultat.

« Merci, dit Skelly. Merci de nous avoir tirés de là. De ne pas m'avoir abandonné. »

Nadjib hocha la tête d'un air grave, un tantinet gêné peut-être, et Skelly n'ajouta rien. « C'était mon devoir », fit Nadjib.

Skelly remarqua qu'Aziz les observait. Ainsi que Karim. « Où est-ce qu'on va aujourd'hui ? » demanda-t-il joyeusement, essayant de détendre l'atmosphère qui lui sembla soudain électrique. Dans la fraîcheur matinale, il ressentait la même excitation que lorsqu'il était gamin, avant de s'embarquer pour une traversée épique de l'Amérique en voiture, sachant que son père ne s'arrêterait que pour faire le plein ou dans les sites historiques.

« Aziz a un camion qui nous attend à quelques heures d'ici. Nous ferons le reste du chemin à son bord.

— On ne va pas d'abord franchir la frontière ?

— On l'a fait la nuit dernière. Nous sommes à un kilomètre et demi environ à l'intérieur du Pakistan. »

Skelly fut légèrement déçu d'avoir raté l'occasion. Ou alors il pensait qu'il aurait dû noter la différence. « Tout se ressemble, je suppose.

— Ce n'est pas la frontière qui compte par ici, ce sont les tribus, fit Nadjib. Les tribus, les clans et ceux qui les dirigent. »

À cet instant, l'idée de frontière parut à Skelly ce qu'elle avait toujours été aux yeux des autochtones : une invention étrangère, une ligne tracée il y a longtemps par un géographe britannique transpirant sous la moustiquaire d'un salon ou d'une véranda, devant un gin and tonic bien tassé. Plus tard quelque lord ou comte présentait la chose aux chefs de tribu et aux *maliks* qui opinaient avant de retourner à leurs occupations comme si de rien n'était.

« On arrive à Peshawar à quelle heure ? » Skelly se faisait une joie de prendre une douche chaude. Mais il lui tardait encore plus de se mettre au travail. Son ordinateur portable avait disparu mais il pourrait en emprunter un. Au pire, il écrirait son article à la main et le faxerait de l'hôtel. Une fois qu'il aurait peaufiné les derniers détails, il aurait un papier qui serait repris par la BBC, CNN et tous les journaux importants, le scoop du mois, voire de l'année, et Skelly aurait vécu l'aventure de sa vie. Il était content d'être de l'autre côté de la frontière, hors de danger et d'entamer la dernière ligne droite.

« On ne va pas à Peshawar, dit Nadjib. Pas aujourd'hui en tout cas. »

Le ton sombre de Nadjib inquiéta Skelly autant que

la teneur de son message. « Qu'est-ce qui se passe ? » Il regarda Aziz et espéra qu'il ne parlait pas anglais.

« Je n'en suis pas certain moi-même.

— Mais c'est une idée d'Aziz ? Ou de Karim ?

— Pas de Karim. » Nadjib parut amusé par l'idée de Karim menant le jeu. « Aziz insiste pour que nous voyions mon père. En partie parce que nous serions indésirables ailleurs. Nous serions à la merci de bandits et de rivaux. Surtout vous. Il nous faudrait une escorte armée comme celle de Bashir pour passer.

— Je croyais que votre père jugeait votre présence indésirable.

— C'est tout à fait vrai.

— Mais ils vont nous laisser passer ?

— Ils nous recevront, très certainement. Votre présence le garantit.

— Moi ?

— En tant qu'Occidental, qu'Américain. En ma compagnie, on vous considérera comme un invité, relevant de *malmastiya.* Et parce que vous fuyez Kudrat et ses Arabes, il faudra aussi prendre en compte *nanawaty.*

— Nana*quoi ?* C'était quoi le premier déjà ?

— *Malmastiya.* Et *nanawaty.* Ça fait partie du *pachtoun-wali,* ce que nous avons qui ressemble le plus à des lois ou à une constitution. C'est notre code de l'honneur. *Malmastiya* nous oblige à fournir l'hospitalité. Même à nos ennemis, du moment qu'ils viennent en paix.

— Et *nanawaty,* ça veut dire quoi ?

— Refuge. Asile. Vous serez hébergé dans la *hujera* aussi longtemps que vous le souhaiterez.

— Mais je ne veux pas qu'on m'héberge, je veux qu'on me laisse passer. Mon papier a une durée de vie limitée.

— Allez raconter ça à mon père. Il sera votre hôte. Mais ne le provoquez pas. Ne refusez aucune marque d'hospitalité sauf si vous avez envie de rester encore plus longtemps. S'il vous offre trop de nourriture, mangez-la quand même. Si votre lit est trop mou, dormez-y quand même.

— Ça ressemble plus à une prise d'otage qu'à de l'hospitalité.

— Vous croyez qu'il y a une différence ?

— Dans la plupart des endroits.

— Pas ici. Plus l'hospitalité est généreuse, plus votre hôte vous contrôle. Si vous allez vous promener, vous pouvez être certain d'être escorté.

— Et vous ? Vous aurez un problème ?

— Pas tant que je serai en votre compagnie. J'ai bien peur que ce soit maintenant à votre tour de me protéger. »

Skelly savait que, papier ou pas papier, il lui devait bien ça. Peut-être qu'il pourrait même acheter la liberté de Nadjib. Mais ce n'était pas le bon moment pour évoquer la question. Pas avec Aziz et Karim dans les parages. « Ne vous inquiétez pas, dit-il. Je ferai ce que je pourrai. »

Nadjib hocha la tête d'un air sombre. « Il y a autre chose que je devrais vous expliquer. Aziz est depuis des années le rival de mon père, tout en prétendant être son allié. Ça pourrait tourner à notre avantage ou se retourner contre nous. Mais gardez ce fait à l'esprit, quoi qu'il arrive. »

Skelly se demanda ce qui avait été débattu autour du feu de camp pendant les heures qui avaient précédé son réveil ou hier durant la longue chevauchée, lorsqu'il était à peine conscient de ce qui se passait autour de lui. Il sentait déjà que Nadjib rentrait en lui-même : il rassemblait ses idées et son énergie pour ce qui les attendait, se retirait derrière son masque d'impassibilité pachtoune.

Le camion les attendait comme prévu et ce fut bon de descendre de monture. Skelly avait des bleus aux fesses et mal aux cuisses. Plus aucune trace de fièvre et le petit déjeuner simple mais consistant l'avait requinqué.

En moins d'une heure de route, ils parvinrent à une ligne de crête d'où dégringolait une piste étroite qui faisait une série de zigzags. Au-delà, se trouvait un village près d'un bosquet vert clairsemé. Scintillant sous le soleil, un ruisseau le traversait. « Bagwali, dit Nadjib. Mon village. »

À mi-chemin de la descente, ils dépassèrent deux gamins pieds nus portant un lance-pierres autour du cou. Un chien aux côtes saillantes passa langue pendante avec un air affamé. Indifférents au nuage de poussière et de gaz de pot d'échappement, des gamins regardèrent le camion bouche bée. L'expression de Nadjib paraissait quasiment lugubre.

Dans le village en contrebas, Skelly aperçut soudain deux camions rouges qui se dirigeaient vers eux en laissant dans leur sillage une longue traînée brune. Deux hommes armés étaient assis à l'arrière de chacun. Les véhicules ne pouvaient que venir à leur rencontre. On avait dû les repérer de loin sur ce flanc de montagne.

« Les voici, dit Nadjib d'une voix sans relief. Le comité d'accueil qui vient nous dire bonjour.

— Espérons seulement qu'ils sauront aussi dire au revoir », fit Skelly avec une appréhension croissante.

Nadjib ne dit rien.

29

Dans un avant-poste d'aide humanitaire qui menaçait ruine perché sur une colline en voie d'effondrement, Karen Wilkins était assise à un bureau d'emprunt et secouait la tête : elle aurait décidément tout vu. Assise en face d'elle, se trouvait une femme déguisée en homme – dernier avatar d'une vieille ruse – et si Karen Wilkins ne l'avait pas vue de ses propres yeux, elle n'y aurait pas cru, pas ici, pas dans cette région sauvage où aucun étranger ne se déplaçait sans être interpellé et où aucune femme ne circulait seule sans être agressée.

Pourtant le déguisement pouvait s'expliquer, surtout si vous étiez aussi audacieuse et désespérée que la jeune femme qui se trouvait devant elle, visiblement épuisée mais tout aussi visiblement soulagée d'être en lieu sûr. Et la jeune femme avait bel et bien réussi à se donner l'air d'un jeune homme sans expérience. La première réaction de Karen Wilkins avait été de lui ordonner de quitter le bâtiment, car une présence masculine dans ces murs suscitait toujours l'émoi chez ses protégées qui remettaient leur *tchador* ou leur *burqa* comme des écolières surprises en train de nager nues.

« Je suis désolée, avait-elle annoncé sévèrement en pachtou, mais cette zone est réservée aux femmes et vous devriez le savoir. » Elle s'était demandé si le jeune homme la comprendrait car il avait l'air pendjabi. Pas de barbe ni de turban. Juste une toque blanche, et ces yeux bruns lumineux qu'elle leur enviait à tous, aux hommes comme aux femmes – eaux tranquilles qui suscitaient la sympathie même quand elles étaient traîtresses. Un sacré atout, ce regard, surtout quand le vôtre était aussi bleu et facile à interpréter que les cieux.

Mais quand le jeune homme s'était décidé à ouvrir la bouche, la voix était douce, lasse, presque craintive et Karen Wilkins s'était arrêtée net. « S'il vous plaît, j'ai besoin de votre aide. Je suis une femme, pas un homme. »

En effet – une jeune femme séduisante en plus, abstraction faite de la coupe de cheveux stricte et des vêtements qui ressemblaient sur sa frêle charpente à des voiles sales affalées. Karen Wilkins avait entendu parler de ce genre d'histoire abracadabrante dans les taudis de Peshawar – des jeunes femmes frustrées par le manque d'opportunités se déguisaient parfois en garçon pour faire des petits boulots qui leur auraient été sinon interdits. Mais jamais dans ce coin. Pas dans les zones tribales.

« Racontez-moi… Daliya, c'est bien ça ?

— Oui. Daliya Qadeer.

— Vous êtes en fuite depuis combien de temps ? »

C'était précisément la question que Daliya venait de se poser car elle avait l'impression que ça faisait des semaines. Pourtant elle était partie d'Islamabad le matin même pour essayer d'atteindre le village où elle espérait que Nadjib finirait par échouer.

Elle avait envisagé de téléphoner d'abord, comme

Nadjib le lui avait conseillé lors de cette fameuse nuit qui paraissait si lointaine. Il lui avait donné le numéro d'un bureau des PTT dans son village natal de Bagwali et lui avait dit de demander Shereen, sa mère. Mais même si le message lui parvenait, s'était dit Daliya, comment une mère réagirait-elle à l'idée d'une étrangère courant après son fils ? Surtout dans ce type de culture. Pas très bien, avait-elle décidé. Elle avait donc mis au point un plan, sachant qu'il lui fallait atteindre le village de Bagwali et espérer que tout se passerait bien.

C'était un pari risqué, elle le savait. Mais c'était de loin préférable à un retour au bercail. Au pire, elle vivrait une aventure avant de regagner vaincue le domicile de ses parents. Quand elle avait appris à la radio, chez le professeur Bhatti, que Mahmoud Razaq avait été pendu ainsi qu'un de ses frères et de ses fils, du moins c'est ce que prétendaient les talibans, elle avait eu la conviction d'être sur la bonne piste, bien qu'aucun des bulletins d'information n'ait parlé d'un journaliste américain ni de son jeune traducteur pachtoune.

Elle s'était donc mise en route, bien décidée à rejoindre Karen Wilkins dans son bureau situé à un kilomètre et demi du fameux fort de Jamrud, à l'entrée orientale de la passe de Khyber, près de la Grand Trunk Road. Cette idée lui avait été suggérée par le professeur Bhatti qui s'était dit que Karen Wilkins, dont elle avait fait la connaissance lors d'une conférence quelques mois auparavant, risquait d'être une alliée précieuse. « Elle a des contacts là-bas, avait déclaré le professeur qui parlait de la zone tribale comme s'il s'agissait de la Sibérie. C'est une Anglaise qui dispose de camions et de gardes du corps et qui peut donc se déplacer un peu. Mentionnez mon nom. »

C'est ce que fit Daliya et la réponse fut impressionnante.

Karen Wilkins sourit, yeux pétillants, et parut un tantinet baisser sa garde. Puis elle fronça les sourcils et son regard se fit un rien désapprobateur. « C'est le professeur Bhatti qui vous a conseillé de vous habiller comme ça ?

— Euh, non... »

Le professeur avait trouvé l'idée extravagante, dangereuse même, bien que pour finir elle eût à contrecœur offert son aide lorsque Daliya avait entrepris de se couper les cheveux qui étaient tombés en gros paquets par terre. Daliya s'était ensuite bandé les seins et avait revêtu un *shalwar kamiz* très ample, avec le sentiment de pénétrer dans un royaume de liberté auquel elle avait toujours aspiré. Elle pourrait désormais monter à bord de n'importe quel bus, dire ce qu'elle pensait à des étrangers, arpenter les avenues à toute heure du jour et exiger des marchands d'en avoir pour son argent.

Mais dès qu'elle mit le pied dehors dans sa nouvelle tenue, elle se raidit : elle était persuadée qu'on allait la démasquer dans la seconde, ou que sa voix la trahirait même si elle se forçait à parler une octave plus bas et adoptait maladroitement le jargon des hommes. Elle avait espéré que ça deviendrait une seconde nature au bout de quelques heures de pratique, mais il n'en fut rien parce que toutes les deux ou trois minutes un nouveau danger surgissait.

Les pires moments du voyage étaient gravés dans son esprit. Il y avait eu l'homme qui dans le bus d'Islamabad à Peshawar l'avait observée attentivement pendant toute la durée du trajet, d'un œil souriant, comme s'il lisait dans ses pensées ou voyait à travers ses vêtements. Puis un gros poilu, transpirant et ventripotent, qui s'était laissé aller contre elle quand elle était montée à bord du minibus à destination de Jamrud : il avait senti ses seins céder sous le bandage et lui avait lancé un regard surpris comme si elle était une espèce de monstre. Puis son regard était devenu lubrique mais, heureusement, il était descendu à Hayatabad sans dire un mot à quiconque.

Elle l'avait échappé belle à six reprises au moins et à chaque fois elle avait été hantée par la peur d'être percée à jour, ou pire, dénoncée, attaquée, dépouillée de sa *kamiz* et exposée à tous les regards comme un phénomène de foire. L'angoisse lui avait coupé l'appétit et elle avait renoncé à manger ; elle n'avait parlé que lorsque c'était nécessaire, d'une voix qui paraissait forcée, d'une gravité factice.

Pourtant elle avait survécu et voici qu'elle était assise dans le refuge que son professeur lui avait recommandé. Tandis qu'elle racontait son histoire à Karen Wilkins, elle se rendit compte qu'elle pouvait enfin se détendre. La révélation fut si soudaine que la tête lui tourna et qu'elle se mit à glisser de sa chaise, à se déployer comme un carton plié qui reprend sa forme d'origine. Dans un dernier sursaut d'autodiscipline, elle retint les larmes de soulagement qui lui montaient aux yeux mais continua inexorablement à tomber jusqu'au moment où elle se retrouva à genoux.

Karen Wilkins fit rapidement le tour de son bureau pour attraper Daliya sous les aisselles de ses mains fortes et rêches. Son front d'un blanc laiteux était froncé par l'inquiétude. « Jamila, apporte un verre d'eau. Vite ! »

Il y eut un bruit de pas précipités dans le couloir puis une main lui tendit un verre d'eau fraîche. Daliya s'assit, sirota puis but à grosses gorgées. Elle se sentait déjà mieux. Elle avait touché le fond et remontait à toute allure vers la surface.

« Là, dit Karen Wilkins accroupie à côté d'elle. Ça va ? »

Daliya s'assit. Karen Wilkins resta à ses côtés au cas où.

« Pourquoi ne pas vous allonger un moment ? Je vais vous chercher un coussin.

— Non, merci. Je vais vraiment bien. Mais je ne dirais pas non à du thé. Ni même à des biscuits. »

Karen Wilkins fit signe à son assistante qui se dépêcha de s'exécuter. Pour montrer qu'elle était rétablie, Daliya se leva en titubant un peu, puis s'assit sur une chaise. Oui, elle se sentait beaucoup mieux. Elle ramassa son verre et le vida. Quelques instants plus tard, le thé arriva, fumant et sucré. Il y avait du pain sur une assiette et elle en rompit un morceau.

Karen Wilkins attendit quelques minutes et ne regagna son bureau que lorsqu'elle fut certaine que Daliya n'allait pas récidiver. Le front toujours plissé, elle se mit à se tapoter le menton avec un crayon comme si elle mesurait pour la première fois la responsabilité qu'elle s'apprêtait à endosser. « Alors comme ça c'est le professeur Bhatti qui vous a envoyée ici ?

— Oui. »

Karen Wilkins réfléchit longuement en continuant à tapoter son crayon. « Vous avez quel âge, Daliya ?

— Vingt ans. »

Le crayon s'immobilisa. « Vos parents savent que vous êtes ici ? »

Daliya fit signe que non.

« Ils habitent à Islamabad ? »

Daliya opina. « Mon père est au gouvernement. »

Karen Wilkins reposa son crayon avec un soin extrême, comme s'il s'était soudain transformé en bâton de dynamite. « Il fait quoi ? Si je puis me permettre.

— Il est vice-ministre du Commerce. »

Karen Wilkins observa une pause, calcula les risques. Qu'elle aide Daliya ou la renvoie, il serait impossible de savoir ce qu'il adviendrait de la jeune femme. La seule solution sûre était de téléphoner directement aux parents. Il serait assez facile d'obtenir leur numéro.

Mais sa mission ne consistait-elle pas à aider les femmes, même s'il se trouvait que celle-ci avait mené une vie de privilège et d'opulence ? On le voyait à sa peau et à la façon dont elle s'était quasiment évanouie au bout d'une journée de voyage. Pourquoi renvoyer cette fille aux béquilles du patriarcat alors qu'elle commençait juste à tenir debout toute seule ?

Karen Wilkins était au Pakistan depuis dix mois et ne se lassait toujours pas d'écrire à ses amis en Angleterre combien l'endroit était arriéré en ce qui concernait les femmes. Mais elle leur disait aussi combien venir en aide à ces femmes mises à rude épreuve par les lois strictes de la réclusion pouvait être gratifiant. Daliya était au moins désireuse de franchir un pas que les autres protégées de Karen Wilkins n'oseraient jamais franchir. Alors pourquoi ne pas l'aider aussi ? Au diable les risques.

« Vous essayez d'aller où ?

— À Bagwali. Il y a… des gens là-bas que je dois voir. C'est personnel.

— Oui, je connais l'endroit. »

Le sucre du thé passait dans les veines de Daliya qui commençait à revivre.

« Vous n'arriverez jamais là-bas dans cette tenue. Ils vous mangeront toute crue avant que vous ayez eu le temps de parcourir quelques kilomètres.

— Et si je voyageais sous une burqa ? J'en ai apporté une.

— Dans un groupe, ça pourrait passer. Je pourrais vous envoyer avec quelques autres. Et si je vous emmenais moi-même ? Pas jusqu'à Bagwali – je ne suis pas vraiment la bienvenue là-bas. Je suis un peu trop effrontée au goût des anciens – mais jusqu'à Alzara, ce qui n'est pas mal. Nous avons une antenne de district là-bas, un dispensaire pour les mères et les bébés. Je peux vous y conduire. Pas ce soir, il est trop tard. Mais vous pourriez dormir chez moi et je vous y emmènerais demain, en milieu d'après-midi. J'ai trop de rendez-vous le matin. À partir de là-bas, bien sûr, vous serez seule.

— Il y a combien entre Alzara et Bagwali ?

— Huit kilomètres. Mais là n'est pas le problème. Bagwali est un village afridi et Alzara est en territoire shinwari, tout près de la frontière entre les deux tribus. Ce qui signifie que ce n'est pas d'ordinaire un endroit des plus folichons et que c'est parfois le point de départ de guéguerres et de conflits. Le bon côté, c'est que vous pourrez vous déplacer dans Alzara sans problème car tout le monde est très pauvre. Il n'y a personne d'assez important pour faire des chichis. Le mauvais côté, c'est qu'il vous sera impossible d'aller d'Alzara à Bagwali.

Ni seule ni avec moi. Et même si par miracle vous trouviez moyen de franchir sans encombre la limite entre les tribus, vous ne pourrez pas circuler dans les rues. Pas à Bagwali.

— Sans être accompagnée par une autre femme, vous voulez dire ?

— Non, circuler tout court. Bagwali est une bourgade un peu aristocratique. Toutes proportions gardées, évidemment. Pauvre mais noble, du moins c'est comme ça qu'ils se voient. Par conséquent, à moins qu'il y ait un mariage ou un enterrement, vous feriez mieux de garder votre joli petit minois sous une burqa à la maison.

— Il doit bien y avoir des exceptions. »

Karen Wilkins secoua la tête. « Vous avez déjà entendu parler d'ostéomalacie ?

— On dirait une maladie des os.

— C'en est une. On l'appelle aussi rachitisme et en général seuls les enfants en souffrent. L'insuffisance de vitamine D leur ramollit les os. Eh bien, par ici, surtout dans des endroits comme Bagwali, il y a des femmes qui en sont atteintes. Parce qu'elles passent toutes leurs journées claquemurées. Surtout dans les familles qui sont trop pauvres pour avoir une cour entourée de murs. Pas de lumière du soleil, pas de vitamine D. Épouvantable, n'est-ce pas, et c'est la culture que vous allez devoir affronter. Toujours partante ? »

Ça paraissait horrible, mais après avoir fait tout ce chemin, il semblait absurde de ne pas aller jusqu'au bout. Elle pourrait au moins glaner des renseignements à Alzara, si ce genre de nouvelles franchissait la limite entre les tribus. Avec un peu de chance, elle trouverait un moyen de faire parvenir un message.

« Oui, je suis toujours partante. J'irai à Alzara avec vous.

— Eh bien, vous avez du caractère, je ne pourrais pas en dire autant de neuf femmes sur dix qui passent cette porte.

— Merci.

— Ne me remerciez pas. Et surtout ne me reprochez rien si les choses se gâtent par la suite. Vous vous apprêtez à faire un bond de cinq siècles en arrière. Essayez d'en revenir. »

30

Nadjib devait convenir que son père avait toujours l'air majestueux. En sept ans, Malik Moumtaz Azam Khan semblait avoir à peine vieilli.

« Mon fils », dit posément son père. Forte et rauque, sa voix était aussi sèche et abrasive que l'air de la vallée. Il s'avança les bras tendus, inclina le buste et enlaça Nadjib. Ce fut une étreinte machinale, empreinte de solennité, une accolade d'ordinaire réservée aux représentants du gouvernement en visite et aux *maliks* rivaux. Ne voulant pas manifester une chaleur ou une exubérance absente du geste de son père, Nadjib se retint donc également. Puis son père l'embrassa du bout des lèvres sur les deux joues et ils se séparèrent. Pas de nouvelles embrassades comme l'auraient fait de vieux amis se rencontrant sur le sentier du village. Nadjib vit et sentit qu'il ne s'agissait que d'une formalité.

Les souvenirs lui revenaient et tous n'étaient pas mauvais. Les parties de chasse, sa première prise à l'âge de huit ans : un seul coup de feu tiré avec un fusil qu'il arrivait à peine à épauler et qui avait abattu une caille levée près d'une ruine bouddhiste. Un éclair de plumes, un brusque écho répercuté par la falaise, puis le silence lorsque son père s'était avancé à pas de velours comme si l'oiseau allait se relever et s'envoler. Une fois le succès confirmé, son père n'avait pas souri, mais une flamme avait dansé dans ses yeux et ses mains s'étaient posées sur ses épaules comme une bénédiction.

Mais la flamme ne dansait plus à présent et sans elle le visage de son père était quelconque. Il était encore pas mal pour son âge, malgré un front haut dont la peau semblait trop tendue, et son imposant turban était comme toujours d'une blancheur immaculée.

Le trait le plus remarquable de son père avait toujours été son calme, sa prestance. Il n'avait jamais été du genre à gigoter ni à s'impatienter, même quand les autres ne tenaient plus en place après être restés longtemps assis ou debout. Lorsqu'il s'avançait dans la lumière vive, il ne plissait pas les yeux. Quand il faisait froid, il ne frissonnait pas, ne se frictionnait pas les bras, ne demandait pas de couverture supplémentaire Pendant les pires canicules, il ne s'avachissait pas, ne s'alanguissait pas. C'était comme s'il avait voulu montrer qu'il se jouait des éléments comme des autres hommes.

Dans ses rapports avec son fils, il n'avait jamais plié ni cédé, se souvenait Nadjib qui, debout devant lui, essayait de lui rendre la monnaie de sa pièce, le toisait presque du regard tout en sachant qu'il serait le premier à détourner les yeux. Il se tourna vers Skelly pour commencer les présentations.

« Voici mon ami et confrère, dit-il en choisissant bien l'ordre de ses mots. Stan Kelly que vous pouvez appeler Skelly.

— Mr Skelly, dit posément le *malik.* Vous êtes le bienvenu parmi nous aussi longtemps que vous le désirerez. »

Skelly hocha la tête à la traduction.

« Merci, sir. C'est très aimable à vous. » Nadjib traduisit pour son père tout en se demandant combien d'anglais il avait pu glaner au fil des années.

Le *malik* n'était pas venu à leur rencontre, bien sûr. Ils étaient venus à lui, avaient été conduits à la grande salle de la *hujera.* Agir autrement eût été considéré comme de mauvais ton pour le *malik,* au regard du statut actuel de son fils, et ce, quelle qu'ait été la durée de leur séparation.

Les deux camions rouges les avaient escortés jusqu'au village en bas de la colline. Nadjib et Skelly étaient montés à bord du premier tandis qu'Aziz et Karim étaient restés dans leur véhicule et que le second camion rouge avait fermé la marche, comme si on craignait qu'ils ne changent d'avis.

Les hommes armés avaient annoncé l'importance des nouveaux arrivants par des salves de kalachnikovs tirées dans le ciel, des rafales rapides qui firent sursauter Skelly qui se retourna brusquement pour voir si Aziz n'était pas attaqué.

« Tout va bien. C'est parce qu'ils sont contents », dit Nadjib qui savait que ce n'était pas entièrement vrai. Il posa sa main sur le bras de Skelly pour le rassurer mais garda le regard inexpressif qu'il avait eu toute la matinée. « Ils manifestent leur fierté, dit-il, un peu plus proche de la vérité.

— Ils sont fiers de vous ? »

Pauvre Skelly. Sa question renfermait tant d'espoir. « Ils sont fiers de m'avoir en leur *possession.* Et vous aussi, je suppose. Ils n'ont pas beaucoup de visiteurs américains.

— Comment ça va se passer pour vous ? Sur le plan émotionnel. »

Il était très vraisemblable que ce serait la dernière fois avant longtemps que quelqu'un lui demanderait ce qu'il ressentait. C'était si américain et presque cavalier : chercher à connaître les pensées les plus secrètes d'autrui en espérant une réponse honnête. Toutes les questions que ne tarderait pas à lui poser son père auraient un but plus pratique. Non que connaître l'état d'esprit de quelqu'un fût inutile. Mais ici on ne le découvrait jamais en posant la question. Même un simple « Pourquoi ? » vous attirait des réponses du genre « *Asai* », qui signifiait « C'est pas tes oignons », sorte d'insipide « Va te faire foutre » pachtou destiné à rappeler à autrui que dans un pays où on ne possédait pas grand-chose, les pensées étaient un trésor.

« Ça va être coton, dit Nadjib d'une voix éteinte. Mais je m'en charge. »

S'autorisant une dernière émotion, Nadjib serra le bras de Skelly en gage de camaraderie et de réconfort. « Ne vous faites pas de souci. Je n'oublierai pas vos intérêts. Il faudra vous en souvenir même si les apparences sont trompeuses. Je ne pourrai pas tout vous traduire quand nous serons avec mon père et ses lieutenants. Alors soyez patient et essayez de ne pas trop sourire. Et surtout, ne demandez pas si vous pouvez partir. Le faire aujourd'hui serait impoli. Le faire demain pourrait être acceptable, ce qui serait encore pire. Car à la minute où ils vous laisseront passer sur d'autres terres, vous serez mort. Alors attendez que je vous donne le signal. Ne faites confiance à personne d'autre que moi.

— Et s'il vous arrivait quelque chose ?

— Alors que Dieu vous vienne en aide. »

Mais plus Nadjib avait tenté de refouler ses émotions à l'approche du village, plus elles avaient bouillonné en lui – un geyser de nervosité, d'anticipation, d'effroi et d'excitation. Ce serait un combat, son plus grand depuis des lustres.

Et puis il y eut la nostalgie, surtout lorsqu'ils traversèrent le village. Des hommes grisonnants aux bouches édentées se penchaient aux fenêtres. Des chiens bâtards sous-alimentés grondaient et aboyaient. Pas de femmes bien sûr, bien qu'il crût apercevoir un visage féminin ou deux qui scrutaient la rue d'une fenêtre du premier étage et derrière le parapet d'un toit.

Sa maison se trouvait juste au-delà du village dans un site idéal, littéralement à un jet de pierre du ruisseau. C'était un petit complexe de bâtiments de terre et de pierre protégés par un mur de plus de trois mètres cinquante de haut flanqué d'une solide tour de guet dans un angle. Sa mère se trouvait à l'intérieur et il jeta un coup d'œil en passant à travers la grande grille du portail mais n'aperçut personne. Il doutait de pouvoir la voir avant le lendemain, si tant est qu'il la voie. La rencontre avec son père prendrait place dans la *hujera,* la maison d'hôte, à l'extérieur de l'enceinte.

Les camions avaient pilé en faisant crisser le gravier et il s'était retourné, mais il n'y avait plus que Karim. Aziz s'était volatilisé. Nadjib aurait pourtant juré qu'aucun des camions ne s'était arrêté dans la descente, mais il avait dû se tromper. C'était troublant. Il avait espéré qu'Aziz le protégerait. Il allait devoir affronter son père seul.

Moteurs coupés, portières claquées, les hommes armés leur emboîtèrent le pas sur une seule file. Il savait que son père attendrait debout à l'intérieur de la *hujera* dans la longue salle d'une propreté irréprochable avec ses coussins brodés de couleurs vives disposés contre les murs chaulés, identique à ce qu'elle était lors des conseils ou *djirgas* auxquels il avait assisté adolescent. Sauf qu'à l'époque il restait tranquillement sur le côté pour observer et soi-disant apprendre. Aujourd'hui, il allait se retrouver dans la moins enviable des situations : il allait subir l'inquisition de son père.

Il aperçut le visage familier, entendit la voix familière, observa la façon dont son père bougeait les mains en parlant, se souvint que ces gestes lui avaient jadis, détail amusant, fait penser à un engoulevent s'installant dans son nid, hérissant ses plumes puis les lissant. Ce souvenir le calma et il fut certain d'arriver au bout de la journée. L'âge et l'expérience commençaient à lui être utiles. La colombe s'était à son insu métamorphosée en aigle, comme son père l'avait toujours souhaité, et il avait désormais des serres même s'il ne les avait jamais sorties. Avec un peu de chance, son père le sous-estimerait.

Le *malik* précisa d'emblée qu'il gardait pour plus tard l'affaire la plus importante de la journée car, peu après les présentations, il donna l'ordre qu'on conduise Nadjib et Skelly à leur chambre. Le dîner aurait lieu dans deux heures.

« Je me ferai un honneur de vous servir tous les deux, déclara son père d'un air impassible.

— Je vais en profiter pour aller voir ma mère, fit Nadjib.

— Patience. Tu auras le temps demain. Pour l'instant, il vaudrait mieux que vous vous reposiez. Tous les deux. »

Autrement dit, que je ne vous perde surtout pas de vue. L'accès à ta mère est interdit. Le cœur de Nadjib se serra.

« Oui, père. Ça vaudra mieux, bien sûr.

— Parfait. Nous nous reverrons au dîner. »

Comme c'était étrange de jouer pareil rôle face à son père, un rôle guindé dans lequel il ignorait ce que l'acte suivant lui réservait. Peut-être son père ne le savait-il pas non plus. Mais le *malik* n'avait jamais été du genre à écrire le scénario au fur et à mesure. Il dressait des plans pour tout et Nadjib supposait qu'il gardait le coup de théâtre pour le dîner. Nadjib se reposerait donc après avoir traduit ce premier échange pour Skelly.

Mais on avait déjà emmené Skelly à sa chambre. Tous ses alliés disparaissaient les uns après les autres, tous sauf Karim qui traînait près de l'entrée. L'escorte attitrée de Nadjib. Son ange gardien. C'était peut-être un semblant de victoire.

« Tu pourrais peut-être m'emmener voir ma mère », dit Nadjib sur un ton plus enjoué.

C'était une erreur. « Vous avez entendu ce qu'a dit le *malik*. Pas de visites. »

Nadjib examina Karim pour voir ce qui se passait mais ne put rien deviner. Karim fit demi-tour et Nadjib lui emboîta le pas.

Sa chambre était bien meublée, beaucoup plus joliment que dans ses souvenirs. Il était clair que la situation de son père avait continué à s'améliorer et ses richesses à s'accumuler, même par rapport à l'époque où il avait bénéficié de la manne du trafic d'armes et où il était entré sur le marché de l'héroïne. Et ce, malgré le raid gouvernemental sur le laboratoire clandestin, celui que les indiscrétions de Nadjib avaient contribué à déclencher. Les affaires de son père étaient reparties sans problème et s'étaient diversifiées d'une façon que plus d'un magnat occidental aurait enviée.

La convocation au dîner se fit par un coup frappé à la porte par Karim. Ils gagnèrent la grande salle où vingt hommes étaient déjà assis sur des coussins autour d'un beau tapis rouge vif, taché çà et là par les banquets des années passées et élimé par endroits. Mais nul n'aurait voulu d'un tapis trop neuf, pas dans cette pièce où avaient pris place des transactions commerciales si importantes. Cela aurait pu suggérer un pouvoir trop récent, une longévité qui n'avait pas fait ses preuves.

Nadjib eut soudain envie d'expliquer toutes ces nuances à Skelly mais il était assis loin de lui, l'air perplexe et mal à l'aise, entre deux hommes qui ne parlaient probablement pas un mot d'anglais. Nadjib essaierait de trouver un moment pour parler avec lui après le dîner, quitte à soudoyer Karim, perspective qui le remplissait d'indignation.

Aziz continuait à briller par son absence. C'était une chose de ne pas se montrer lors d'une soirée ordinaire à la *hujera* quand votre présence ailleurs pouvait être interprétée comme une rebuffade mineure et pardonnable. Mais ne pas assister à pareil événement semblait une insulte délibérée. La brouille entre les deux frères ne datait certes pas d'aujourd'hui, mais Nadjib remarqua que nombre des hommes jetaient des regards autour d'eux comme s'ils cherchaient quelqu'un.

L'autre surprise de la soirée était la présence constante de Karim qui, au lieu de se tenir en marge conformément à son statut, s'était joint au cercle et était assis à proximité du *malik*.

Des serviteurs apportèrent de l'agneau, du poulet rôti, du pain, des aubergines, des tomates et des sauces. Après la maigre pitance des jours précédents, c'était Byzance. Nadjib mangea de bon appétit et, voyant Skelly en faire autant, espéra que l'estomac du journaliste tiendrait le choc.

La plus grande partie du dîner se passa à bavarder. Son père ne fit pas de grandes déclarations et ne prit même pas la peine d'annoncer la présence de Nadjib ou de Skelly à l'assemblée, ce qui était un rien troublant. Lorsque les fruits et les sucreries firent leur apparition, les conversations diminuèrent et Nadjib jeta un coup d'œil à son père qui regardait dans sa direction. Son haut front ressemblait à la proue d'un navire de guerre prêt à attaquer. Les vraies festivités étaient, semblait-il, sur le point de commencer.

Mais quelqu'un apporta les *houkas* déjà remplis d'un mélange de haschisch et de tabac connu sous le nom de *naswar* qui, espéra Nadjib, n'était pas trop puissant ce soir. Un peu de détente ne lui ferait pas de mal, se dit-il, et il inhala quelques bouffées quand la pipe à eau passa devant lui. Le pauvre Skelly, qui suivait de toute évidence le conseil que Nadjib lui avait donné plus tôt, l'imita et devint un peu vert quand la fumée fit son effet.

Puis le père de Nadjib se racla la gorge et tout le monde se tut. « Dis-moi, Nadjib, fit-il d'une voix forte. Tu continues à croire que ton oncle Aziz est ton ami ? Ton protecteur ? »

Il n'y eut ni hoquets de surprise ni regards gênés, comme il aurait pu y en avoir à New York ou à Londres, même si Nadjib ne put s'empêcher de remarquer que toutes les têtes braquées sur le noble *malik* échangeaient des regards en coulisse. Nadjib comprit que son père avait concocté un spectacle plus grandiose que prévu. Il aurait voulu pouvoir prévenir Skelly car il était désormais certain qu'ils allaient avoir droit à quelques coups de théâtre des plus désagréables.

Nadjib décida de ne pas y aller par quatre chemins, d'attaquer bille en tête. « Je ne crois pas, je *sais* qu'il est mon protecteur. » Puis se souvenant du *malang* mort devant son immeuble et persuadé que son père était aussi au courant, il ajouta « Le *malang* le sait aussi.

— Alors à quoi attribues-tu son absence ce soir dans ma *hujera ?* Pourquoi n'a-t-il pas pris la peine de vous escorter au village cet après-midi ? D'ailleurs, qu'est-ce qui te rend si certain qu'il est mêlé à l'affaire du *malang ?*

— Parce que Karim était présent cette nuit-là.

— Le Karim qui est assis parmi nous ce soir ?

— Oui », dit Nadjib qui commençait à se sentir troublé, embarrassé même. Il s'inquiétait d'avoir été manipulé par son père et d'avoir démasqué une sorte de double jeu de la part de Karim. Ce serait peut-être la première humiliation de la soirée – la révélation que Karim complotait contre le *malik.* C'était peut-être l'unique raison pour laquelle l'homme avait été admis dans le cercle de ses supérieurs. Mais si tel était le cas, pourquoi Karim était-il toujours assis si calmement et le front parfaitement lisse ?

« Ah, tu commences à y voir plus clair, fit son père qui s'était sans doute aperçu de sa confusion. Tu t'aperçois que Karim ne s'enfuit pas de peur. Comment dans ces conditions pourrait-il espionner pour son maître Aziz ? Mais tu as raison sur un point : j'étais au courant pour le *malang*. Et aussi pour les messages que tu recevais de temps à autre de ta mère. J'étais également au courant, chose que tu ignores peut-être, des petites visites qu'Aziz rendait à ta mère. De leur longue liaison. »

Cette dernière remarque abasourdit Nadjib. Il en resta estomaqué. Le *naswar* l'avait beaucoup trop détendu et son père devait avoir compté là-dessus. Son père avait toujours eu l'art de donner l'estocade dès que l'ennemi flanchait et c'était ce que Nadjib attendait maintenant.

« J'aurais cru qu'un homme du monde comme toi, un homme qui prend une maîtresse avant même de prendre femme – un célibataire avec une concubine, du jamais-vu dans notre famille ! –, j'aurais cru qu'un tel homme aurait déjà tout compris. Mais je devine à ta mine que ce n'est pas le cas. Ta mère a éprouvé le besoin de rester en contact avec toi pour les mêmes raisons qui l'ont poussée à me tromper avec Aziz, afin de se venger de mes propres infidélités. Aziz, bien sûr, n'y a participé que pour m'humilier.

« Mais c'est un détail secondaire. C'est toi qu'il a toujours cultivé le plus. Je m'en suis aperçu dès ton plus jeune âge. Lorsque les épouses d'Aziz se sont avérées incapables de lui donner un fils, je me suis demandé ce qu'il ferait pour s'opposer à moi. Puis j'ai trouvé tous ces cahiers de dessins, ces croquis d'oiseaux sous ton lit et j'ai compris. Il t'avait attiré dans son camp. Il chassait avec toi, te fournissait en cachette des munitions pour tes petites insurrections. Il m'avait pris mon fils et l'avait dressé contre moi. Tu es devenu son arme et il t'a affûté année après année. Mais, naturellement, il t'a trop aiguisé. Résultat : tu n'étais plus mon fils et tu n'étais plus non plus un Pachtoune. Alors j'en ai rajouté pour m'assurer que tu ne lui appartiendrais pas. C'est pourquoi je t'ai envoyé à l'université. Tu es devenu si hautain, si arrogant là-bas, avec tes bibliothèques qui nous passaient complètement au-dessus de la tête, avec tes femmes – eh oui, j'ai entendu parler de toutes ces Américaines. Puis notre ami au gouvernement, Tariq, est venu nous montrer ce que tu étais vraiment devenu. Tu as anéanti ma petite usine pour un temps, mais je suis rentré dans mes frais. D'autres, bien sûr, ont payé le prix fort. Mais je ne crois pas que ton oncle Aziz t'ait jamais raconté ce qui lui était arrivé. »

Nadjib fit lentement signe que non. Le monde se remodelait sous ses yeux et lui tombait sur la tête. Il se sentait submergé, ses émotions bouillonnaient. Il avala sa salive et décida de s'accrocher, de ne pas broncher, de ne pas détourner le regard. « J'ai entendu dire qu'il s'était caché un certain temps, fit Nadjib.

— “Caché”. Si on peut dire. “Emprisonné” serait plus approprié. Rien d'officiel comme à Peshawar ou à Islamabad. Mais ton ami Tariq a insisté pour que quelqu'un, jouissant de préférence d'un statut social élevé, paie le prix car autrement les choses auraient eu l'air louche. Je lui ai donc offert Aziz et me suis arrangé pour épargner à l'État les frais de son incarcération, ce que Tariq a encore plus apprécié. Et donc, la fois suivante, quand Aziz est parti pour l'Afghanistan superviser la caravane d'un fournisseur d'opium, je me suis débrouillé pour que nos frères talibans lui tombent dessus et saisissent sa marchandise. Karim, pourquoi ne pas lui raconter le reste ? »

Ce que Karim fit dans le moindre détail, d'une voix impassible et monotone. Il expliqua qu'Aziz avait été soumis à une variété de châtiment taliban particulièrement efficace et réservée aux trafiquants de drogue : deux années de coups ponctuées de séjours de plusieurs heures dans des bains d'eau glacée. Pas étonnant qu'Aziz n'ait pas voulu s'attarder auprès de Kudrat et de ses Arabes après avoir retrouvé Nadjib. Au moindre faux pas, il se serait retrouvé au bout d'une corde à côté de Bashir. À moins que Karim n'ait conclu un accord secret pour empêcher pareille éventualité. Toutes les alliances semblaient envisageables désormais et ça expliquerait la facilité avec laquelle ils s'étaient échappés.

Quoi qu'il en fût, Nadjib fut anéanti. Même si l'affection de son oncle pendant toutes ces années avait été calculée, l'aide qu'il lui avait offerte avait été sans prix. Nadjib était consterné d'apprendre qu'il lui avait causé toutes ces souffrances. Mais inutile de donner plus ample satisfaction à son père sur ce point. Nadjib se ressaisit donc – un clignement des paupières suffit – et fixa de nouveau son père.

« Évidemment, à son retour, tu étais un proscrit, poursuivit son père, et il ne savait pas trop ce qu'il allait faire de toi, ou plus exactement, ce qu'il voulait te faire. Alors il est simplement resté en contact, a prétendu être toujours ton ami jusqu'au moment où il a décidé de passer à l'action. »

Nadjib se sentit soudain vaincu, humilié devant toute l'assemblée. Il jeta un coup d'œil de l'autre côté de la pièce et vit que même Skelly qui n'y comprenait goutte avait l'air inquiet et il essaya de lui faire comprendre par un simple regard que les choses allaient de mal en pis. Nadjib secoua lentement la tête. Ça ne rimait à rien de continuer à se cacher derrière un masque. Sentant que son fils avait fini par comprendre, son père lui céda la parole.

« Le *malang*. Il…

— C'est ton oncle qui l'a envoyé pour te tuer. Sauf que ce n'était pas un simple assassin. Ton oncle s'est toujours cru au-dessus d'une telle vulgarité. Il fallait que ce soit astucieux, complexe. Trente ans passés à jouer au plus malin avec son frère aîné l'avaient rendu amoureux des détails. Il a donc trouvé ce *malang,* ce mendiant des collines, et il n'a eu qu'à lui expliquer la vie que tu menais, ce que tu écrivais dans ton journal, les gens que tu fréquentais, ce que tu buvais. Il savait que ça suffirait.

— Et le *malang* m'a donc envoyé des messages.

— Oui. En guise d'avertissement. Pour te donner l'occasion d'amender ta conduite et de sauver ton âme. Mais tu n'en as pas tenu compte, naturellement, comme Aziz l'avait prévu. Il ne doutait pas du succès de son plan.

— Il allait laisser le malang… me tuer.

— Ç'aurait été une humiliation pour moi, une fois qu'on aurait appris ce qui s'était passé et dans quelles circonstances. Aziz aurait fait la démonstration de ses nouveaux pouvoirs. Mais c'était une humiliation que j'étais bien décidé à ne pas endurer.

— Quelle marque de compassion !

— Tu ne devrais t'intéresser qu'au fait que je t'ai sauvé la vie. Grâce à Karim ici présent.

— Oui, Karim qui a tué le *malang* avec un de mes couteaux de cuisine.

— C'était ça ou compromettre Karim. Et quelle meilleure façon pour moi de t'avoir à l'œil que de te voir échouer à la prison de Peshawar. Mais, naturellement, il a fallu que ton vieil ami Tariq se mêle une fois de plus de ce qui ne le regardait pas. »

C'était difficile de se faire à l'idée que Tariq était un allié. À moins qu'il ne fût un moindre mal.

« Ensuite, bien sûr, Aziz a appris que tu étais parti avec Razaq.

— Et quand j'ai eu des ennuis, il est venu me chercher, dit Nadjib qui repérant une faille dans le raisonnement de son père s'empressait de la faire remarquer. Nous chercher tous les deux. Si tout ça est vrai, pourquoi ne les a-t-il pas laissés me tuer ?

— Parce qu'il avait trouvé un meilleur usage pour toi ici. Il t'a ramené comme un trophée. Tu lui as donné de quoi m'aveugler au moment précis où il s'apprêtait à frapper son dernier coup pour ruiner mon plus ambitieux projet à ce jour.

— De nouvelles usines d'héroïne ?

— S'il te plaît, mon fils. Je ne répète pas mes erreurs. Mais ça tombe bien que tu en parles car la grotte que tu as indiquée aux autorités va désormais être utilisée d'une façon beaucoup plus avantageuse : comme résidence pour de nouveaux invités qui préfèrent ne pas être remarqués au village.

— Des invités venus d'où ? demanda Nadjib qui connaissait déjà la réponse.

— D'un pays étranger. Ils ont ça de commun avec ton Mr Skelly. Mais ils sont beaucoup plus dévots que lui, je parierais.

— Ils ne viennent pas les mains vides, je suppose.

— Ce sera à eux, bien sûr, de déterminer le prix de mon hospitalité. »

Nadjib n'avait pas besoin qu'on lui fasse un dessin pour savoir que les confidences de son père n'auguraient rien de bon. Si un père confiait pareils détails à un fils coupable de trahison, c'est qu'il disposait d'un bon moyen de s'assurer de son silence.

« Qu'est-ce que vous allez faire de moi ?

— Te rendre à Aziz. Il viendra te chercher et je le laisserai t'emmener. Non sans faire mine de résister, naturellement. Il te livrera ensuite à ses partisans comme un trophée, un gage de ses nouveaux pouvoirs qui lui rallieront leur soutien.

— Il me livrera comment ? Mort ou vivant ?

— Je ne suis pas au courant de *tous* les détails, nonobstant le zèle de Karim. Mais je suis sûr qu'avec un peu de patience tu ne tarderas pas à le découvrir.

— Qui sont ses partisans ?

— Nos rivaux habituels. Les Shinwari de l'autre côté de la colline à Alzara. Ça fait des années qu'Aziz essaie de les entraîner dans une insurrection, mais ils n'ont jamais été convaincus qu'il avait la trempe nécessaire. Tu seras la preuve dont il a besoin. Mais nous les attendrons de pied ferme, bien sûr, avec certains nouveaux renforts qui sonneront le glas des Shinwari et celui d'Aziz. Alors tu vois, ton arrivée tombait bien. Et valait bien ce dîner et cette soirée entre amis et avec notre cher invité ici présent.

— Qu'est-ce que vous allez faire de lui ? » demanda Nadjib. Sentant que la conversation le concernait, Skelly se ragaillardit.

« Il est notre hôte. Par conséquent, même si ça m'ennuie énormément de savoir tout ce qu'il a vu dans la montagne, que puis-je faire d'autre que lui témoigner notre hospitalité ? Et s'il en est parmi mes nouveaux visiteurs qui cherchent à lui nuire, je le protégerai. Comme il se doit.

— Et quand il décidera de partir ? Quand il franchira les limites de votre territoire ?

— Alors, il ne sera plus mon hôte. »

Nadjib n'avait pas besoin qu'il lui en dise plus.

« Aziz viendra me chercher quand ? »

Le *malik* se tourna vers Karim qui répondit : « Ce soir. C'est moi qui le ferai entrer dans l'enceinte, lui et quelques autres. Il y aura des coups de feu. Nous tuerons peut-être même un de ses hommes, ne serait-ce que pour qu'il soit encore plus convaincu de sa prouesse. Je tomberai aussi, bien sûr. Ou je ferai semblant. »

Sans aucun doute pour pouvoir rester et participer au complot final destiné à abattre Aziz. Nadjib se demanda s'il ne pourrait pas profiter de la confusion générale pour se cacher quelque part.

Son père parut lire dans ses pensées. « Je découragerais toute initiative personnelle pour contrecarrer ces plans, mon fils. Si tu restais sur notre territoire après le départ d'Aziz, Karim saura s'occuper de toi. »

Comme il s'était occupé du *malang*, supposa Nadjib. Tout bien considéré, il préférait tenter sa chance avec

Aziz. Mais c'en serait fini de Skelly qui resterait seul et sans protection. Et en fin de compte, c'en serait fini de lui aussi.

La colombe s'était-elle transformée en aigle ? Nadjib n'en avait pas l'impression. Mais si oui, l'aigle ferait bien de ne pas tarder à montrer ses serres.

31

Ça faisait des heures que Skelly n'avait pas entendu un mot d'anglais et il ne s'était jamais senti aussi seul. Il tenta de parler à Nadjib après le dîner, mais fut empoigné par deux hommes avant d'avoir pu croiser son regard. Alors qu'il quittait la grande salle, il vit Karim prendre Nadjib par le bras.

Skelly passa l'heure suivante à se faire malmener par deux barbus à la mine rébarbative. Il se retrouva dans la véranda de la *hujera*, assis sur un lit de camp, à contempler les pâles reflets de la lune sur les murs d'enceinte. Au bout d'une demi-heure, un de ses gardes s'assoupit. Mais le second fuma un paquet entier de cigarettes – qu'il allumait au mégot de la précédente – pour rester éveillé. Skelly renonça alors à tout espoir de voir Nadjib avant le lendemain matin. Il se leva pour gagner sa chambre où il fut escorté par la sentinelle qui ne le lâchait pas d'une semelle.

Il était maintenant étendu sur son lit – un matelas correct posé sur un sommier de cordes, la couche la plus confortable qu'il ait eue depuis longtemps. Il n'avait gardé que ses sous-vêtements et avait déjà l'impression de sentir des petites bêtes ramper de la fine couverture sur sa poitrine. Mais c'était préférable à une autre nuit tout habillé : il n'avait pas changé de vêtements depuis Azro. Il aurait tué père et mère pour une douche ou des sous-vêtements propres et il ne s'était pas rasé depuis trois jours.

Le dîner avait été consistant même s'il lui pesait sur l'estomac. Il avait bu des litres de thé brûlant, de préférence à l'eau douteuse. Vers la fin du repas, on lui avait fait la surprise d'un Pepsi tiède : la bouteille avait l'air de sortir d'un distributeur des années 1950. Il l'avait bue d'un trait et le sucre et la caféine le stimulaient toujours. La fumée de l'étrange *houka* lui avait écorché la gorge malgré le filtre à eau, mais avait eu au moins le mérite de le détendre. Il n'avait aucune idée de ce qui avait pu se passer ce soir, bien que l'expression abasourdie de Nadjib à la fin du dîner l'ait alarmé. Surtout lorsque Nadjib s'était mis à regarder fréquemment de son côté pendant une longue déclaration du *malik*. Skelly avait compris que d'une manière générale il y avait de l'eau dans le gaz.

Il avait oublié combien la vie à l'étranger pouvait être déroutante sans traducteur. Il s'était senti d'autant plus frustré que son « fixeur » était à l'autre bout de la pièce, séparé de lui par le devoir familial et des siècles de tradition. Il s'était donc contenté de manger tout ce qu'on lui présentait comme Nadjib le lui avait conseillé. Et maintenant, allongé sur son lit, il se repassait les événements de la soirée comme s'ils pouvaient lui donner un indice de ce que lui réservait le lendemain.

Skelly avait été surpris de voir Karim au dîner et stupéfait de le voir prendre la parole, faire un petit speech apparemment important à en juger par la mine très attentive de chacun. Où était passé Aziz ? S'il avait disparu, c'était un mauvais signe de plus.

Pourtant, pour la première fois de la semaine, Skelly était détendu. C'était peut-être dû à la nourriture ou au *houka.* Plus vraisemblablement, c'était parce qu'il se sentait protégé ici, malgré toutes les restrictions qui pesaient sur sa liberté de mouvement. Tant qu'il ferait ce qu'on lui dirait, il serait à l'abri du danger. Demain, il garderait un profil bas et travaillerait à son article. Mais il était trop fatigué pour y réfléchir ce soir et il ne tarda pas à s'assoupir. En l'absence de fièvre pour déformer ses rêves, il dormit à poings fermés, glissa dans un vide où son corps se mit à flotter. Lorsqu'il finit par se réveiller, ce fut comme s'il remontait du fond d'une piscine. Au moment où il faisait surface, il entendit des coups de feu et un brouhaha devant sa porte.

Il attrapa ses vêtements à tâtons, se fit mal en tombant du lit, sentit la puanteur de son corps lui monter aux narines lorsqu'il se baissa pour enfiler ses souliers. Il avait mal dans le dos après une journée de cheval. Sortant hébété sur la véranda, il entendit des cris et des pas précipités dans le bâtiment voisin. Puis il y eut deux coups de feu et ce qui ressemblait à une cavalcade. S'ensuivit une rafale d'arme automatique : quelques balles frappèrent le mur au-dessus de sa tête en envoyant une pluie de terre et de plâtre. L'espace d'un horrible instant, il crut que les hommes de Kudrat venaient le chercher, qu'ils avaient fait irruption dans le village après avoir chevauché toute la nuit, et il se réfugia dans sa chambre.

Puis les tirs cessèrent. La cavalcade s'estompa. Skelly s'aventura une fois de plus sur la véranda et le clair de lune lui permit d'apercevoir des têtes enturbannées qui dépassaient des parapets de l'enceinte. Un cavalier passa sans se presser sur sa monture qui hennit doucement et agita la queue. Un homme en haut du mur d'enceinte cria quelque chose qui suscita un rire grossier en contrebas. Une main saisit le bras de Skelly qui faillit sauter au plafond. Une des sentinelles était revenue et essayait de le ramener dans sa chambre. Mais Skelly voulait d'abord savoir ce qui se passait. Il cria le nom de la seule personne en mesure de l'aider.

« Nadjib ! »

Silence. Autre éclat de rire.

« Nadjib ? »

La sentinelle le tira de nouveau par le bras puis maugréa les premiers mots d'anglais que Skelly entendait depuis des lustres : « Nadjib parti. Parti.

— Parti où ?

— Parti. » Et l'homme d'esquisser un geste dédaigneux et de l'entraîner. Skelly finit par se laisser faire.

Parti. Un mot clé mais riche de significations. Sorti ? Mort ? Parti dans l'enceinte, ou ailleurs, à dos de cheval peut-être ? L'anglais de la sentinelle semblait si limité que l'homme aurait pu aussi bien faire allusion aux sept ans que Nadjib avait passés en dehors du village. Parti mais aujourd'hui revenu.

« Qu'est-ce que vous voulez dire avec ce "parti" ? » demanda-t-il, voulant désespérément en savoir plus. Il se sentit soudain très seul.

« Oui, parti. Nadjib parti. »

Ça ne servait à rien, se dit-il. L'enceinte avait retrouvé son calme. Il aurait peut-être des explications dans la matinée.

La matinée n'apporta aucun éclaircissement.

Skelly s'aventura dehors aux premiers rayons du soleil mais fut rappelé pour le petit déjeuner. On lui présenta du yaourt et du pain ainsi qu'une théière et un régime de petites bananes noircies. Il en prit trois qu'il engloutit : elles étaient sucrées et trop mûres. Le thé au lait était brûlant et il en but à s'en faire péter la sous-ventrière car, sauf si on lui offrait un autre Pepsi, il craignait de ne pas pouvoir boire avant Peshawar.

Toujours aucune trace de Nadjib. Ses questions ne suscitaient que des regards incompréhensifs. Mais malgré tous ces soucis, il ne pensait qu'à son article. Il aurait tué pour un téléphone, mais n'aperçut pas de poteaux téléphoniques aux alentours de la *hujera* et du complexe. Les seuls câbles visibles étaient des fils électriques. Le village avait peut-être un bureau de poste où il pourrait passer un coup de fil international moyennant quelques poignées de dollars. « Je l'ai vu ! voulait-il crier par-delà la distance à son rédacteur en chef. J'ai l'ai vu en chair et en os et il y a une sorte de complot pour le capturer ou le protéger. » Les détails suivraient dès que Skelly les aurait découverts.

Il pourrait peut-être trouver quelqu'un qui parlait un peu l'anglais. Il songea à essayer de travailler à son article avec un crayon et du papier – quelques paragraphes d'introduction possibles lui avaient traversé l'esprit au réveil –, tous accordaient une place de choix aux Arabes d'Al-Qaïda et à la haute trahison dont Razaq avait été victime. L'énigme, c'était ce que les Américains venaient faire là-dedans et pourquoi.

Il regagna sa chambre et, n'ayant rien d'autre à faire, sortit ses carnets de sa sacoche. Ils couvraient tout son séjour, depuis les bières bues en compagnie de Sam Hartley jusqu'aux pendaisons près de Jalalabad. Il classa ses notes dans l'ordre chronologique, ajouta des précisions, s'orienta vers de nouvelles conclusions. Ça faisait du bien de se remettre au boulot, d'assembler les pièces du puzzle et de commencer à discerner une forme. Assoiffé, il se leva pour reprendre du thé qui était maintenant refroidi. Il vit à sa montre que plusieurs heures s'étaient écoulées, mais il avait encore du pain sur la planche.

Skelly travailla quelques heures de plus, esquissa un plan détaillé et quelques conclusions, le tout à la main sur les larges pages jaunes d'un bloc-notes. Les grandes questions restantes figuraient en dernier, précédées d'astérisques et soulignées. Il était si près du but. Puis il mit son crayon dans sa poche, rangea ses carnets, jeta sa sacoche sur son épaule et sortit de la chambre.

C'était le milieu de l'après-midi. Toujours aucune nouvelle de Nadjib. À chaque minute qui passait, son absence semblait plus lourde de menaces. Aucune trace non plus du père de Nadjib, ni de son oncle Aziz, ni même du mystérieux Karim. En fait, il ne semblait rester dans l'enceinte et le village qu'une poignée de vieillards et de gamins.

Il régnait un silence presque sinistre qui lui rappela bizarrement une ville du Soudan où il avait une fois attendu anxieusement dans une hutte pleine de femmes et d'enfants le retour d'un commando. Il planait la même atmosphère de jugement imminent, comme si tous ceux qui avaient de l'importance étaient ailleurs en train de déterminer l'avenir.

Mais ici même les vieux portaient un fusil. Ça faisait apparemment partie de la garde-robe – *shalwar kamiz,* sandales, couverture, turban et kalachnikov.

Skelly s'aperçut qu'il avait soif d'informations. Ça faisait des jours qu'il n'avait pas écouté la BBC, depuis qu'il avait perdu son poste de radio à ondes courtes en même temps que son ordinateur portable et le reste de ses bagages dans l'embuscade. Si ça tombe, les talibans étaient déjà en fuite. Il se demanda si l'histoire de Razaq s'était ébruitée et quel effet elle produisait. Tout était possible.

Il décida de tester à nouveau l'anglais de la sentinelle qui rôdait au bout du couloir de la *hujera,* déchira une page de son bloc-notes et griffonna le mot « Nadjib ». Puis il se rendit compte que si l'homme savait lire, il ne saurait déchiffrer que les caractères pachtou ou ourdou que Skelly ne distinguait pas des caractères arabes. Il froissa donc son papier et tenta de prononcer quelques mots mais n'obtint qu'un regard incompréhensif.

C'était à se tirer une balle dans la tête. Il décida donc de partir en promenade pour voir ce qui allait se passer. Il quitta la véranda sans problème puis flâna sous le mur d'enceinte. Comme il s'approchait du portail du complexe, sa sentinelle rappliqua, l'empoigna par le bras et l'entraîna fermement mais sans méchanceté. OK. On craignait sans doute qu'il tombe sur un groupe de femmes non voilées.

Skelly prit donc le sentier menant au village, examina les rues à l'horizon en quête de fils téléphoniques. Il n'avait pas parcouru six mètres qu'une main l'empoignait derechef.

Skelly se retourna souriant mais n'eut droit qu'à un hochement de tête impassible. Sa sentinelle avait l'air d'avoir dans les soixante-dix ans, mais d'après ce que Skelly avait pu voir chez d'autres Pachtounes, il était tout à fait possible que l'homme ait son âge, qu'il ait été ridé et desséché par une vie rude et le soleil implacable. Ces collines et le mode de vie faisaient des ravages.

Il eut plus de succès sur un autre sentier mais fut de nouveau arrêté par sa sentinelle à une bifurcation qui ramenait au village. Il avait l'impression d'être un mouton gardé par un colley. Il finit par dénicher une sente qui s'éloignait du village et menait à une petite éminence qui pourrait au moins lui offrir un point de vue sur la campagne environnante.

Le vieil homme n'eut pas l'air d'y trouver à redire et Skelly commença à s'inquiéter que son garde ne disparaisse purement et simplement. Nadjib l'avait prévenu de ne pas tenter de quitter le territoire du clan seul. Il allait peut-être sans s'en rendre compte franchir une frontière, ce qui amènerait le vieux type à le descendre. Mais la grimpette jusqu'en haut de la colline semblait sans danger. Quelques centaines de mètres au plus.

Les apparences étaient trompeuses. Il y avait plus d'un kilomètre et demi et c'est haletant et assoiffé que Skelly parvint au sommet après avoir dû esquiver un tourbillon de poussière qui avait des airs de djinn. Mais la vue valait le coup. Il s'assit sur une large pierre tandis que son vieux garde restait debout à proximité. Puis Skelly examina le panorama.

D'après la position du soleil, il supposa que Peshawar devait se trouver sur la droite, bien au-delà d'une succession de collines peu élevées. Droit devant lui, au bout d'une plaine qui allait s'élargissant, il parvint tout juste à distinguer une piste étroite sur laquelle un camion avançait lentement en soulevant un minuscule panache de poussière. Derrière Skelly, se dressait un promontoire encore plus élevé qui demanderait probablement une demi-journée de marche et une gourde pleine.

La vue la plus intéressante se trouvait à gauche en contrebas, du côté du village. Au-delà de Bagwali, s'étendait un paysage vallonné et un second village était visible derrière une autre colline pierreuse. Skelly calcula qu'il se trouvait à huit kilomètres au plus.

Aucun bruit n'en parvenait car il était trop éloigné. En fait, Skelly n'entendait rien à part des bêlements de moutons au loin et le bruit rauque de sa respiration. Son vieux garde qui semblait à peine en nage était toujours debout.

Dix minutes plus tard, Skelly décida qu'il avait vu tout ce qu'il voulait voir. Il était temps de regagner la *hujera* et de se trouver une autre théière. C'est alors qu'un crépitement qui ressemblait à un feu d'artifice lointain traversa les plaines. Sa sentinelle fut soudain sur le qui-vive et ils scrutèrent tous deux l'horizon. Le vieil homme indiqua du doigt le second village et dit quelque chose en pachtou. « Alzara, dit-il. Alzara. » Le nom du village peut-être ?

Une bataille rangée semblait en cours : on entendait des fusillades ponctuées de bruits sourds, vraisemblablement des tirs de RPG. Skelly tira instinctivement sa sentinelle par la manche. L'homme semblait hypnotisé par les bruits comme s'ils recelaient un message codé. Quand enfin Skelly obtint l'attention du vieil homme, il pointa le doigt en direction des coups de feu et demanda : « Nadjib ? »

Le vieux type hocha la tête avec empressement comme si Skelly venait de trouver la solution d'une importante énigme. « Nadjib. Oui ! » Puis le garde indiqua le village et tandis qu'une autre déflagration était répercutée par les collines, il dit calmement : « Nadjib parti. Nadjib parti. »

32

Daliya était de nouveau assise dans un bureau et les choses n'allaient pas fort. Une dénommée Allison ne semblait pas avoir la moindre envie de la voir dans son dispensaire et encore moins dans les rues d'Alzara. « Ça ne se fait pas par ici, répétait-elle nerveusement.

— Karen Wilkins a dit que c'était possible.

— Elle ne vit pas ici. » Karen, qui en milieu d'après-midi avait amené Daliya de Jamrud sur une piste truffée d'ornières et à peine plus large qu'un sentier de chèvres, venait juste de repartir. C'était Allison Clymer qui dirigeait désormais les opérations et elle ne cachait pas que l'opinion de Karen ne pesait pas lourd ici, au dispensaire pour femmes et enfants d'Alzara.

Mais cela n'empêcha pas Daliya d'invoquer son nom une dernière fois. « Karen a dit que les restrictions pour les femmes étaient moins importantes ici qu'à Bagwali…

— S'il vous plaît, la coupa Allison en se levant de son bureau. Ne parlez pas si fort. Il y a de gros problèmes entre les deux villages. Des tas de rumeurs ont circulé dernièrement. Prononcer ce nom tout haut ne fera que vous rendre suspecte aux yeux des gens. »

Daliya avait en effet remarqué quelques têtes qui s'étaient tournées vers elle quand elle avait dit « Bagwali », bien qu'elle eût été en peine de dire si elles étaient choquées ou en colère, car même à l'intérieur du bâtiment presque toutes les femmes portaient un voile ou une burqa. Elles étaient une douzaine peut-être en tout, assises sur des bancs avec des bébés dans les bras et des bambins à leurs pieds. Les hommes qui les avaient amenées attendaient dehors, près de la porte ouverte. De la musique beuglait dans un magasin pas loin et l'air était imprégné d'une odeur de pop-corn et de viande frite.

Daliya s'était crue prête à affronter Alzara. Elle avait traversé en taxi certaines des rues les plus pauvres et les plus encombrées de Rawalpindi et avait toujours fait la dégoûtée devant la misère noire, le bruit et la pagaille qui y régnaient. Si les mois passés à Peshawar lui avaient appris quelque chose, c'était bien à ne plus se montrer aussi snob envers les gens qui étaient obligés de se salir un peu pour gagner leur vie.

Mais cet endroit était le plus primitif qu'elle ait jamais vu, pas seulement à cause de la crasse, des monceaux d'ordures et du laisser-aller qui régnait en général à la frontière. Les hommes se trimballaient un arsenal qui aurait suffi à déclencher une guerre et Karen et elle avaient dû affronter leurs regards glacés et offensés à travers la vitre du camion.

Daliya s'était aussi mis en tête qu'il ne serait pas trop difficile de trouver un moyen de transport jusqu'à Bagwali, malgré les dissensions entre les deux villages. La remarquable série de succès remportée les jours passés lui avait fait croire – à tort, s'avérait-il – que la persévérance et l'ingéniosité permettaient de surmonter tous les obstacles, culturels ou autres. Mais à en croire cette empêcheuse de tourner en rond d'Allison, Daliya avait plus de chances d'organiser une petite balade en haut de l'Everest que de trouver un moyen de transport pour Bagwali.

« Écoutez. C'est impossible. Certains jours, vous pourriez à la rigueur faire un petit tour dans cette direction, avec un guide armé d'un des clans neutres et en vous en tenant aux sentiers secondaires. Mais aujourd'hui, vous aurez bien de la chance si vous arrivez jusqu'au premier coin de rue. Même le vieux *malik* Jamil garde un profil bas, et ce n'est jamais bon signe.

— Qui ça ?

— Le seigneur de la guerre du coin, Jamil Rafik-Khan, un chef de clan shinwari. Il vit en dehors du village mais a une *hujera* en lisière d'Alzara. Il fait au moins une apparition par jour, une sorte de tournée chaque après-midi pour permettre à la populace d'admirer sa prestance royale.

— Vous n'avez pas l'air impressionnée.

— C'est un voleur et un bandit. Il nous pique la moitié de nos provisions et nous rend d'une manière générale la vie impossible. Il est la raison principale pour laquelle aucune des femmes que vous voyez ici n'est venue sans escorte. Lui et ses sbires. Aucune de ces femmes n'oserait même s'approcher… – elle s'interrompit et baissa le ton – … de Bagwali. Vous n'avez pas vu tous ces types armés dans les rues ?

— C'est pas toujours comme ça ?

— Si. Mais il n'y en a jamais eu autant. Ils sont arrivés un à un des fermes et des villages environnants ces deux derniers jours. Ils ne sont que quelques dizaines de plus que d'habitude, mais ici ça signifie quelque chose. Une vendetta. Une bataille. Rien de bon et pour dans pas longtemps. Vous ne voulez pas être prise dans la mêlée ?

— C'est en rapport avec Bagwali ?

— S'il vous plaît ! » De nouveau elle leva une main pour l'arrêter. « Aucune des femmes n'en a l'air sûre. Mais elles en parlent entre elles. Il y a une *djirga* ce soir, une sorte de conseil de guerre. Beaucoup gardent leurs enfants à la maison. Croyez-moi, les rues sont d'habitude noires de marmaille. »

Belle façon de décrire les gens qu'on était censé aider, se dit Daliya qui ne put s'empêcher ensuite de se demander s'il ne lui était pas arrivé à elle aussi de faire le même genre de réflexion à Islamabad avec ses amis. On devait vite s'user face à l'ampleur des besoins et du désespoir.

« Risqué ou non, vous ne pouvez pas m'empêcher de passer le seuil de cette porte, fit Daliya en s'exprimant avec plus d'audace qu'elle n'en ressentait.

— Moi, non, mais eux, oui. Tous ces types avec des fusils. Dès que vous serez dans la rue, vous serez à leur merci, et je décline toute responsabilité. C'est bien compris ?

— Mais Karen a dit…

— Karen ! » Allison cracha le nom comme un noyau de cerise, avec le mépris et la lassitude de quelqu'un dont les décisions ont été contrecarrées une fois de trop. « Karen ne connaît pas le quart de ce qui se passe ici. *Karen* considère ses fonctions à Jamrud comme dangereuses et elle est, quoi, à trois cents mètres de la grand-route ? A dix-huit kilomètres à peine de Peshawar ? Jamrud, c'est les beaux quartiers de Londres comparé à cet endroit. Si Karen estime que vous pouvez faire une jolie petite balade dans Alzara, alors peut-être qu'elle aimerait vous escorter. En temps ordinaire, je pourrais vous accompagner en civil. Mais comme vous le voyez je dois m'occuper de onze femmes et de leurs bébés et il ne me reste plus que deux heures.

— Alors, je ne vais pas vous embêter plus longtemps.

— Attendez. » Allison leva une fois de plus la main mais cette fois pour implorer. Elle examina rapidement la pièce tout en repoussant une mèche de cheveux. Elle avait l'air si tourmentée que Daliya regrettait son intrusion.

« Allez dans notre camion, finit par dire Allison avec un grand soupir. Je vais demander à Muhammad de vous accompagner. Ça ne va pas lui plaire de jouer les bonnes d'enfants. Mais notre camion porte un logo qui, Dieu merci, veut encore dire quelque chose. Il faudra juste que Muhammad fasse ce qu'on lui dit s'il veut gagner ses roupies.

— Il va m'emmener où ? »

Allison haussa les épaules. « Faire le tour des lieux. Au bazar. D'un bout à l'autre du village. Ce qui prendra une bonne demi-heure s'il conduit assez lentement. Pas terrible comme tour. Mais comme je ne sais vraiment pas ce que vous cherchez à part sortir du village, ça vous donnera au moins une impression des lieux et vous montrera ce qui vous attend. Peut-être que ça vous convaincra même de rentrer au bercail. »

Rentrer au bercail. Les mots restèrent sur l'estomac de Daliya qui, bien que tentée de jeter l'éponge, résolut de persévérer même si ça signifiait quelques vagabondages supplémentaires et même si elle n'était pas encore certaine de ce qu'elle cherchait. Il lui faudrait un point de vue d'où elle puisse examiner l'horizon pour repérer les routes et les sentiers menant à Bagwali. Elle s'aperçut avec désespoir qu'elle ne savait même pas dans quelle direction regarder et eut honte de demander. À dire vrai, ce dont Daliya avait le plus besoin, c'était d'un coup de chance mais elle savait que la chance ne sourit qu'aux audacieux. Il fallait la piéger la chance, la prendre par surprise et pour le moment cette offre d'un chauffeur était son seul espoir d'y parvenir.

« Entendu. Je pars avec Muhammad. »

Muhammad maugréa dès l'instant où Daliya monta dans la cabine de son camion blanc. Il avait l'habitude de transporter les femmes en tenue traditionnelle à l'arrière. Mais Allison lui avait donné des ordres et Allison le payait tous les vendredis. Cette femme en burqa bleue dont il ne souhaitait même pas connaître le nom s'était donc assise sur le siège passager et l'avait forcé à caler sa kalachnikov au milieu, à côté du levier de vitesses et du frein à main. Si ses copains l'apercevaient et le critiquaient, il prétendrait qu'il n'avait accepté que pour un supplément astronomique, un chiffre qui leur ferait tourner la tête.

Daliya fut de nouveau horrifiée par la pauvreté d'Alzara. Le pire, c'étaient les gosses qui grouillaient partout, sales, pieds nus, dépenaillés, hirsutes. De temps à autre, elle apercevait un visage de femme à une haute fenêtre, près des toits qui vomissaient la fumée des feux de bois dans l'infini du ciel bleu. Au-dessus de l'âge de dix ans, la gent féminine était totalement absente des rues. Il y avait des hommes armés de fusils à chaque coin de rue – certains même de lance-grenades – et qui tenaient dans l'autre main des chargeurs comme une boisson gazeuse qu'ils secouaient quand ils gesticulaient en parlant.

Au bout d'un quart d'heure de ce qui lui fit l'effet du même circuit répété trois fois, Daliya réclama un peu de variété. « Où est la *hujera* de Jamil Rafik-Khan ? demanda-t-elle.

— Un endroit très fréquenté, fit Muhammad qui écarta l'idée d'un revers de main. Il y a trop de monde là-bas.

— Ça ne peut pas être pire qu'ici. » Une charrette attelée à un âne était arrêtée juste devant eux. Des hommes tourbillonnaient autour comme l'eau d'un torrent autour d'un rocher. » Emmenez-moi là-bas.

— C'est trop fréquenté. Il se passe trop de choses. » Avait-elle détecté une certaine peur ? « Allison a dit que je devais la voir. Juste une fois. »

Muhammad jura, agita de nouveau la main comme pour chasser un pigeon. Mais l'invocation du nom magique de sa patronne semblait avoir suffi car, peu après, il tourna dans une rue conduisant à l'orée du village. La foule se raréfia jusqu'au moment où ils arrivèrent près d'un groupe de bâtiments bas ombragés par des eucalyptus à l'extrémité d'une ruelle. D'un côté, se trouvaient quelques échoppes. De l'autre, se dressait une maison délabrée où Daliya aperçut à une fenêtre du haut des visages couverts d'une burqa bleue qui contemplaient le monde en contrebas. Et il y avait beaucoup à voir, car juste à côté se trouvait un vaste bâtiment bas ceinturé d'une enceinte de terre. Six hommes armés se tenaient à proximité d'un portail d'acier. Dans la file de véhicules garés devant, elle aperçut un gros 4 x 4 noir de marque inconnue.

« La *hujera* », se dépêcha de dire Muhammad en indiquant le bâtiment clôturé. Il avait l'air de vouloir filer au plus vite et les sbires armés leur lançaient des regards noirs, se baissaient pour mieux voir à l'intérieur du camion de l'organisation humanitaire. Ils semblaient hors de danger lorsque deux camions rouges débouchèrent du virage en face d'eux. Muhammad, qui avait conduit à tombeau ouvert au milieu des enfants et des attelages, se rangea humblement sur le côté de la rue étroite pour les laisser passer. Daliya se demanda si le *malik* local – comment s'appelait-il déjà, ah, oui, Jamil Rafik-Khan – se trouvait dans l'un d'entre eux.

« Attendez », dit-elle alors que Muhammad s'apprêtait à repartir. Elle aussi voulait voir le spectacle tout comme les femmes de la maison voisine, mais Muhammad fit la sourde oreille. « Attendez ! répéta-t-elle. Une minute, c'est tout. Sinon, je le dirai à Allison. »

Muhammad grommela quelque chose entre ses dents mais stoppa. Daliya se retourna et vit que les camions rouges s'étaient arrêtés devant la *hujera*. Les six hommes qui les avaient regardés de travers étaient maintenant très occupés à serrer les nouveaux arrivants dans leur bras et à échanger des poignées de main. À la tête des nouveaux venus se trouvait un homme de haute taille enturbanné qui, à en juger par l'accueil reçu, devait être Jamil Rafik-Khan.

« Bon, je peux y aller ? dit Muhammad en relâchant la pédale de frein.

— Attendez ! répéta-t-elle. Encore une seconde. » Ses cheveux lui picotaient la nuque et elle glissait des regards en coulisse à travers la fente de sa burqa pour qu'il ne soit pas trop évident qu'elle observait la scène. Ça en disait long sur le pouvoir malfaisant du bonhomme, à moins que la peur de Muhammad n'ait en partie déteint sur elle.

Un deuxième homme en turban blanc, gros et bruyant, barbe brune broussailleuse, reçut également un accueil chaleureux. Les deux suivants à émerger du camion – deux hommes qui avaient l'air attachés l'un à l'autre – traversèrent rapidement le comité d'accueil sans susciter un mot ni un geste. Mais ce n'est pas ça qui attira l'attention de Daliya. Le type qui semblait à la remorque de l'autre se tourna légèrement et l'éclair de son profil dans le soleil de l'après-midi fut électrisant. La révélation vint de ses yeux, familiers comme de vieux amis, et qui, même dans ce bref aperçu, lui parurent d'une tristesse sans précédent. Mais pourquoi Nadjib serait-il ici, au cœur de ce qui était censé être un territoire ennemi ? Elle devait certainement se tromper, il fallait en avoir le cœur net.

« Attendez ici », dit-elle, tandis qu'un plan téméraire prenait forme dans sa tête. Si elle réfléchissait trop, elle savait qu'elle ne le mettrait jamais en œuvre. Elle ouvrit donc la portière et descendit du camion tandis qu'un Muhammad incrédule se tournait vers elle.

« Qu'est-ce que vous fabriquez ? dit-il trop effrayé pour crier. Vous êtes folle ou quoi ?

— Oui », répondit-elle en lui claquant la portière au nez.

Elle traversa la rue en diagonale en se hâtant vers la maison voisine de la *hujera,* celle où elle avait aperçu des femmes à l'étage. Elle dut se retenir pour ne pas se mettre à courir et ne se retourna pas pour regarder Muhammad tout en espérant qu'il ne filerait pas. Deux des gardes armés la repérèrent et froncèrent les sourcils. Elle les observa du coin de l'œil à travers la fente de sa burqa. S'ils se dirigeaient vers elle, elle piquerait un sprint.

Mais les nouveaux arrivants avaient créé une diversion et le logo de l'organisation humanitaire avait dû les tranquilliser car ils décidèrent de laisser glisser, surtout une fois que Daliya se fut engouffrée dans le bâtiment voisin. Par bonheur pour elle, les hommes de la maison n'étaient pas là. Peut-être même qu'ils étaient à côté en train de fumer dans la *hujera.* Elle se dirigea droit vers l'escalier et son pouls ne ralentit que lorsqu'elle eut atteint la pièce du haut où les trois femmes étaient toujours blotties près de la fenêtre.

Elles l'avaient entendue arriver, bien sûr, et vue descendre du camion. Mais elles n'étaient pas effrayées, juste curieuses, car que pouvait-il bien y avoir d'effrayant dans l'apparition soudaine d'une femme habillée comme elles et qu'elles supposaient être une amie ? Dans ce village, c'étaient les hommes qui étaient source de problèmes, surtout ceux d'à côté. Et dans leur partie du village peu peuplée, elles n'avaient même pas de voisines avec qui s'enguirlander d'un toit à l'autre. Daliya fut donc accueillie comme une distraction bienvenue : elle ajoutait un peu de piment à un après-midi déjà fertile en émotions et c'était sans compter l'excitation de la *djirga* à venir.

Ne sachant pas vraiment quoi dire, Daliya bafouilla un bonjour dans son terrible pachtou en espérant que ça suffirait. Naturellement, ce ne fut pas le cas.

« Qui êtes-vous ? » demanda une voix. Puis la plus petite des trois femmes quitta la fenêtre et enleva le haut de sa burqa et Daliya se sentit obligée d'en faire autant.

« Je m'appelle Daliya. Je viens d'Islamabad. » Si la phrase lui parut complètement idiote, elle fut apparemment exotique pour son auditoire. Les deux autres, s'aperçut-elle quand elles enlevèrent leur burqa, étaient des jeunes femmes de son âge. La plus vieille devait être la matriarche.

« Pourquoi êtes-vous ici ?

— Je suis désolée mais je suis en danger. » Elle allait de nouveau à l'aveuglette, mais sa déclaration eut beaucoup de succès auprès des jeunes femmes.

« Les hommes qui sont dehors ? »

Le ton de la femme plus âgée indiquait qu'une réponse affirmative aurait pour résultat un prompt bannissement. Daliya dit donc : « Non. De la part des Afridi. Des hommes de Bagwali. »

Les jeunes femmes furent une fois de plus impressionnées, mais la vieille ne fut pas dupe. « Alors, vous n'avez aucune raison d'avoir peur à Alzara. Vous pouvez regagner votre camion et je suis sûre que tout se passera bien du moment que votre chauffeur ne s'attarde pas.

— Oui, je suis certaine que vous avez raison. » Que raconter ensuite ? « Mais il y a une personne que je dois voir d'abord. Avant de repartir. Ça pourrait être ma toute dernière chance de le revoir. » Elle fit un geste en direction de la fenêtre. Cette fois, au moins, elle disait la vérité et pour on ne sait quelle raison – compassion pour l'agitation de Daliya, absence temporaire des hommes de la maison, ou peut-être tout simplement la perspective exaltante d'agir d'une façon indépendante et même risquée au milieu d'une vie difficile et monotone – la vieille femme accepta de l'aider, décision approuvée avec empressement par les deux plus jeunes.

Elles allèrent donc à la fenêtre et se blottirent dans le petit espace. La maison était ancienne et légèrement en angle par rapport à la rue et elles voyaient parfaitement ce qui se passait dans la cour de la *hujera.* Les nouveaux arrivés étaient maintenant à l'intérieur, vraisemblablement dans la grande salle et n'avaient laissé qu'un homme en faction dehors.

« Qui est cet homme que vous cherchez ? demanda la femme plus âgée.

— Il s'appelle Nadjib. C'est mon frère. » Daliya eut la certitude que la vieille femme savait qu'elle mentait. Elle jugea bon de garder pour elle le détail vital que Nadjib était un Afridi.

Soudain elles furent distraites par des hurlements venus d'à côté : impossible de savoir s'ils exprimaient triomphe ou colère. Puis il y eut des sortes de hourras comme si un rassemblement commençait et, quelques minutes plus tard, Nadjib en personne émergea du bâtiment – aucun doute cette fois – suivi d'un homme armé d'une kalachnikov.

« C'est lui, dit Daliya dont le cœur fit un bond. C'est… mon frère. »

L'homme armé conduisit Nadjib jusqu'à une porte

située à l'extrémité la plus proche de la *hujera,* le fît entrer, puis referma la porte, mais sans la verrouiller. Ce fut un rappel à la réalité très utile pour Daliya. Elle n'avait pas affaire à des armées et ce n'était pas une prison. C'était une maison d'hôte et elle avait affaire à des tribus, à des clans, à de vulgaires ruffians.

« Cet homme… votre frère, dites-vous ? » L'expression de la vieille montrait qu'elle connaissait la vraie nature de leurs relations. « Il n'a pas l'air d'être le bienvenu par ici.

— Euh, non. » L'heure de vérité avait sonné, se dit Daliya.

« Regardez. Le *malik !* Il s'en va », lança soudain une des jeunes femmes.

En effet.

Peut-être allait-il faire la tournée du village dont Allison avait parlé un peu plus tôt. À côté de Daliya, la vieille claqua la langue avec une expression de dégoût. Elle parut ensuite méditer un instant comme si elle prenait une décision. Quand enfin elle prit la parole, sa voix était empreinte d'amertume.

« Oui. Le grand et puissant *malik.* Celui qui nous prend nos fils. Venez avec nous dans la cuisine, Daliya. Je crois que nous pourrions vous aider. »

33

Nadjib était assis sur un lit de camp dans l'obscurité aux relents de moisi, épuisé et nerveux comme un acteur attendant les critiques après une première angoissante. Il avait joué son rôle comme promis, esquivé les coups de feu dans la nuit et fait ce qu'on lui disait de faire jusqu'au petit matin. Mais de toutes les scènes de la journée, la dernière avait été la plus difficile et la plus déprimante.

Aziz l'avait poussé sans ménagement dans la benne d'un camion et amené ici à la *hujera* de Jamil Rafik-Khan, un homme pompeux et maigre comme un clou qui, lors des présentations, avait à peine prêté attention à Nadjib dans le but évident de manifester son mépris à l'égard de son père. Pourtant l'homme n'avait pas hésité à faire parader Nadjib comme un trophée quand il avait rallié ses troupes quelques instants plus tôt.

Mais ce qui avait le plus bouleversé Nadjib, c'était le comportement d'Aziz que Rafik-Khan avait présenté à la populace comme une sorte de converti, un nouveau frère d'armes. Aziz l'avait remercié en s'adressant publiquement à Nadjib comme à un enfant, puis en lui prêtant des propos où se mêlaient trahison, appel à la sédition et dévouement éternel à Rafik-Khan. Nadjib avait opiné docilement, prononcé quelques mots d'assentiment du bout des lèvres tandis que les hommes acclamaient sa félonie. C'est alors qu'il avait repéré les deux Américains au fond de la salle, du moins c'est ce qu'il avait supposé d'après leur air et leur tenue. Ils étaient sombres et sérieux, comme s'ils n'étaient là que pour observer, mais ils ne prenaient pas de notes : il était donc peu probable qu'il s'agisse de journalistes. Il ne les avait encore jamais vus, ni au Pearl ni à l'ambassade, mais se dit que Skelly les connaissait peut-être. Pour on ne sait quelle raison, leur présence ne fit qu'accroître son trouble. Sentant que la deuxième vedette de la soirée était sur le point de craquer, Aziz avait ordonné qu'on l'expédie se « reposer et se préparer ». Nadjib était donc assis dans l'obscurité, sa prestation était terminée à moins qu'il n'arrive à concocter une autre façon de se rendre utile.

Toute la matinée, Nadjib avait envisagé de raconter tout ce qu'il savait à Aziz : le rôle de Karim et le plan de son père pour tourner cette petite révolte à son avantage. Mais Aziz n'aurait vu dans sa confession qu'une ruse de plus, un tissu de mensonges inventés de toutes pièces pour sauver sa peau. De plus, pour ce que ça valait désormais, Nadjib s'était juré de ne pas trahir son père une seconde fois, même si celui-ci s'était servi de lui comme d'un instrument dans le seul but de favoriser un autre de ses projets douteux : le trafic d'êtres humains au lieu du trafic d'opium, de bois de construction, ou d'armes. S'il fallait pourtant choisir entre son père et Aziz, autant choisir son père qui semblait un moindre mal.

Mais son père, comme Aziz, n'aurait que faire de sa loyauté. La défaite humiliante et l'orgueil de Nadjib l'avaient mis dans la pire des situations vu le contexte. Il était seul, sans arme, superflu, et son seul allié était un journaliste étranger en situation périlleuse.

Il y avait aussi Daliya, bien sûr, mais son âme sœur, où qu'elle fût et même animée des meilleures intentions du monde, était une innocente et ne pourrait pas grand-chose. Penser à elle le mit au comble de la frustration. Mais en lieu et place de colère, il ne ressentit qu'un vide dû à l'épuisement.

Sentant qu'il devait faire quelque chose, il se leva en soupirant et essaya la porte. Elle n'était pas verrouillée. Il y avait un garde en faction contre le mur et un autre devant le portail. Même s'il arrivait à sauter par-dessus le mur d'enceinte sans se faire tirer dessus – une chance très mince dans le meilleur des cas – où irait-il se réfugier à Alzara ? Cette porte non verrouillée lui parut un signe supplémentaire de son inutilité : il ne méritait même plus d'être surveillé de près. Il la referma donc et décida de bien réfléchir à ce qui se préparait. La tentative de son père pour retourner la situation prendrait certainement place avant la tombée de la nuit, car c'était à ce moment-là que les hommes de Rafik-Khan avaient l'intention d'agir. Il ne lui restait donc que quelques heures pour trouver un moyen de s'échapper, à moins qu'Aziz ne se débarrasse de lui avant.

Un coup à la porte le fit sursauter. Son heure était-elle déjà venue ? Ce n'était qu'un gamin qui avait l'air âgé d'une douzaine d'années mais qui, bien sûr, portait une kalachnikov en travers des épaules. Il pouffait de rire, ce qui dans cette région était un spectacle aussi rare qu'une cascade.

« Il y a une *duma* pour vous. Envoyée par le *malik* Rafik-Khan. En présent. »

Autrement dit une danseuse, ou plus vulgairement une pute, d'ordinaire la femme du barbier du village, pour des raisons liées à la tradition. Ça devait être une plaisanterie, de la part d'Aziz peut-être, qui voulait savoir si son neveu pouvait toujours bander alors même qu'on le dépouillait de son avenir.

« Je ne veux pas de *duma.*

— C'est que vous ne pouvez pas la refuser, fit le gamin qui de toute évidence appréciait son rôle. C'est un présent du *malik.* » Et il le mit en joue comme pour signifier que toute résistance aurait de graves conséquences.

« Tout ce que tu voudras, mon petit. Fais-la entrer. »

La *duma* était couverte de la tête aux pieds, ce qui était contraire à la tradition qui voulait qu'elle fût la seule femme du village autorisée à montrer son visage aux hommes dans la rue. Car qu'était-elle après tout sinon une marchandise avariée et la propriété de tous ? Celle-ci avait au moins l'avantage de sentir meilleur que la plupart.

Quand Nadjib était adolescent, il se faisait une fête de ces visites qui n'étaient pas si fréquentes. C'étaient des rites d'initiation organisés par son père pour se rassurer : les organes vitaux de son héritier étaient en état de marche et seraient un jour à la hauteur de leur mission reproductrice. Mais Nadjib avait depuis longtemps dépassé le stade de la curiosité et, à cet instant précis, l'idée d'être diverti par une inconnue l'assommait.

« Faites votre numéro de danse si vous en avez un,

dit-il en s'asseyant sur le lit de camp. Et puis allez-vous-en. Le reste ne m'intéresse pas.

— En êtes-vous certain ? »

La voix le prit au dépourvu ainsi que l'accent. Il ne connaissait qu'une seule femme pour parler aussi mal le pachtou mais il s'agissait sûrement d'une hallucination due à l'épuisement. Puis elle enleva le haut de sa burqa et il vit que c'était bien elle.

« Daliya ! » Il sauta sur ses pieds et s'approcha d'elle.

« Du calme. On n'a pas beaucoup de temps.

— Comment as-tu… ?

— Plus tard. Je te le raconterai après. Plus je m'attarde, plus les risques sont grands. »

Mais déjà elle était dans ses bras et le désespoir de Nadjib faisait place au soulagement. Après s'être contrôlé des heures durant, il pouvait maintenant se laisser aller et, l'espace d'un instant, ils ne dirent plus un mot, tout au plaisir de se caresser, de se humer, les yeux débordant de l'émotion des retrouvailles et des souffrances endurées.

« Dans une heure ou deux, ça va être l'enfer », finit par dire Nadjib en la serrant toujours contre lui. Il avait un tas de questions à lui poser mais l'urgence primait. « Il faut que tu t'éloignes au maximum du village. Je ne sais pas comment tu es arrivée jusqu'ici, mais j'espère que tu as un moyen d'en repartir. » Il lui caressa la joue et repoussa une mèche de cheveux. « J'aimerais pouvoir t'accompagner.

— Tu peux, dit-elle. Mais faut se dépêcher. Regarde ce que je t'ai apporté. »

Elle ouvrit un petit sac en plastique. Bien pliée à l'intérieur se trouvait le cadeau d'adieu des trois femmes de la maison voisine : une burqa bleue identique à celle qu'elle portait, mais plusieurs tailles au-dessus. Elle appartenait à la plus grande des jeunes femmes.

« Passe-la, dit-elle en voyant son air incrédule. Je me fiche de ce que tu penses, mets-la, c'est tout. Le garçon dehors a été acheté. Sa grand-mère déteste le *malik* car il lui a déjà pris un fils. Alors, grouille. »

On ne les vit pas quitter la maison. Nadjib avait du mal à avancer car la burqa se prenait dans ses genoux. Impossible de courir avec ce truc, songea-t-il, et la fente rectangulaire sur le devant de la capuche n'arrêtait pas de lui tomber au-dessous du niveau des yeux. Il espérait que personne ne remarquerait ses sandales qui l'auraient immanquablement trahi. Une sentinelle les repéra au coin de la *hujera.* L'homme cria, croyant sans doute avoir surpris deux prostituées qu'on avait déjà vues utiliser la porte de derrière.

Mais il ne se lança pas à leur poursuite et le gamin ouvrit le portail de derrière comme promis, arborant toujours son sourire espiègle. En quelques secondes ils furent dans l'allée. Nadjib avait du mal à suivre Daliya qui bondissait presque vers une ruelle : un raccourci pour arriver à la grand-rue. Comment était-il possible de s'habituer à ce machin ? Croyant entendre des pas dans son dos, il lança un regard par-dessus son épaule mais sa capuche en glissant lui boucha la vue et il faillit se casser la figure. Daliya avait disparu au coin de la rue et il redoubla d'efforts pour la rattraper.

« Il est parti, dit-elle avec colère en tournant la tête à droite et à gauche. Non. Il s'est seulement avancé, le lâche. C'est mon chauffeur. Viens. »

Nadjib aperçut un homme affalé sur le volant d'un camion d'une organisation humanitaire garé à bonne distance de la *hujera.* Muhammad pencha la tête et agita vaguement une main comme s'il n'était pas certain d'avoir affaire à Daliya.

« C'est moi, dit-elle. Nous avons une passagère. Partons d'ici. »

Muhammad n'eut pas du tout l'air content. Nadjib se garda bien d'ouvrir la bouche et laissa Daliya s'asseoir au milieu. Comme ils étaient tous les trois devant, Muhammad n'avait même plus assez de place pour caler sa kalachnikov contre le frein à main et dut la poser sur un rebord étroit derrière lui, contre la lunette arrière de la cabine. Quand il tourna son volant pour retourner au dispensaire, Daliya dit :

« Pas par là. Emmenez-nous hors du village.

— Non, dit fermement Muhammad dont la frustration était à son comble. Le camion ne peut pas quitter le village. Ce n'est pas permis.

— Oh, voyons ! Je suis sûre que vous allez quelquefois à Jamrud.

— Seulement avec Miss Karen. Pas avec vous. » Puis d'un air buté : « Ce-n'est-pas-permis.

— C'est permis maintenant », fit Nadjib.

À voir l'expression de Muhammad, il était difficile de savoir ce qui le choquait le plus, de la voix d'homme sortant d'une burqa ou de son propre fusil braqué sur lui. Nadjib engagea bruyamment une balle dans le canon pour montrer qu'il ne plaisantait pas et Daliya tressaillit. Mais Muhammad tournait déjà son volant dans la bonne direction.

« D'accord, dit mollement Muhammad. On va à Jamrud. Juste pour cette fois.

— Non, fit Nadjib. On va vers le sud. Tourne ici et dirige-toi vers ces collines.

— Ils vont me virer ! » glapit Muhammad dans une dernière tentative de protestation avant de sombrer dans le mutisme.

Nadjib n'avait encore jamais mis les pieds à Alzara, mais c'était assez facile de se repérer d'après la configuration du terrain, la position du soleil et des collines et parce qu'il n'était qu'à huit kilomètres de chez lui. Il regarda par-dessus son épaule pour s'assurer qu'ils n'étaient pas suivis. Il se demanda combien de temps il faudrait pour que quelqu'un donne l'alarme à la *hujera,* mais la route était déserte.

« Je crois que tu peux enlever ce truc maintenant », dit Daliya avec un petit rire.

Mais Nadjib savait que les dangers ne faisaient que commencer. « Pas là où nous allons.

— À Peshawar ?

— Tôt ou tard. Mais avec un arrêt en cours de route. »

Elle n'eut pas besoin de lui demander où.

À mi-pente de la haute colline qui séparait les deux villages, ils virent un reflet de soleil jouer sur le pare-brise d'un camion qui débouchait d'un lacet un peu plus haut. Un deuxième camion apparut, puis un troisième suivi de plusieurs autres. C'était tout un convoi et chaque camion était bourré d'hommes en armes. Muhammad leva le pied de l'accélérateur.

« Continue à avancer, cria Nadjib. Passe à côté d'eux. Ne les regarde pas, ne ralentis pas. S'ils t'arrêtent, nous sommes juste deux femmes qui revenons du dispensaire. Nous vivons sous la tente à l'autre bout de la colline. Nous n'allons pas à Bagwali, mais de l'autre côté.

— Mais les fusils…

— Occupe-toi seulement de celui que je tiens. Avance. »

Le premier camion approchait. Le conducteur fronçait les sourcils, freinait mais ne cédait pas de terrain. Nadjib baissa sa kalachnikov car il savait qu'il serait impossible de se frayer un chemin à coups de fusil face à une telle armada. Il glissa la kalachnikov sous les pieds de Muhammad et sous son siège malgré les gémissements de ce dernier. En roulant sur l'accotement, ils purent se glisser à côté du premier et du deuxième des véhicules, mais le troisième chauffeur donna un coup de volant pour leur couper la route.

Muhammad freina à mort. Ils s'arrêtèrent dans un nuage de poussière et Nadjib vit son père descendre de la cabine du camion, l'air impérieux, fusil à la main.

Nadjib reconnut les cinq hommes qui se trouvaient à l'arrière du véhicule : ils portaient tous un RPG chargé, les projectiles verts, bulbeux, sortaient des tubes comme des fruits exotiques. Muhammad tout tremblant arrivait à peine à baisser sa vitre.

« Qu'est-ce que vous fichez ici ? demanda son père en se penchant à l'intérieur et en examinant la cabine. Il ne devrait y avoir personne sur cette route.

— C'est le dispensaire, dit Muhammad. Urgence médicale. » Bon Dieu, quel idiot, songea Nadjib.

Le père de Nadjib tourna lentement la tête et regarda attentivement les fentes des deux burqas. Par chance, les femmes étaient censées tenir leur langue en pareille occasion, bien que Nadjib fût persuadé que la main de son père allait lui enlever sa capuche d'un moment à l'autre. Son père reconnaîtrait sûrement ses yeux à travers la fente, ou son odeur ou même sa peur : l'émotion que son père avait toujours su repérer, tel un aigle capable de sentir la chaleur émise par sa proie à cent mètres d'altitude. Il entendit la respiration régulière de Daliya, sentit son corps pressé contre le sien.

Puis son père se redressa et donna dans la portière un coup impatient qui fit tressaillir Muhammad. « Emmène-les loin d'ici. Et n'essaie pas de retourner à Alzara, pas avant demain matin. Allez, file !

— Oui », dit Muhammad qui dans sa hâte faillit rentrer dans le camion d'en face. Plusieurs des hommes à l'arrière éclatèrent de rire en secouant la tête. Ils avaient l'air arrogant de guerriers en route pour la bataille, cartouchière en travers de la poitrine, prêts à passer à l'action. Ils croisèrent onze camions en tout, tous bourrés à craquer et lorsqu'ils parvinrent au bout de la colonne Nadjib se retourna pour mieux voir la ligne sinueuse de véhicules disparaître dans un nuage de poussière.

Ce n'était pas difficile d'imaginer le déroulement des événements. Attaque surprise du village et un combat qui ne serait pas tant une bataille qu'une mêlée : quelques échanges de coups de feu au hasard ponctués de grenades. Chaque camp perdrait un homme ou deux et Rafik-Khan résisterait le temps de sauvegarder un certain amour-propre puis se rendrait en remettant le trophée : non pas son village, mais Aziz. Les deux seigneurs de la guerre retrouveraient alors leur vieil arrangement et son père serait assuré d'avoir la stabilité nécessaire à la poursuite de ses ambitions les plus récentes.

Nadjib eut un bref élan de sympathie pour Aziz qui avait dû croire que toute sa vie culminerait dans ce glorieux défi et qui serait mort avant la tombée de la nuit. Ils allaient peut-être même le pendre quelque part en guise d'avertissement macabre. Il ressemblerait aux autres, raide et couvert de rosée à l'aube, visage exsangue.

Mais Nadjib avait des questions plus urgentes à régler. Pour une fois, il n'était ni l'instrument ni l'employé d'autrui. Il travaillait pour lui, et pour Daliya, hormis un dernier service à rendre à un ami et allié. La chance était de leur côté car si tous ces camions et ces hommes armés signifiaient des ennuis imminents pour Alzara, il en allait tout autrement pour Bagwali. Durant un rare et fugitif moment, le village et le domicile familial seraient pratiquement sans protection, aux mains de quelques vieillards. Nadjib avait bien l'intention de saisir l'occasion.

Mais les choses importantes d'abord. Lorsqu'ils furent à plus de huit cents mètres du convoi et à proximité de la frontière tribale, Nadjib ordonna à Muhammad de s'arrêter. « Dehors, dit-il. Pas question d'avoir un lâche au volant, pas avec ce qui nous attend.

— Non ! supplia Muhammad. Je dois rester avec le camion.

— Tu veux donc passer le restant de ta vie à Bagwali. OK. Continue. »

Muhammad ouvrit la portière en soupirant. Il descendit du camion et se mit à marcher sur la route sans ajouter un mot. Nadjib enjamba Daliya, puis passa un moment à se débattre avec sa burqa. Il la jeta par terre, se tourna vers Daliya en souriant puis démarra.

Juste avant de prendre le virage suivant, Nadjib jeta un coup d'œil dans le rétroviseur. Il vit Muhammad qui se dirigeait tristement en traînant la patte vers Alzara où, à en juger par les coups de feu, la bataille venait juste de commencer.

34

Les bruits de la bataille crépitaient encore au loin lorsque Skelly descendit la mort dans l'âme la colline. À quoi bon cuire au soleil, avait-il décidé, surtout quand on se sentait abandonné à ce point.

Il réfléchit de nouveau aux paroles prononcées par son garde la veille au soir et répétées peu de temps auparavant : « Nadjib parti. » C'était toujours le seul indice dont il disposait sur le sort de son « fixeur » et les possibilités semblaient de minute en minute plus sombres. Il se sentait responsable car c'était lui qui avait entraîné le jeune homme dans cette aventure qui avait très mal tourné.

Les coups de feu en provenance du second village – qu'il supposait être Alzara – expliqueraient au moins pourquoi Bagwali était désert. Tout le monde était parti se battre. Ça expliquait probablement aussi la tension qui régnait au dîner, la veille au soir.

Nadjib participait-il au combat ? Était-il « parti » à Alzara ? Ou s'était-on débarrassé de lui avant, auquel cas il était parti pour toujours ?

Tout en descendant la colline, Skelly ne put s'empêcher de s'étonner : le pouvoir dans les zones tribales qui chevauchaient la frontière était un sacré sac de nœuds.

Le dénouer pourrait résoudre un siècle d'énigmes sur lesquelles tout le monde s'était cassé les dents, des Russes à la CIA. Les visiteurs arabes d'Al-Qaïda comprenaient-ils vraiment la dynamique de la situation ? Il en doutait. Les gens par ici étaient motivés par quelque chose de beaucoup plus complexe que le zèle religieux. Ou s'agissait-il seulement des gamberges recuites par le soleil d'un vieux pisse-copie fatigué qui avait grand besoin d'une tasse de thé et d'un bout de pain.

Il hâta le pas pour regagner la *hujera,* suivi du garde silencieux. Le vieil homme transpirait à peine. Un éclair de soleil à mi-distance attira l'œil de Skelly. C'était un camion qui se dirigeait vers eux sur la route en lacet qui dégringolait la colline séparant Bagwali d'Alzara.

Quelqu'un était déjà de retour de la bataille ? Un camion de blessés peut-être ? Mais ça paraissait trop tôt, à moins que les assaillants n'aient déjà battu en retraite. La vue du camion parut troubler le garde qui chargea bruyamment son fusil.

« Tout doux, dit Skelly en levant une main comme s'il essayait de calmer un mastiff grondant. Doucement. »

Le camion se trouvait à huit cents mètres environ lorsqu'ils arrivèrent à proximité de la *hujera.* Ils s'arrêtèrent pour le regarder faire une boucle autour du village tout en continuant à se diriger vers eux. Le garde mit son fusil à la hanche. Le camion finit par s'arrêter brusquement à une centaine de mètres. Ça s'agitait à l'intérieur de la cabine mais le reflet du pare-brise empêchait de voir ce qui se passait.

Le garde de Skelly cria, en signe d'avertissement peut-être, et n'ayant pas de réponse épaula son fusil et cria à nouveau. On vit apparaître le canon d'un fusil à la vitre du camion et Skelly se jeta à terre. Son cœur fit un bond et sa sacoche un vol plané.

Le garde tira une rafale assourdissante et un coup de feu venu du camion y répondit. Skelly entendit un bruit de verre brisé, suivi d'un cri bref et perçant. Le vieil homme poussa un gémissement et tomba à genoux en se tenant la cuisse droite. Skelly tendit la main pour l'aider et son pantalon fut maculé de sang. Le camion redémarra en trombe et s'approcha d'eux. Skelly voulut s'emparer du fusil du vieil homme mais ce dernier, malgré le sang qui continuait à jaillir de sa blessure, ne voulait pas le lâcher.

« Putain, mais donne-le-moi ! » Le camion était maintenant quasiment à leur hauteur. Skelly venait juste d'arracher son arme au vieux quand il entendit crier son nom.

« Skelly, vite ! Montez ! »

N'en croyant pas ses oreilles, il leva les yeux et vit Nadjib. Le pare-brise du camion avait été pulvérisé par la rafale du vieil homme. Un jeune homme en bleu se trouvait aussi à l'intérieur. Ni lui ni Nadjib ne paraissait blessé.

« Laissez-le, dit Nadjib en parlant du vieux garde. D'autres ne vont pas tarder à rappliquer. Mais prenez son fusil. »

Skelly courut au camion, le fusil dans une main et sa sacoche rebondissant dans son dos. L'autre homme – qui, Skelly s'en aperçut soudain, était une jeune femme aux cheveux coupés très court – se poussa pour lui faire de la place. En montant dans la cabine, il vit que la salve avait labouré le siège qui n'était plus qu'un tas de mousse et de vinyle déchiquetés.

Les portières claquèrent. Skelly était hors de danger. Il se sentait euphorique, incrédule.

« Où étiez-vous ? Qu'est-ce qui s'est passé là-bas ? » demanda-t-il en parlant d'Alzara.

Mais Nadjib jetait des regards anxieux par-dessus son épaule en direction de Bagwali et de la maison paternelle. Skelly se retourna et vit arriver des renforts. Deux jeunes garçons et deux hommes âgés dont l'un unijambiste se propulsait à une vitesse surprenante sur sa béquille – un quatuor disparate mais bien armé. Avec un étonnement horrifié, Skelly vit l'amputé laisser tomber sa béquille et épauler son fusil en se tenant en équilibre sur une jambe comme un flamant grisonnant.

« Couchez-vous ! » hurla Skelly tandis que le coup partait et ratait sa cible.

Nadjib écrasa le champignon. Le camion chassa dans une pluie de graviers avant de démarrer. On entendit d'autres coups de feu dont l'un toucha le hayon. D'une pente à droite, juste devant eux, un autre garçon qui semblait surgir de nulle part se précipita sur eux et leur lança une pierre. Nadjib fit une embardée, le missile entra par l'absence de pare-brise et manqua de peu la jeune femme avant de heurter la lunette arrière et de retomber sans faire de dégâts sur les genoux de Skelly. La donzelle avait eu du bol, songea Skelly qui se demanda où Nadjib avait bien pu la dégotter.

Deux autres coups ratèrent leur cible alors qu'ils parvenaient au sommet d'une petite éminence. Puis après avoir viré sur des chapeaux de roues autour d'un éperon rocheux, le camion passa de l'autre côté de la crête et fut hors de la ligne de tir.

Nadjib ralentit en vérifiant son rétroviseur. « Disparus, dit-il. Tous les camions du village sont à Alzara. Ils ne nous rattraperont plus.

— Il s'en est fallu de peu, fit Skelly.

— Ç'a été comme ça toute la journée, dit Nadjib.

— Mais maintenant on va s'en sortir, hein ? »

Il y eut un temps mort comme si chacun attendait que les autres le contredisent. Nadjib brisa le silence. « Oui, je crois qu'on va s'en sortir. » Puis il se tourna vers Daliya. « Daliya, je te présente Skelly. Skelly, j'ai le plaisir de vous présenter Daliya.

— Vous m'en voyez honoré et épaté », fit Skelly à la fois souriant et déconcerté, ne sachant pas s'il convenait de donner une poignée de main et s'interrogeant toujours au sujet de la coupe de cheveux. Il éprouvait un tel soulagement devant cet heureux dénouement qu'il avait envie d'éclater de rire, de pousser des cris de triomphe vers le ciel. Pendant quelques secondes de panique, il crut avoir laissé ses carnets. Mais non, ils étaient dans sa sacoche qu'il tenait toujours en bandoulière. Il la fit glisser devant lui, ouvrit la fermeture éclair pour s'en assurer. Tout était bien là, tout hormis quelques ingrédients clés. Et maintenant ils se dirigeaient vers Peshawar où il allait annoncer la nouvelle qui ferait l'effet d'une bombe dans le monde entier.

Ils se racontèrent les événements de la journée. L'histoire de Daliya était sans doute la plus admirable mais celle de Nadjib était la plus intrigante, surtout une fois qu'il se mit à expliquer ce qui s'était dit au dîner de la veille : la ruse concoctée par son oncle Aziz puis déjouée par son père. Il fit un récit rapide du conseil de guerre à Alzara et décrivit les débuts de la bataille que Daliya et lui avaient regardés de la crête. Il était clair que les forces de son père l'emportaient et Nadjib se demanda tout haut ce qu'il était advenu de son oncle Aziz.

Le puzzle se complétait, songea Skelly dont l'excitation montait et qui essayait déjà de voir où les nouvelles pièces s'assemblaient. « J'ai ébauché une bonne partie de mon article sur un bloc-notes, dit-il. Ça va être dément. »

Ils étaient tout sourires désormais, bien que pour des raisons différentes, et même si Nadjib avait perdu de son entrain maintenant que les choses se calmaient. Il avait choisi un itinéraire qui évitait Alzara mais annonça qu'ils étaient déjà passés en territoire shinwari. Tous les hommes étant engagés dans la bataille, Nadjib espérait rencontrer peu de résistance, voire pas du tout, jusqu'à la Grand Trunk Road où ils auraient la voie libre jusqu'à Peshawar. Ils prirent donc la direction est-nord-est au moment où le soleil déclinait à l'ouest. À en juger par la vue dégagée qu'ils avaient sur le paysage vallonné, la chance semblait de leur côté.

Au sommet de la hauteur suivante, ils virent une plaine parfaitement vide. Mais quelques instants plus tard, un véhicule sombre émergea d'un repli de colline au loin sur leur gauche. Il se dirigeait vers eux à toute vitesse. Skelly jugea qu'il était trop éloigné pour représenter un danger mais Nadjib n'arrêtait pas de regarder dans sa direction et il devint vite évident qu'ils risquaient la collision.

« Je l'ai aperçu à Alzara, dit Daliya lorsque le gros véhicule noir se rapprocha.

— C'est une Chevrolet Suburban, dît Skelly. Je crois savoir qui est à l'intérieur. »

Les deux véhicules ralentirent et s'abordèrent avec précaution, tels deux prédateurs hors de leur territoire se mesurant du regard.

« Putain, mais à quoi je pense ? » dit Skelly qui se pencha à la fenêtre et agita les deux bras pendant que Nadjib freinait pour arrêter.

« Sam ! » cria Skelly toujours gesticulant. Un instant, il crut s'être trompé sur les occupants de la Chevrolet. À son grand soulagement, une des vitres fumées se baissa et un visage familier apparut. Teint pâle, lunettes de soleil et col pointes boutonnées. C'était bel et bien Sam Hartley.

« Skelly ? » Hartley enleva ses lunettes de soleil. La Chevrolet s'était arrêtée aussi. À quarante mètres de distance.

« Qui veux-tu que ce soit d'autre ? cria Skelly. Si je m'attendais à te voir ici ! »

Hartley secoua la tête avec un sourire incrédule puis la Chevrolet avança lentement d'une vingtaine de mètres avant de s'arrêter en balançant sur ses ressorts. Hartley ouvrit sa portière et sauta à terre. Il portait un pantalon kaki d'où sortait un pan de sa chemise bleue déboutonnée du haut. Ça faisait drôle après toutes ces journées passées à ne voir que des *shalwar kamiz* et Skelly eut une petite idée de l'effet que devaient produire les Occidentaux – y compris lui – avec leur teint pâteux et leur accoutrement qui détonnaient dans le paysage.

La vitre côté chauffeur se baissa également et une deuxième tête apparut, arborant elle aussi des lunettes de soleil à effet miroir. Mais le visage était assez familier à Skelly pour qu'il reconnaisse Arlen Pierce. Il avait donc raison. Hartley et Pierce étaient bien ensemble devant l'Hôtel Grand cette fameuse nuit à Peshawar. Skelly avait l'impression que ça faisait des siècles.

Mais qu'est-ce que ça voulait dire ? Le boulot de Hartley n'était-il qu'une couverture ou Pierce et lui étaient-ils en train de combiner des affaires de pipe-line avec une mission de sécurité ? Dans un cas comme dans l'autre, les deux hommes ne seraient probablement pas ravis que Skelly connaisse toute l'histoire. Raison de plus pour s'accrocher.

Pierce était descendu, Skelly ouvrit donc sa portière et en fit autant. Nadjib et Daliya sortirent de l'autre côté. Tout le monde restait sur ses gardes cependant ou il se faisait des idées ?

« Ils étaient à Alzara, au conseil de guerre du *malik* », lui murmura Nadjib en essayant de ne pas être entendu des deux hommes.

Tiens, donc. Ça devenait de plus en plus intéressant. On se débarrasse de Razaq un jour, on rejoint le chef tribal d'Alzara le lendemain. Et voici que par la faute du père de Nadjib, leur plan avait foiré à en juger par leur air fatigué et tourmenté – visages sombres, tenue débraillée.

« Alors comme ça vous avez échappé au combat à Alzara ? » cria Skelly qui ne put s'empêcher de taquiner un peu Hartley et d'espérer une réponse acerbe mais révélatrice.

Hartley parut pris au dépourvu. Il consulta Pierce du regard mais ce dernier ne souffla mot.

« Oui, finit par dire Hartley. On est partis juste à temps. Les crétins. J'en ai soupé de ces connards. »

Skelly rougit d'embarras.

Puis Pierce prit la parole : « Sam m'a raconté que vous étiez avec Razaq. Vous avez du bol d'être encore là. »

Skelly hocha la tête. « J'ai passé deux journées intéressantes. » Il aurait probablement dû en rester là, mais les journalistes qui ont trouvé un filon ne peuvent presque jamais s'empêcher d'offrir aux autres un aperçu de leur trésor et Skelly ne faisait pas exception à la règle. « J'étais présent à la pendaison. Il y avait beaucoup d'Arabes. Certains vachement importants. Je suppose qu'ils vont tous se tirer après le fiasco de ce matin. »

Pierce parut méditer la nouvelle. « Impressionnant. Ta rédac a dû boire du petit-lait.

— J'ai pas encore envoyé mon papier. J'ai perdu mon téléphone satellite. C'est pas plus mal, je suppose, car j'en suis encore à assembler les pièces du puzzle. Peut-être que vous pourriez me filer un coup de main tous les deux. »

Pierce se tourna vers Hartley pour lui dire quelque chose que Skelly n'entendit pas, puis lui cria : « C'est bien possible. Mais vous n'irez pas très loin dans cette direction. La voie n'est pas sûre. Sam connaît un autre itinéraire alors pourquoi ne pas nous suivre ? Tu peux monter avec nous, Skelly. Votre camion a l'air un peu étroit.

— Restez avec nous », dit nerveusement Daliya, ce qui surprit à la fois Skelly et Nadjib. Vu le bol qu'elle avait eu jusque-là, ça paraissait un bon conseil.

« Non, ça va, cria Skelly. On vous suit. »

Nouveaux conciliabules dans l'autre camp tandis que le soleil descendait dans le ciel.

Nadjib murmura : « Il a tort pour le chemin du retour. C'est mon itinéraire qui est le meilleur.

— Ne vous inquiétez pas. On peut toujours se casser en cours de route, dit Skelly. Si ça ne leur plaît pas, c'est leur problème. Je les rattraperai à Peshawar.

— Écoute, Skelly. » Cette fois, c'était Sam Hartley et son ton était plaintif. « On ne peut vraiment pas te laisser partir tout seul comme ça. Pas avant d'avoir eu une chance de t'expliquer.

— Je suis tout ouïe », répondit Skelly.

Sur ce, Pierce sortit un revolver. Skelly en croyait à peine ses yeux.

« Je t'exposerai toute la situation en cours de route, fit Hartley. Alors, viens. »

Nadjib s'approcha de la portière ouverte du camion et d'une des kalachnikovs qui se trouvaient sur le siège.

« Ne bougez pas, cria Pierce qui braqua son arme sur Nadjib. Vous venez avec nous aussi. Tous les trois. Allez, on perd du temps. »

Mais Pierce ne s'attendait pas à une résistance quelconque de la part de Skelly. Aussi quelle ne fut pas sa surprise lorsque le reporter attrapa le second fusil et le chargea en un tournemain, plein de gratitude pour le petit cours de rattrapage que Nadjib lui avait donné dans les gorges d'Alikhel.

Pierce parut d'abord abasourdi. Puis il se mit à rire. « Grands dieux, regardez-moi ça. » Il baissa son arme. « Un pisse-copie avec un flingue. » Il souriait désormais, comme pour dire que tout ça n'était qu'un coup de bluff. Mais au moment précis où Skelly était convaincu de l'avoir emporté, deux camions émergèrent d'une hauteur voisine dans une pluie de gravier et de poussière. Tout le monde regarda pétrifié les camions foncer sur leur petit groupe et se garer en épi derrière la Suburban qu'ils flanquèrent comme les cornes d'un taureau, moteur tournant au ralenti. Ils étaient bourrés d'hommes armés jusqu'aux dents, poussiéreux et transpirant. Venus tout droit de la bataille, supposa Skelly, et leur camp ne faisait aucun doute.

« On dirait qu'on est dans une impasse, cria Pierce, toujours souriant. À toi de jouer. »

Skelly réfléchit aux options qui semblaient presque toutes impliquer un bain de sang. Si Pierce avait bel et bien bluffé avant, ces nouveaux venus ignoraient probablement la signification du mot. « D'accord, dit-il. Je viens avec vous. Mais seulement si Nadjib et la fille peuvent s'en aller. » Il ne voulait pas leur dire comment elle s'appelait. « Alors renvoyez votre armée.

— L'armée restera jusqu'à ce que tu sois monté en voiture. » Pierce observa une pause et jeta un coup d'œil à Nadjib et Daliya. « Mais tes amis peuvent partir. »

Skelly réfléchit brièvement aux conditions puis acquiesça d'un signe de tête.

« Non, siffla Daliya. N'y allez pas ! »

Skelly lui lança un regard. Des yeux extraordinaires et du courage pour trois. Pas étonnant que Nadjib soit tombé amoureux d'elle.

« Très bien », cria Skelly.

Pierce s'adressa ensuite rapidement en pachtou aux hommes qui baissèrent leurs armes. Puis il dit : « OK. À toi de jouer.

— Partez maintenant, murmura Skelly à Nadjib. Envoyez-moi d'abord ma sacoche. »

Nadjib hésita.

« Allez. Il va pas les tenir en laisse toute la journée. Et pendant que vous y êtes, prenez l'argent que je vous dois. Dans la poche du bas. Vous l'avez plus que mérité. Laissez-moi juste quelques centaines de dollars. On réglera le solde à Peshawar. »

Nadjib parut s'exécuter tandis que Skelly ne quittait pas des yeux Pierce et les hommes dans les camions. La sacoche glissa ensuite sur le toit du camion et il la récupéra dans un nuage de poussière.

« On vous attendra sur la Grand Trunk Road, murmura Nadjib. Je peux aussi rebrousser chemin et essayer de vous suivre. »

Skelly secoua la tête puis regarda Nadjib dans les yeux avec une immense gratitude. « Écoutez, vous m'avez sauvé la vie. À deux reprises. Laissez-moi vous rendre la politesse. Faites-le pour elle. » Il indiqua d'un signe de tête Daliya qui tendit la main comme pour le toucher par-dessus le toit du camion. « Partez maintenant. »

Ils obéirent sans ajouter un mot. Le camion s'éloigna. Tout le monde le regarda en silence jusqu'au moment où le panache de poussière ne fut plus qu'une mince ligne brune à l'horizon qui s'assombrissait.

« Bon, allez, viens, dit Hartley qui se forçait à être jovial. Monte et on se met en route. »

Skelly eut un moment de faiblesse. Il se sentit soudain très seul. Son protecteur était parti ainsi que Daliya la chanceuse. Il se demanda dans combien de temps il les reverrait.

35

Pierce donna l'ordre aux camions de partir et ils reprirent la direction d'Alzara. Skelly monta dans la Suburban qui était climatisée : la température y était aussi glaciale que dans une galerie marchande de Houston en juillet. Pierce et Hartley ne lui avaient adressé que quelques mots depuis qu'il avait déposé sa kalachnikov et s'était dirigé vers le 4×4. Mais Pierce avait rangé son revolver.

Skelly se glissa sur la banquette en vinyle fraîche, essaya de se détendre.

« Tiens. Tu te sentiras peut-être mieux, dit Pierce en lui tendant le revolver. J'ai enlevé le chargeur. Considère-le comme une offre de paix. Mais il n'était pas question pour nous de te laisser partir d'ici sans que tu aies entendu notre version des événements. Tout ça restera entre nous, bien sûr.

— Bien sûr », fit Skelly toujours tendu après la confrontation.

Le geste de Pierce était malgré tout rassurant et Skelly sentit ses sonnettes d'alarme internes diminuer d'intensité, bien que son niveau d'adrénaline fût encore élevé. Si Hartley et Pierce se donnaient tout ce mal, alors ils devaient vraiment s'être plantés. Transgas avait-il quelque chose à voir là-dedans ? S'il y avait pire que de laisser le criminel le plus recherché de la planète vous filer entre les doigts, c'était de le faire par goût du lucre. Et en trahissant un prétendu allié par-dessus le marché.

Les retombées possibles de pareille nouvelle bouillonnaient en Skelly comme du métal en fusion et dans sa rancœur contre Pierce il eut envie de lui cracher tout au visage, de tout étaler, de prendre sa revanche en montrant qu'il était au courant de leurs embrouilles, de leurs coups tordus et de leurs gaffes monumentales dans ces collines et ces tribus.

Mais ce n'était pas sans danger et la voix de la prudence lui disait de se retenir, de se maîtriser. De ne dévoiler aucun secret avant qu'ils aient révélé le pot aux roses. Pour le moment, au moins, il disposait d'un certain avantage, car ils étaient encore plus demandeurs que lui. Mais, à vrai dire, il y avait encore des lacunes dans son article et Hartley et Pierce étaient peut-être bien les seuls qui pouvaient les combler.

Pierce mit le contact puis enleva ses lunettes de soleil pour frotter son visage las. Il se tourna vers Skelly, le sourire aux lèvres, mais ses yeux bleus étaient pleins de reproche, du ressentiment mesquin de ceux qui ont été floués. Craignant que son regard en ait trop dit, il remit ses lunettes comme on remonte les vitres fumées d'une limousine. Puis il passa une vitesse.

« Tu te demandes sans doute ce que tu as vu au juste là-bas, hein ? » fit Hartley.

Sam semblait moins tendu, ce qui était bon signe. Skelly pouvait s'accommoder d'un retard, du moment qu'il obtenait quelque chose en échange. Il espérait juste qu'ils n'avaient pas l'intention de passer la nuit ici.

« Je suppose qu'on pourrait dire ça, répondit Skelly. Mais je tiens des trucs géants.

— Ça te dirait donc de connaître le restant de l'histoire ? demanda Hartley qui se mit en mode représentant de commerce. Tout ça entre nous, bien sûr. » Un regard furtif en direction de Pierce. « Mais utilisable dans la mesure où ça t'aide à donner forme à ton papier.

— Ça me va.

— Super. » Hartley sourit. Il ne manquait plus que la chope de bière. « Alors pourquoi ne pas échanger quelques souvenirs de guerre ? Arlen ici présent pourra te dire ce qu'il en est exactement. La théorie étant que tant qu'à faire de vendre la mèche, autant vendre la bonne. On sera de retour à Peshawar à temps pour le dîner. C'est même moi qui t'invite, à condition que tu me donnes ce débriefing que tu m'avais promis. Après que tu auras envoyé ton article, bien sûr. »

Autrement dit, ils allaient le manipuler comme il s'y attendait. No problem. En fait, les propos de Hartley lui ravissaient l'oreille. Tout dans les moments précédents – Pierce dégainant son revolver, les hommes armés dans les camions – n'annonçait que désastre et danger, mais Skelly commençait à croire que tout irait bien. Il avait presque honte de son soulagement croissant car il savait qu'il venait en partie du fait qu'il était de retour parmi les siens, dans sa tribu, dans un monde où tout le monde non seulement parlait sa langue mais avait les mêmes références, le même argot, les mêmes règles du jeu.

Skelly sortit un carnet et le posa sur son genou, content d'avoir la banquette arrière pour lui tout seul.

À côté des endroits où il avait dormi dernièrement, le rembourrage du siège de vinyle noir lui faisait l'effet d'un matelas du Ritz. Et dans une Chevrolet, rien que ça. Ils auraient aussi bien pu se trouver à Washington en train de descendre Pennsylvania Avenue et de se diriger vers le Capitole. Trois détenteurs de secrets qui avaient un scandale à négocier et qui se sondaient mutuellement pour trouver le défaut de la cuirasse pendant que l'heure tournait.

« Il est hors de question que tu nous cites dans ton papier, tu sais », lança Pierce. La chaleur avait totalement disparu de sa voix. « Ni par notre nom ni par notre fonction. On ne veut pas plus du timide "officiel d'une compagnie pétrolière non précisée" que des conneries du genre "diplomate occidental". Vu ?

— Pas de problème. »

Pierce se redressa pour le regarder dans le rétroviseur et Skelly eut l'impression d'avoir été branché sur un détecteur de mensonges.

« Mais vous pourriez peut-être me dire tous les deux le rôle exact que vous avez joué là-bas ?

— Je suis officiellement du Département d'État, fit Pierce. Chargé d'escorter notre ami ici présent qui est un représentant officiel de la section des intérêts commerciaux.

— Et officieusement ?

— C'est pas tes oignons.

— Écoute, intervint Hartley, jouant les conciliateurs. Pourquoi ne pas nous dire ce que tu veux qu'on t'explique ?

— Vous pourriez commencer par me dire ce que vous fabriquiez à Alzara. Et ce que ça avait à voir avec Razaq, ou avec la possibilité que certains Arabes soient encore en fuite, y compris le grand homme en personne.

— Disons que certains de nos intérêts étaient en jeu à Alzara, fit Hartley. Et qu'ils se trouvaient coïncider avec les intérêts de certains membres d'une tribu.

— Qui ne s'en sont pas trop bien tirés, d'après ce que j'ai entendu. »

Hartley et Pierce se regardèrent et Pierce se retourna sur son siège. Sa voix était tendue, quasiment hargneuse. « Hé, Skelly, regarde-moi bien. Et regarde ton ami Sam ici présent. Dis-moi, tu trouves qu'on a l'air heureux ? Satisfaits ?

— Difficile à dire avec ces lunettes de soleil. »

Pierce les enleva brusquement tandis que la Suburban dérapait dans un virage.

Il était plus qu'agité et son visage était plissé par le mécontentement.

« Alors qu'est-ce que t'en penses ?

— Je pense que tu es fumasse. Ce qui signifie que quelqu'un doit avoir merdé.

— Et tu te figures qu'on va te mettre les points sur les i ? » Pierce criait désormais. Hartley baissa la tête et rougit d'embarras. « Tels que tu nous vois, on s'efforce de limiter les dégâts. De couvrir notre cul. Mais on essaie aussi de se ressaisir et de revenir dans le jeu. Alors, si tu viens nous balancer une bombe dans ce merdier, un papier rempli de demi-vérités et d'élucubrations sur des choses que tu as vues ou que tu as *cru* voir, tu rends la situation plus dure pour tout le monde. Pour tes amis et pour ton pays. Compris ?

— Tu en appelles donc à mon patriotisme.

— J'en appelle à ton pragmatisme, bordel ! Je te dis : attends que la poussière soit retombée et tu auras un article encore meilleur. Avec notre entière coopération.

— Autrement dit, donne-nous suffisamment de temps et tu pourras inventer une histoire suffisamment crédible pour qu'on n'ait pas l'impression que le mobile du profit nous a coûté Ben Laden ou la vie de Razaq. C'est ça que tu essaies de me dire ? »

Il avait dit ça au hasard et regretta presque immédiatement ses paroles. Mais pour le meilleur ou pour le pire, il devait avoir mis en plein dans le mille car Pierce freina brutalement.

Le 4×4 pila en soulevant des nuages de poussière. Pierce descendit, attrapa la clé de contact et claqua la portière. Hartley regarda Pierce faire les cent pas, les mains enfoncées dans ses poches. Skelly chercha d'instinct le revolver qui était toujours sur la banquette. Il le poussa discrètement dans sa sacoche ouverte en espérant que Hartley ne s'en apercevrait pas.

« Putain, Skelly ! fit Hartley avec un soupir las. Qu'est-ce qui t'a pris de le pousser à bout comme ça ? » Puis il ouvrit sa portière et descendit d'un air morose de la Chevrolet, telle l'épouse s'apprêtant à calmer monsieur rendu chèvre par un mouflet turbulent. Il referma sa portière et les deux hommes s'éloignèrent, Hartley plaidant avec les mains, Pierce secouant vigoureusement la tête et remuant les lèvres.

Toutes les vitres étant fermées, Skelly n'entendait pas un traître mot. Il essaya d'ouvrir la sienne, mais c'étaient des vitres électriques, bien sûr, et comme la clé n'était plus sur le contact, le bouton d'ouverture ne répondait pas. Ils avaient haussé le ton mais les mots restaient étouffés et indistincts. Pierce se retourna pour regarder Skelly, le visage de nouveau impassible. C'était maintenant au tour de Hartley de secouer la tête. Puis Pierce se pencha vers Hartley, ses lèvres remuèrent mais sa voix était toujours inaudible. Une minute plus tard, ils remontèrent en voiture. Pierce mit le contact et démarra.

Hartley ne disait rien, regardait droit devant lui, livide. Pierce avait peut-être décidé de lui livrer son compagnon, de l'immoler pour sauver sa peau, ou celle de l'Oncle Sam. Pauvre Sam ! Mais il valait mieux pour le papier de Skelly que les deux hommes se dressent l'un contre l'autre. Beaucoup mieux que s'ils se contentaient de la boucler.

Puis Pierce parla d'une voix plus calme. « OK, Skelly. Une proposition.

— J'écoute.

— Que dirais-tu si on te présentait quelqu'un qui en sait encore plus que nous – quelqu'un qui a des relations et qui non seulement pourrait te dire comment s'assemblent les pièces du puzzle mais qui te parlerait à titre officiel ? Avec un nom et tout. »

Pierce allait donc laisser quelqu'un d'autre faire le sale boulot. Quelqu'un qui collerait tout sur le dos de Hartley et de Transgas en passant sous silence toute participation du gouvernement américain.

« Du moment que ce n'est pas plus tard que demain. » Pas question de laisser Pierce lui imposer un retard. « Une heure, ça te va ?

— Bien sûr, mais…

— Qu'est-ce que tu racontes ? fit Hartley qui parut ébranlé.

— Tu le connais, Sam. Notre ami au-delà des collines ? » Les deux hommes échangèrent un regard indéchiffrable.

« Putain, Arlen. J'sais pas. » Et Hartley de secouer la tête et de regarder dans le vide.

« T'as pas confiance dans le mec ? s'enquit Skelly.

— C'est pas ça, fit Hartley. C'est juste…

— Juste quoi ?

— Ouais, juste quoi ? dit Pierce dont la voix redevenait tranchante. T'inquiète, Sam. On sera quand même de retour en ville avant la fermeture du Gulbar.

— C'est qui cette source ? demanda Skelly.

— Juste ça, dit mollement Hartley. Une source. On l'utilise tous à l'occasion. » Il haussa les épaules. « Peut-être qu'Arlen a raison.

— Un peu, mon neveu. Mais seulement si tu es partant, Skelly. »

Skelly vérifia l'heure à sa montre, anticipa le déroulement des vingt-quatre heures suivantes. Ils seraient de retour à Peshawar plus tard que prévu, mais il aurait amplement le temps pour une longue douche et un bon dîner. Il y avait peu de chances pour qu'il retrouve sa chambre au Pearl, mais il se contenterait très bien du Grand. D'ici demain midi, il aurait élagué et peaufiné son papier et, avant la tombée de la nuit, il l'aurait envoyé et négocierait le nombre de colonnes avec sa rédaction. Bien que, pour une fois, il fût certain d'obtenir tout ce qu'il voulait.

« Bien sûr que je suis partant », finit-il par dire.

Pierce hocha la tête sans rien dire et, quelques kilomètres plus loin, bifurqua à gauche sur une piste encore plus défoncée que la route qu'ils venaient de quitter. Le 4×4 prit la direction de l'ouest, du soleil couchant.

Ils roulèrent presque une heure, parlant peu et montant régulièrement tandis que le ciel s'assombrissait. Hartley était toujours pâle : les reflets verdâtres du tableau de bord lui donnaient un air maladif comme s'il se rendait enfin compte qu'il n'y avait aucun moyen d'empêcher la divulgation de la nouvelle. Skelly supposa qu'il pouvait dire adieu à son offre d'emploi. Mais il espérait qu'ils n'allaient pas tarder à s'arrêter.

« On doit approcher de la frontière, dit-il.

— On y est quasiment, fit Pierce.

— On ne la passe pas, j'espère ?

— Détends-toi. »

Mais Skelly ne pouvait s'empêcher de se rappeler qu'il l'avait traversée une fois sans s'en apercevoir. « Ça m'intéresserait de voir où nous sommes sur la carte, dit-il.

— Sam te montrera quand nous serons de retour à l'hôtel, j'en suis sûr. »

Hartley se contenta d'un grognement pour toute réponse et continua à regarder par la vitre. Peu de temps après, Pierce prit un combiné de radio sur son siège et parla en pachtou. Skelly se demanda s'il l'avait utilisé plus tôt pour faire venir les deux camions, ceux qui étaient arrivés avant le départ de Nadjib et Daliya. Il se demanda où les jeunes gens pouvaient bien être en ce moment et espéra qu'ils prenaient du bon temps dans le lit de Nadjib. Il eut un pincement de jalousie, de nostalgie pour un peu de compagnie. Mais son foyer semblait distant, inaccessible.

Au bout d'un court délai, une voix crachota en pachtou. Pierce répondit puis reposa le combiné. « Parfait, dit-il. La bande est là. »

Un kilomètre et demi plus tard, la piste devint de plus en plus défoncée et, au sortir d'un lacet, ils aperçurent un homme grisonnant qui leur bloquait le chemin avec un fusil et qui plissait les yeux dans le faisceau des phares. Pierce s'arrêta à côté de lui et lui parla en pachtou par sa vitre ouverte.

L'homme hocha la tête d'un air impassible. Il lui manquait la moitié des dents. Puis il sortit une radio identique à celle de Pierce et parla dedans.

« Comment est ton pachtou, Skelly ? demanda Pierce en se retournant sur son siège.

— Inexistant.

— Bon, je vais voir s'il a quelqu'un qui pourrait servir d'interprète.

— Je suppose que tu le ferais en cas d'urgence ? »

Pierce émit un grognement de mépris. « Faudrait que ce soit une sacrée urgence. » Il parla de nouveau à la sentinelle qui communiqua par radio puis s'adressa à Pierce.

Pierce se tourna de nouveau vers Skelly. « OK, mon gars. Tu y es. Tout droit jusqu'en bas de la colline, c'est tout près.

— Tu ne viens pas ?

— Inutile. Ils ont quelqu'un qui parle anglais.

— Je voulais dire pour faire les présentations. »

Pierce secoua la tête. « Comme je viens de te le dire, inutile. Ça ne ferait que le rendre nerveux si on y allait à trois. »

Skelly hésita. Hartley ne mouftait pas.

« Bon, tu veux prendre la température sur le terrain ou non ? À toi de choisir, mais nous, on n'a pas que ça à faire. Moins on s'attarde par ici dans l'obscurité, mieux c'est. »

Skelly descendit donc du 4x4 et vérifia qu'il avait bien un crayon, un carnet et sa sacoche. Puis il descendit la colline, la sentinelle sur les talons. Au bout d'une vingtaine de mètres, il entendit de nouveau crachoter la radio de Pierce. Il se demanda comment Hartley arrivait à supporter ce gus, mais se dit que c'était une des autres raisons pour lesquelles Hartley se faisait un fric fou. Difficile de croire que, quelques jours seulement auparavant, il s'était senti épuisé au point d'envisager sérieusement une carrière comme celle de Sam. Son article avait rechargé ses accus et il eut une poussée d'adrénaline. Franchement, il en avait bien besoin pour chasser une certaine appréhension. Il regrettait de ne pas avoir Nadjib à ses côtés : il aurait été meilleur juge des initiatives à prendre et un meilleur traducteur que celui que risquait de lui offrir sa source.

Au débouché d'un virage, il aperçut une vingtaine d'hommes assis autour d'un feu et cernés par les ténèbres. Celui qui avait l'air d'être leur chef se tenait un peu à l'écart, à peine éclairé et le dos tourné, en train de consulter deux autres types. Il était coiffé d'un extraordinaire turban blanc qui ressemblait à un gâteau à étages. En s'approchant, Skelly vit qu'il avait une paire de jumelles autour du cou. Il tenait une radio dans une main et un os rongé dans l'autre.

Plusieurs têtes se tournèrent pour regarder Skelly. Le campement empestait la transpiration, la fumée de feu de bois et la viande trop cuite. Skelly crut entendre un bruit de pneus sur du gravier. Pierce devait mettre le 4x4 en position pour repartir.

Le chef se retourna pour lui faire face et Skelly le reconnut sur-le-champ, même si la fois précédente il portait un turban noir. C'était Hadji Kudrat. C'était lui la source ou s'agissait-il d'une blague horrible ?

« Qui d'entre vous parle anglais ? » demanda Skelly d'une voix trop aiguë.

Pas de réponse.

« Anglais ? » répéta-t-il.

Cette fois Kudrat répliqua par une rafale de pachtou, fourra sa radio dans sa poche et jeta son os par terre. Il s'approcha, examina Skelly des pieds à la tête tandis que le reste des hommes les observaient. Puis il posa une question en pachtou.

« Je ne comprends pas », fit Skelly qui se demandait dans quel traquenard Pierce l'avait fourré.

Kudrat parla à nouveau, juste quelques mots, mais plusieurs de ses hommes rirent grossièrement et leurs têtes dansèrent autour du feu.

« Je vais aller chercher Pierce, fit Skelly. Il parle le pachtou.

— Piii-irce », dit Kudrat en opinant du turban, ayant enfin entendu un mot qu'il comprenait. Mais quand Skelly fit mine de s'en aller, deux mains l'attrapèrent par les épaules et le poussèrent vers Kudrat dont la main droite saisit le pommeau d'une épée passée à son ceinturon. Et pas n'importe quelle épée. L'épée de Razaq que Kudrat leva en l'air. Retenu fermement par les épaules, Skelly ne pouvait bouger. Lorsque l'épée se leva, il distingua vaguement l'inscription sur la lame, se souvint de la traduction de Nadjib. « Sans retour. »

L'épée oscilla et accrocha un instant la lumière du feu de camp. Puis à l'horreur et à la stupéfaction de Skelly, Kudrat l'abattit sur lui en un geste immense qui parut s'éterniser. Skelly leva les mains pour se défendre, mais beaucoup trop lentement : la lame lui trancha un doigt comme un vulgaire bâton de céleri puis entama le coton de sa chemise et lui rentra dans la chair, lui fendit le torse en diagonale, y creusa un sillon, une vallée large et profonde, un canyon rouge. Il fut submergé de souffrances atroces et soudaines : tout son système nerveux fut en déroute et battit en retraite. Il sentit ses jambes fléchir et tomba à genoux sans pouvoir se résoudre à ouvrir les yeux, puis s'affala sur le côté, sentit une chaleur l'envelopper comme une nappe de pétrole en flammes. Il glissa dans une sorte de rêverie et tout dans son champ de vision devint visqueux, indistinct. Puis ce fut l'obscurité, tout était immobile. La clarté finit par revenir un long moment durant lequel il les revit tous, tous ceux qui avaient compté dans sa vie – ses enfants, ses épouses, ses rédacteurs, ses confrères et aussi Nadjib, tous bien propres sur eux et habillés comme tous les jours – qui le regardaient du haut d'un cercle qui ressemblait à la margelle d'un puits, le visage plissé par l'inquiétude et le tourment. Mais le plus décourageant, c'était que personne ne disait rien. Sa fille aînée, Carol, là-bas à gauche, fut la seule à se pencher, faillit le toucher en tendant la main en un geste d'amour et de chagrin. Mais il tombait à présent, sombrait dans un puits sans fond. Il aurait voulu leur dire adieu mais il n'en eut pas l'occasion et dans un dernier éclair de conscience il sut qu'il était trop tard. Trop tard.

36

Dépêches régionales
de notre correspondant

QUATRE MORTS : Quatre hommes ont été tués et sept autres blessés cette semaine lors d'une escarmouche opposant des factions afridi et shinwari dans le village d'Alzara situé dans l'Agence de la passe de Khyber. Il s'agirait d'une querelle à propos de droits sur le bois de construction et le transport par camion. Les groupes rivaux se sont battus avec des armes automatiques et des fusils lance-grenades. Trois hommes ont été hospitalisés. La police s'est rendue rapidement sur les lieux et a maîtrisé la situation.

ASSASSINAT D'UNE FEMME : Une femme mariée a été assassinée hier par son cousin en raison d'une vieille vendetta familiale dans le village de Manduri situé dans l'Agence tribale de Kurram. Mustafa Zahouri a fait intrusion dans la maison de sa cousine Shamayla et l'a tuée à coups de hache. La défunte était mère de quatre enfants.

CADAVRE IDENTIFIÉ : Un homme tué au cours d'un vol dans la zone de la passe de Khyber a été identifié comme étant le journaliste américain Stanford J. Kelly. On était sans nouvelles de Mr Kelly depuis son entrée en Afghanistan la semaine précédente. C'est un ami du défunt, l'industriel Sam Hartley, qui a identifié le cadavre. La dépouille sera rapatriée aux États-Unis par l'intermédiaire du consulat américain. Les confrères de Mr Kelly lui rendront un dernier hommage, cet après-midi à 15 heures, au Pearl Continental Hotel.

Nadjib et Daliya prirent place vers le fond. Des employés de l'hôtel avaient installé des chaises pliantes dans une petite salle de conférences, placé une cafetière sur une desserte et s'il n'y avait pas eu une énorme gerbe de fleurs près de l'estrade, on aurait pu croire qu'un séminaire d'hommes d'affaires allait commencer.

Une trentaine de personnes étaient rassemblées, ce qui n'était pas si mal, songea Nadjib, même s'il ne se passait pas grand-chose aujourd'hui à Peshawar. Le théâtre des opérations s'était déplacé en Afghanistan où, après des semaines d'impasse, l'Alliance du Nord avait enfin fait une percée et où les talibans semblaient en fuite. Les journalistes étrangers réclamaient déjà à cor et à cri des laissez-passer pour Torkham au cas où la frontière s'ouvrirait. À la minute où Kaboul tomberait, il y aurait sans aucun doute une ruée générale à laquelle les autorités feraient bien de se préparer. Mais pour l'instant, on avait toujours une impression de calme avant la tempête et, d'une certaine façon, le moment était parfaitement choisi pour rendre hommage à Skelly.

Nadjib reconnut plusieurs visages aperçus lors du voyage en bus jusqu'à Torkham, y compris la Canadienne que Skelly appelait Lucy-la-Pie. Elle avait le visage marbré et se tamponnait les joues avec un mouchoir alors que le premier orateur n'avait pas encore ouvert la bouche. Elle était une des rares journalistes à être venue avec son « fixeur » et Nadjib fut content de voir qu'elle en avait changé. Il se dit que Skelly aurait également apprécié.

Mais ça n'avait pas empêché le Sous-fifre de se pointer. Comble du mauvais goût, il était assis tout seul au dernier rang et prenait furtivement des notes dans un petit bloc-notes brun qu'il glissait sous sa cuisse.

Ni Sam Hartley ni Arlen Pierce n'étaient venus. Pas plus qu'ils n'avaient répondu aux coups de fil de Nadjib ces derniers jours. Il doutait de les revoir un jour.

Trois jours d'affilée, Nadjib avait essayé de donner sa version des événements au *Fronder Report* et à chaque fois son article avait été bloqué par son rédacteur d'ordinaire laxiste. Il avait soutenu avec une ardeur inhabituelle que le récit de la pendaison de Razaq était du réchauffé, ce qui n'était pourtant pas vrai des détails concernant ceux qui l'avaient trahi.

Nadjib avait d'abord attribué ce soudain manque d'audace au stress de la guerre, s'était dit qu'il recevrait un accueil plus favorable après la défaite des talibans. Mais il avait changé d'avis un peu plus tôt dans la journée quand, une fois de plus, on l'avait arrêté sur son scooter et escorté en jeep banalisée jusqu'à la porte grise cabossée près du bazar de Saddar.

Il s'était retrouvé devant le bureau de Tariq qu'il avait surpris en train de lire sa dernière dépêche mort-née.

« Intéressant, fit Tariq à Nadjib qui se tenait debout devant lui. Mais vrai dans quelle mesure ? »

Pas question pour Nadjib de lui dire un mot, naturellement. Il avait soigneusement évité de lui faire son rapport à son retour, surtout depuis la disparition de Skelly. Puis quand il avait vu ses pires craintes confirmées, il avait tenu bon, par chagrin, par colère et, pour être franc, par peur qu'on continue à fourrer son nez dans ses affaires.

Assis devant un repas à moitié terminé, Tariq semblait des plus détendus. « Vous allez vous décider à répondre à mes questions, oui ou non ? Asseyez-vous. »

Nadjib s'assit mais garda le silence.

Tariq fouilla dans un tiroir et en sortit quelques feuilles de papier à en-tête de la police de Peshawar. « Voici un peu de lecture qui devrait vous délier la langue. »

C'était un document qui inculpait Nadjib de meurtre. Il fut paniqué : on allait lui coller la mort de Skelly sur le dos. Ce ne serait pas très difficile puisque personne n'avait encore rien découvert hormis cette histoire qui ne tenait pas debout au sujet d'un vol commis par les sbires d'un seigneur de la guerre dont le nom n'était pas cité dans la dépêche.

Les amis américains de Skelly étaient censés avoir échappé de peu à la mort, mais Nadjib était sceptique et lorsque ni Pierce ni Hartley n'avaient répondu à ses coups de fil, il avait eu la confirmation de leur complicité.

Mais en examinant le document qu'il avait sous les yeux, Nadjib s'aperçut aux dates et à d'autres détails qu'il concernait le *malang* tué devant son immeuble.

« Le fait que la fille est revenue saine et sauve joue en votre faveur, fit Tariq. Mais ça n'a pas tout réglé. Reste cette petite affaire. »

Nadjib ouvrit la bouche pour protester, pour parler de Karim, mais Tariq l'arrêta en levant la main.

« Je me fous complètement de ce qui s'est réellement passé cette nuit-là. La seule chose qui compte pour moi, c'est ce qui s'est passé ensuite. En Afghanistan et après. Tout ce que vous avez vu jusqu'à aujourd'hui. Je veux un rapport complet, tout ce dont vous pouvez vous souvenir et ça inclut les Arabes *et* les Américains.

— Et qu'adviendra-t-il de ça ? demanda Nadjib en montrant les papiers de la police.

— On détient un suspect. Un trafiquant de drogue qui fait aussi de la contrebande de bois de construction.

— Il s'appelle comment ?

— Quelle importance ? Ce n'est pas Karim si c'est ce que vous voulez savoir. Eh oui, je suis au courant pour lui aussi. Je connais également quelques autres détails. Mais pas tout. Voilà pourquoi vous feriez mieux de vous mettre à table. Et si sauver votre peau ne vous intéresse pas, vous pouvez être sûr qu'il y a encore quelques broutilles dont nous pourrions inculper votre petite amie Daliya. Elle a fui la scène du meurtre pour commencer. »

Nadjib fit la grimace mais s'exécuta. Il passa les trois

heures suivantes à récapituler ce qui s'était passé. Tariq ne prit pas la moindre note, probablement parce que des micros dissimulés quelque part dans la pièce enregistraient tout pour lui. Il passa ensuite un coup de fil à la police en présence de Nadjib.

Après quelques préliminaires, Tariq se contenta de répondre « oui » ou « non » de temps à autre. Puis il raccrocha. « Voilà, fit-il. Vous n'avez plus aucun souci à vous faire, À condition, bien sûr, de renoncer à publier ceci. » Et de jeter l'article de Nadjib dans sa corbeille à papier.

« Mais la mort de Skelly ! protesta Nadjib. Vous croyez vraiment qu'il s'agissait d'un vol ? »

Tariq leva les mains. « Ça relève d'un échelon supérieur. Encore que j'imagine qu'il finira bien par y avoir des arrestations.

— Une fois de plus des trafiquants de drogue et des contrebandiers du bois ?

— Ce n'est plus de mon ressort. Ils en sont apparemment à se demander si la mort a eu lieu sur le territoire pakistanais et c'est donc les Américains qui s'en occupent. Ce Pierce dont vous m'avez parlé, je crois que c'est lui qui est chargé de l'affaire. »

Nadjib ne fut pas du tout surpris. « Qu'est-ce qu'ils fabriquaient là-bas ? demanda-t-il.

— Les deux Américains ? » Tariq haussa les épaules. « Ils ont été dépassés par les événements. Je crois que quelqu'un avait réussi à les convaincre qu'ils allaient faire d'une pierre deux coups : mettre la main sur le marché du pipe-line et sur les Arabes errants avec l'aide de quelques seigneurs de la guerre amis. Mais vous savez comment ça se passe là-bas. Personne ne s'empare du moindre marché dans la passe de Khyber, personne sauf les tribus. Les gens comme votre père. Dont le sort varie au gré du vent. L'inconvénient pour moi, évidemment, c'est que les Américains attendent un geste de ma part. Peut-être même que je leur trouve les Arabes, y compris celui qu'ils convoitent le plus. Mais vous avez vu l'influence qu'on a là-bas ! Je vais donc leur donner un exemplaire de mon rapport et j'espère que ça les calmera pendant un certain temps. Et quand quelqu'un qui les intéressera davantage se présentera dans un autre pays, j'espère qu'ils m'oublieront. »

Mais pour faire le tri dans les événements récents, Nadjib avait sur Tariq un avantage. Un long résumé bien conçu des faits et de tous les protagonistes, les grandes lignes du rôle de chacun consignées sur un bloc-notes jaune. Au début, il avait eu du mal à déchiffrer l'écriture, mais une fois habitué, Nadjib avait conclu que Skelly savait vraiment raconter une histoire et il en était étrangement fier.

Au moment où ils s'étaient quittés dans les collines de Khyber, Nadjib avait pris les carnets et le bloc-notes de Skelly au lieu de l'argent, moins pour leur valeur que pour les sauvegarder. Et un peu plus tôt ce matin, juste avant son arrestation, Nadjib avait mis le tout sous enveloppe cachetée et l'avait confiée à un journaliste étranger au Pearl, qui avait promis de la faire parvenir à la rédaction de Skelly en Amérique.

Publierait-on son dernier article ? Peut-être que oui et peut-être que non. Nadjib ne connaissait pas grand-chose au fonctionnement de la presse américaine. Mais il avait fait tout ce qui était en son pouvoir et pour l'instant ça suffisait.

« Je suis donc libre de partir ? demanda-t-il à Tariq en se levant pour prendre congé.

— Un dernier détail. Quelque chose que je vous dois encore. »

L'espace d'un moment grisant, Nadjib fut certain que Tariq allait ouvrir un tiroir et en sortir deux visas pour les États-Unis. Mais il n'eut droit qu'à des explications.

« J'ai essayé d'obtenir des visas américains, fit Tariq. Mais les États-Unis sont hors de question. Ils font le blocus complet – même par les habituels canaux officieux – surtout pour les types comme vous. Mais la Grande-Bretagne, c'est différent. Apparemment la porte est encore entrouverte, alors je m'y emploie. »

Nadjib hocha la tête. C'était mieux que l'absence d'espoir.

« Un petit conseil, poursuivit Tariq qui se leva pour le raccompagner à la porte. Les choses iraient probablement plus vite si votre amie et vous étiez… unis par des liens plus légaux ?

— On s'y emploie », répondit Nadjib.

Et c'était vrai.

Daliya jouissait d'une certaine indépendance. Les retrouvailles avec sa famille avaient été larmoyantes : toutes les transgressions avaient été momentanément oubliées dans la joie de sa réapparition miraculeuse. Une fois les choses tassées, ses parents voulurent bien évidemment l'enfermer, lui faire observer la version pendjabi de la réclusion. Dans une tentative de conciliation maladroite, son père avait même parlé de reprendre les recherches pour lui trouver un mari.

Mais Daliya avait insisté pour retourner à Peshawar où le professeur Bhatti lui avait promis de l'aider à trouver un logement avec d'autres étudiantes de l'université et, pour le moment, aucun membre de sa famille ne s'était senti de taille à s'y opposer. Elle leur était revenue métamorphosée. On aurait dit un oiseau exotique apporté par un ouragan et personne n'avait encore eu le cœur de la mettre en cage.

Et maintenant Nadjib et elle étaient assis côte à côte pour rendre hommage à Skelly, leur ami défunt.

On avait prévu trois orateurs – un Français, un Britannique et un Américain –, à eux trois ils semblaient avoir couvert toutes les guerres de ces vingt dernières années avec Skelly. Chacun était un conteur talentueux, leurs récits étaient à la fois poignants et insolents, et après un passage particulièrement touchant Daliya glissa un regard à Nadjib et faillit rester bouche bée en voyant des larmes briller sur la joue de son impassible amant pachtoune.

Elle leva la main pour les essuyer mais Nadjib l'arrêta d'un geste calme mais résolu.

« Laisse, chuchota-t-il, je veux les sentir un instant. »

Daliya hocha la tête. Elle était allée dans le Khyber. Elle comprenait.

REMERCIEMENTS

Je ne suis pas Skelly. Mon épouse et mes enfants en témoigneront bien que sans eux j'aurais pu en devenir une pâle version, à jamais agité et en quête d'un papier qui sorte de l'ordinaire. Mais je revendique fièrement mon appartenance à l'estimable tribu des correspondants étrangers dont les membres m'ont enseigné toute une vie de leçons avec un humour, une expertise, un professionnalisme et un esprit de corps inépuisables. Je devrais remercier des dizaines d'entre eux dont les noms me viennent à l'esprit mais, par manque de place, je me limiterai ici à Barry Bearak, Bill Glauber, Michael Hedges, Tom Hundley, Stephanie Nolen et Doug Struck.

Je souhaite aussi honorer la mémoire d'Azizullah Haidari, Harry Burton, Maria Grazia Cutuli et Julio Fuentes qui ont été tués sur la route de Kaboul ; ainsi que celle de Michael Kelly et Elizabeth Neuffer, anciens confrères et compagnons de voyage qui ont perdu la vie lors de leur mission en Irak. Leur travail courageux nous survivra.

Aucun des exploits de notre tribu ne serait possible sans les « fixeurs » du monde entier dont certains feraient même de l'ombre à Nadjib, tels Rafi Sayad à Jalalabad, Mahmoud Khattak à Peshawar, Muhammad Azfar Karim à Islamabad et Aimal Khan à Quetta. Merci aussi au chauffeur

Mohammed Hassan dont la rapidité d'esprit et le pied ferme ont sauvé cinq vies.

Pour leurs aperçus et conseils concernant divers sujets dans lesquels je nage probablement encore – la faute ne leur en revient pas, elle est entièrement mienne – tous mes remerciements vont au professeur Rukhsana Siddiqui de l'université du Quaid-i-Azam à Islamabad, au professeur Mumtaz A. Bangash de l'université de Peshawar et au professeur Charles T. Lindholm de l'université de Boston, en particulier pour *Generosity and Jealousy,* son excellente étude de la vie quotidienne dans les tribus pachtounes du nord du Pakistan.

Je sais également gré à Ahmed et Shah Wali Karzai qui n'ont pas ménagé leur temps ni leur hospitalité à Quetta et m'ont permis d'avoir un aperçu de la diaspora afghane alors même que leur frère Hamid traversait la frontière au péril de sa vie, réussissant là où d'autres avaient échoué. Que leur pays puisse un jour panser ses blessures et vivre enfin en paix.

Un très grand merci à mes rédacteurs du *Baltimore Sun,* Jeff Price autrefois et Robert Ruby aujourd'hui, pour le soutien précieux, les nombreuses opportunités et surtout la confiance qu'ils m'ont offerts. Toute ma gratitude va à mes remarquables éditeurs de Transworld et Knopf, Selina Walker à Londres et Sonny Mehta à New York, pour leurs encouragements et leurs conseils très sûrs. Merci aussi à mon agent sans pareil, Jane Chelius, qui m'accompagne depuis le début.

Mais comme toujours je réserve mes plus grands éloges et mon affection à ma famille, la meilleure de toutes les destinations : à mes parents Bill et Ginny, à ma sœur Laverne, à mon épouse Liz et à mes enfants Emma et Will qui inspirent plus de loyauté et de dévouement que tous les *maliks* du monde.

Composition réalisée par Chesteroc Ltd

Achevé d'imprimer en mars 2008, en France sur Presse Offset par
Maury-Imprimeur - 45330 Malesherbes
Dépôt légal 1re publication : avril 2008
Librairie Générale Française - 31, rue de Fleurus -75278 Paris Cedex 06

31 / 1628 / 2